Zu diesem Buch

«Eine krebskranke ältere Dame stirbt etwas früher, als ihr behandelnder Arzt vermutet. Niemand stört sich daran, vor allem die Erbin nicht. Doch ist dieser natürliche Tod so natürlich, wie er aussieht? Ist der Arzt nur in seiner Berufsehre verletzt, wenn er bei der Autopsie feststellt, daß sie tatsächlich an Herzversagen gestorben ist? Oder steckt hinter ihrem Tod ein perfekter Mord? Dorothy L. Sayers versteht es wieder auf ihre elegante und amüsante Weise, den Leser hinter das Geheimnis dieses natürlich scheinenden Todes zu führen. Lord Peter und Inspector Parker, die anscheinend nur mehr aus Zeitvertreib denn aus Überzeugung ihre Nachforschungen anstellen, hat sie die köstliche Miss Alexandra Katherine Simpson zur Seite gestellt, die in der kleinen englischen Ortschaft ihre Nachforschungen anstellt, was bei den klatschsüchtigen Damen am Ort ein höchst vergnügliches Lesevergnügen ausmacht. Man sieht Miss Simpson geradezu beim Lesen zu Fleisch und Blut werden. Ganz nebenbei hilft sie zur Lösung der kniffligen Sache natürlich entscheidend mit.» («Berliner Morgenpost»)

Dorothy Leigh Sayers, geboren am 13. Juni 1893 als Tochter eines Pfarrers und Schuldirektors aus altem englischem Landadel, war eine der ersten Frauen, die an der Universität ihres Geburtsortes Oxford Examen machten. Sie wurde Lehrerin in Hull, wechselte dann aber für zehn Jahre zu einer Werbeagentur über. 1926 heiratete sie dann den Hauptmann Oswald Atherton Fleming. Schon in ihrem 1926 erschienenen Erstling «Der Tote in der Badewanne» führte sie die Figur ihres eleganten, finanziell unabhängigen und vor allem äußerst scharfsinnigen Amateurdetektivs Lord Peter Wimsey ein, der aus moralischen Motiven Verbrechen aufklärt. Ihre über zwanzig Detektivromane, die sich durch psychologische Grundierungen, eine Fülle bestechender Charakterstudien und eine ethische Haltung auszeichnen, sind inzwischen in die Literaturgeschichte eingegangen. Dorothy L. Sayers gehört mit Agatha Christie und P. D. James zur Trias der großen englischen Kriminalautorinnen.

Von Dorothy L. Sayers erschienen als rororo-Taschenbücher: «Der Glocken Schlag» (Nr. 4547), «Fünf falsche Fährten» (Nr. 4614), «Diskrete Zeugen» (Nr. 4783), «Mord braucht Reklame» (Nr. 4895), «Starkes Gift» (Nr. 4962), «Zur fraglichen Stunde» (Nr. 5077), «Ärger im Bellona-Club» (Nr. 5179), «Aufruhr in Oxford» (Nr. 5271), «Die Akte Harrison» (Nr. 5418), «Ein Toter zuwenig» (Nr. 5496), «Hochzeit kommt vor dem Fall» (Nr. 5599), «Der Mann mit den Kupferfingern» (Nr. 5647), «Das Bild im Spiegel» (Nr. 5783) und «Figaros Eingebung» (Nr. 5840).

Dorothy L. Sayers

Keines natürlichen Todes

«Unnatural Death»
Kriminalroman

Deutsch von
Otto Bayer

Mit einem Nachwort
von Walther Killy

Rowohlt

Die englische Originalausgabe erschien 1927 unter dem
Titel «Unnatural Death» im Verlag Victor Gollancz Ltd.,
London. Die deutsche Erstausgabe erschien 1951 unter dem
Titel «...eines natürlichen Todes» im Scherz Verlag, Bern / München
Umschlagentwurf Manfred Waller (Foto: Mall Photodesign)

85.–90. Tausend Juli 1988

Veröffentlicht im Rowohlt Taschenbuch Verlag GmbH,
Reinbek bei Hamburg, April 1981
«Unnatural Death»
© 1927 by Anthony Fleming
Copyright © 1975 by Rowohlt Verlag GmbH, Reinbek bei Hamburg
Satz Garamond (Digiset), Bauer & Bökeler, Denkendorf
Gesamtherstellung Clausen & Bosse, Leck
Printed in Germany
780-ISBN 3 499 14703 3

Inhalt

I. Das medizinische Problem

1. Abgelauscht — 9
2. Spitzbübische Munkelei — 17
3. Eine Verwendung für Fräuleins — 24
4. Leicht verdreht — 35
5. Tratsch — 44
6. Die Tote im Wald — 53
7. Schinken und Branntwein — 68
8. In Sachen Mord — 79
9. Das Testament — 88

II. Das rechtliche Problem

10. Noch einmal das Testament — 97
11. Am Scheideweg — 112
12. Die Geschichte von den beiden Jungfern — 128
13. Hallelujah — 138
14. Juristische Spitzfindigkeiten — 146
15. Sankt Peters Versuchung — 157
16. Ein gußeisernes Alibi — 166
17. Ein Anwalt vom Lande berichtet — 173
18. Ein Londoner Anwalt berichtet — 183

III. Das medizinisch-rechtliche Problem

19. Auf und davon — 197
20. Mord — 212
21. Aber wie? — 221
22. Eine Gewissensfrage — 234
23. Und traf ihn – so! — 249

Über Dorothy L. Sayers
von Walther Killy — 264

I

Das medizinische Problem

Doch wie ich drankam, wie mir's angeweht,
Von was für Stoff es ist, woraus erzeugt,
Das soll ich erst erfahren.
Der Kaufmann von Venedig

I

Abgelauscht

*Der Tod war zweifelsohne plötzlich, uner-
wartet und für mich rätselhaft.*
Brief von Dr. Paterson
an den Standesbeamten
im Falle Reg. V. Pritchard

«Aber wenn er meinte, die Frau sei ermordet worden . . .»

«Mein lieber Charles», erwiderte der junge Mann mit Monokel, «es geht nicht an, daß Leute, vor allem Ärzte, so einfach etwas ‹meinen›. Das kann sie in arge Ungelegenheiten bringen. Im
Falle Pritchard hat Dr. Paterson meiner Meinung nach alles Zu-
mutbare getan, indem er den Totenschein für Mrs. Taylor ver-
weigerte und diesen ungewöhnlich besorgten Brief ans Standes-
amt schickte. Daß der Beamte ein Trottel war, dafür kann er
nichts. Wenn im Falle Mrs. Taylor eine Untersuchung stattgefunden hätte, wäre es Pritchard sicher unheimlich geworden,
und er hätte seine Frau in Ruhe gelassen. Immerhin hatte Paterson nicht die Spur eines Beweises. Und wenn er nun ganz im
Unrecht gewesen wäre – was hätte das für einen Wirbel gegeben!»

«Trotzdem», beharrte der schwierig zu beschreibende andere
junge Mann, indem er zögernd eine brodelndheiße Helix poma-
tia aus dem Schneckenhaus zog und mißtrauisch betrachtete,
bevor er sie zum Mund führte. «Es ist doch eindeutig eine
staatsbürgerliche Pflicht, einen einmal gefaßten Verdacht auch
auszusprechen.»

«*Deine* Pflicht – ja», sagte der andere. «Übrigens gehört es
nicht zu den Pflichten des Staatsbürgers, Schnecken zu essen,
wenn er sie nicht mag. Na eben, hab mir's doch gedacht, daß du
keine magst. Wozu noch länger hadern mit dem grausamen Geschick? Ober, nehmen Sie die Schnecken dieses Herrn wieder
mit und bringen Sie dafür Austern . . . Also – wie gesagt, es mag
zu *deinen* Pflichten gehören, Verdacht zu fassen und Ermittlungen zu veranlassen und allen die Hölle heiß zu machen, und

9

wenn du dich geirrt hast, sagt keiner was, höchstens, daß du ein kluger, gewissenhafter Beamter und nur ein bißchen übereifrig bist. Aber diese armen Teufel von Ärzten balancieren doch ihr Lebtag sozusagen auf dem Hochseil. Wer holt sich schon jemanden ins Haus, der ihm beim kleinsten Anlaß womöglich eine Mordanklage an den Hals hängt?»

«Entschuldigen Sie bitte.»

Der schmalgesichtige junge Mann, der allein am Nebentisch saß, hatte sich interessiert umgedreht.

«Es ist sehr ungehörig von mir, mich da einzumischen, aber was Sie da sagen, stimmt Wort für Wort, dafür kann mein Fall als Beispiel dienen. Ein Arzt – Sie ahnen ja nicht, wie abhängig er von den Launen und Vorurteilen seiner Patienten ist. Die selbstverständlichsten Vorsichtsmaßnahmen nehmen sie übel. Sollte man es gar wagen, eine Autopsie vorzuschlagen, schon geraten sie in hellen Zorn, daß man ‹den armen Soundso jetzt aufschneiden› will, und Sie brauchen nur darum zu bitten, im Interesse der Wissenschaft einer besonders merkwürdigen Krankheit auf den Grund gehen zu dürfen, gleich bilden sie sich ein, man habe unschöne Hintergedanken. Aber wenn man der Sache ihren Lauf läßt und hinterher stellt sich heraus, daß dabei nicht alles mit rechten Dingen zugegangen ist, dann geht einem natürlich der Untersuchungsrichter an den Kragen, und die Zeitungen machen einen fix und fertig. Wie man's auch macht, man wünscht sich hinterher, man wäre nicht geboren.»

«Sie sprechen aus eigener Erfahrung», sagte der Mann mit Monokel in angemessen interessiertem Ton.

«Allerdings», antwortete der Schmalgesichtige mit Nachdruck. «Wenn ich mich wie ein Mann von Welt benommen und nicht den übereifrigen Staatsbürger gespielt hätte, brauchte ich mir heute keine andere Stelle zu suchen.»

Der Monokelträger sah sich mit feinem Lächeln in dem kleinen Restaurant um. Rechts von ihnen versuchte ein dicker Mann mit öliger Stimme zwei Damen von der Revue zu unterhalten; dahinter demonstrierten zwei ältere Stammgäste, daß sie mit der Speisekarte des *Au Bon Bourgeois* in Soho vertraut waren, indem sie «Tripes à la mode de Caen» verzehrten (die dort wirklich hervorragend sind) und eine Flasche Chablis Moutonne 1916 dazu tranken; auf der gegenüberliegenden Seite brüllten ein Provinzler und seine Frau stumpfsinnig nach ihrem Schnitzel mit einer Limonade für die Dame und einem Whisky-Soda für

den Herrn, während am Nebentisch der gutaussehende silber-
haarige Wirt ganz darin vertieft war, eine Salatplatte für eine
Familie herzurichten, so daß er im Augenblick für nichts anderes Gedanken hatte als die hübsche Verteilung der gehackten
Kräuter und Gewürze. Der Oberkellner kam und ließ eine Fo-
relle blau begutachten. Er bediente den Monokelträger und seinen Begleiter und zog sich dann zurück, um sie jener Ungestört-
heit zu überlassen, die der Unerfahrene in vornehmen Cafés zu
suchen pflegt, dort aber nie findet.

«Ich komme mir vor wie Prinz Florizel von Böhmen», sagte
der Mann mit Monokel. «Sie haben gewiß eine interessante Geschichte zu erzählen, Sir, und ich wäre Ihnen überaus verbunden, wenn Sie uns die Ehre erweisen und uns daran teilhaben
lassen würden. Ich sehe, daß Sie schon fertig gegessen haben
und es Ihnen daher wohl nicht allzuviel ausmacht, an unseren
Tisch zu kommen und uns beim Essen mit Ihrer Erzählung zu
unterhalten. Verzeihen Sie meine Stevensonsche Art – meine
Anteilnahme ist deshalb nicht weniger ernsthaft.»

«Führ dich nicht so albern auf, Peter», sagte der schwer zu
Beschreibende. «Mein Freund ist an sich viel vernünftiger, als
Sie aus seinem Gerede vielleicht schließen möchten», fügte er an
den Fremden gewandt hinzu, «und wenn Sie etwas haben, was
Sie sich von der Seele reden wollen, können Sie vollkommen
darauf vertrauen, daß es über diese vier Wände nicht hinausgeht.»

Der andere lächelte ein wenig grimmig.

«Ich will es Ihnen gern erzählen, wenn es Sie nicht langweilt.
Es ist eben nur ein einschlägiges Beispiel.»

«Und zwar zu *meinen* Gunsten», meinte der mit Peter Ange-
sprochene triumphierend. «Erzählen Sie nur. Und trinken Sie etwas. Ein armes Herz, das nie sich erfreut. Aber fangen Sie
ganz von vorn an, wenn's recht ist. Ich bin sehr trivial veranlagt.
Kleinigkeiten ergötzen mich. Verwicklungen faszinieren mich.
Entfernungen spielen keine Rolle, Branchenkenntnis nicht er-
forderlich. Mein Freund Charles wird das bestätigen.»

«Gut», sagte der Fremde. «Also, um wirklich ganz von vorn
zu beginnen, ich bin Mediziner, und mein Hauptinteresse gilt
dem Krebs. Wie so viele hatte ich gehofft, mich darauf speziali-
sieren zu können, aber nach dem Examen hatte ich einfach nicht
das erforderliche Geld, mich der Forschung zu widmen. Folglich mußte ich eine Landpraxis übernehmen, aber ich bin mit

den wichtigen Leuten hier in Verbindung geblieben, weil ich eines Tages wiederzukommen hoffte. Ich darf dazu noch sagen, daß ich von einem Onkel eine Kleinigkeit zu erwarten habe, und man war der Meinung, es könne mir nicht schaden, wenn ich in der Zwischenzeit ein bißchen Erfahrung als praktischer Arzt sammelte, um nicht einseitig zu werden und so.

Nachdem ich mir also eine kleine Praxis in ... den Namen nenne ich lieber nicht – es ist ein kleines Landstädtchen von rund 5000 Einwohnern, nach Hampshire zu, und wir wollen es ‹X› nennen ... jedenfalls fand ich dort zu meiner Freude einen Fall von Krebs in meiner Patientenkartei. Die alte Dame –»

«Wie lange ist das jetzt her?» unterbrach Peter ihn.

«Drei Jahre. Viel war in diesem Fall nicht mehr zu machen. Die Dame war 72 Jahre alt und hatte schon eine Operation hinter sich. Aber sie war zäh und wehrte sich tapfer, wobei ihre gesunde Konstitution ihr half. Ich sollte noch erwähnen, daß sie zwar nie eine Frau von besonders hohen Geistesgaben und großer Charakterfestigkeit im Umgang mit anderen Menschen gewesen war, aber in manchen Dingen konnte sie ungemein halsstarrig sein, und vor allem war sie fest entschlossen, nicht zu sterben. Damals lebte sie allein mit ihrer Nichte, einer jungen Frau von etwa 25 Jahren. Davor hatte sie mit einer anderen alten Dame zusammen gelebt – ebenfalls eine Tante des Mädchens nach der anderen Seite –, mit der sie seit der Schulzeit eng befreundet gewesen war. Als diese Freundin starb, gab das Mädchen, die einzige lebende Verwandte beider, ihre Stelle als Krankenschwester am Royal Free Hospital auf und zog zu der Überlebenden – meiner Patientin. Sie waren etwa ein Jahr, bevor ich dort meine Praxis übernahm, nach X gekommen. Hoffentlich drücke ich mich klar aus.»

«Vollkommen. War außerdem noch eine Krankenschwester da?»

«Zunächst nicht. Die Patientin war noch in der Lage, auszugehen und Bekannte zu besuchen, leichte Hausarbeiten zu machen, Blumen zu pflegen, zu stricken, zu lesen und so weiter und ein bißchen in der Gegend herumzufahren – also das, womit die meisten alten Damen ihre Zeit verbringen. Natürlich hatte sie auch hin und wieder ihre schlimmen Tage, mit Schmerzen und so, aber die Nichte hatte so viel Berufserfahrung, daß sie alles Notwendige tun konnte.»

«Wie war denn diese Nichte überhaupt?»

«Nun, sie war sehr nett, wohlerzogen und tüchtig und erheblich intelligenter als ihre Tante. Selbständig, nüchtern und so weiter. Der moderne Typ Frau. Eine, die zuverlässig ihren klaren Kopf behält und nichts vergißt. Natürlich meldete sich mit der Zeit wieder dieses verflixte Gewächs – wie immer, wenn es nicht gleich von Anfang an bekämpft wird, und eine weitere Operation wurde notwendig. Um diese Zeit war ich seit etwa acht Monaten in X. Ich habe sie nach London zu Sir Warburton Giles gebracht, meinem früheren Chef, und die Operation selbst war sehr erfolgreich, obwohl schon damals allzu deutlich zu sehen war, daß ein lebenswichtiges Organ allmählich eingeschnürt wurde und das Ende nur noch eine Frage der Zeit sein konnte. Die Details kann ich mir sparen. Es wurde jedenfalls alles getan, was möglich war. Ich wollte, daß die alte Dame in London unter Sir Warburtons Aufsicht blieb, aber davon wollte sie nichts wissen. Sie war an das Landleben gewöhnt und fühlte sich nur in ihren eigenen vier Wänden wohl. Also kehrte sie nach X zurück, und ich konnte sie mit gelegentlichen ambulanten Behandlungen in der nächsten größeren Stadt, die ein ausgezeichnetes Krankenhaus hat, weiter über die Runden bringen. Sie erholte sich von der Operation so erstaunlich gut, daß sie schließlich ihre Krankenschwester entlassen konnte und wie früher mit der Pflege ihrer Nichte auskam.»

«Moment mal, Doktor», warf der Mann namens Charles ein. «Sie sagten, Sie hätten sie zu Sir Warburton Giles gebracht und so weiter. Daraus schließe ich, daß sie recht wohlhabend war.»

«O ja, sie war eine ziemlich reiche Frau.»

«Wissen Sie zufällig, ob sie ein Testament gemacht hat?»

«Nein. Ich glaube, ich erwähnte schon ihre extreme Abneigung gegen jeden Gedanken ans Sterben. Sie hat sich stets geweigert, ein Testament zu machen, weil sie über derlei Dinge einfach nicht reden mochte. Einmal, das war kurz vor der Operation, habe ich es gewagt, das Thema so beiläufig wie möglich anzuschneiden, aber das führte nur dazu, daß sie sich ganz furchtbar aufregte. Außerdem meinte sie – und das ist vollkommen richtig –, ein Testament sei ganz und gar unnötig. ‹Du, meine Liebe›, hat sie zu ihrer Nichte gesagt, ‹bist die einzige Verwandte, die ich auf der Welt habe, also wird alles, was ich besitze, sowieso eines Tages dir gehören, komme, was da wolle. Und ich weiß ja, daß du die Dienerschaft und meine kleinen

Wohltätigkeiten nicht vergessen wirst.› Da habe ich dann natürlich nicht weiter nachgehakt.

Da fällt mir übrigens ein – aber das war ein gut Teil später und hat mit meiner Geschichte eigentlich nichts zu tun –»

«Bitte», sagte Peter. «Alle Einzelheiten.»

«Nun gut, ich erinnere mich, daß ich eines Tages hinkam und meine Patientin in einem Zustand antraf, der gar nicht meinen Wünschen entsprach, und sehr erregt dazu. Die Nichte erzählte mir, Anlaß für den Ärger sei ein Besuch von ihrem Anwalt gewesen – dem alten Familienanwalt aus ihrem Heimatort, nicht dem bei uns am Ort. Er hatte die alte Dame unbedingt unter vier Augen sprechen wollen, und danach war sie schrecklich aufgeregt und wütend gewesen und hatte erklärt, alle Welt habe sich verschworen, sie vorzeitig unter die Erde zu bringen. Der Anwalt hatte der Nichte beim Weggehen keine näheren Erklärungen gegeben, ihr aber aufgetragen, falls ihre Tante ihn je zu sehen wünsche, solle sie sofort nach ihm schicken, und er werde zu jeder Tages- oder Nachtzeit kommen.»

«Und – wurde nach ihm geschickt?»

«Nein. Die alte Dame war so gekränkt, daß sie ihm, sozusagen in ihrer letzten eigenhändigen Amtshandlung, die Wahrnehmung ihrer Angelegenheiten entzog und den Anwalt am Ort damit beauftragte. Bald darauf wurde eine dritte Operation notwendig, und danach wurde sie immer hinfälliger. Auch ihr Geist begann nachzulassen, so daß sie bald nicht mehr imstande war, komplizierte Zusammenhänge zu begreifen – und sie hatte auch wirklich zu arge Schmerzen, um sich noch mit geschäftlichen Dingen abzugeben. Die Nichte hatte Handlungsvollmacht und verwaltete das Vermögen ihrer Tante jetzt ganz.»

«Wann war das?»

«Im April 1925. Aber wissen Sie, wenn sie auch ein bißchen trottelig wurde – schließlich wurde sie ja auch älter –, körperlich war sie erstaunlich widerstandsfähig. Ich befaßte mich gerade mit einer neuen Behandlungsmethode, und die Ergebnisse waren außerordentlich interessant. Das machte die Überraschung, die es dann gab, für mich um so ärgerlicher.

Ich sollte erwähnen, daß wir mittlerweile noch eine zweite Pflegerin für sie brauchten, denn die Nichte konnte nicht Tag und Nacht bei ihr sein. Die erste kam im April. Es war eine sehr charmante und tüchtige junge Person – die ideale Krankenschwester. Ich konnte mich vollkommen auf sie verlassen. Sie

14

war mir von Sir Warburton Giles besonders empfohlen worden, und obwohl sie damals erst achtundzwanzig war, besaß sie die Besonnenheit und Urteilskraft einer doppelt so alten Frau. Ich sage Ihnen gleich, daß ich eine tiefe Zuneigung zu ihr faßte, und sie zu mir. Wir sind verlobt und hätten dieses Jahr geheiratet – wenn ich nicht so verdammt gewissenhaft und verantwortungsbewußt gewesen wäre.»

Der Doktor verzog wehmütig das Gesicht und sah Charles an, der etwas halbherzig von wahrhaftem Pech sprach.

«Meine Verlobte interessierte sich, wie ich, sehr für den Fall – einmal weil es meine Patientin war, aber sie hatte sich auch selbst schon sehr eingehend mit dieser Krankheit befaßt. Sie freute sich schon darauf, mir bei meinem Lebenswerk zu assistieren, sollte ich es je in Angriff nehmen können. Aber das gehört nicht zur Sache.

So ging es nun bis September weiter. Dann faßte meine Patientin aus irgendeinem Grund eine dieser unerklärlichen Abneigungen, die man häufig bei Leuten beobachtet, die nicht mehr ganz richtig im Kopf sind. Sie hatte sich in die Angst hineingesteigert, die Schwester wolle sie umbringen – Sie erinnern sich, daß es bei ihrem Anwalt auch so war –, und versuchte ihrer Nichte allen Ernstes einzureden, man wolle sie vergiften. Zweifellos hat sie darin die Ursache für ihre Schmerzen gesehen. Es war sinnlos, mit ihr zu reden – sie hat geschrien und wollte die Schwester nicht in ihre Nähe lassen. Nun, in einem solchen Fall bleibt einem nichts anderes übrig, als die Schwester zu entlassen, denn sie kann der Patientin ja sowieso nichts mehr nützen. Ich habe also meine Verlobte nach Hause geschickt und an Sir Warburtons Klinik telegrafiert, man möge mir eine andere Pflegerin schicken.

Die neue Schwester kam am nächsten Tag. Natürlich war sie für mich gegenüber der anderen nur zweite Wahl, aber sie schien ihrer Aufgabe gewachsen zu sein, und die Patientin hatte nichts gegen sie einzuwenden. Aber allmählich bekam ich jetzt Schwierigkeiten mit der Nichte. Diese endlos sich hinziehende Geschichte muß dem armen Ding wohl an die Nerven gegangen sein. Sie setzte es sich in den Kopf, ihrer Tante ginge es sehr viel schlechter. Ich sagte ihr, natürlich müsse es allmählich immer mehr mit ihr bergab gehen, aber sie halte sich großartig, und zu unmittelbarer Sorge bestehe kein Anlaß. Das Mädchen gab sich damit aber keineswegs zufrieden, und einmal, Anfang November, ließ sie mich mitten in der Nacht eilig herbeirufen, weil ihre Tante im Sterben läge.

Als ich hinkam, traf ich die Patientin mit starken Schmerzen an, aber von Lebensgefahr war keine Rede. Ich habe die Schwester angewiesen, Morphium zu injizieren, und der Nichte habe ich ein Beruhigungsmittel gegeben und gesagt, sie solle sich ins Bett legen und am nächsten Tag keine Pflegearbeiten tun. Am Tag darauf habe ich die Patientin sehr gründlich untersucht, und es ging ihr sogar noch viel besser, als ich angenommen hatte. Ihr Herz schlug ungewöhnlich kräftig und gleichmäßig, ihre Nahrung verarbeitete sie erstaunlich gut, und das Fortschreiten der Krankheit schien vorübergehend gestoppt.

Die Nichte entschuldigte sich für ihren Auftritt und erklärte, sie habe wirklich geglaubt, ihre Tante liege im Sterben. Ich sagte, ich könne im Gegenteil jetzt sogar garantieren, daß sie noch fünf bis sechs Monate zu leben habe. Sie müssen wissen, daß man in solchen Fällen den Verlauf mit ziemlicher Sicherheit vorhersagen kann.

‹Auf alle Fälle›, habe ich zu ihr gesagt, ‹würde ich mich an Ihrer Stelle nicht zu sehr aufregen. Der Tod, wenn er kommt, wird eine Erlösung von ihren Leiden sein.›

‹Ja›, sagte sie, ‹armes Tantchen. Ich fürchte, ich bin egoistisch, aber sie ist nun mal die einzige Verwandte, die ich auf der Welt habe.›

Drei Tage später, ich wollte mich gerade zum Abendessen hinsetzen, kam ein Anruf. Ob ich sofort kommen könne. Die Patientin sei tot.»

«Mein Gott!» rief Charles. «Es ist doch vollkommen klar –»

«Schweig, Sherlock», sagte sein Freund, «an der Geschichte des Doktors ist überhaupt nichts klar. Weit gefehlt, sagte der Gefreite, als er auf die Scheibe zielte und den Feldwebel traf. Aber ich sehe unseren Ober verlegen um uns streichen, während seine Kollegen Stühle aufstapeln und die Salzstreuer einsammeln. Wollen Sie nicht mitkommen und die Geschichte bei mir zu Hause fertig erzählen? Ich kann Ihnen ein anständiges Gläschen Portwein anbieten. Sie kommen? Gut. Ober, rufen Sie uns bitte ein Taxi ... zum Piccadilly 110 A.»

2

Spitzbübische Munkelei

> *Ha! mir juckt der Daumen schon,*
> *Sicher naht ein Sündensohn.*
>
> Macbeth

Die Aprilnacht war klar und kühl, und auf dem Kaminrost knisterte wie zur Begrüßung ein munteres Holzfeuer. Die Bücherregale an den Wänden waren gefüllt mit wertvollen alten Bänden, deren Lederrücken weich im Licht der Lampe schimmerten. Im Zimmer standen ein geöffneter Flügel, ein großes, dick mit Kissen ausgelegtes Polstersofa und zwei Sessel, die so richtig zum Hineinflegeln einluden. Der Portwein wurde von einem imposanten Diener hereingebracht und auf ein hübsches Chippendale-Tischchen gestellt. Aus den dunklen Ecken winkten fähnchengleich rote und gelbe Tulpen in großen Schalen.

Der Doktor hatte seinen neuen Bekannten soeben als Ästheten mit literarischen Neigungen eingestuft, der Stoff für eine menschliche Tragödie suchte, als der Diener wieder eintrat.

«Inspektor Sugg hat telefoniert, Mylord. Er hat diese Nachricht hier hinterlassen und läßt Sie bitten, Sie möchten die Güte haben und ihn anrufen, sobald Sie wieder da sind.»

«So? – Na schön, geben Sie ihn mir. Das ist die Worplesham-Sache, Charles. Sugg hat sie wie gewöhnlich verpfuscht. Der Bäcker hat ein Alibi – klar – war zu erwarten. Ja, danke . . . Hallo! Sind Sie's, Inspektor? Na, was hab ich gesagt? – Ach, pfeifen Sie auf die Vorschrift. Jetzt passen Sie mal auf. Sie schnappen sich den Wildhüter und holen aus ihm heraus, was er in der Sandgrube gesehen hat . . . Nein, das weiß ich, aber ich glaube, wenn Sie ihn nachdrücklich genug fragen, wird er schon damit herausrücken. Nein, natürlich nicht – wenn Sie ihn fragen, ob da war, sagt er nein. Sie müssen sagen, Sie wissen, daß er da war, und er soll erzählen, was er gesehen hat – und hören Sie, wenn er drumherumredet, sagen Sie, Sie lassen einen Trupp schicken und den Bach umleiten . . . Gut. Überhaupt nicht. Geben Sie mir Bescheid, wenn etwas dabei herauskommt.»

Er legte den Hörer auf.

«Entschuldigen Sie, Doktor. Kleine dienstliche Angelegenheit. Nun fahren Sie bitte mit Ihrer Geschichte fort. Die alte Dame war also tot, wie? Im Schlaf gestorben, nehme ich an. Auf die allerunschuldigste Weise dahingegangen. Alles tipptopp und in schönster Ordnung. Keine Kampfspuren, Wunden, Blut, keine offensichtlichen Symptome. Natürlich, was?»

«Genau. Sie hatte um sechs Uhr etwas zu sich genommen – ein bißchen Suppe und Milchpudding. Um acht hatte die Schwester ihr eine Morphiumspritze gegeben und war dann gleich hinausgegangen, um ein paar Blumenvasen für die Nacht auf ein Tischchen im Flur zu stellen. Das Hausmädchen kam, um ein paar Dinge für den nächsten Tag zu besprechen, und während sie miteinander redeten, kam Miss . . . das heißt, die Nichte . . . die Treppe herauf und ging zu ihrer Tante ins Zimmer. Sie war ein paar Sekunden darin, da rief sie plötzlich: ‹Schwester! Schwester!› Die Schwester stürzte hinein und fand die Patientin tot.

Natürlich war mein erster Gedanke, sie hätte aus Versehen vielleicht die doppelte Morphiumdosis bekommen –»

«Das hätte doch sicher nicht so schnell gewirkt.»

«Nein – aber ich dachte, man habe vielleicht ein tiefes Koma irrtümlich für den Tod gehalten. Die Schwester versicherte mir aber, das sei bestimmt nicht der Fall, und die Möglichkeit konnte dann auch mit Sicherheit ausgeschlossen werden, nachdem wir die Morphiumampullen nachgezählt und festgestellt hatten, daß sie alle ordentlich abgerechnet waren. Es wies auch nichts darauf hin, daß die Patientin versucht hätte, sich zu bewegen oder sonstwie anzustrengen, oder daß sie irgendwo angestoßen wäre. Das Nachttischchen war etwas zur Seite gerückt, aber das hatte die Nichte getan, als sie ins Zimmer gekommen und über das leblose Aussehen der Tante so erschrocken war.»

«Was war mit der Suppe und dem Milchpudding?»

«Daran habe ich auch gedacht – nicht im bösen Sinne, nur daß sie vielleicht zuviel gegessen haben könnte – Magen gedehnt, Druck aufs Herz und so weiter. Aber bei genauerem Hinsehen erschien das auch nicht sehr wahrscheinlich. Die Menge war zu klein, und überhaupt hätten zwei Stunden für die Verdauung ausreichen müssen – wenn es also daran gelegen hätte, wäre sie früher gestorben. Ich stand vor einem völligen Rätsel, und die Schwester auch. Der war es ganz arg.»

18

«Und die Nichte?»

«Die Nichte hat immer nur sagen können: ‹Ich hab's ja gesagt, ich hab's ja gesagt – ich wußte doch, daß es schlimmer um sie stand, als Sie gemeint haben.› Nun, um es kurz zu machen, es hat mich so gepackt, daß meine Lieblingspatientin so mir nichts, dir nichts gestorben sein sollte, daß ich noch am nächsten Morgen, nachdem ich mir die Sache reiflich überlegt hatte, um die Erlaubnis für eine Autopsie bat.»

«Hat man Ihnen Schwierigkeiten gemacht?»

«Nicht die mindesten. Ein gewisser Widerwille, selbstverständlich, aber keinerlei Einwände. Ich erklärte, nach meiner Überzeugung müsse da noch eine versteckte Krankheit im Spiel gewesen sein, die ich nicht erkannt hätte, und mir wäre sehr viel wohler, wenn ich der Sache auf den Grund gehen dürfte. Das einzige, wovor der Nichte zu grausen schien, war eine gerichtliche Untersuchung. Ich habe gesagt – und das war wohl im Hinblick auf die herrschenden Gepflogenheiten nicht sehr klug von mir –, daß ich nicht glaubte, es werde zu einer gerichtlichen Untersuchung kommen müssen.»

«Das heißt, Sie wollten die Autopsie selbst vornehmen.»

«Ja – ich habe keinerlei Zweifel geäußert, daß ich schon eine hinreichende Todesursache finden würde, um den Totenschein ausstellen zu können. Ein bißchen Glück hatte ich auch dabei, denn die alte Dame hatte sich irgendwann einmal gesprächsweise für eine Feuerbestattung ausgesprochen, und die Nichte wollte es so halten. Das hieß, daß ich sowieso einen zweiten Arzt mit besonderen Qualifikationen brauchte, der den Totenschein mit mir zusammen unterschrieb, und diesen Mann habe ich überreden können, herzukommen und die Autopsie mit mir vorzunehmen.»

«Und haben Sie etwas gefunden?»

«Nicht die Spur. Mein Kollege hat mich natürlich einen Narren geheißen, daß ich so ein Theater machte. Er meinte, da die alte Dame doch sowieso über kurz oder lang gestorben wäre, hätte es völlig ausgereicht, als Todesursache Krebs, unmittelbare Ursache Herzversagen hinzuschreiben und fertig. Aber ich übergenauer Trottel mußte sagen, ich sei davon nicht überzeugt. An der Leiche war überhaupt nichts festzustellen, was den Tod auf natürliche Weise erklärt hätte, und so bestand ich auf einer Analyse.»

«Hatten Sie wirklich den Verdacht –?»

«Hm – nein, nicht direkt. Aber – ich war eben nicht zufrieden. Übrigens hat die Analyse klar ergeben, daß es am Morphium nicht gelegen hatte. Der Tod war so kurz nach der Injektion eingetreten, daß die Droge noch nicht einmal ganz den Arm verlassen hatte. Wenn ich es mir jetzt überlege, muß ich fast eine Art Schock vermuten.»

«Wurde die Analyse vertraulich vorgenommen?»

«Ja. Aber die Beisetzung verzögerte sich natürlich, und es gab Gerüchte. Die kamen dem Untersuchungsrichter zu Ohren, und er begann sich zu erkundigen, und dann hat sich noch die Schwester darauf versteift, ich unterstellte ihr Pflichtverletzung oder so etwas. Sie hat sich wenig standesgemäß benommen und erst recht für Gerede und Verwirrung gesorgt.»

«Und herausgekommen ist nichts dabei?»

«Nichts. Keine Spur von Gift oder sonst etwas dergleichen, und nach der Analyse standen wir so klug da wie zuvor. Natürlich dämmerte mir allmählich, daß ich mich gräßlich blamiert hatte. So habe ich dann – eigentlich entgegen meinem ärztlichen Urteil – den Totenschein unterschrieben: Herzversagen nach Schock, und meine Patientin kam nach einer turbulenten Woche ohne gerichtliche Untersuchung ins Grab.»

«Ins Grab?»

«Ach ja, das war der nächste Skandal. Die Leute vom Krematorium, die es sehr genau nehmen, hatten von dem Wirbel gehört und wollten die Leiche nicht annehmen, und so liegt sie nun auf dem Friedhof, damit man notfalls wieder auf sie zurückgreifen kann. Es war ein großes Begräbnis, und die Nichte wurde gebührend bedauert. Am nächsten Tag bekam ich von einem meiner einflußreichsten Patienten die Mitteilung, daß meine ärztlichen Dienste nicht mehr benötigt würden. Am übernächsten Tag ging die Frau des Bürgermeisters mir auf der Straße aus dem Weg. Meine Praxis wurde immer kleiner, und ich erfuhr, daß ich als der Mann bekannt wurde, ‹der diese nette Miss Soundso doch praktisch des Mordes verdächtigt hat›. Einmal sollte ich die Nichte verdächtigt haben, ein andermal ‹diese nette Krankenschwester – nicht das Flittchen, das entlassen wurde, sondern die andere, Sie wissen schon›. Nach einer anderen Version soll ich versucht haben, die Schwester in Schwierigkeiten zu bringen, weil ich wegen der Entlassung meiner Verlobten sauer gewesen sei. Schließlich hörte ich sogar Gerüchte, die Patientin hätte mich dabei erwischt, wie ich mit meiner Verlobten ‹herumgeknutscht› hätte – dieses häßliche Wort ist wirklich gefallen – anstatt meine Pflicht zu tun, und dann hätte ich die alte Dame aus Rache selbst beseitigt – nur warum ich in diesem Fall den Totenschein hätte verweigern sollen, dafür blieben die Skandalnudeln die Erklärung schuldig.

Ein Jahr lang habe ich das durchgestanden, aber dann wurde meine Situation unerträglich. Meine Praxis hatte sich praktisch in Luft aufgelöst, weshalb ich sie verkaufte und erst einmal Urlaub machte, um den faden Geschmack aus dem Mund zu bekommen – und nun bin ich also hier und versuche von vorn anzufangen. Das war's, und die Moral von der Geschichte ist, man soll es mit seinen staatsbürgerlichen Pflichten nicht übertreiben.»

Der Doktor lachte böse auf und ließ sich in den Sessel zurückfallen.

«Ich pfeife auf die Klatschmäuler», fügte er streitbar hinzu. «Auf daß sie an ihrer Bosheit ersticken!» Damit leerte er sein Glas.

«Hört, hört!» pflichtete sein Gastgeber ihm bei. Ein paar Sekunden blickte er nachdenklich ins Feuer.

«Wissen Sie», sagte er plötzlich, «irgendwie interessiert mich der Fall. Ich fühle so ein boshaftes Kribbeln in mir, das mir sagt, da gibt's was zu erforschen. Dieses Gefühl hat mich noch nie getrogen – und wird es auch hoffentlich nicht. Erst neulich hat es mir gesagt, ich soll mir einmal meinen Steuerbescheid ansehen, und siehe da, ich stellte fest, daß ich in den letzten drei Jahren rund 900 Pfund Steuern zuviel bezahlt habe. Und vorige Woche, als ich mich von jemandem über den Horseshoe-Paß fahren lassen wollte, hat es mir eingegeben, den Kerl zu fragen, ob er auch genug Benzin im Tank habe, und er stellte prompt fest, daß er noch ungefähr einen halben Liter hatte – gerade genug, um uns halb hinüberzubringen. Es ist eine ziemlich einsame Gegend dort. Natürlich kenne ich den Mann – es war also keine *reine* Intuition. Trotzdem habe ich es mir zur Regel gemacht, diesem Gefühl zu folgen, wenn es mir rät, einer Sache nachzugehen. Ich glaube», fügte er erinnerungsselig hinzu, «ich muß als Kind ein wahrer Unhold gewesen sein. Jedenfalls sind merkwürdige Fälle so etwas wie mein Steckenpferd. Übrigens bin ich nicht nur der vollkommene Zuhörer. Ich habe Sie hinters Licht geführt. ‹Ich habe ein weitergehendes Motiv, sagte er, seine falschen Koteletten abnehmend, unter denen Sherlock Holmes' unverkennbare hohle Wangen zum Vorschein kamen.›»

«Ich hatte allmählich auch schon meine Zweifel», sagte der Doktor nach kurzer Pause. «Sie müssen Lord Peter Wimsey sein. Ich habe mich schon gefragt, wieso Ihr Gesicht mir so bekannt vorkam; aber natürlich, es war ja vor ein paar Jahren in allen Zeitungen, nachdem Sie das Rätsel von Riddlesdale gelöst hatten.»

«Ganz recht. Ein dummes Gesicht natürlich, aber ziemlich entwaffnend, finden Sie nicht? Ich weiß nicht, ob ich es mir selbst ausgesucht hätte, aber ich versuche das Beste daraus zu machen. Hoffentlich wird es nur nicht mit der Zeit einem Spürhund ähnlich oder sonst etwas Unerfreulichem. Der da ist nämlich der eigentliche Spürhund – mein Freund, Kriminalinspektor Parker von Scotland Yard. Die eigentliche Arbeit tut er. Ich stelle nur schwachsinnige Vermutungen an, die er in mühsamer Kleinarbeit eine nach der andern widerlegt. Durch dieses Eliminationsverfahren finden wir dann schließlich die richtige Lösung, und alle Welt sagt: ‹Mein Gott, hat dieser junge Mann eine Intuition!› Also passen Sie auf – wenn Sie nichts dagegen haben, nehme ich mir den Fall einmal vor. Vertrauen Sie mir Ihre Anschrift und die Namen der beteiligten Personen an, und ich will mich gern daran versuchen.»

Der Doktor dachte einen Augenblick nach, dann schüttelte er den Kopf.

«Das ist sehr nett von Ihnen, aber das möchte ich wohl lieber nicht. Ich habe schon Ärger genug gehabt. Es ginge sowieso gegen die Standesvorschriften, mehr zu sagen, und wenn ich jetzt noch mehr Staub aufwirbelte, dürfte ich wahrscheinlich ganz aus dem Land verschwinden und mein Leben als einer dieser ständig betrunkenen Schiffsärzte irgendwo in der Südsee beschließen, die allen Leuten ihre Lebensgeschichte erzählen und düstere Prophezeiungen verkünden müssen. Schlafende Hunde soll man nicht wecken. Haben Sie trotzdem vielen Dank.»

«Wie Sie wünschen», sagte Wimsey. «Ich werde aber einmal nachdenken, und wenn mir etwas Brauchbares einfällt, lasse ich es Sie wissen.»

«Sehr freundlich», antwortete der Besucher, indem er gedankenabwesend Hut und Stock von dem Diener entgegennahm, der auf Wimseys Klingeln erschienen war. «Also gute Nacht, und vielen Dank, daß Sie mir so geduldig zugehört haben. Ach so, übrigens», meinte er, indem er sich an der Tür plötzlich umdrehte, «wie wollen Sie mir denn Bescheid geben, wenn Sie nicht einmal Namen und Adresse von mir wissen?»

Lord Peter lachte.

«Ich bin Falkenauge, der Detektiv», antwortete er, «und Sie hören so oder so von mir, bevor die Woche um ist.»

3

Eine Verwendung für Fräuleins

> *Es gibt in England und Wales zwei Millionen mehr Frauen als Männer. Das allein ist ein furchtgebietender Umstand.*
>
> Gilbert Frankau

«Was hältst du denn nun wirklich von der Geschichte?» fragte Parker. Er war am Morgen darauf wiedergekommen, um mit Wimsey zu frühstücken, bevor er in Richtung Notting Dale aufbrach, um sich um einen anonymen Briefschreiber zu kümmern. «Ich fand, es klang so, als ob unser Freund sich ein bißchen zuviel auf seine ärztliche Kunst einbildete. Das alte Mädchen könnte schließlich einen Herzanfall oder so etwas erlitten haben. Sie war alt und krank.»

«Könnte sein, obwohl ich glaube, daß Krebskranke wirklich selten so unerwartet das Zeitliche segnen. In der Regel erstaunen sie alle Welt mit der Zähigkeit, mit der sie sich ans Leben klammern. Trotzdem würde ich nicht weiter darüber nachdenken, wenn diese Nichte nicht wäre. Weißt du, sie hat den Tod der Tante ja so schön vorbereitet, indem sie ihren Zustand immer schlimmer machte, als er war.»

«Das habe ich auch gedacht, während der Doktor davon erzählte. Aber was hat die Nichte getan? Sie kann sie nicht vergiftet und nicht einmal erstickt haben, sonst hätte man der Leiche doch wohl etwas angemerkt. Und die Tante *ist* gestorben – also hatte vielleicht die Nichte recht und unser voreingenommener junger Medikus unrecht.»

«Vielleicht. Und natürlich haben wir nur seine Version über die Nichte und die Schwester – und der Schwester war er offensichtlich, wie man so schön sagt, nicht ganz grün. Wir dürfen sie übrigens nicht außer acht lassen. Sie war als letzte bei der alten Dame, und sie hat ihr die Injektion gegeben.»

«Ja, ja – aber die Injektion hatte doch nichts damit zu tun. Wenn eines klar ist, dann das. Sag mal, hältst du es für möglich, daß die Schwester vielleicht etwas gesagt hat, was die alte Dame aufgeregt und ihr einen Schock versetzt haben könnte? Die Kranke war ja ein bißchen verdreht, aber sie könnte doch noch so weit bei Verstand gewesen sein, um etwas wirklich Schreckliches zu verstehen. Vielleicht hat die Schwester nur etwas Dummes übers Sterben gesagt – in diesem Punkt scheint die alte Dame ja sehr empfindlich gewesen zu sein.»

«Aha!» sagte Lord Peter. «Ich hatte schon gewartet, wann du damit kommst. Ist dir aufgefallen, daß in der Erzählung wirklich eine recht finstere Gestalt auftaucht, und zwar der Familienanwalt?»

«Du meinst den, der wegen des Testaments gekommen war und so unversehens in die Wüste geschickt wurde?»

«Ja. Nehmen wir doch mal an, er wollte, daß die Kranke ein Testament zugunsten von jemand völlig anderem aufsetzte – einem, der in der Geschichte, wie wir sie kennen, überhaupt nicht vorkommt. Und als er sah, daß er sich kein Gehör verschaffen konnte, hat er die neue Schwester sozusagen als seine Stellvertreterin geschickt.»

«Das wäre aber sehr an den Haaren herbeigezogen», meinte Parker zweifelnd. «Er konnte doch nicht wissen, daß die Verlobte des Doktors den Laufpaß bekommen würde. Es sei denn, er stand mit der Nichte im Bunde und hat sie veranlaßt, für eine Ablösung der Schwester zu sorgen.»

«Die Karte sticht nicht, Charles. Die Nichte würde sich doch nicht mit dem Anwalt verbünden, damit er für ihre eigene Enterbung sorgt.»

«Das wohl nicht. Trotzdem finde ich, es ist etwas an der Idee, daß die alte Dame versehentlich oder absichtlich zu Tode erschreckt wurde.»

«Schon – und so oder so wäre das juristisch gesehen kein Mord. Jedenfalls lohnt sich's, glaube ich, sich die Sache einmal näher anzusehen. Dabei fällt mir etwas ein.» Er läutete. «Bunter, würden Sie einen Brief für mich zur Post bringen?»

«Gewiß, Mylord.»

Lord Peter zog einen Schreibblock zu sich her.

«Was willst du schreiben?» fragte Parker, indem er ihm amüsiert über die Schulter sah.

Lord Peter schrieb:

«Ist die Zivilisation nicht etwas Wunderbares?»

Er unterschrieb diesen simplen Satz und steckte das Blatt in einen Umschlag.

«Wenn du vor albernen Briefen sicher sein willst, Charles», sagte er, «trag dein Monomark-Zeichen nicht im Hut spazieren.»

«Und was schlägst du als nächstes vor?» fragte Parker. «Du willst mich doch hoffentlich nicht zu Monomark schicken, um den Namen eines Kunden zu erfahren! Ohne amtlichen Auftrag ginge das nicht, und die würden wahrscheinlich einen furchtbaren Krach machen.»

«Nein», antwortete sein Freund, «ich gedenke nicht, das Beichtgeheimnis zu verletzen. Jedenfalls nicht in diesen Gefilden. Aber wenn du dich für einen Augenblick von deinem mysteriösen Brieffreund losreißen könntest, der wohl sowieso keinen Wert darauf legt, gefunden zu werden, würde ich dich bitten, mit mir eine Freundin zu besuchen. Es dauert nicht lange. Ich glaube, sie wird dich interessieren. Ich – eigentlich bist du sogar der erste, den ich zu ihr mitnehme. Sie wird sehr gerührt und erfreut sein.»

Er lachte ein bißchen verlegen.

«Oh», machte Parker, peinlich berührt. Obgleich sie so gute Freunde waren, hatte Wimsey doch stets seine Privatangelegenheiten für sich zu behalten gewußt – nicht indem er sie versteckte; er ignorierte sie einfach. Diese Enthüllung jetzt schien eine neue Stufe der Vertrautheit einzuleiten, und Parker wußte nicht recht, ob ihn das freuen sollte. Er selbst lebte nach den kleinbürgerlichen Moralvorstellungen, die er seiner Abstammung und Erziehung verdankte, und wenn er auch theoretisch anerkannte, daß in Lord Peters Welt andere Maßstäbe galten, so hatte er sich noch nie gewünscht, praktisch damit konfrontiert zu werden.

«– eigentlich ein Experiment», meinte Wimsey gerade etwas schüchtern. «Jedenfalls sitzt sie jetzt ganz gemütlich in einer kleinen Wohnung in Pimlico. Du kannst doch mitkommen, Charles, ja? Ich möchte wirklich, daß ihr beide euch kennenlernt.»

«Ja, ja, natürlich», sagte Parker eilig. «Sehr gern. Äh – wie lange – ich meine –»

«Ach so, nun, die Sache läuft erst seit ein paar Monaten», sagte Wimsey, schon auf dem Weg zum Lift, «aber sie scheint sehr erfreulich zu funktionieren. Das erleichtert mir natürlich so einiges.»

«Natürlich», sagte Parker.

«Aber du verstehst, daß ich – mich über die Einzelheiten erst auslassen möchte, wenn wir da sind, und dann siehst du ja selbst», plauderte Wimsey weiter, indem er unnötig wuchtig die Fahrstuhltür zuknallte, «aber wie gesagt, du wirst feststellen, daß es sich um etwas völlig Neues handelt. Ich glaube nicht, daß es etwas in genau der Art schon einmal gegeben hat. Natürlich, es geschieht nichts Neues unter der Sonne, wie schon Salomo sagte, aber ich möchte behaupten, daß ihm da die vielen Weiber und Kohlkusinen, wie der kleine Junge sagte, ein bißchen die Optik getrübt haben, meinst du nicht?»

«Sicher», sagte Parker. Armer Irrer, fügte er im stillen an; daß sie doch immer glauben, bei ihnen wär's ganz was anderes!

«Ein Ventil», sagte Wimsey, und dann energisch: «Hallo, Taxi! ... Ein Ventil – jeder braucht ein Ventil – St. George's Square 97 A – und man kann den Leuten eigentlich keinen Vorwurf machen, wenn sie doch wirklich nur ein Ventil brauchen. Ich meine, warum schimpfen? Sie können doch nichts dafür. Ich finde es viel netter, ihnen ein Ventil zu geben, als sich in Büchern über sie lustig zu machen – und ein Buch zu schreiben ist ja nun wirklich nicht schwer. Besonders, wenn man entweder schlechte Geschichten in gutem Englisch oder gute Geschichten in schlechtem Englisch schreibt, und darüber scheint man heutzutage ja nicht mehr hinauszukommen, findest du nicht auch?»

Mr. Parker pflichtete ihm bei, und Lord Peter schweifte in die Gefilde der Literatur ab, bis das Taxi vor einem dieser großen, schrecklichen Häuser anhielt, die einst für viktorianische Familien mit nimmermüder Dienerschaft gedacht gewesen waren, jetzt aber mehr und mehr in je ein halbes Dutzend ungemütliche Schuhschachteln aufgeteilt wurden, die man dann als Wohnungen vermietete.

Lord Peter drückte auf den obersten Klingelknopf, neben dem der Name CLIMPSON stand, und lehnte sich lässig an die Wand.

«Sechs Stiegen hoch», erklärte er. «Da braucht sie ein Weilchen mit dem Öffnen, denn einen Fahrstuhl gibt's nun mal nicht. Eine teurere Wohnung wollte sie aber nicht haben. Das fand sie unangemessen.»

Mr. Parker nahm die Bescheidenheit der Dame überaus erleichtert, wenn auch etwas erstaunt zur Kenntnis und richtete sich, den Fuß leger auf dem Schuhabkratzer, geduldig aufs

Warten ein. Es dauerte jedoch gar nicht lange, bis die Tür aufging und eine Dame mittleren Alters mit scharfgeschnittenem, bläßlichem Gesicht und lebhafter Erscheinung vor ihnen stand. Sie trug ein adrettes dunkles Kostüm mit hochgeschlossener Bluse und eine lange Goldkette um den Hals, an der in Abständen aller möglicher Zierat hing. Ihr eisengraues Haar wurde von einem Netz gehalten, wie sie zur Zeit des verstorbenen Königs Edward in Mode waren.

«Oh, Lord Peter! Wie *furchtbar* nett, Sie zu sehen. Es ist ja ein recht *früher* Besuch, aber dafür werden Sie das bißchen Unordnung im Wohnzimmer gewiß entschuldigen. *Bitte,* treten Sie doch ein. Die Listen sind auch schon *ganz* fertig. Gestern abend habe ich sie abgeschlossen. Sie finden doch *hoffentlich* nicht, daß ich *unverantwortlich* lange dafür gebraucht habe, aber es waren ja so *erstaunlich* viele Eintragungen. Es ist ja *zu* nett von Ihnen, daß Sie extra vorbeikommen.»

«Aber gar nicht, Miss Climpson. Und das ist mein Freund, Inspektor Parker, von dem ich schon gesprochen habe.»

«Sehr erfreut, Mr. Parker – oder sollte ich wohl Inspektor sagen? Sie müssen schon entschuldigen, wenn ich danebengreife – es ist wirklich das erste Mal, daß ich es mit der Polizei zu tun habe. Hoffentlich ist es nicht ungehörig, so etwas zu sagen. Bitte, kommen Sie herauf. Es sind ja leider furchtbar viele Treppen, aber das stört Sie hoffentlich nicht. Ich wohne *so* gerne ganz oben. Da ist die Luft soviel besser, Mr. Parker, und dank Lord Peters Freundlichkeit habe ich ja einen so *schönen, luftigen* Ausblick über die Dächer. Ich finde, man kann viel besser *arbeiten,* wenn man sich nicht so umschränkt, gepfercht und umpfählt fühlt, wie Hamlet sagt. Du meine Güte, da läßt diese Mrs. Winterbottle doch schon wieder ihren Eimer auf der Treppe stehen, und immer in der dunkelsten Ecke! Ich sage ihr das *ständig.* Halten Sie sich dicht ans Geländer, dann kommen Sie gut vorbei. Jetzt nur noch eine Treppe. So, da wären wir. Bitte, sehen Sie über die Unordnung hinweg. Ich finde, Frühstücksgeschirr sieht nach dem Gebrauch immer so *häßlich* aus – direkt schweinisch, um mal ein unschönes Wort für eine unschöne Sache zu gebrauchen. Ein Jammer, daß diese klugen Leute nicht einmal Teller erfinden können, die sich von *selbst* spülen und von *selbst* einräumen, nicht wahr? Aber nehmen Sie doch Platz; ich bin sofort wieder da. Und Sie, Lord Peter, haben doch sicher keine Hemmungen, zu rauchen. Ich mag den Duft Ihrer Zigaretten so sehr – einfach köstlich –, und Sie können ja *so* schön die Enden ausdrücken.»

In Wahrheit war das kleine Zimmer natürlich tipptopp aufgeräumt, obwohl unzählige Nippesfigürchen und Fotos jedes freie Fleckchen beanspruchten. Das einzige, was man als Unordnung hätte bezeichnen können, war das Frühstückstablett mit einer leeren Eierschale, einer benutzten Tasse und einem Teller voller Krümel. Miss Climpson erstickte prompt diesen Keim der Anarchie, indem sie das Tablett höchsteigenhändig hinaustrug.

Sichtlich verwirrt ließ Parker sich behutsam auf einem kleinen Sessel nieder, den ein ebenso dickes wie hartes Kissen zierte, so daß man sich unmöglich zurücklehnen konnte. Lord Peter schlängelte sich auf den Fenstersitz, zündete sich eine Sobranie an und legte die Hände auf die Knie. Miss Climpson, die aufrecht am Tisch saß, strahlte ihn mit einer Freude an, die einfach rührend war.

«Ich habe mich *sehr* eingehend mit all diesen Fällen befaßt», begann sie, indem sie einen dicken Packen maschinebeschriebener Blätter zur Hand nahm. «Ich fürchte, meine Notizen sind *wirklich* sehr umfangreich, und *hoffentlich* finden Sie die Schreibkosten nicht zu hoch. Meine Handschrift ist sehr deutlich, so daß eigentlich keine Fehler darin sein dürften. Mein Gott, was für *traurige* Geschichten manche von diesen Frauen mir erzählt haben! Aber ich habe mich sehr eingehend erkundigt – mit freundlicher Unterstützung des Pfarrers, der ein sehr netter und hilfsbereiter Mensch ist –, und ich bin sicher, daß in den meisten Fällen Ihre Hilfe *sehr angebracht* sein wird. Wenn Sie einmal hinein –»

«Im Augenblick nicht, Miss Climpson», unterbrach Lord Peter sie rasch. «Schon gut, Charles – es geht nicht um Hilfe für die Taubstummen oder ledige Mütter. Ich erklär's dir später. Im Moment, Miss Climpson, benötigen wir Ihre Hilfe für etwas völlig anderes.»

Miss Climpson brachte ein ganz gewöhnliches Notizbuch zum Vorschein und saß abwartend da.

«Diesmal bestehen die Ermittlungen aus zwei Teilen», sagte Lord Peter. «Der erste Teil ist, fürchte ich, ziemlich langweilig. Ich möchte, daß Sie (wenn Sie so nett wären) zum Somerset-Haus gehen und dort alle Sterbeurkunden für Hampshire vom November 1925 durchsehen oder durchsehen lassen. Ich weiß weder die Stadt noch den Namen der Verstorbenen. Was wir suchen ist die Sterbeurkunde einer dreiundsiebzigjährigen Frau; Todesursache Krebs, unmittelbare Ursache Herzversagen. Die Urkunde ist von zwei Ärzten unterschrieben, von denen der eine ein Amtsarzt oder Polizeiarzt, Vertrauensarzt, Gerichtsmediziner, Internist oder Chirurg eines großen Krankenhauses oder Vertragsarzt der Krematoriumsbehörde sein muß. Wenn Sie für Ihre Erkundigungen einen Vorwand brauchen, können Sie sagen, Sie arbeiten an einer Krebsstatistik; in Wirklichkeit suchen Sie aber die Namen der beteiligten Personen und der Stadt.»

«Und wenn mehrere Sterbeurkunden diese Merkmale aufweisen?»

«Ja, dann beginnt der zweite Teil, bei dem uns Ihre ungewöhnliche Feinfühligkeit und Klugheit sehr nützlich sein werden. Wenn Sie die in Frage kommenden Fälle erst beisammen haben, werde ich Sie bitten, die betreffenden Städte aufzusuchen und sich sehr, sehr geschickt zu erkundigen, damit wir den Fall herausfinden, der uns interessiert. Natürlich darf man von Ihren Erkundigungen nichts merken. Sie müssen versuchen, eine nette, redselige Nachbarin zu finden, die Sie auf ganz natürliche Weise zum Reden bringen. Am besten tun Sie so, als ob Sie selbst ein bißchen klatschsüchtig wären – ich weiß, das liegt nicht in Ihrer Natur, aber Sie können es den Leuten sicher vorspielen –, und dann bringen Sie in Erfahrung, was Sie können. Ich denke, das wird Ihnen ziemlich leichtfallen, wenn Sie erst die richtige Stadt gefunden haben, denn ich weiß mit Bestimmtheit, daß es über diesen Todesfall furchtbar viel böses Gerede gegeben hat, so daß er bestimmt noch lange nicht vergessen sein wird.»

«Woran erkenne ich, daß es der richtige Fall ist?»

«Nun, wenn Sie ein bißchen Zeit haben, hören Sie sich eine kleine Geschichte an. Aber denken Sie daran, Miss Climpson, wenn Sie erst dort sind, dürfen Sie von der ganzen Geschichte noch nie ein Wort gehört haben – das brauche ich Ihnen ja nicht zu sagen. Charles, du kannst so etwas doch so schön klar und amtlich schildern. Möchtest du nicht das Wort ergreifen und Miss Climpson in knappen Sätzen die endlose Geschichte nacherzählen, die unser Freund uns gestern abend aufgetischt hat?»

Parker konzentrierte sich gehorsam und erzählte Miss Climpson das Wesentliche von der Geschichte des Doktors. Miss

Climpson hörte aufmerksam zu und notierte sich Daten und wichtige Einzelheiten. Parker sah, daß sie scharfsinnig die entscheidenden Punkte erfaßte; sie stellte eine Reihe sehr gescheiter Fragen und hatte intelligente Augen. Als er fertig war, wiederholte sie die Geschichte, und er konnte ihr nur noch zu ihrem Scharfblick und ausgezeichneten Gedächtnis gratulieren.

«Ein lieber alter Freund von mir hat immer gesagt, ich hätte sicher eine gute Rechtsanwältin abgegeben», meinte Miss Climpson selbstgefällig, «aber zu meiner Zeit bekamen junge Mädchen natürlich noch nicht die Ausbildung und diese *Chancen* wie heute, Mr. Parker. Ich hätte gern eine gute Ausbildung gehabt, aber mein lieber Vater war der Meinung, das sei nichts für Mädchen. Ziemlich altmodisch, würdet ihr jungen Leute wohl dazu sagen.»

«Macht nichts, Miss Climpson», sagte Wimsey. «Sie haben genau die Qualitäten, die wir brauchen, und wir können von Glück reden, denn die sind ziemlich selten. Und jetzt möchten wir den Stein so schnell wie möglich ins Rollen bringen.»

«Ich gehe sofort zum Somerset-Haus», antwortete die Dame sehr energisch, «und sobald ich bereit bin, nach Hampshire aufzubrechen, gebe ich Ihnen Bescheid.»

«Recht so», sagte Seine Lordschaft im Aufstehen. «Und jetzt wollen wir uns mal ganz schnell verdrücken. Ach so, bevor ich's vergesse, ich sollte Ihnen etwas für Ihre Reisespesen und so weiter geben. Ich stelle mir vor, daß Sie als Dame in auskömmlichen Verhältnissen auftreten, die sich an einem hübschen kleinen Ort zur Ruhe setzen möchte. Allzu wohlhabend sollten Sie vielleicht nicht erscheinen – wohlhabenden Leuten vertraut man sich nicht so leicht an. Vielleicht sollte Ihr Lebensstil einem Jahreseinkommen von etwa 800 Pfund entsprechen – Ihr ausgezeichneter Geschmack und Ihre Lebenserfahrung werden Ihnen schon sagen, mit welchen Mitteln Sie diesen Eindruck am besten erwecken. Wenn Sie erlauben, gebe ich Ihnen jetzt einen Scheck über 50 Pfund, und sowie Sie auf Reisen gehen, sagen Sie mir, was Sie brauchen.»

«Du meine Güte!» rief Miss Climpson. «Ich –»

«Das ist natürlich rein geschäftlich», fügte Wimsey ziemlich eilig hinzu, «und Sie werden ja wie üblich Ihre Spesen ganz korrekt abrechnen.»

«Selbstverständlich.» Miss Climpson war ganz Würde. «Ich gebe Ihnen auch gleich eine Quittung, wie sich's gehört.

31

Ach du lieber Gott», fuhr sie fort, indem sie in ihrer Handtasche kramte, «es scheint, ich habe keine Ein-Penny-Briefmarken mehr. Wie schrecklich nachlässig von mir! Das sieht mir so *gar* nicht ähnlich, keine Marken bei mir zu haben. Aber gestern abend hat Mrs. Williams sich erst meine letzten ausgeliehen, um einen dringenden Brief an Ihren Sohn in Japan schicken zu können. Entschuldigen Sie mich einen Augenblick –»

«Ich glaube, ich habe welche», warf Parker ein.

«Oh, vielen Dank, Mr. Parker. Und hier sind die 2 Pence dafür. Die lasse ich mir nie ausgehen – wegen des Boilers im Bad, wissen Sie. So eine *vernünftige* Erfindung, so ungemein *praktisch,* und es gibt unter den Mietern *gar* keinen Streit mehr wegen des warmen Wassers. Vielen Dank. So, und jetzt schreibe ich meinen Namen *quer* über die Marken. So ist es doch richtig, nicht wahr? Mein lieber Vater würde staunen, wenn er sehen könnte, wieviel seine Tochter von geschäftlichen Dingen versteht. Er hat immer gesagt, eine Frau *brauche* sich in Gelddingen nicht auszukennen, aber die Zeiten haben sich doch sehr geändert, nicht wahr?»

Miss Climpson geleitete sie, ihre Einwände wortreich übertönend, die ganzen sechs Treppen hinunter, dann ging die Tür hinter ihnen zu.

«Darf ich mal fragen –?» begann Parker.

«Es ist anders, als du denkst», sagte Seine Lordschaft ganz ernst.

«Natürlich», gab Parker zu.

«Siehst du, ich wußte, daß du eine schmutzige Phantasie hast. Die besten Freunde denken im stillen schlecht über einen. Im stillen Kämmerlein denken sie das, was sie draußen von sich weisen würden.»

«Quatsch nicht. Aber wer *ist* diese Miss Climpson?»

«Miss Climpson», sagte Lord Peter, «ist ein lebendes Beispiel für die Verschwendung, die in diesem Land getrieben wird. Siehe Elektrizität. Siehe Wasserkraft. Siehe Gezeiten. Siehe die Sonne. Millionen Energieeinheiten werden jede Minute ins Blaue verpufft. Tausende von alten Jungfern laufen herum und bersten vor nutzbarer Energie, und unsere stupide Gesellschaft verbannt sie in Kurheime und Hotels, Vereine und Pensionen oder auf Gesellschafterinnenposten, wo ihre herrliche Klatschsucht und Neugier ungenutzt zerrinnt oder sich sogar schädlich für die Gemeinschaft auswirken kann, während Aufgaben, für die diese Frauen geradezu geschaffen sind, mit dem Geld des Steuerzahlers von ungeeigneten Polizisten wie dir höchst mangelhaft wahrgenommen werden. Mein Gott, man sollte das mal an die Zeitung schreiben! Und währenddessen werden von gescheiten jungen Männern so gemeine und herablassende Büchlein wie ‹Die ältere Frau› und ‹Am Rande der Explosion› verfaßt – und Betrunkene singen Spottlieder auf die armen Dinger.»

«Schon, schon», sagte Parker. «Das heißt, Miss Climpson ist für dich so eine Art Kundschafterin?»

«Sie ist mein Ohr und meine Zunge», sagte Lord Peter mit dramatischer Geste, «und vor allem meine Nase. Sie stellt Fragen, die ein junger Mann nicht stellen könnte, ohne rot zu werden. Sie ist der Engel, der da hineinplatzt, wo der Narr eins über den Schädel kriegen würde. Sie riecht eine Ratte im Dunkeln. Sie ist mir, was der Katze ihr Schnurrbart.»

«Keine schlechte Idee», meinte Parker.

«Natürlich – sie ist von mir und darum genial. Stell dir doch nur einmal vor. Man will ein paar Fragen beantwortet haben. Wen schickt man hin? Einen Mann mit großen Plattfüßen und Notizbuch – den Typ, dessen Privatleben man sich nur als eine Folge unartikulierter Grunzer vorstellen kann. Ich schicke eine Frau mit wollener Unterhose auf den Stricknadeln und Klimperzeug um den Hals. Natürlich stellt sie Fragen – jeder erwartet es von ihr. Keiner wundert sich. Keiner erschrickt. Und das sogenannte Überflüssige ist einem guten und nützlichen Zweck zugeführt. Demnächst wird man mir noch mal ein Denkmal errichten und daraufschreiben:

Dem Manne,
der Tausende von überflüssigen Frauen
glücklich machte,
ohne ihrer Tugend zu nahe zu treten
oder sich selbst zu überanstrengen.»

«Wenn du nur nicht soviel reden würdest», klagte sein Freund. «Und was ist mit diesem maschinegeschriebenen Bericht? Wirst du auf deine alten Tage etwa noch zum Philanthropen?»

«Nein, nein», sagte Wimsey und winkte ziemlich eilig ein Taxi heran. «Das erzähle ich dir später. Ein kleines privates Pogrom von mir – sozusagen eine Versicherung gegen die sozialistische Revolution – wenn sie kommt. ‹Was hast du mit deinem großen Reichtum angefangen, Genosse?› – ‹Ich habe Erstausgaben gekauft.› – ‹*Aristocrat! À la lanterne!*› – ‹Halt, verschont mich! Ich habe fünfhundert Geldverleiher, die die Arbeiter unterdrückten, vor Gericht gebracht.› – ‹Bürger, du hast wohlgetan. Wir wollen dein Leben schonen. Du sollst zum Kanalreiniger befördert werden.› *Voilà*, man muß mit der Zeit gehen. Bürger Taxifahrer, bringen Sie mich zum Britischen Museum. Kann ich dich irgendwo absetzen? Nein? Dann mach's gut. Ich will noch ein altes Manuskript des Tristan aus dem 12. Jahrhundert kollationieren, solange die alte Ordnung besteht.»

Parker stieg nachdenklich in einen Bus und ließ sich nach Westen fahren, um unter der weiblichen Bevölkerung von Notting Dale seinerseits ein paar Erkundigungen einzuziehen. Es schien ihm nicht das Milieu zu sein, in dem Miss Climpsons Talente nutzbringend hätten eingesetzt werden können.

4

Leicht verdreht

Und faselte von grünen Feldern.
König Heinrich V.

Brief von Miss Alexandra Katherine Climpson an Lord Peter Wimsey:

Leahampton, Hants
Fairview, Nelson Avenue
bei Mrs. Hamilton Budge
29. April 1927

Lieber Lord Peter!

Es wird Sie gewiß freuen, zu hören, daß ich nach den *beiden* vorherigen Mißerfolgen (!) nun endlich den *richtigen* Ort gefunden habe. Die Sterbeurkunde der Agatha Dawson ist die *richtige,* und der schreckliche *Skandal* um Dr. Carr ist noch immer sehr lebendig, wie ich um der menschlichen Natur willen *leider* sagen muß. Ich hatte das Glück, ein Zimmer *gleich in einer Nebenstraße* der Wellington Avenue zu finden, wo Miss Dawson früher gewohnt hat. Meine Wirtin scheint eine sehr nette Frau zu sein, wenn auch eine *fürchterliche Klatschbase!* – was ja hier nur von *Vorteil* ist!! Sie verlangt für ein recht hübsches Schlaf- und Wohnzimmer mit Vollpension dreieinhalb Guineen die Woche. Sie werden das hoffentlich nicht als *allzu* extravagant betrachten, denn die Lage ist *genauso,* wie Sie es wünschten. Nehmen Sie mir die Erwähnung von *Unterwäsche* nicht übel, die einen recht *großen* Posten ausmacht, fürchte ich! Aber Wollsachen sind nun einmal heutzutage so teuer, und schließlich muß meine Ausstattung ja in allen Einzelheiten mit meiner (angeblichen!) Stellung im Leben übereinstimmen. Ich habe auch nicht vergessen, die Sachen alle *durchzuwaschen,* damit sie nicht *zu neu* aussehen, denn das könnte *verdächtig* wirken!!

Aber nun warten Sie sicher schon darauf, daß ich (um einmal einen vulgären Ausdruck zu gebrauchen) endlich zu gackern aufhöre und Eier lege (!!). Also, am Tag nach meiner Ankunft habe ich Mrs. Budge erklärt, ich litte an argem Rheumatismus

35

(was übrigens die reine Wahrheit ist – dieses traurige Erbe haben mir meine, ojemine (!) portweintrinkenden Vorfahren hinterlassen!) – und habe sie gefragt, was es denn in der Gegend für *Ärzte* gäbe. Da kam sie gleich mit einem ganzen *Katalog* an und sang dazu ein *großes Loblied* auf den sandigen Boden und die gesunde Lage des Ortes. Ich sagte, ich zöge einen *älteren* Arzt vor, denn auf die *jungen Leute* könne man sich meines Erachtens *überhaupt* nicht verlassen. Mrs. Budge hat mir da von Herzen zugestimmt, und mit ein paar vorsichtigen Fragen habe ich dann die *ganze Geschichte* von Miss Dawsons Krankheit und den ‹Umtrieben› (wie sie es nannte) des Dr. Carr und *der Schwester* erzählt bekommen. ‹Dieser ersten Schwester habe ich ja nie getraut›, sagte Mrs. Budge, ‹und wenn sie hundertmal am Guy's ausgebildet worden ist und eigentlich vertrauenswürdig sein müßte. Ein durchtriebenes rothaariges *Frauenzimmer*, sage ich, und nach meiner Überzeugung hat dieser Dr. Carr nur so ein Aufhebens um Miss Dawson gemacht und sie alle Tage besucht, um mit dieser Schwester Philliter herumpoussieren zu können. Kein Wunder, daß die arme Miss Whittaker es nicht mehr mit ansehen konnte und sie rausgeschmissen hat – höchste Zeit auch, finde ich. Und hinterher, da war er gar nicht mehr so aufmerksam, dieser Dr. Carr – bis zur letzten Minute hat er doch so getan, als wenn die alte Dame völlig in Ordnung wäre, wo doch Miss Whittaker erst den Tag zuvor gesagt hatte, sie habe so eine sichere Ahnung, daß sie von uns genommen würde.›

Ich habe Mrs. Budge gefragt, ob sie Miss Whittaker persönlich kenne. Miss Whittaker, müssen Sie wissen, ist die *Nichte*.

Nicht näher, sagte sie, aber sie sei ihr schon oft im kirchlichen Arbeitskreis begegnet. Und sie wisse genau darüber Bescheid, weil die Schwester ihres Mädchens nämlich Mädchen bei Miss Dawson gewesen sei. Ist das nun kein *glücklicher* Zufall? Sie wissen doch, wie diese Mädchen *reden*!

Ich habe mich auch sehr vorsichtig über Mr. Tredgold, den Vikar, erkundigt und war sehr froh, zu hören, daß er noch die *reine anglokatholische* Lehre vertritt, so daß ich sogar in die Kirche (St. Onesimus) gehen kann, ohne meiner religiösen Überzeugung *Gewalt* anzutun – was ich nicht *fertigbrächte*, nicht einmal *Ihnen* zuliebe. Das werden Sie doch *sicher* verstehen. Aber nun ist ja alles in *bester* Ordnung, und ich habe an meinen lieben Freund, den Vikar von St. Edfrith in Holborn, geschrieben, er möchte mich an Mr. Tredgold empfehlen. So hoffe ich dann auch schon bald *Miss Whittaker* kennenzulernen, denn wie ich höre, ist sie eine richtige ‹Stütze der Kirche›. Hoffentlich ist es kein Unrecht, sich der Kirche Gottes zu einem *weltlichen Zweck* zu bedienen; aber schließlich wollen Sie ja auch nur für *Wahrheit* und *Gerechtigkeit* sorgen (!) – und für so einen guten Zweck dürfen wir uns vielleicht erlauben, sogar ein bißchen JESUITISCH (!!!) zu sein.

Das ist nun alles, was ich *bisher* tun konnte, aber ich werde nicht *faul* sein und Ihnen wieder schreiben, sobald ich *irgend etwas* zu berichten habe. Übrigens ist der *Briefkasten* gleich an der Ecke Wellington Avenue, was *überaus praktisch* ist, denn so kann ich ohne weiteres mal eben hinspringen und meine Briefe an Sie (geschützt vor neugierigen Blicken!!) *selbst* einwerfen – und mir dabei auch gleich ein bißchen Miss *Dawsons* – jetzt Miss *Whittakers* – Haus ansehen, das ‹The Grove› heißt.

In aufrichtiger Ergebenheit
Ihre
Alexandra Katherine Climpson

Die rothaarige kleine Krankenschwester musterte ihren Besucher mit einem raschen, ein wenig feindseligen Blick.

«Es ist schon in Ordnung», sagte er entschuldigend. «Ich bin nicht gekommen, um Ihnen Seife oder ein Grammophon zu verkaufen, Sie anzupumpen oder für die Bruderschaft der Ehrwürdigen Schaumschläger oder etwas Karitatives zu gewinnen. Ich heiße wirklich Lord Peter Wimsey – ich meine, das ist mein Titel, kein phantasievoller Vorname wie Sanger's Circus oder Earl Derr Biggers. Ich bin hier, um Ihnen ein paar Fragen zu stellen, und ich fürchte, ich habe nicht einmal eine passende Entschuldigung für diesen Überfall – lesen Sie manchmal die *News of the World* ?»

Schwester Philliter kam zu dem Schluß, daß man ihr die Pflege eines Geisteskranken anvertrauen wollte und der Patient sie persönlich abholen kam.

«Manchmal», sagte sie vorsichtig.

«Aha, dann haben Sie in jüngster Zeit vielleicht meinen Namen in der einen oder anderen Mordsache dort auftauchen sehen. Ich spiele nämlich Detektiv, müssen Sie wissen – als Hobby. Ein harmloses Ventil, sehen Sie, für meine natürliche Neugier, die sich sonst womöglich nach innen richten und über die Selbsterkenntnis zum Selbstmord führen könnte. Eine sehr natürliche, gesunde Beschäftigung – nicht zu anstrengend, nicht zu bequem; es übt den Verstand und wirkt belebend.»

«Jetzt weiß ich, wer Sie sind», sagte Schwester Philliter langsam. «Sie – Sie sind als Zeuge gegen Sir Julian Freke aufgetreten. Sie waren es sogar, der ihm den Mord nachgewiesen hat, nicht?»

«So ist es – eine recht unerfreuliche Geschichte», meinte Lord Peter nur, «und jetzt habe ich einen ähnlichen Fall an der Hand und bitte um Ihre Hilfe.»

«Bitte setzen Sie sich doch», sagte Schwester Philliter und ging mit gutem Beispiel voran. «Inwiefern habe ich mit der Sache etwas zu tun?»

«Soviel ich weiß, kennen Sie Dr. Edward Carr – früher Leahampton –, ein gewissenhafter Mensch, nur ein bißchen arm an Welterfahrung – nicht klug wie die Schlangen, wie uns die Bibel rät, sondern ziemlich das Gegenteil.»

«Was!» rief sie. «Glauben *Sie* denn, daß es Mord war?»

Lord Peter sah sie ein paar Sekunden an. Ihr Gesicht verriet Eifer, ihre Augen glühten unter den dichten, geraden Brauen. Sie hatte ausdrucksvolle Hände, ziemlich groß, mit kräftigen, flachen Gelenken. Er sah, wie ihre Finger die Lehnen ihres Sessels umspannten.

«Ich habe nicht die leiseste Ahnung», antwortete er lässig, «möchte aber Ihre Meinung hören.»

«Meine?» Sie besann sich rasch. «Wissen Sie, ich darf über meine Fälle ja eigentlich nicht reden.»

«Sie haben mir Ihre Meinung schon gesagt», meinte Seine Lordschaft grinsend. «Obwohl ich dabei vielleicht eine gewisse Voreingenommenheit zugunsten von Dr. Carrs Diagnose berücksichtigen sollte.»

«Nun ja – schon; aber es ist nicht nur das Persönliche. Ich meine, daß ich mit Dr. Carr verlobt bin, würde mein fachliches Urteil über einen Krebspatienten nicht beeinflussen. Ich habe mit ihm zusammen an vielen Fällen gearbeitet und weiß, daß auf seine Meinung Verlaß ist – wie ich auch weiß, daß es sich mit seinen Fahrkünsten genau umgekehrt verhält.»

«Schön. Ich verstehe das so: wenn er sagt, daß der Tod unerklärlich war, dann war er es auch. Das hätten wir also. Nun zu der alten Dame selbst. Soweit ich verstanden habe, war sie gegen Ende leicht verdreht, nicht ganz zurechnungsfähig, wie Sie es wohl nennen würden.»

«Ich weiß nicht, ob ich das sagen würde. Natürlich, wenn sie unter Morphium stand, war sie oft stundenlang bewußtlos oder höchstens bei halbem Bewußtsein. Aber bis zu meinem Weggehen, würde ich sagen, war sie – nun ja, ganz da. Gewiß, sie war eigensinnig – oder was man bei günstiger Beurteilung ein Original nennen würde.»

«Aber wie Mr. Carr mir erzählte, hatte sie doch so merkwürdige Vorstellungen – daß man sie vergiften wolle.»

Die Schwester rieb langsam mit den Fingern über die Sessellehne und zögerte.

«Falls es das Ihrem Berufsethos etwas leichter macht», sagte Lord Peter, der erriet, was unter den roten Haaren vor sich ging, «sollte ich Ihnen vielleicht sagen, daß ich dieser Sache zusammen mit meinem Freund, Kriminalinspektor Parker, nachgehe, was mir sozusagen ein Recht gibt, Fragen zu stellen.»

«Nun, wenn das so ist – in diesem Fall werde ich wohl frei reden können. Das mit dieser Vergiftungsangst habe ich nämlich nie ganz verstanden. Ich habe nie etwas davon gemerkt – keine Abneigung, meine ich, keine Angst vor mir. In der Regel läßt ein Patient es sich doch anmerken, wenn er merkwürdige Vorstellungen von der Krankenschwester hat. Die arme Miss Dawson war aber immer ausgesprochen nett und liebenswürdig. Sie hat mich zum Abschied sogar geküßt und mir ein kleines Geschenk gegeben und gesagt, es tue ihr sehr leid, mich zu verlieren.»

«Und keine Nervosität, wenn sie von Ihnen ihr Essen bekommen hat?»

«Ach, wissen Sie, die letzte Woche durfte ich ihr gar nicht mehr das Essen bringen. Miss Whittaker sagte, ihre Tante habe seit neuestem solch merkwürdige Vorstellungen, und hat ihr alle Mahlzeiten selbst gebracht.»

«Oh! Das ist sehr interessant. Dann war es also Miss Whittaker, die zum erstenmal von dieser kleinen Exzentrizität gesprochen hat?»

«Ja. Und sie hat mich gebeten, Miss Dawson gegenüber nichts davon zu erwähnen, um sie nicht aufzuregen.»

«Haben Sie es doch erwähnt?»

«Nein. Ich würde auf keinen Fall mit einem Patienten über so etwas sprechen. Dabei kommt nichts Gutes heraus.»

«Hat Miss Dawson je mit jemand anderem darüber gesprochen? Etwa mit Dr. Carr?»

«Nein. Laut Miss Whittaker hatte ihre Tante auch Angst vor ihm, weil sie meinte, er stehe mit mir im Bunde. Natürlich hat das den Unfreundlichkeiten, die hinterher gesagt wurden, erst die Würze gegeben. Es könnte ja durchaus sein, daß sie uns einmal einen Blick oder ein paar leise Worte hat wechseln sehen und sich daraufhin einbildete, wir führten etwas im Schilde.»

«Was war mit den Mädchen?»

«Um die Zeit waren gerade neue gekommen. Mit ihnen hat sie wahrscheinlich nicht darüber gesprochen, und ich würde mich sowieso nicht mit dem Personal über einen Patienten unterhalten.»

«Natürlich nicht. Warum waren die anderen Mädchen fortgegangen? Wie viele waren es überhaupt? Sind alle gleichzeitig gegangen?»

«Zwei sind gegangen. Das waren Schwestern. Die eine hat furchtbar viel Porzellan zerschlagen, bis Miss Whittaker ihr gekündigt hat, und da ist die andere auch gleich gegangen.»

«Ach ja, man kann es schon satt bekommen, sein kostbares Crown Derby auf dem Fußboden herumkullern zu sehen. Schön. Dann hatte das also nichts mit . . . es hat nicht irgendwelche kleinen . . .»

«Es lag nicht daran, daß sie mit der Krankenschwester nicht ausgekommen wären, falls Sie das meinen», sagte Schwester Philliter lächelnd. «Es waren sehr artige Mädchen, nur nicht sonderlich intelligent.»

«Verstehe. Aber hat es nun einmal irgendeinen merkwürdigen, ganz andersartigen Vorfall gegeben, der Licht auf die Geschichte werfen könnte? Ich glaube, einmal war ein Rechtsanwalt zu Besuch und hat Ihre Patientin furchtbar aufgeregt. War das zu Ihrer Zeit?»

«Nein. Das habe ich nur von Dr. Carr gehört. Aber er hat weder den Namen dieses Anwalts erfahren noch den Zweck seines Besuchs, noch sonst etwas.»

«Schade», sagte Seine Lordschaft. «Von diesem Anwalt hatte ich mir viel versprochen. Sind Sie nicht auch anfällig für diesen finsteren Charme, den so ein Rechtsanwalt an sich hat, der plötzlich mit einem kleinen Köfferchen anrückt, die Leute mit geheimnisvollen Mitteilungen erschreckt und beim Weggehen die dringende Anweisung hinterläßt, man solle ihn sofort rufen, wenn etwas geschehe? Ohne diesen Anwalt hätte ich Dr. Carrs medizinisches Problem wahrscheinlich nicht mit dem Respekt behandelt, den es verdient. Er ist wohl nie wiedergekommen oder hat geschrieben?»

«Das weiß ich nicht. Oder – Moment! Da fällt mir etwas ein. Ich erinnere mich, wie Miss Dawson wieder einen ihrer hysterischen Anfälle in dieser Art hatte und dasselbe sagte, was sie damals gesagt hat – daß ‹man versuche, sie vor der Zeit unter die Erde zu bringen›.»

«Wann war das?»

«Ein paar Wochen bevor ich ging. Soviel ich weiß, war Miss Whittaker mit der Post zu ihr hinaufgegangen, wobei auch ein paar Sachen zu unterschreiben waren, und das scheint sie sehr erregt zu haben. Ich kam gerade von einem Spaziergang zurück und fand sie in einer schrecklichen Verfassung wieder. Die Mädchen hätten Ihnen darüber wirklich mehr sagen können als ich, denn sie waren auf dem Gang mit Abstauben und dergleichen beschäftigt und haben sie toben hören, worauf sie schnell heruntergekommen sind und mich nach oben geschickt haben. Ich selbst habe sie natürlich nicht gefragt, was da losgewesen sei – es geht nicht an, daß Krankenschwestern hinter dem Rücken ihres Arbeitgebers mit dem Personal tratschen. Miss Whittaker hat mir erklärt, ihre Tante habe eine ärgerliche Mitteilung von einem Notar bekommen.»

«Ja, das klingt, als wenn etwas daran sein könnte. Wissen Sie noch, wie die Mädchen hießen?»

«Wie war denn noch der Name? Er war komisch, sonst würde ich mich nicht erinnern – Gotobed, so hießen sie – Bertha und Evelyn Gotobed. Ich weiß nicht, wohin sie dann gegangen sind, aber das werden Sie gewiß herausbekommen.»

«Nun noch eine letzte Frage, und ich bitte Sie, bei der Antwort alles über christliche Nächstenliebe und üble Nachrede zu vergessen. Was ist Miss Whittaker für eine Frau?»

Ein undefinierbarer Ausdruck huschte über das Gesicht der Schwester.

«Groß, hübsch, von sehr entschiedenem Wesen», sagte sie, ganz wie jemand, der gegen seinen Willen strenge Gerechtigkeit walten läßt. «Eine ungemein tüchtige Krankenschwester – sie war am Royal Free, wie Sie wissen, bis sie zu ihrer Tante zog. Ich meine, sie war eine Krankenschwester wie fürs Theater. Mich hat sie nicht gemocht, und ich sie auch nicht, Lord Peter – es ist wohl besser, wenn ich Ihnen das gleich sage, dann können Sie alles, was ich über sie sage, vielleicht etwas milder betrachten

–, aber gute Arbeit wußten wir beide zu schätzen, und wir haben einander respektiert.»

«Was in aller Welt kann sie denn gegen Sie gehabt haben, Miss Philliter? Ich wüßte wirklich nicht, wann ich je einer liebenswerteren Person begegnet wäre, wenn Sie mir die Bemerkung gestatten.»

«Das weiß ich auch nicht.» Die Schwester wirkte ein wenig verlegen. «Die Abneigung schien bei ihr allmählich zu wachsen. Sie – haben vielleicht schon gehört, was die Leute am Ort sich so erzählt haben. Als ich ging. Daß nämlich Dr. Carr und ich . . . Nein, es ist wirklich schändlich! Ich habe eine höchst unerquickliche Unterredung mit der Mutter Oberin geführt, als ich wieder hier war. Diese Geschichte muß *sie* verbreitet haben. Wer könnte es sonst gewesen sein?»

«Nun – Sie *sind* aber doch mit Dr. Carr verlobt, oder?» meinte Seine Lordschaft freundlich. «Ich will damit natürlich nicht sagen, daß dies kein überaus erfreulicher Umstand wäre und so weiter, aber –»

«Aber sie behauptet, ich hätte meine Patientin vernachlässigt. Das habe ich *nie* getan. Mir würde so etwas im Traum nicht einfallen.»

«Gewiß nicht. Aber könnte es nicht sein, daß vielleicht schon die Verlobung an sich ein Ärgernis war? Ist übrigens Miss Whittaker mit jemandem verlobt?»

«Nein. Sie meinen, sie war eifersüchtig? Ich bin sicher, daß Dr. Carr ihr nie den geringsten, nicht den *geringsten* . . .»

«Bitte, *bitte!*» rief Lord Peter. «Nun sträuben Sie doch nicht gleich das Gefieder. Ein hübscher Vergleich – wie ein Küken, finde ich, so wollig. Aber auch ohne den geringsten Dingsda von Dr. Carrs Seite – er ist doch ein sehr anziehender Mensch und so. Glauben Sie nicht, da *könnte* etwas daran sein?»

«Einmal habe ich es geglaubt», gab Miss Philliter zu. «Aber als sie wegen der Autopsie solche Schwierigkeiten gemacht hat, da habe ich mir das wieder aus dem Kopf geschlagen.»

«Aber sie hat sich der Autopsie doch überhaupt nicht widersetzt.»

«Das nicht. Aber man kann es ja auch so machen, Lord Peter, daß man sich zunächst vor den Nachbarn ins Recht setzt und ihnen dann bei den Teeparties im Pfarrhaus erzählt, ‹wie es wirklich war›. Ich war ja nicht dabei, aber fragen Sie einmal jemanden, der dabei war. Diese Teeparties kenne ich.»

«Unmöglich ist es trotzdem nicht. Wer sich übergangen fühlt, kann sehr gehässig werden.»

«Vielleicht haben Sie recht», meinte Schwester Philliter nachdenklich. «Aber», fügte sie plötzlich hinzu, «das wäre doch kein Grund, eine vollkommen unschuldige alte Frau zu ermorden.»

«Jetzt gebrauchen Sie dieses Wort schon zum zweitenmal», sagte Wimsey bedeutungsvoll. «Es ist noch nicht bewiesen, daß es Mord war.»

«Das weiß ich.»

«Sie glauben aber, es war Mord?»

«Ja.»

«Und Sie glauben auch, daß sie es war?»

«Ja.»

Lord Peter ging ans Erkerfenster und strich nachdenklich über die Blätter der Aspidistra. Eine dralle Schwester störte die Stille, indem sie zuerst hereingestürzt kam und dann anklopfte, um kichernd zu melden:

«Entschuldigung tausendmal, wie dumm von mir, aber du bist heute nachmittag sehr gefragt, Philliter. Dr. Carr ist da.»

Dem Namen folgte sein Träger auf dem Fuß. Als er Wimsey sah, blieb er sprachlos stehen.

«Ich sagte Ihnen ja, daß ich über kurz oder lang aufkreuzen würde», meinte Lord Peter fröhlich. «Sherlock ist mein Name, und Holmes meine Natur. Sehr erfreut, Sie wiederzusehen, Dr. Carr. Ihr kleines Problem liegt in den besten Händen, und nachdem ich sehe, daß ich hier nicht mehr benötigt werde, will ich's machen wie das Bienchen und abschwirren.»

«Wie kommt denn *der* hierher?» erkundigte sich Dr. Carr nicht allzu erfreut.

«Hast du ihn denn nicht geschickt? Ich finde ihn sehr nett», sagte Schwester Philliter.

«Er ist verrückt», sagte Dr. Carr.

«Er ist gescheit», meinte die rothaarige Schwester.

Tratsch

Mit Salven unaufhörlichen Geschwätzes.
Butler: Hudibras

«Sie denken also daran, sich hier in Leahampton niederzulassen?» sagte Miss Murgatroyd. «*Das* ist aber nett. Hoffentlich können Sie in unserer Kirchengemeinde bleiben. Wir sind nämlich bei den Wochentagsversammlungen *gar* nicht gut besetzt – es gibt eben hier zuviel Gleichgültigkeit und *Protestantismus.* Da, nun ist mir eine Masche gefallen. Wie ärgerlich! Vielleicht sollte es aber auch nur eine kleine Erinnerung sein, daß ich nicht lieblos über Protestanten reden soll. Alles in Ordnung – ich hab sie wieder. Haben Sie vor, sich hier ein Haus zu suchen, Miss Climpson?»

«Ich weiß es noch nicht genau», antwortete Miss Climpson. «Heutzutage sind die Mieten ja so hoch, und ein Haus zu kaufen ginge fast über meine Mittel, fürchte ich. Jedenfalls werde ich mich sehr genau umsehen und die Frage von *allen* Seiten betrachten müssen. Ich würde wirklich *gern* in dieser Gemeinde bleiben – und nah bei der Kirche, wenn möglich. Vielleicht weiß der Vikar, ob irgendwo etwas Passendes in Aussicht steht.»

«O ja, er wird Ihnen sicher etwas raten können. Es ist so eine hübsche, wohnliche Gegend. Es würde Ihnen dort bestimmt gefallen. Augenblick – Sie wohnen jetzt in der Nelson Avenue, hat Mrs. Tredgold, glaube ich, gesagt.»

«Ja – bei Mrs. Budge im Fairview.»

«Da haben Sie's aber bestimmt gemütlich. So eine nette Frau, obwohl sie allerdings unaufhörlich redet. Hat sie Ihnen da noch nichts raten können? Denn wenn es irgendwo etwas Neues gibt, entgeht es Mrs. Budge ganz bestimmt nicht.»

«Also», ergriff Miss Climpson die Gelegenheit mit einer Schnelligkeit, die Napoleon alle Ehre gemacht hätte, «sie hat mal was von einem Haus in der Wellington Avenue gesagt, das bald frei würde, meint sie.»

«Wellington Avenue? Sie überraschen mich. Ich meine, da

kenne ich doch eigentlich jeden. Oder sollten die Parfitts – ob die endlich umziehen? Reden tun sie davon schon seit mindestens sieben Jahren, so daß ich eigentlich geglaubt habe, es sei nichts weiter als Gerede. Mrs. Peasgood, haben Sie gehört? Miss Climpson sagt, die Parfitts ziehen jetzt doch endlich aus diesem Haus!»

«Mich rührt der Schlag!» rief Mrs. Peasgood, indem sie ihre etwas vorstehenden Augen von ihrem Strickstrumpf hob und wie ein Opernglas auf Miss Climpson richtete. «Na, wenn *das* keine Neuigkeit ist! Das muß der Bruder von ihr gewesen sein, der letzte Woche bei ihnen war. Womöglich will er ganz bei ihnen wohnen bleiben, und dann muß natürlich schleunigst etwas geschehen, denn dann brauchen sie unbedingt noch ein zusätzliches Zimmer, wenn die Mädchen von der Schule heimkommen. Eine sehr vernünftige Lösung, würde ich meinen. Wissen Sie, er steht nämlich ganz gut da, glaube ich, und für die Kinder wäre es sehr gut. Wohin sie nur ziehen werden? Ich nehme ja an, es ist eines von diesen neuen Häusern draußen an der Winchester Road; doch das würde natürlich heißen, daß sie einen Wagen brauchen. Aber ich glaube, er hätte das sowieso sehr gern. Höchstwahrscheinlich wird er den Wagen selbst halten, und sie dürfen ihn benutzen.»

«Ich glaube nicht, daß der Name Parfitt war», unterbrach Miss Climpson eilig. «Nein, ich bin sicher, es war ein anderer. Eine Miss Soundso – Miss Whittaker, glaube ich, hat Mrs. Budge gesagt.»

«Miss Whittaker?» riefen beide Damen im Chor. «O nein! Ganz *bestimmt* nicht.»

«Miss Whittaker hätte mir ganz sicher etwas gesagt, wenn sie vorhätte, ihr Haus aufzugeben», fuhr Miss Murgatroyd fort. «Wir sind sehr eng befreundet. Ich glaube, da hat Mrs. Budge sich etwas Falsches in den Kopf gesetzt. Manche Leute saugen sich ja solch erstaunliche Geschichten regelrecht aus den Fingern.»

«So weit würde ich nun wieder nicht gehen», warf Mrs. Peasgood tadelnd ein. «Es könnte etwas daran sein. Ich weiß, daß unsere liebe Miss Whittaker mir gegenüber manchmal den Wunsch erwähnt hat, eine Hühnerfarm aufzumachen. Sie wird darüber wohl nicht vor der *Allgemeinheit* gesprochen haben, aber *mir* vertraut sie immer alles an. Verlassen Sie sich darauf, das ist ihre Absicht.»

«Mrs. Budge hat nicht direkt gesagt, Miss Whittaker wolle ausziehen», ging Miss Climpson dazwischen. «Ich glaube, sie hat nur gesagt, Miss Whittaker sei nach dem Tod irgendeiner Verwandten jetzt ganz allein, und es würde sie nicht überraschen, wenn sie das Haus zu einsam fände.»

«Ah, das sieht Mrs. Budge wieder einmal ähnlich!» sagte Mrs. Peasgood mit bedeutungsschwerem Nicken. «Eine wundervolle Frau, aber manchmal bekommt sie einfach den Knüppel am falschen Ende zu fassen. Nicht daß ich dasselbe nicht auch schon oft gedacht hätte. Neulich habe ich erst wieder zu der armen Miss Whittaker gesagt: ‹Finden Sie es nicht zu einsam in diesem Haus, meine Liebe, nun, nachdem Ihre liebe Tante nicht mehr ist?› Es wäre bestimmt sehr gut, wenn sie umzöge oder jemanden fände, der zu ihr zieht. Kein natürlicher Zustand für eine junge Frau, so ganz allein und so, und das habe ich ihr auch gesagt. Ich gehöre nämlich zu denen, Miss Climpson, die sagen, was sie denken.»

«O ja, so bin ich auch, Mrs. Peasgood», erwiderte Miss Climpson prompt. «Deshalb habe ich auch gleich zu Mrs. Budge gesagt: ‹Habe ich richtig gehört›, frag ich, ‹daß am Tod dieser alten Dame etwas *sonderbar* war?› – sie hatte nämlich von den *besonderen Umständen* des Falles gesprochen, und wissen Sie, ich würde ja nun nicht *gern* in ein Haus ziehen, das man irgendwie *berüchtigt* nennen könnte. Das wäre mir wirklich sehr *unangenehm*.» Und dies war zweifellos Miss Climpsons völliger Ernst.

«Aber, nicht doch – keine Spur!» rief Miss Murgatroyd so eifrig, daß Mrs. Peasgood, die bereits eine geheimnisvoll-unheildräuende Miene aufgesetzt hatte, um zu antworten, sich gänzlich an die Wand gedrückt sah. «Das war doch eine einzige Gemeinheit. Es war ein natürlicher Tod – vollkommen natürlich, und außerdem für die arme Seele bestimmt noch eine gnädige Erlösung, denn ihre Leiden waren zum Schluß wirklich fürchterlich. Das Ganze war nur ein skandalöses Gerücht, das dieser junge Dr. Carr – ich hab ihn ja nie leiden können – in die Welt gesetzt hat, um sich wichtig zu machen. Als ob irgendein Arzt so genau das Datum bestimmen könnte, wann es dem lieben Gott gefallen wird, eine leidende Seele zu sich zu holen. Menschlicher Stolz und Eitelkeit, Miss Climpson, sind am allerschlimmsten, wenn sie uns dazu verleiten, Verdacht auf unschuldige Menschen zu werfen, nur weil wir mit unseren eigenen an-

maßenden Vorurteilen verheiratet sind. Die arme Miss Whittaker. Sie hat eine schreckliche Zeit durchgemacht. Aber es wurde
ja bewiesen – absolut *bewiesen,* daß an der Geschichte überhaupt nichts daran war, und ich kann nur hoffen, daß dieser
junge Mann sich gehörig geschämt hat.»

«Darüber kann man geteilter Meinung sein, Miss Murgatroyd», sagte Mrs. Peasgood. «Ich sage, was ich denke, Miss
Climpson, und meines Erachtens hätte es eine gerichtliche Untersuchung geben müssen. Ich versuche mit der Zeit zu gehen
und glaube, daß dieser Dr. Carr ein sehr tüchtiger junger Mann
war, wenn auch natürlich kein Hausarzt vom alten Schlag, wie
ältere Leute ihn vorziehen. Jammerschade, daß diese nette
Schwester Philliter fortgeschickt wurde – diese Forbes war ja soviel nütze wie Kopfweh, um mal einen der deftigen Ausdrücke
meines Bruders zu gebrauchen. Ich glaube nicht, daß die was
von ihrem Beruf verstand, und dabei bleibt's.»

«Schwester Forbes war eine reizende Person», zischte Miss
Murgatroyd, knallrot vor Entrüstung, daß man sie zu den älteren Leuten gerechnet hatte.

«Mag ja sein», erwiderte Mrs. Peasgood, «aber vergessen Sie
schließlich nicht, daß sie sich einmal beinahe selbst umgebracht
hätte, indem sie statt drei Gran neun Gran Calomel genommen
hat. Das hat sie mir selbst erzählt, und was ihr einmal passiert
ist, könnte ihr auch ein andermal passiert sein.»

«Aber Miss Dawson hat überhaupt nichts bekommen», sagte
Miss Murgatroyd, «und auf alle Fälle war Schwester Forbes mit
den Gedanken bei ihrer Patientin, anstatt mit dem Doktor zu
flirten. Ich habe mir immer gedacht, daß dieser Dr. Carr einen
Groll gegen sie gehabt haben muß, weil sie den Platz seiner
Braut eingenommen hat, und nichts hätte ihm größere Freude
machen können, als sie in Schwierigkeiten zu bringen.»

«Sie werden doch nicht sagen», rief Miss Climpson, «daß er
den Totenschein verweigert und das ganze Theater gemacht
hat, nur um die Schwester zu ärgern! So etwas würde doch *kein*
Arzt wagen.»

«Natürlich nicht», sagte Mrs. Peasgood, «und keiner, der
noch einen Funken Verstand hat, würde das auch nur einen Augenblick für möglich halten.»

«Vielen, vielen Dank, Mrs. Peasgood!» rief Miss Murgatroyd.
«Haben Sie herzlichen Dank. Ich bin sicher –»

«Ich rede, wie ich denke», sagte Mrs. Peasgood.

«Da bin ich aber froh, daß ich solch lieblose Gedanken nicht habe», sagte Miss Murgatroyd.

«Ich finde, daß auch Ihre Bemerkungen sich nicht eben durch Liebenswürdigkeit hervortun», gab Mrs. Peasgood zurück.

Glücklicherweise machte in diesem Moment Miss Murgatroyd in ihrer Erregung eine heftige Bewegung mit der falschen Nadel und ließ 29 Maschen auf einmal fallen. Die Frau des Vikars, die einen Krach von weitem roch, kam rasch mit einem Teller Gebäck herbeigeeilt und versuchte für Ablenkung zu sorgen. Ihr legte Miss Climpson, die ehern an ihrer Sendung festhielt, die Frage nach dem Haus in der Wellington Avenue ans Herz.

«Also, das weiß ich nun wahrhaftig nicht», antwortete Mrs. Tredgold, «aber eben ist Miss Whittaker selbst gekommen. Wenn Sie mit an meinen Tisch kommen, kann ich sie Ihnen vorstellen, und dann können Sie beide sich nett darüber unterhalten. Sie werden sich bestimmt ganz wunderbar mit ihr verstehen; sie arbeitet ja so fleißig bei uns mit. Ach ja, und Mrs. Peasgood, mein Mann möchte sich unbedingt mit Ihnen über das Fest unserer Chorknaben unterhalten. Er spricht gerade mit Mrs. Findlater darüber. Ob Sie wohl so nett wären, hinzugehen und ihm zu sagen, was Sie davon halten? Er legt solchen Wert auf Ihre Meinung.»

So trennte die gute Frau taktvoll die streitenden Parteien, und nachdem sie Mrs. Peasgood unter die klerikalen Fittiche gesteckt hatte, schleppte sie Miss Climpson fort und drückte sie auf einen Sessel in der Nähe des Teetischs.

«Liebe Miss Whittaker, ich möchte Sie so gern mit Miss Climpson bekanntmachen. Sie ist eine Nachbarin von Ihnen – in der Nelson Avenue, und wir hoffen, sie überreden zu können, daß sie sich ganz hier niederläßt.»

«Das wäre fein», sagte Miss Whittaker.

Miss Climpsons erster Eindruck von Mary Whittaker war, sie sei auf den Teeparties von St. Onesimus völlig fehl am Platz. Mit ihrem hübschen, scharf geschnittenen Gesicht und der stillen Autorität stellte sie den Typ dar, der sich in Großstadtbüros so «gut macht». Sie hatte eine angenehme, ruhige Art und war sehr gut gekleidet – mit einer nicht gerade männlichen, aber doch strengen Eleganz, die ihre gute Figur nicht weiter zur Geltung kommen ließ. Nach ihren langen, melancholischen Erfahrungen mit frustrierten Frauen, die sie in trostloser Folge in billigen Pensionen hatte sammeln können, ließ Miss Climpson jetzt eine Theorie, die sich in ihrer Vorstellung zu bilden begonnen hatte, gleich fallen. Mary Whittaker war keine leidenschaftliche Natur, die sich an eine alte Frau gefesselt gefühlt hatte und nach Freiheit drängte, um noch einen Mann zu finden, ehe die Jugend dahin war. *Diesen* Typ kannte sie gut – erkannte ihn mit erschreckender Treffsicherheit beim ersten Blick, beim Klang der Stimme, wenn sie nur guten Tag sagte. Aber beim ersten Blick in Mary Whittakers klare, helle Augen unter den wohlgeformten Brauen hatte sie schlagartig das Gefühl, diesen Ausdruck schon einmal gesehen zu haben, wenn ihr auch das Wo und Wann nicht einfiel. Und während sie lang und breit von ihrer Ankunft in Leahampton erzählte, von ihrer Einführung beim Vikar und der guten Luft und dem sandigen Boden von Hampshire, kramte sie in ihrem exzellenten Gedächtnis nach einem Anhaltspunkt. Aber die Erinnerung wollte und wollte ihr Versteck nicht verlassen. In der Nacht wird es mir einfallen, dachte Miss Climpson zuversichtlich, und bis dahin will ich mal lieber noch nichts von dem Haus sagen; es könnte bei der ersten Begegnung zu aufdringlich wirken.

Worauf das Schicksal sofort eingriff und nicht nur diesen weisen Entschluß über den Haufen stieß, sondern beinahe Miss Climpsons ganze Strategie mit einem einzigen Streich zunichte machte.

Dazu bedienten die rächenden Erinnyen sich der Gestalt der jüngsten Miss Findlater – der schwärmerischen –, die schwer beladen mit Babywäsche angesprungen kam und sich neben Miss Whittaker aufs Sofa fallen ließ.

«Mary, Liebste! Warum hast du mir denn nichts gesagt? Du willst also deinen Plan mit der Hühnerfarm schon gleich verwirklichen? Ich hatte keine *Ahnung*, daß deine Pläne schon so weit gediehen sind. Aber daß ich das zuerst von *anderen* erfahren mußte! Du hattest mir doch versprochen, es zuallererst mir zu sagen.»

«Davon weiß ich ja selbst nichts», erwiderte Miss Whittaker kühl. «Wer hat dir denn diese wundersame Geschichte erzählt?»

«Aber Mrs. Peasgood hat doch gesagt, sie hat es von...» Hier geriet Miss Findlater nun in Schwierigkeiten. Sie war Miss Climpson noch nicht vorgestellt worden und wußte nicht, wie sie sich in ihrer Anwesenheit auf sie beziehen sollte. «Diese Dame», würde eine Verkäuferin im Laden sagen; «Miss Climpson» ging nicht an, da sie den Namen offiziell ja gar nicht kannte; «Mrs. Budges neuer Logiergast» war unter den Umständen offenbar unmöglich. Sie zögerte – und dann strahlte sie Miss Climpson freudig an und meinte: «Unsere neue Helferin – darf ich mich Ihnen schon selbst vorstellen? Ich hasse Förmlichkeiten ja so, und wer zum Arbeitskreis der Gemeinde gehört, bedarf keiner förmlichen Vorstellung mehr, finden Sie nicht? Miss Climpson, glaube ich. Sehr erfreut. Dann stimmt es also, Mary, daß du dein Haus an Miss Climpson vermietest und eine Geflügelfarm in Alford aufmachst?»

«Davon weiß ich aber ganz sicher nichts. Miss Climpson und ich haben uns eben erst kennengelernt.» Der Ton, in dem Miss Whittaker das sagte, ließ erkennen, daß diese erste Begegnung von ihr aus auch die letzte sein durfte.

«Ach du liebe Zeit!» rief die jüngste Miss Findlater, die mit ihren kurzen Blondhaaren irgendwie füllenhaft wirkte. «Da bin ich ja wohl ins Fettnäpfchen getreten. Dabei hat Mrs. Peasgood doch *bestimmt* so getan, als wenn alles schon geregelt wäre.» Sie wandte sich wieder an Miss Climpson.

«Aber das ist ein *Irrtum*», sagte Miss Climpson energisch. «Was *müssen* Sie nur von mir denken, Miss Whittaker? Natürlich kann ich so etwas *unmöglich* gesagt haben. Ich habe nur zufällig – und ganz nebenher – erwähnt, daß ich nach einem Haus – das heißt, daß ich mit dem *Gedanken* spiele, nach einem Haus in der Nähe der Kirche zu suchen – das ist so praktisch, wissen Sie, für die *Frühmesse* und an *Feiertagen* –, und da hat jemand *gemeint* – aber ich weiß wirklich nicht, wer –, daß Sie vielleicht, aber nur *vielleicht* mit dem Gedanken spielen könnten, *irgendwann* Ihr Haus zu vermieten. Ich versichere Ihnen, das war *alles*.» Mit dieser Behauptung war Miss Climpson weder korrekt noch unaufrichtig, aber sie entschuldigte sich vor ihrem Gewissen mit dem jesuitischen Argument, daß sie es lieber auf keinen Streit ankommen lassen sollte, wo soviel auf dem Spiel stand. «Miss Murgatroyd», fügte sie hinzu, «hat mich auch gleich berichtigt und gesagt, Sie dächten an so etwas *bestimmt* nicht, sonst hätten Sie es ihr zuallererst gesagt.»

Miss Whittaker lachte.

«Irrtum», sagte sie, «ich hätte zuerst mit meinem Makler gesprochen. Es ist schon richtig, daß ich daran gedacht habe, aber unternommen habe ich ganz bestimmt noch nichts.»

«Du hast es also wirklich vor?» rief Miss Findlater. «Ich hoffe es ja so – denn wenn du's machst, bewerbe ich mich gleich um eine Stelle auf der Farm! Ich sehne mich ja so danach, wegzukommen von diesen langweiligen Tennisparties und einmal so richtig erdverbunden und natürlich zu leben. Lesen Sie Sheila Kaye-Smith?»

Miss Climpson verneinte, aber sie sei sehr angetan von Thomas Hardy.

«Es ist wirklich schrecklich, in so einer Kleinstadt zu leben wie hier», fuhr Miss Findlater fort. «Die Aspidistras überall, und der ewige Tratsch. Sie haben ja keine Ahnung, Miss Climpson, wie hier in Leahampton geklatscht wird. Du mußt ja davon mehr als die Nase voll haben, nicht wahr, Mary, mit diesem lästigen Dr. Carr und dem Gerede der Leute. Mich wundert es nicht, wenn du daran denkst, dieses Haus loszuwerden. Ich kann mir gar nicht vorstellen, daß du dich je wieder darin wohlfühlen könntest.»

«Aber warum denn nicht?» fragte Miss Whittaker unbekümmert. Zu unbekümmert? Miss Climpson glaubte erschrocken in Blick und Stimme die seltsam rasche Abwehrbereitschaft der sitzengebliebenen Jungfer zu erkennen, die laut versichert, daß sie mit Männern nichts anfangen kann.

«Nun», meinte Miss Findlater, «ich denke immer, es ist ein bißchen traurig, in einem Haus zu wohnen, wo jemand gestorben ist. Die gute Miss Dawson – obwohl es ja eigentlich ein Segen war, daß sie erlöst wurde – aber trotzdem ...»

Sie versucht offensichtlich, von dem Thema wegzukommen, dachte Miss Climpson. Sie hat die ganzen Verdächtigungen im Zusammenhang mit diesem Tod gemeint, scheut sich aber, sie zur Sprache zu bringen.

«Es dürfte nur wenige Häuser geben, in denen nicht irgendwann schon ein Mensch gestorben ist», sagte Miss Whittaker. «Ich verstehe wirklich nicht, was die Leute daran so stört. Wahrscheinlich wollen sie es nur einfach nicht wahrhaben. Bei Leuten, die man nicht kennt, rührt es uns ja überhaupt nicht. Ebenso regen wir uns ja auch nicht über Katastrophen und Epidemien auf, die sich weit weg ereignen. Glauben Sie übrigens wirklich, Miss Climpson, daß sich da mit China etwas tut? Alle Welt scheint es auf die leichte Schulter zu nehmen. Wenn sich dieser ganze bolschewistische Aufruhr aber bei uns im Hyde Park abspielte, würde sehr viel mehr Theater darum gemacht werden.»

Miss Climpson gab eine angemessene Antwort, und am Abend schrieb sie an Lord Peter:

«Miss Whittaker hat mich zum Tee gebeten. Sie sagt, so sehr sie sich ein aktives Landleben mit einer sinnvollen Betätigung *wünschen* würde, habe sie das Haus in der Wellington Avenue doch so *in ihr Herz* geschlossen, daß sie sich nicht *davon losreißen* könne. Sie scheint *großen Wert* darauf zu legen, diesen Eindruck zu erwecken. Ob es mir wohl ansteht, zu sagen: ‹Die Dame, wie mich dünkt, gelobt zuviel›? Wobei der Prinz von Dänemark gleich hinzufügen könnte: ‹Der Aussätzige mag sich jucken –›, sofern man so von einer Dame reden darf. Shakespeare ist doch wundervoll! Für jede Situation findet man in seinen Werken einen passenden Satz!»

6

Die Tote im Wald

Blut kann eine Zeitlang schlafen, doch sterben nie.
Chapman: The Widow's Tears

«Weißt du, Wimsey», widersprach Parker, «ich glaube ja, du hast da Gemseneier gefunden. Nach meiner Überzeugung gibt es nicht den geringsten Grund zu der Annahme, daß am Tod dieser Dawson etwas nicht in Ordnung war. Du hast nichts weiter in der Hand als die Ansichten eines eingebildeten Arztes und einen Haufen albernes Geschwätz.»

«Du denkst in amtlichen Begriffen, Charles», antwortete sein Freund. «Deine Beamtenleidenschaft für Beweise stumpft allmählich deinen scharfen Intellekt ab und erstickt deine Instinkte. Du bist eben überzivilisiert. Im Vergleich mit dir bin ich ein Naturkind. Ich wohnte, wo der Bergbach stob, in unbegangner Flur, ein Mädchen, das – ich sag's mit Grausen – von keinem Lob, und Liebe kaum erfuhr, was vielleicht ganz gut so ist. Ich *weiß*, daß an dem Fall etwas faul ist.»

«Woher?»

«Woher? – Woher weiß ich, daß an der Kiste mit dem berühmten Lafite 76 etwas nicht stimmte, den dieser widerliche Pettigrew-Robinson neulich abends die Stirn hatte, mir vorzusetzen? Das Aroma stimmt nicht.»

«Du mit deinem Aroma! Wir haben keine Hinweise auf Gewaltanwendung oder Gift. Es gab kein Motiv, das alte Mädchen aus dem Weg zu räumen. Und wir haben keine Möglichkeit, irgendwem irgend etwas nachzuweisen.»

Lord Peter nahm eine Villar y Villar aus dem Kistchen und zündete sie mit geradezu kunstvoller Sorgfalt an.

«Paß mal auf», sagte er, «möchtest du darauf wetten? Ich setze zehn gegen eins, daß Agatha Dawson ermordet wurde, zwanzig zu eins, daß es Mary Whittaker war, und fünfzig zu eins, daß ich es ihr noch in diesem Jahr nachweise. Schlägst du ein?»

Parker lachte. «Ich bin ein armer Mann, Majestät», wich er

aus.

«Aha!» rief Lord Peter triumphierend. «Dir ist also selbst nicht ganz wohl dabei. Sonst hättest du nämlich gesagt: ‹Dein Geld bist du los, alter Knabe›, und hättest schnell eingeschlagen, weil du den Gewinn schon in der Tasche glaubtest.»

«Ich habe genug gesehen, um zu wissen, daß nichts absolut sicher ist», antwortete der Kriminalinspektor, «aber ich schlage ein; die Wette gilt – für eine halbe Krone», fügte er vorsichtig hinzu.

«Hättest du 100 Pfund gesetzt», sagte Lord Peter, «ich würde dich in Anbetracht deiner vorgeblichen Armut verschont haben, aber siebeneinhalb Shilling machen dich nicht reich und nicht arm. Folglich werde ich jetzt hingehen und meine Behauptungen beweisen.»

«Und was gedenkst du zu unternehmen?» erkundigte Parker sich ironisch. «Willst du eine Exhumierung beantragen und ungeachtet des Analyseberichts noch einmal nach Gift suchen? Oder willst du Miss Whittaker entführen und auf gallische Weise verhören?»

«Aber, aber. Ich bin ein moderner Mensch und brauche keine Folter. Ich werde die neuesten psychologischen Methoden anwenden. Ich mache es wie die Gottlosen in der Bibel: Ich stelle Fallen und fange Menschen darin. Ich lasse den Verbrecher sich selbst überführen.»

«Weiter! Du bist große Klasse», höhnte Parker.

«Bin ich auch. Es ist eine gesicherte psychologische Erkenntnis, daß Verbrecher keine Ruhe geben können. Sie –»

«Kehren an den Ort ihrer Untat zurück?»

«Himmel, unterbrich mich nicht dauernd. Sie versuchen unnötigerweise Spuren zu verwischen, wo sie gar keine hinterlassen haben, und setzen damit folgende Kettenreaktion in Gang: Verdacht, Ermittlung, Beweise, Verurteilung und Galgen. Hervorragende Rechtsgelehrte – Halt! Friede! Geh mit diesem Augustinus nicht so um, er ist wertvoll! Jedenfalls, um die Perlen meiner Redekunst nicht weiter vor die Säue zu werfen: Ich gedenke dieses Inserat hier in alle Morgenzeitungen zu setzen. Das eine oder andere Erzeugnis unseres hervorragenden Journalismus wird Miss Whittaker ja wohl lesen. So treffen wir zwei Vögel mit einem Stein.»

«Du meinst, wir schlagen zwei Fliegen mit einer Klappe», knurrte Parker. «Gib mal her.»

«BERTHA und EVELYN GOTOBED, vormals bei Miss AGATHA DAWSON, The Grove, Wellington Avenue, Leahampton, in Stellung, werden gebeten, sich bei Rechtsanwalt J. MURBLES in Staple Inn zu melden, um etwas für sie VORTEILHAFTES zu erfahren.»

«Gut, was?» meinte Wimsey. «Darauf angelegt, beim Unschuldigsten Verdacht zu wecken. Ich wette, Mary Whittaker fällt darauf herein.»

«Inwiefern?»

«Weiß ich noch nicht. Das macht es ja so spannend. Hoffentlich stößt nur dem guten alten Murbles nichts Unangenehmes zu. Ich würde ihn nicht gern verlieren. Er ist der Typ des vollkommenen Familienanwalts. Aber ein Mann in seinem Beruf muß auch bereit sein, mal ein Risiko zu tragen.»

«Ach, Quatsch!» sagte Parker. «Aber ich gebe zu, daß es ganz gut sein könnte, sich mit den Mädchen in Verbindung zu setzen, wenn du wirklich etwas über die Dawson und ihren Haushalt erfahren willst. Das Personal weiß immer alles.»

«Nicht nur das. Erinnerst du dich nicht, daß Schwester Philliter gesagt hat, die Mädchen seien kurz vor ihr rausgeschmissen worden? Mal abgesehen von den merkwürdigen Umständen ihrer eigenen Entlassung – das Märchen, die Dawson habe aus ihren Händen kein Essen mehr angenommen, was in der Haltung der alten Dame gegenüber der Schwester überhaupt keinen Rückhalt findet –, ist es nicht des Nachdenkens wert, daß die beiden Mädchen unter einem Vorwand genau drei Wochen nach einem von Miss Dawsons hysterischen Anfällen weggeschickt wurden? Sieht das nicht eher so aus, als ob jeder, der über diesen Vorfall etwas wußte, aus dem Weg geschafft werden sollte?»

«Nun, für die Entlassung der Mädchen gab's immerhin einen guten Grund.»

«Das Porzellan? Weißt du, es ist heutzutage nicht ganz einfach, an gutes Personal zu kommen. Heute nehmen die gnädigen Frauen so einiges mehr an Nachlässigkeit in Kauf als in der unwiederbringlichen guten alten Zeit. Dann der Anfall selbst. Warum hat Miss Whittaker ihre Tante gerade in dem Augenblick mit irgendwelchen lästigen Unterschriften unter Pachtverträge und dergleichen behelligt, als Schwester Philliter spazieren war? Wenn geschäftliche Dinge die alte Dame dermaßen aufregten, warum hat sie dann nicht für die Gegenwart einer tüchtigen Person gesorgt, die sie beruhigen konnte?»

«Aber Miss Whittaker ist doch eine ausgebildete Krankenschwester. Sie war sicher selbst in der Lage, mit ihrer Tante fertig zu werden.»

«Ich glaube unbedingt, daß sie eine sehr tüchtige Frau ist», sagte Wimsey mit Betonung.

«Ja, schon gut. Du bist voreingenommen. Aber gib auf alle Fälle das Inserat auf. Schaden kann's ja nicht.»

Lord Peter, der gerade läuten wollte, hielt inne. Seine Kinnlade sank herunter, was seinem langen, schmalen Gesicht einen etwas dümmlichen, zögernden Ausdruck gab, der an die Helden des Mr. P. G. Wodehouse erinnerte.

«Du meinst doch nicht –» begann er. «Ach, Quatsch!» Er drückte auf die Klingel. «Es *kann* nichts schaden, genau wie du sagst. Bunter, sorgen Sie dafür, daß dieses Inserat täglich bis auf Widerruf auf der Kleinanzeigenseite aller Zeitungen auf dieser Liste hier erscheint.»

Die Anzeige erschien zum erstenmal am Dienstagmorgen. Nichts Erwähnenswertes geschah in dieser Woche, außer daß Miss Climpson in einiger Aufregung schrieb, es sei der jüngsten Miss Findlater zu guter Letzt doch gelungen, Miss Whittaker zu ernsthaften Schritten in Richtung auf ihre Hühnerfarm zu überreden, und nun seien sie zusammen fortgefahren, um sich ein Unternehmen anzusehen, das sie im *Geflügelzüchter* annonciert gesehen hätten. Sie wollten ein paar Wochen fortbleiben. Unter diesen Umständen fürchtete Miss Climpson keine Nachforschungen betreiben zu können, deren Bedeutung ihr *viel zu großzügiges Salär* rechtfertige. Sie habe sich jedoch mit Miss Findlater angefreundet, die ihr versprochen habe, sie über *alle* ihre Unternehmungen auf dem laufenden zu halten. Lord Peter versuchte sie in seiner Antwort zu beruhigen.

Am Dienstag der folgenden Woche haderte Parker soeben im stillen mit seiner Zugehfrau, die die zermürbende Angewohnheit hatte, seine Frühstücksbücklinge so lange brutzeln zu lassen, bis sie versalzenen Schuhsohlen glichen, als angriffslustig das Telefon schrillte.

«Charles?» fragte Lord Peters Stimme. «Hör mal, Murbles hat einen Brief wegen dieses Mädchens bekommen, dieser Bertha Gotobed. Sie ist seit vorigen Donnerstag verschwunden, und ihre Zimmerwirtin, die unser Inserat gesehen hat und langsam unruhig wird, kommt her und will uns alles erzählen, was sie weiß.

Kannst du gegen elf Uhr nach Staple Inn kommen?»

«Ich weiß nicht», sagte Parker leicht gereizt. «Ich muß mich auch mal um meinen Beruf kümmern. Damit wirst du doch sicher allein fertig.»

«Das schon», kam es zänkisch zurück. «Ich wollte dir nur auch ein bißchen von dem Spaß gönnen. Ein undankbarer Kerl bist du. Der Fall interessiert dich nicht im mindesten.»

«Na weißt du – ich glaube eben nicht daran. Ja, schon gut – gebrauch nicht gleich solche Ausdrücke, du erschreckst noch das Telefonfräulein. Mal sehen, was ich machen kann. Um elf? – Gut! – He, hör mal!»

Klick! machte das Telefon.

«Aufgelegt», sagte Parker verdrießlich. «Bertha Gotobed. Hm! Ich hätte schwören mögen –»

Er griff nach dem *Daily Yell,* der auf dem Frühstückstisch gegen den Marmeladetopf lehnte, und las mit gespitzten Lippen die Meldung, deren fettgedruckte Überschrift ihm vor der Störung ins Auge gefallen war.

SERVIERERIN TOT IM EPPINGFORST GEFUNDEN
FÜNF-PFUND-NOTE IN DER HANDTASCHE

Er nahm wieder den Hörer ab und verlangte Wimseys Nummer. Der Diener war am Apparat.

«Seine Lordschaft sind im Bad, Sir. Soll ich durchstellen?»

Wieder klickte das Telefon. Bald darauf meldete sich schwach Lord Peters Stimme. «Hallo!»

«Hat die Wirtin etwas davon gesagt, wo Bertha Gotobed beschäftigt war?»

«Ja – im *Corner House* als Kellnerin. Woher dieses plötzliche Interesse? Du verschmähest mich im Bette, doch im Bad umwirbst du mich. Klingt wie ein Chanson von der weniger feinen Art. Warum, o sag, warum?»

«Hast du noch keine Zeitung gelesen?»

«Nein. Solche Torheiten hebe ich mir bis zum Frühstück auf. Was gibt's? Werden wir nach Shanghai beordert, oder hat man die Einkommensteuer um einen halben Shilling gesenkt?»

«Mensch, es ist ernst. Du kommst zu spät.»

«Wofür?»

«Bertha Gotobed ist heute früh tot im Wald bei Epping gefunden worden.»

«Großer Gott! Tot? Wieso denn? Wovon?»

«Keine Ahnung. Gift oder so. Oder Herzversagen. Keine Gewaltanwendung. Kein Raub. Keine Anhaltspunkte. Ich muß deswegen gleich zum Yard.»

«Gott vergebe mir, Charles. Weißt du, irgendwie hatte ich ja ein ungutes Gefühl, als du so sagtest, das Inserat könne wohl nichts schaden! Tot! Das arme Ding! Charles, ich komme mir selbst vor wie der Mörder. O verdammt! – und ich bin ganz naß, da fühlt man sich so hilflos. Paß auf, du rast los zum Yard und erzählst denen schon einmal alles, was du weißt, und ich komme im Nu nach. Jetzt gibt's ja wohl jedenfalls keinen Zweifel mehr.»

«Na, nun mal langsam! Es könnte etwas völlig anderes sein und gar nichts mit deinem Inserat zu tun haben.»

«Es *könnte* auch im Sommer schneien. Gebrauch doch mal deinen gesunden Menschenverstand. Ach ja, Charles! Ist eigentlich von der Schwester die Rede?»

«Ja. Bei der Leiche war ein Brief von ihr; dadurch wurde sie identifiziert. Sie hat vorigen Monat nach Kanada geheiratet.»

«Das hat ihr das Leben gerettet. Wenn sie herkommt, ist sie in scheußlicher Gefahr. Wir müssen sie erwischen und warnen. Und uns anhören, was sie weiß. Bis nachher. Ich muß mir jetzt was anziehen. O verdammt!»

Klick, die Leitung war wieder tot, und Parker ließ ohne Bedauern sein Frühstück Frühstück sein und rannte wie im Fieber aus dem Haus, die Lamb's Conduit Street hinunter, und fuhr unterirdisch mit der Trambahn nach Westminster.

Der Chef von Scotland Yard, Sir Andrew Mackenzie, war ein sehr alter Freund von Lord Peter. Er empfing den aufgeregten jungen Mann freundlich und hörte sich aufmerksam die etwas verworrene Geschichte von Krebs, Testamenten, geheimnisvollen Anwälten und Inseraten im Kleinanzeigenteil an.

«Ein merkwürdiger Zufall», sagte er geduldig, «und ich kann verstehen, daß Sie sich darüber aufregen. Aber Sie können sich wieder beruhigen. Ich habe den Bericht des Polizeiarztes, der voll und ganz von einem natürlichen Tod überzeugt ist. Nichts deutet auf einen Überfall hin. Natürlich wird noch eine gründliche Untersuchung stattfinden, aber ich glaube nicht, daß der geringste Anlaß besteht, ein krummes Ding zu vermuten.»

«Aber was hatte sie im Eppingforst zu suchen?»

Sir Andrew hob gelassen die Schultern.

«Der Frage muß natürlich nachgegangen werden. Aber – junge Leute ziehen nun mal ein bißchen herum. Es existiert auch irgendwo ein Verlobter. Ein Eisenbahner oder so. Collins ist schon hingefahren, um sich mit ihm zu unterhalten. Vielleicht ist sie aber auch mit jemand anderem dagewesen.»

«Aber wenn es ein natürlicher Tod war – niemand würde doch ein krankes oder sterbendes Mädchen einfach so dort liegen lassen.»

«*Sie* wohl nicht. Aber angenommen, die haben da ein bißchen herumgetollt und Unfug gemacht – und plötzlich ist das Mädchen tot umgefallen, wie das bei Herzkranken mitunter vorkommt. Ihr Begleiter könnte es mit der Angst zu tun bekommen und sich verdrückt haben. Wäre nicht der erste Fall.»

Lord Peter schaute nicht sehr überzeugt drein.

«Wie lange war sie schon tot?»

«Fünf, sechs Tage, meint unser Mann. Es war ein Zufall, daß sie überhaupt gefunden wurde; der Teil des Forstes ist wenig besucht. Ein paar junge Leute waren mit ihren Terriern auf einer Wanderung, und einer der Hunde hat die Leiche aufgespürt.»

«Lag sie frei?»

«Nicht direkt. Zwischen ein paar Büschen – an einer Stelle, wo muntere junge Pärchen zum Versteckspielen hingehen würden.»

«Oder wo ein Mörder eine Leiche vor der Polizei verstecken könnte», sagte Wimsey.

«Bitte, wenn Sie es unbedingt so haben wollen», sagte Sir Andrew nachsichtig. «Aber wenn es Mord war, muß es Gift gewesen sein, denn es gab, wie gesagt, nicht die kleinsten Wunden oder Kampfspuren. Ich lasse Ihnen den Obduktionsbericht zukommen. Wenn Sie inzwischen mit Inspektor Parker hinfahren möchten, stehen Ihnen natürlich alle unsere Einrichtungen zur Verfügung. Und lassen Sie mich wissen, wenn Sie etwas entdeckt haben.»

Wimsey dankte, dann holte er Parker aus einem der angrenzenden Dienstzimmer und führte ihn raschen Schrittes den Korridor entlang

«Das gefällt mir nicht», sagte er, «das heißt, es ist natürlich sehr befriedigend, zu wissen, daß unsere ersten Versuche in Psychologie sozusagen bereits praktische Bestätigung gefunden haben, aber ich wollte bei Gott, sie wäre nicht so endgültig ausgefallen. Wir fahren am besten sofort nach Epping und unterhalten uns mit der Zimmerwirtin später. Übrigens habe ich einen neuen Wagen, der dir sicher gefallen wird.»

Parker warf nur einen einzigen Blick auf das schlanke schwarze Monstrum mit der gestreckten, schnittigen Karosserie und den beiden kupfernen Auspuffrohren, und wußte sofort, daß ihre einzige Hoffnung, ohne Zwischenfälle nach Epping zu kommen, darin bestand, daß er eine möglichst amtliche Miene aufsetzte und unterwegs jedem, der blau gekleidet war, seinen Dienstausweis unter die Nase hielt. Widerspruchslos zwängte er sich auf den Beifahrersitz und sah sich, mehr entnervt als erleichtert, sogleich an die Spitze der Verkehrsschlange schießen – nicht unter dem Gebrüll gewöhnlicher Rennwagenmotoren, sondern geschmeidig und unheimlich lautlos.

«Der neue Daimler Doppel-Sechs», sagte Lord Peter, wobei er geschickt um einen Lastwagen kurvte, scheinbar ohne ihn überhaupt zur Kenntnis zu nehmen. «Mit Rennkarosserie. Spezialanfertigung ... nützliche ... Extras ... kein Lärm – hasse Lärm ... ganz wie Edmund Sparkler ... nur ja kein Krach ... Dickens, Klein Dorrit, weißt du ... nenne ihn Mrs. Merdle ... aus eben diesem Grunde ... werden bald sehen, was er leistet.»

Dieses Versprechen wurde noch vor ihrem Eintreffen am Fundort der Leiche erfüllt. Ihre Ankunft erregte in der kleinen Menschenansammlung, die Pflicht oder Neugier hierhergeführt hatte, beträchtliches Aufsehen. Sogleich stürzten sich vier Reporter und ein Rattenschwanz von Pressefotografen auf Lord Peter, dessen Anwesenheit sie in ihrer Hoffnung bestärkte, daß der Fall sich zu guter Letzt noch als Drei-Spalten-Knüller entpuppen könne. Parker wurde zu seinem Ärger in wenig würdevoller Pose fotografiert, als er sich gerade aus «Mrs. Merdle» herauszuwinden versuchte. Kriminalrat Walmisley kam ihm höflich zu Hilfe, maßregelte die Zuschauer und führte ihn dann an den Ort des Geschehens.

Die Tote war schon zum Leichenhaus transportiert worden, aber ein Abdruck im feuchten Boden zeigte deutlich, wo sie gelegen hatte. Lord Peter stöhnte bei dem Anblick leise.

«Dieses vermaledeite Frühlingswetter», schimpfte er aus ganzem Herzen. «Aprilregen – Sonne und Wasser – schlimmer konnte es gar nicht kommen. Ist die Leiche stark verändert, Kriminalrat?»

«Doch, ziemlich, Mylord, besonders an den freiliegenden

Stellen. Aber an der Identität besteht kein Zweifel.»

«Das hatte ich auch nicht erwartet. Wie hat sie gelegen?»

«Auf dem Rücken, in ganz natürlicher Haltung. Keine Kleider in Unordnung, nichts. Sie muß da gesessen haben, als ihr schlecht wurde, und dann ist sie nach hinten umgekippt.»

«Hm. Der Regen hat alle Fußspuren und sonstigen Fährten weggewaschen. Dazu noch Grasboden. Scheußlich, dieses Gras, nicht wahr, Charles?»

«Ja. Die Zweige hier scheinen überhaupt nicht beschädigt zu sein, Kriminalrat.»

«Nein», sagte der Beamte. «Keine Kampfspuren, wie ich in meinem Bericht schon erwähnte.»

«Nein – aber wenn sie hier gesessen hätte und nach hinten umgekippt wäre, wie Sie vermuten, meinen Sie dann nicht, daß sie mit ihrem Körpergewicht ein paar von diesen Schößlingen hier abgeknickt hätte?»

Der Kriminalrat sah den Kollegen von Scotland Yard scharf an.

«Sie wollen doch nicht sagen, daß sie hierhergebracht und dort hingelegt worden ist, Sir?»

«Ich will überhaupt nichts sagen», entgegnete Parker. «Ich weise nur auf einen Umstand hin, den Sie meiner Ansicht nach berücksichtigen sollten. Was sind das für Reifenspuren?»

«Das war unser Wagen, Sir. Wir sind rückwärts hier hereingestoßen, um sie aufzuladen.»

«Und das Getrampel, das waren wohl auch Ihre Leute?»

«Zum Teil, Sir. Zum Teil aber auch die Spaziergänger, die sie gefunden haben.»

«Von anderen Personen haben Sie wohl keine Spuren festgestellt?»

«Nein, Sir. Aber es hat letzte Woche stark geregnet. Außerdem sehen Sie hier überall Kaninchenspuren, wohl auch von anderen Tieren. Wiesel und so etwas.»

«Ach so! Nun, ich finde, Sie sollten sich jetzt hier mal etwas umsehen. Es könnten sich auch Spuren in einem größeren Umkreis finden. Gehen Sie einen Kreis ab und melden Sie mir alles, was Sie finden. Außerdem hätten Sie die ganzen Leute nicht so nah herankommen lassen dürfen. Sperren Sie ringsum ab und schicken Sie die Leute fort. Hast du alles gesehen, was dich interessiert, Peter?»

Wimsey hatte mit seinem Stock ziellos im hohlen Stamm einer

61

wenige Meter entfernt stehenden Eiche herumgestochert. Jetzt stutzte er und holte ein Päckchen heraus, das in einen Spalt eingeklemmt gewesen war. Die beiden Polizisten rannten eilig herbei, doch ihr Interesse verflüchtigte sich beim Anblick des Fundes – ein Schinkenbrot und eine leere Bierflasche, notdürftig in eine fettige Zeitung eingewickelt.

«Picknicker», schnaubte Walmisley. «Das dürfte kaum etwas mit der Leiche zu tun haben.»

«Ich glaube, da irren Sie sich», sagte Wimsey selbstgefällig. «Um welche Zeit genau ist das Mädchen verschwunden?»

«Am Mittwoch, dem siebenundzwanzigsten, also morgen vor einer Woche, hat sie um fünf Uhr im *Corner House* Feierabend gemacht», sagte Parker.

«Und das hier ist die *Evening Views* von Mittwoch, dem siebenundzwanzigsten», sagte Wimsey. «Letzte Abendausgabe. Nun erscheint diese Ausgabe erst gegen sechs Uhr abends auf den Straßen. Sofern sie also nicht jemand hierhergeschleppt und sein Abendbrot hier verzehrt hat, wurde sie wahrscheinlich von dem Mädchen selbst und seiner Begleitung mitgebracht. Es ist wohl kaum wahrscheinlich, daß jemand hinterher hier sein Picknick abgehalten hat, im Beisein der Leiche. Nicht daß Leichen einem unbedingt den Appetit verderben müssen. *À la guerre comme à la guerre.* Aber im Augenblick ist hier kein Krieg.»

«Das stimmt schon, Sir. Aber Sie nehmen an, daß der Tod am Mittwoch oder Donnerstag eingetreten ist. Da könnte sie ganz woanders gewesen sein – vielleicht bei Freunden in der Stadt oder sonstwo.»

«Schon wieder ein Reinfall», sagte Wimsey. «Aber ein sonderbarer Zufall ist das schon.»

«Stimmt, Mylord, und ich bin sehr froh, daß Sie die Sachen gefunden haben. Wollen Sie sich darum kümmern, Mr. Parker, oder soll ich sie an mich nehmen?»

«Sie nehmen sie besser mit und legen sie zu den anderen Beweisstücken», sagte Parker, wobei er die Hand ausstreckte, um sie Wimsey abzunehmen, der sich ganz unverhältnismäßig dafür zu interessieren schien. «Ich nehme an, Seine Lordschaft hat recht, und das Päckchen ist zusammen mit dem Mädchen hierhergekommen, und das sieht ganz danach aus, als ob sie nicht allein gewesen wäre. Vielleicht war dieser junge Mann von ihr dabei. Die altbekannte Geschichte, wie's scheint. Vorsicht mit der Flasche, mein Alter, da könnten Fingerabdrücke darauf sein.»

«Die Flasche könnt ihr haben», sagte Wimsey. «Möge es uns nie an einem Freunde fehlen, oder an einer Flasche, ihm zu geben, wie Dick Swiveller sagt. Und ich bitte euch ernstlich, bevor ihr diesen ehrenwerten jungen Eisenbahner darüber belehrt, daß alle seine Aussagen protokolliert und gegen ihn verwendet werden können: Richtet einmal eure Augen – und Nasen – auf dieses Schinkenbrot.»

«Was ist verkehrt daran?» erkundigte sich Parker.

«Nichts. Es scheint sogar erstaunlich gut erhalten zu sein, dank diesem bewunderungswürdigen Eichenstamm. Die knorrige Eiche, in so vielen Jahrhunderten Britanniens Bollwerk gegen Invasoren! Aus Eichenkernen ist unser Schiff – übrigens nicht aus Eichenkernen, wie es gewöhnlich falsch gesungen wird. Was mich stört, ist das Mißverhältnis zwischen dieser Stulle und dem übrigen Zeug.»

«Es ist doch ein ganz gewöhnliches Schinkenbrot, oder?»

«O Gott des Weines und der Tafelfreuden, wie lange noch, wie lange! Ein Schinkenbrot schon – aber weiß Gott kein gewöhnliches. Das ist nie über die Theke eines Selbstbedienungsrestaurants oder einer Würstchenbude gewandert. Das Schwein, das sich für diesen köstlichen Leckerbissen opfern mußte, ward in keinem düsteren Koben gemästet und hat die zweifelhaften Genüsse aus dem häuslichen Abfalleimer nie gekannt. Sieh dir die feste Maserung an, das tiefbraune Magere und saftige Fette, wie eine Chinesenwange so gelb; und hier der dunkle Fleck, wo die schwarze Beize eingedrungen ist, auf daß dieser Leckerbissen Zeus persönlich vom Olymp hätte locken können! Und dann sage mir, du Ungebildeter, der du das ganze Jahr lang nur von Kochfisch leben dürftest, sage mir, wie deine kleine Kellnerin und ihr Eisenbahner dazu kommen, sich hier im Eppingforst an kohlschwarz gebeiztem Bradenham zu laben, der einst als junger Keiler durch die Wälder streifte, bis ihn der Tod in diese haltbare und ruhmvolle Köstlichkeit verwandelte? Ich darf anfügen, daß ein Pfund von diesem Zeug ungekocht 3 Shilling kostet – was du gütigerweise als ein gewichtiges Argument ansehen mögest.»

«Das ist allerdings merkwürdig», sagte Parker. «Ich könnte mir vorstellen, daß nur reiche Leute –»

«Reiche oder solche, für die das Essen zu den schönen Künsten zählt», sagte Wimsey. «Diese beiden Gruppen sind keineswegs identisch, wenn sie sich auch hier und da überlappen.»

«Könnte wichtig sein», meinte Parker, der die Beweisstücke sorgfältig wieder einwickelte. «Aber jetzt sollten wir uns mal die Leiche ansehen gehen.»

Die Leichenschau war keine erfreuliche Angelegenheit, denn das Wetter war feucht und warm gewesen, und daß es dort Wiesel gab, sah man auch. Wimsey ließ schon nach einem kurzen Blick die beiden Polizisten allein weitermachen und widmete sich lieber der Handtasche der Toten. Er las den Brief von Evelyn Gotobed (jetzt Evelyn Cropper) rasch durch und notierte sich ihre kanadische Adresse. In einer Innentasche fand er einen Zeitungsausschnitt mit seinem Inserat, und dann machte er sich Gedanken über die Fünf-Pfund-Note, die zusammengefaltet zwischen einer Zehn-Shilling-Note, ein paar Silber- und Kupfermünzen im Werte von 7 Shilling und 8 Pence sowie einem Hausschlüssel und einer Puderdose gesteckt hatte.

«Sie haben sicher die Herkunft des Geldscheins schon prüfen lassen, Walmisley?»

«O ja, Mylord, gewiß.»

«Und der Schlüssel gehört sicher zur Unterkunft des Mädchens.»

«Zweifellos. Wir haben die Zimmerwirtin gebeten, hierherzukommen und die Leiche zu identifizieren. Nicht daß es Zweifel an der Identität gäbe, aber Vorschrift ist Vorschrift. Vielleicht kann sie uns auch weiterhelfen. Ah! –» der Kriminalrat sah zur Tür hinaus – «das muß sie wohl schon sein.»

Die pummelige, mütterliche Frau, die in Begleitung eines sehr jugendlichen Polizisten einem Taxi entstieg, identifizierte die Tote unter Schluchzen, doch ohne Schwierigkeiten als Bertha Gotobed. «So ein nettes junges Mädchen!» jammerte sie. «Nein, wie schrecklich, wie schrecklich! Wer kann denn so etwas nur tun? Ich habe mir ja die ganze Zeit solche Sorgen gemacht, seit sie vorigen Mittwoch nicht nach Hause gekommen ist. Und wie manches Mal habe ich mir schon gesagt, hätte ich mir doch lieber die Zunge abgebissen, als ihr dieses gemeine Inserat zu zeigen. Ah, ich sehe, Sie haben es da, Sir. Ist es nicht furchtbar, daß es Leute gibt, die junge Mädchen mit solch verlogenen Versprechungen weglocken? So ein niederträchtiger Lump – und nennt sich auch noch Rechtsanwalt! Und als sie nicht kam und nicht kam, da habe ich diesem Halunken geschrieben, daß ich ihm auf der Spur bin und ihm die Polizei auf den Hals hetzen werde, so wahr ich Dorcas Gulliver heiße! Mich hätte er nicht hereingelegt – ich bin ja wohl auch nicht das, worauf er's abgesehen hat, wo ich nächsten Johanni schon einundsechzig werde – und das hab ich ihm geschrieben.»

Lord Peter hatte Mühe, bei dieser Schmährede gegen den ehrenwerten Mr. Murbles aus Staple Inn ernst zu bleiben, dessen Wiedergabe des Briefs von Mrs. Gulliver an ihn schamhaft gesäubert gewesen war.

«Es muß ein Schock für den alten Knaben gewesen sein», flüsterte er Parker zu. «Wenn ich ihn das nächste Mal sehe, bin ich dran.»

Mrs. Gullivers Stimme jammerte und jammerte.

«So anständige Mädchen, alle beide, und Miss Evelyn verheiratet mit diesem netten jungen Mann aus Kanada. Mein Gott, wird das ein furchtbarer Schlag für sie sein! Und der arme John Ironsides, diese Pfingsten noch hatte er Miss Bertha heiraten wollen, das arme Schäfchen. Ein solider, anständiger Mann – bei der Southern ist er, und er hat doch immer so im Scherz gesagt: ‹Ich bin wie die Southern, Mrs. Gulliver – langsam, aber sicher.› O Gott, o Gott, wer hätte das geglaubt! Und dabei war sie gar keine von der flatterhaften Sorte. Ich hab ihr gern einen Hausschlüssel gegeben, denn manchmal hatte sie Spätschicht, aber ausgeblieben nach der Arbeit ist sie nie. Darum hab ich mir ja so Sorgen gemacht, weil sie nicht wiederkam. So manche gibt's ja heutzutage, die man lieber gehen als kommen sieht, die kennt man schon. Nein. Als es immer später wurde, und sie nicht wiederkam, hab ich gesagt, denkt an meine Worte, hab ich gesagt, das Kind ist entführt worden, sag ich, und zwar von diesem Murbles.»

«Hat sie lange bei Ihnen gewohnt, Mrs. Gulliver?» fragte Parker.

«Noch nicht länger als fünfzehn Monate, aber das können Sie annehmen, daß ich ein junges Mädchen keine fünfzehn *Tage* zu kennen brauche, um zu wissen, ob es ein braves Mädchen ist oder nicht. Das sieht man schon so gut wie auf den ersten Blick, wenn man meine Erfahrung hat.»

«Waren beide Schwestern zusammen zu Ihnen gekommen?»

«Ja. Als sie nach einer Stelle in London suchten, da sind sie zu mir gekommen. Und sie hätten in manch schlechtere Hände fallen können, sage ich Ihnen, zwei so junge Dinger vom Land, wo sie auch noch so frisch und hübsch sind.»

«Ich muß sagen, die Mädchen hatten ausgesprochenes Glück,

Mrs. Gulliver», sagte Lord Peter. «Es muß ein großer Trost für sie gewesen sein, daß sie sich Ihnen anvertrauen und Sie um Rat fragen konnten.»

«Ja, das glaube ich auch», sagte Mrs. Gulliver. «Obwohl die jungen Leute heutzutage sich ja nicht viel von uns älteren raten lassen wollen. Zieh ein Kind groß, und es geht fort, wie schon in der Bibel steht. Aber Miss Evelyn – das heißt, die jetzige Mrs. Cropper – hatte sich nun mal dieses London in den Kopf gesetzt, und schon kommen sie her und bilden sich ein, hier würden Damen aus ihnen gemacht, wo sie doch immer nur in Stellung waren, obwohl *ich* ja keinen Unterschied sehen kann, ob man in einem Schnellimbiß bedient und dem ganzen Pöbel nach der Pfeife tanzt oder ob man bei einer Dame in Stellung ist, außer daß man schwerer arbeiten muß und sein Essen nicht so bequem vorgesetzt kriegt. Aber Miss Evelyn, die war ja die hellere von den beiden und hat auch gleich ihr Glück gemacht, ich meine, daß sie diesen Mr. Cropper kennengelernt hat, der jeden Morgen zum Frühstück ins *Corner House* gegangen ist und ein Auge auf das Mädchen geworfen hat, in allen Ehren, versteht sich.»

«Da kann man von Glück reden. Aber haben Sie vielleicht eine Ahnung, wie die beiden auf die Idee gekommen sind, in die Stadt zu kommen?»

«Tja, wissen Sie, Sir, es ist komisch, daß Sie das fragen, denn das hab ich auch nie verstanden. Die Dame, bei der sie vorher in Stellung waren, da auf dem Land, die hat Miss Evelyn diesen Floh ins Ohr gesetzt. Und meinen Sie nicht auch, Sir, daß sie doch eigentlich alles hätte tun müssen, um die beiden zu halten, wo man gutes Personal heutzutage so schwer bekommt? Aber nein! Es scheint ja, als ob's mal Krach gegeben hätte, weil Bertha – das arme Ding, das arme Lämmchen; bricht es einem nicht das Herz, wenn man sie so sieht, Sir? – weil Bertha eine alte Teekanne zerbrochen hat – sie soll auch noch sehr wertvoll gewesen sein, und da hat die gnädige Frau gemeint, sie kann es nicht mit ansehen, wie ihre guten Sachen alle zerschlagen werden. Und da hat sie also gesagt: ‹Du gehst›, sagt sie, ‹aber›, sagt sie, ‹ich gebe dir ein gutes Zeugnis mit, dann findest du sicher bald eine schöne Stelle. Und Evelyn wird ja sicher mit dir gehen wollen›, sagt sie, ‹so daß ich mir nun wohl jemand anders suchen muß. Aber›, sagt sie, ‹ihr solltet vielleicht nach London gehen, da findet ihr das Leben sicher viel schöner und interessanter als zu Hause>, sagt sie. Na ja, und das Ende vom Lied, sie hat ihnen solche Flausen in den Kopf gesetzt, wie schön es in London sei und was für herrliche Stellungen man hier bekommen könne, wenn man sich nur erkundige, daß sie schließlich ganz verrückt darauf waren, wegzukommen, und dann hat sie ihnen noch etwas Geld gegeben und sich auch sonst ganz nobel gezeigt, alles in allem.»

«Hm», machte Wimsey, «mit dieser Teekanne muß sie es aber gehabt haben. Hat Bertha eigentlich sehr viel Porzellan zerschlagen?»

«Also, Sir, bei mir hat sie jedenfalls nichts zerbrochen. Aber diese Miss Whittaker – so hieß sie nämlich –, das war so eine von den ganz Genauen, denen immer alles nach dem Kopf gehen muß. Ziemlich empfindlich war sie eben, wenigstens hat die arme Bertha das gesagt, obwohl Miss Evelyn – eben die jetzige Mrs. Cropper – *die* hat immer gemeint, da steckt was anderes dahinter. Miss Evelyn war immer die raffinierte, sozusagen. Aber wir haben ja nun mal alle unsere kleinen Eigenheiten, nicht wahr, Sir? Ich glaube ja, daß die gnädige Frau schon jemand anders hatte, die sie an Stelle von Bertha – das ist die hier – und Evelyn – das ist die jetzige Mrs. Cropper, Sie verstehen mich – nehmen wollte, und da hat sie sich eben einen Vorwand zurechtgeschustert, wie man so sagt, um sie loszuwerden.»

«Sehr gut möglich», sagte Wimsey. «Ich glaube, Inspektor, Evelyn Gotobed –»

«Die jetzige Mrs. Cropper», warf Mrs. Gulliver schluchzend ein.

«Mrs. Cropper, sollte ich sagen – hat man sie schon benachrichtigt?»

«Ja, Mylord. Wir haben ihr sofort ein Telegramm geschickt.»

«Gut. Würden Sie mir bitte Bescheid geben, wenn Sie von ihr hören?»

«Wir werden uns natürlich mit Inspektor Parker in Verbindung setzen, Mylord.»

«Natürlich. Also, Charles, ich lege das in deine Hände. Jetzt muß ich ein Telegramm aufgeben. Oder willst du mitkommen?»

«Nein, danke», sagte Parker. «Um ehrlich zu sein, mir gefällt deine Fahrweise nicht. Als Hüter des Gesetzes halte ich mich lieber an die Verkehrsvorschriften.»

«Ein Duckmäuser bist du», sagte Peter. «Also dann, bis später in der Stadt.»

7

Schinken und Branntwein

Sage mir, was du ißt, und ich will dir sagen,
was du bist.

Brillat-Savarin

«Nun», fragte Wimsey, als Parker abends von Bunter hereingeführt wurde, «hast du was Neues?»

«Ja. Ich habe eine neue Theorie zu dem Verbrechen, dagegen ist die deine ein alter Hut. Obendrein habe ich Indizien dafür.»

«Zu welchem Verbrechen, nebenbei gefragt?»

«Ach ja, die Sache im Eppingforst. Daß die alte Dawson ermordet wurde, glaube ich gar nicht. Das ist nur so eine Idee von dir.»

«Verstehe. Und gleich wirst du sagen, daß Bertha Gotobed Mädchenhändlern in die Hände gefallen ist.»

«Woher weißt du das?» fragte Parker ein bißchen verstimmt.

«Weil Scotland Yard zwei Lieblingstheorien hat, die immer ausgegraben werden, wenn einem jungen Mädchen etwas zustößt. Entweder Mädchen- oder Rauschgifthandel – manchmal auch beides. Und du willst sagen, es war beides.»

«Na ja, das wollte ich wirklich. Es ist ja so oft der Fall. Wir sind der Fünf-Pfund-Note nachgegangen.»

«Das ist auf alle Fälle wichtig.»

«Und ob. Mir scheint sie der Schlüssel zum Ganzen zu sein. Sie gehört zu einer Serie, die an eine Mrs. Forrest in der South Audley Street ausgegeben wurde. Ich habe mich dort ein wenig umgehört.»

«Hast du die Dame gesprochen?»

«Nein, sie war nicht da. Sie ist meist nicht da, wie ich höre. Überhaupt scheinen ihre Gewohnheiten kostspielig, ungewöhnlich und rätselhaft zu sein. Sie hat eine elegant möblierte Wohnung über einem Blumenladen.»

«So eine mit Bedienung?»

«Nein, so eine von der stilleren Art, mit Lift für Selbstbedienung. Sie taucht nur hin und wieder auf, meist abends, bleibt ein oder zwei Nächte und verschwindet wieder. Ihr Essen bestellt sie bei Fortnum and Mason. Die Rechnungen werden prompt bezahlt, bar oder per Scheck. Zum Putzen kommt eine ältere Frau so gegen elf Uhr, wenn Mrs. Forrest gewöhnlich schon ausgegangen ist.»

«Bekommt sie denn niemand je zu Gesicht?»

«Doch, doch, das schon! Die Leute in der Wohnung darunter und das Mädchen im Blumenladen haben sie mir ganz gut beschreiben können. Groß, sehr aufgetakelt, Bisampelz und solche komischen Schuhe mit juwelenbesetzten Absätzen und kaum Oberleder – du kennst so was ja. Stark gebleichte Haare, dichte Parfumwolke zur Einnebelung der Straßenpassanten, zu weiß gepudert für die augenblickliche Mode und siegellackroter Mund; die Augenbrauen so schwarz, als ob sie jemanden erschrecken wollte, und die Fingernägel erinnern an Kraskas rote Periode.»

«Ich wußte gar nicht, daß du die Seite für die Frau zu so einem guten Zweck studierst, Charles.»

«Sie fährt einen viersitzigen Renault, dunkelgrün mit Innendekoration. Die Garage ist gleich um die Ecke. Ich habe den Mann gesprochen. Der Wagen sei am Abend des Siebenundzwanzigsten fort gewesen. Weggefahren gegen halb zwölf. Zurückgekehrt am nächsten Morgen gegen acht.»

«Wieviel Benzin war verbraucht?»

«Das haben wir ausgerechnet. Es reichte gerade nach Epping und zurück. Außerdem sagt die Zugehfrau, daß es an dem Abend in der Wohnung ein Souper für zwei gegeben hat, bei dem drei Flaschen Champagner getrunken wurden. Und daß sich ein Schinken in der Wohnung befindet.»

«Ein Bradenham?»

«Erwartest du wirklich, daß die Putzfrau das weiß? Aber es dürfte wahrscheinlich einer sein, denn bei Fortnum and Mason habe ich erfahren, daß vor etwa vierzehn Tagen ein Bradenhamschinken an Mrs. Forrest geliefert wurde.»

«Klingt schlüssig. Demnach meinst du, Bertha Gotobed ist aus irgendeinem trüben Grund von Mrs. Forrest in die Wohnung gelockt worden, hat mit ihr zu Abend gespeist »

«Nein, ich nehme eher an, es war ein Mann da.»

«Ja, natürlich. Mrs. Forrest bringt die beiden zusammen und überläßt ihnen das Weitere. Das Mädchen wird kräftig betrunken gemacht – und plötzlich passiert etwas Unerfreuliches.»

«Ja – vielleicht ein Schock, vielleicht auch eine Prise Opium.»

«Und man bringt sie fort und schafft sie sich vom Hals. Durchaus möglich. Vielleicht gibt uns die Autopsie darüber Auskunft. Ja, Bunter, was gibt's?»

«Ein Anruf, Mylord. Für Mr. Parker.»

«Entschuldigung», sagte Parker, «ich habe die Leute im Blumenladen gebeten, mich hier anzurufen, wenn Mrs. Forrest das Haus betritt. Möchtest du mit mir hingehen, wenn sie da ist?»

«Sehr gern.»

Parker kam mit einer Miene unterdrückten Triumphs vom Telefon zurück.

«Sie ist eben in ihre Wohnung gegangen. Komm mit. Wir nehmen aber ein Taxi – nicht deine Todesschaukel. Beeil dich. Ich möchte sie nicht verpassen.»

Die Tür der Wohnung in der South Audley Street wurde von Mrs. Forrest persönlich geöffnet. Wimsey erkannte sie nach der Beschreibung sofort. Als sie Parkers Ausweis sah, hatte sie nichts dagegen, sie einzulassen, und führte sie in einen ganz in Rosa und Lila gehaltenen Salon, der offenbar von einem Einrichtungshaus in der Regent Street nach Vertrag möbliert war.

«Nehmen Sie bitte Platz. Möchten Sie rauchen? Und Ihr Freund?»

«Mein Kollege, Mr. Templeton», sagte Parker rasch.

Mrs. Forrests ziemlich harte Augen schienen mit geübtem Blick den Unterschied zwischen Parkers für sieben Guineen erstandenem «modernem Straßenanzug, in eigener Werkstatt geschneidert, Paßform wie nach Maß» und dem Savile Row-Maßanzug seines «Kollegen» abzuschätzen, aber sie verriet keine Nervosität, höchstens noch ein Quentchen mehr Wachsamkeit. Parker bemerkte ihren Blick. Sie taxiert uns gekonnt, dachte er bei sich, und sie ist sich nicht ganz sicher, ob Wimsey ein aufgebrachter Bruder oder Ehemann oder sonst was ist. Macht nichts. Soll sie zappeln. Vielleicht können wir sie damit aus der Ruhe bringen.

«Madam», begann er in dienstlich strengem Ton, «wir ermitteln bezüglich gewisser Ereignisse, die auf den sechsundzwanzigsten des letzten Monats zurückgehen. Ich nehme an, Sie waren um diese Zeit in der Stadt?»

Mrs. Forrest versuchte sich mit leicht gerunzelter Stirn zu erinnern. Wimsey merkte im stillen an, daß sie nicht so jung war, wie ihr gebauschtes apfelgrünes Kleid sie erscheinen ließ.

Sie ging mit Sicherheit auf die Dreißig zu, und ihre wachsamen Augen waren die einer reifen Frau.

«Ja, ich glaube schon. Doch, bestimmt. Um diese Zeit war ich mehrere Tage in der Stadt. Wie kann ich Ihnen helfen?»

«Es geht um einen bestimmten Geldschein, den wir bis zu Ihnen zurückverfolgt haben», sagte Parker. «Eine Fünf-Pfund-Note mit der Seriennummer x/y 58929. Sie wurde am neunzehnten von der Lloyds Bank gegen einen Scheck an Sie ausgegeben.»

«Schon möglich. Ich könnte zwar nicht sagen, daß ich mich an die Seriennummer erinnere, aber ich glaube, ich habe um diese Zeit einen Scheck eingelöst. In einer Sekunde kann ich es Ihnen an Hand meines Scheckbuchs genau sagen.»

«Ich glaube, das ist nicht nötig. Aber es würde uns sehr weiterhelfen, wenn Sie sich erinnern könnten, wen Sie mit dem Geldschein bezahlt haben.»

«Ach so, ich verstehe. Aber das ist nicht so einfach. Ich habe um diese Zeit meine Schneiderin bezahlt – aber nein, der habe ich einen Scheck gegeben. In der Garage habe ich bar bezahlt, das weiß ich noch, und ich glaube, da war eine Fünf-Pfund-Note dabei. Dann habe ich mit einer Freundin bei *Verry* gegessen – dabei ist die zweite Fünf-Pfund-Note weggegangen, wenn ich mich recht erinnere. Aber da war noch eine dritte. Ich hatte 25 Pfund abgehoben – drei Fünfer und zehn Einer. Wo ist nur die dritte geblieben? Ach ja, natürlich, wie dumm von mir! Ich habe sie auf ein Pferd gesetzt.»

«Bei einer Wettannahmestelle?»

«Nein. Ich hatte einmal einen Tag nichts zu tun, da bin ich nach Newmarket gefahren. Ich habe die 5 Pfund auf irgend so einen Gaul gesetzt, Brighteye oder Attaboy oder so ähnlich, und zwar fünfzig zu eins. Natürlich hat die Schindmähre nicht gewonnen, das passiert mir nie. Ein Mann im Zug hatte mir den Tip gegeben und mir den Namen aufgeschrieben. Ich habe den Zettel dem nächstbesten Buchmacher in die Hand gedrückt, der mir über den Weg lief – ein komischer, grauhaariger kleiner Mann mit Pferdestimme –, und dann habe ich nichts mehr davon gesehen.»

«Können Sie sich erinnern, an welchem Tag das war?»

«Ich glaube, es war Samstag. Ja, ich bin sicher.»

«Ich danke Ihnen sehr, Mrs. Forrest. Es wird uns eine große Hilfe sein, wenn wir die Scheine weiterverfolgen können. Einer von ihnen ist seitdem unter – anderen Umständen aufgetaucht.»

«Darf man wissen, was das für Umstände sind, oder ist es ein Dienstgeheimnis?»

Parker zögerte. Er wünschte sich jetzt, er hätte von vornherein ohne Umschweife gefragt, wieso Mrs. Forrests Fünf-Pfund-Note bei der Leiche der Kellnerin bei Epping habe gefunden werden können. Das Überraschungsmoment hätte die Frau vielleicht durcheinandergebracht. Jetzt hatte er ihr die Möglichkeit gegeben, sich unangreifbar hinter dieser Pferdegeschichte zu verschanzen. Es war unmöglich, den Weg einer Banknote weiterzuverfolgen, die einem unbekannten Buchmacher auf dem Rennplatz gegeben wurde. Noch ehe er etwas sagen konnte, mischte Wimsey sich erstmals ein und jammerte mit hoher, näselnder Stimme, über die sein Freund nicht schlecht erschrak:

«Damit kommen Sie überhaupt nicht weiter. Ich kümmere mich einen feuchten Kehricht um den Geldschein, und Sylvia sicher auch.»

«Wer ist Sylvia?» erkundigte sich Mrs. Forrest, nicht wenig erstaunt.

«Wer ist Sylvia? Was ist sie?» schwatzte Wimsey unaufhaltsam weiter. «Shakespeare hat doch immer das richtige Wort, wie? Aber die Sache ist weiß Gott nicht zum Lachen. Sie ist sogar sehr ernst, und Sie haben kein Recht, darüber zu lachen. Sylvia ist sehr aufgebracht, und der Doktor fürchtet, es könnte sich auf ihr Herz schlagen. Sie können das vielleicht nicht wissen, Mrs. Forrest, aber Sylvia Lyndhurst ist meine Cousine. Und was sie wissen will, was wir alle wissen wollen – nein, unterbrechen Sie mich nicht, Inspektor, diese ganzen Nebensächlichkeiten bringen uns ja doch nicht weiter –, ich möchte wissen, Mrs. Forrest, wer hier am 26. April bei Ihnen zum Abendessen war. Wer war's? Na, wer war's? Können Sie mir das sagen?»

Diesmal war Mrs. Forrest sichtlich erschüttert. Noch unter ihrer dicken Puderschicht sah man, wie ihr die Röte in die Wangen stieg und wieder verblaßte, während ihre Augen einen Ausdruck bekamen, der mehr als Erschrecken war – so etwas wie boshafte Wut, ungefähr wie bei einer in die Enge getriebenen Katze.

«Am sechsundzwanzigsten?» fragte sie unsicher. «Ich kann mich nicht –»

«Hab ich's doch gewußt!» schrie Wimsey. «Und diese Evelyn war sich ja auch ganz sicher. Wer war es, Mrs. Forrest? Antworten Sie!»

«Das – war niemand», sagte Mrs. Forrest, schwer nach Atem ringend.

«Also hören Sie, Mrs. Forrest, nun denken Sie noch einmal nach», sagte Parker prompt aufs Stichwort. «Sie werden uns doch nicht erzählen wollen, Sie hätten drei Flaschen Veuve Clicquot und zwei Abendessen allein konsumiert.»

«Nicht zu vergessen den Schinken», warf Wimsey wichtigtuerisch dazwischen, «den Bradenham, von Fortnum and Mason eigens zubereitet und hergeschickt. Also, Mrs. Forrest –»

«Einen Augenblick. Einen ganz kleinen Augenblick. Ich sage Ihnen gleich alles.»

Ihre Hände griffen in die rosa Seidenkissen und machten kleine scharfe Falten hinein. «Ich – würde es Ihnen etwas ausmachen, mir einen Schluck zu trinken zu holen? Im Eßzimmer, da hindurch – auf der Anrichte.»

Wimsey stand schnell auf und verschwand im Nebenzimmer. Parker fand, er brauche ziemlich lange. Mrs. Forrest hatte sich wie erschlagen zurückfallen lassen, aber ihr Atem ging ruhiger, und er hatte den Eindruck, daß sie sich langsam wieder fing. Jetzt legt sie sich schnell eine Geschichte zurecht, sagte er sich wütend. Aber im Augenblick konnte er nicht weiter in sie dringen, ohne brutal zu werden.

Lord Peter rumorte laut hinter der Flügeltür und klirrte mit den Gläsern herum. Aber es dauerte nicht lange, und er kam wieder herein.

«'zeihung, daß ich so lange gebraucht habe», entschuldigte er sich, während er Mrs. Forrest ein Glas Brandy mit Soda reichte. «Hab den Siphon nicht gefunden. War schon immer ein bißchen umständlich, wissen Sie? Das sagen alle meine Freunde. Dabei stand er die ganze Zeit genau vor meiner Nase. Und dann hab ich auch noch die Anrichte vollgekleckert. Händezittern und so. Mit den Nerven herunter. Geht's Ihnen jetzt besser? So ist's recht. Hinunter damit. Das Zeug bringt Sie wieder auf die Beine. Wie wär's mit noch einem Schlückchen? Ach, zum Teufel, das kann nicht schaden. Kann ich mir auch einen nehmen? Bin ein bißchen zappelig. Ärgerliche Geschichte, und knifflig. Noch einen Tropfen. So ist's recht.»

Schon wieder trottete er hinaus, das Glas in der Hand, während Parker immer nervöser wurde. Manchmal waren Amateurdetektive schon störend. Wimsey kam wieder hereingeklappert, doch diesmal brachte er vernünftigerweise die Karaffe, den Siphon und drei Gläser höchsteigenhändig auf einem Tablett mit herein.

«So», sagte Wimsey, «und nachdem es uns nun besser geht, meinen Sie, daß Sie uns jetzt unsere Frage beantworten können, Mrs. Forrest?»

«Dürfte ich zuerst einmal wissen, welches Recht Sie haben, mir diese Frage zu stellen?»

Parker warf seinem Freund nun einen erzürnten Blick zu. Das kam davon, wenn man den Leuten Zeit zum Nachdenken ließ.

«Recht?» platzte Wimsey dazwischen. «Recht? Natürlich haben wir ein Recht. Die Polizei hat schließlich das Recht, Fragen zu stellen, wenn etwas ist. Und hier geht es um Mord! Von wegen Recht!»

«Mord?»

Ein seltsam gespannter Ausdruck kam in ihre Augen. Parker wußte ihn nirgends unterzubringen, aber Wimsey erkannte ihn sofort. Er hatte ihn zuletzt bei einem großen Finanzier gesehen, als er seinen Füller zur Hand nahm, um einen Vertrag zu unterschreiben. Wimsey war als Zeuge für die Unterschrift hinzugerufen worden und hatte abgelehnt. Der Vertrag hätte Tausende von Menschen ruiniert. Zufällig wurde der Finanzier kurz darauf ermordet, und Wimsey hatte seine Weigerung, in der Sache zu ermitteln, mit einem Satz von Dumas begründet: «Laßt die Gerechtigkeit Gottes ihren Lauf nehmen.»

«Ich fürchte», sagte Mrs. Forrest soeben, «daß ich Ihnen in diesem Fall nicht helfen kann. Ich *hatte* am sechsundzwanzigsten einen Freund hier zum Abendessen, aber soviel ich weiß ist er weder ermordet worden noch hat er selbst jemanden ermordet.»

«Es handelte sich also um einen Mann?» fragte Parker.

Mrs. Forrest senkte in gespielter Zerknirschung den Kopf. «Ich lebe von meinem Mann getrennt», sagte sie leise.

«So leid es mir tut», sagte Parker, «ich muß um Namen und Adresse dieses Herrn bitten.»

«Ist das nicht ein bißchen viel verlangt? Wenn Sie mir vielleicht nähere Einzelheiten mitteilen könnten –?»

«Nun, wissen Sie», mischte Wimsey sich wieder ein, «wenn wir ja nur sicher sein könnten, daß es nicht Lyndhurst war. Wie gesagt, meine Cousine ist schrecklich aufgebracht, und nun macht diese Evelyn auch noch Ärger. In Wahrheit – aber das sollte natürlich unter uns bleiben – also in Wahrheit hat Sylvia sogar gründlich den Kopf verloren. Sie ist wütend auf den armen Lyndhurst losgegangen – mit einem Revolver übrigens, aber zum Glück schießt sie furchtbar schlecht. Die Kugel ist über seine Schulter gegangen und hat eine Vase zerschlagen – ganz unangenehme Sache, eine Famille Rose, Tausende wert, und jetzt natürlich nur noch Atome. Sylvia ist wirklich kaum noch zurechnungsfähig, wenn sie ihre Wutanfälle hat. Und da nun Lyndhursts Spur tatsächlich bis zu diesem Häuserblock hier verfolgt werden konnte, dachten wir – wenn Sie uns den absoluten Beweis liefern könnten, daß er es nicht war, würde sie sich vielleicht beruhigen, und das könnte, weiß der Himmel, einen Mord verhindern. Denn wenn sie vielleicht auch wegen Unzurechnungsfähigkeit freigesprochen würde, peinlich wär's schon, die eigene Cousine in Broadmoore sitzen zu wissen – eine leibliche Cousine auch noch und wirklich eine sehr nette Frau, wenn sie nicht gerade einen Wutanfall hat.»

Mrs. Forrests Miene erhellte sich nach und nach zu einem schwachen Lächeln.

«Ich glaube, ich verstehe jetzt die Lage, Mr. Templeton», sagte sie, «und wenn ich Ihnen nun einen Namen nenne, darf ich doch annehmen, daß er streng vertraulich bleibt?»

«Selbstverständlich, selbstverständlich», sagte Wimsey. «Mein Gott, das ist wirklich überaus gütig von Ihnen.»

«Und Sie schwören, daß Sie kein Spitzel meines Mannes sind?» fragte sie rasch. «Ich will mich nämlich scheiden lassen, und woher soll ich wissen, daß dies keine Falle ist?»

«Madam», sagte Wimsey mit höchster Feierlichkeit, «ich schwöre Ihnen bei der Ehre eines Mannes von Stande, daß zwischen Ihrem Gatten und mir nicht die allerkleinste Verbindung besteht. Ich habe von ihm nie auch nur gehört.»

Mrs. Forrest schüttelte den Kopf.

«Ich glaube trotzdem nicht», sagte sie, «daß es Ihnen viel nützt, wenn ich den Namen nenne. Wenn Sie ihn fragen, ob er hier war, wird er doch auf jeden Fall verneinen, nicht wahr? Und wenn Sie von meinem Gatten geschickt worden wären, hätten Sie jetzt schon alle Beweise, die Sie brauchten. Aber ich gebe Ihnen die feierliche Versicherung, Mr. Templeton, daß ich Ihren Mr. Lyndhurst überhaupt nicht kenne –»

«Major Lyndhurst», verbesserte Wimsey in klagendem Ton.

«Und wenn Mrs. Lyndhurst damit nicht zufrieden ist und

75

mich persönlich hier sprechen möchte, werde ich mein möglichstes tun, sie von der Wahrheit zu überzeugen. Genügt das?»

«Haben Sie vielen Dank», sagte Wimsey. Es ist bestimmt das Äußerste, was man erwarten kann. Sie verzeihen mir gewiß meine Hast, ja? Ich bin ziemlich – äh – nervös veranlagt, und die ganze Sache ist ja so überaus ärgerlich. *Auf Wiedersehen.* Kommen Sie, Inspektor, es ist alles in Ordnung – Sie sehen es ja. Ich bin Ihnen wirklich sehr verbunden – ganz außerordentlich. Bitte, bemühen Sie sich nicht, wir finden hinaus.»

Er tänzelte nervös in seiner wohlerzogen dümmlichen Art durch den engen Flur, und Parker folgte ihm mit amtlicher Würde.

Aber kaum war die Wohnungstür hinter ihnen zu, da packte Wimsey seinen Freund am Arm und zerrte ihn Hals über Kopf in den Lift.

«Ich dachte schon, wir kämen hier nie mehr fort», keuchte er. «Jetzt aber schnell – wie kommen wir zur Rückseite dieses Gebäudes?»

«Was willst du denn da?» fragte Parker ärgerlich. «Außerdem wünschte ich, du würdest mich nicht so überfahren. Zunächst einmal bin ich überhaupt nicht berechtigt, dich zu so einer Sache mitzunehmen, und wenn ich es schon tue, könntest du wenigstens so nett sein und den Mund halten.»

«Wie recht du hast», sagte Wimsey fröhlich, «aber jetzt laß uns diese Kleinigkeit noch rasch erledigen, später kannst du dir deinen ganzen gerechten Zorn von der Seele reden. Hier herum, glaube ich, durch dieses Gäßchen. Geh schnell und achte auf den Mülleimer. Eins, zwei, drei, vier – da wären wir! Und jetzt paß mal gut auf, daß keiner kommt, ja?»

Wimsey suchte sich ein Fenster aus, das nach seiner Schätzung zu Mrs. Forrests Wohnung gehören mußte, packte die Regenrinne und stieg behende wie ein Fassadenkletterer hinauf. Fünf Meter über der Straße hielt er inne und griff nach oben, wo er etwas mit einem schnellen Ruck loszureißen schien, bevor er sich ganz schnell wieder zur Erde heruntergleiten ließ, die rechte Hand vorsichtig vom Körper abgestreckt, als ob sie zerbrechlich wäre.

Und in der Tat sah Parker zu seiner Verblüffung, daß Wimsey jetzt ein langstieliges Glas in der Hand hielt, das denen glich, aus denen sie in Mrs. Forrests Wohnung getrunken hatten.

«Was um alles in der Welt –?» begann Parker.

«Pst! Ich bin Falkenauge, der Detektiv – und sammle als Sternsinger verkleidet Fingerabdrücke zur Maienzeit. Deswegen habe ich doch das Glas wieder zurückgebracht. Beim Wiederkommen habe ich ihr ein anderes gegeben. Leider war diese artistische Einlage hier notwendig, aber das einzige Stück Zwirn, das ich finden konnte, war nun einmal nicht länger. Nachdem ich die Gläser ausgetauscht hatte, bin ich ins Bad geschlichen und hab's aus dem Fenster gehängt. Hoffentlich ist sie inzwischen nicht dort gewesen. Komm, Alter, klopf mir mal die Hosenbeine ab, ja? Aber vorsichtig – daß du mir ja das Glas nicht anrührst!»

«Hol's der Teufel, wozu brauchst du Fingerabdrücke?»

«Du bist mir vielleicht ein dankbarer Zeitgenosse. Woher willst du denn wissen, ob Mrs. Forrest nicht jemand ist, den der Yard schon seit Jahren sucht? Und zum allerwenigsten könnte man diese Fingerabdrücke hier einmal mit denen auf der Bierflasche vergleichen. Außerdem weiß man nie, wann Fingerabdrücke einem sehr gelegen kommen. So etwas sollte man immer im Haus haben. Alle Klarheiten beseitigt? Gut, dann ruf du mal ein Taxi. Ich kann mit diesem Glas in der Hand schlecht winken. Sähe ein bißchen komisch aus, wie? Hör mal!»

«Ja?»

«Ich habe noch etwas gesehen. Beim erstenmal, als ich hinausging, um etwas zu trinken zu holen, habe ich einen Blick in ihr Schlafzimmer geworfen.»

«So?»

«Und was meinst du wohl, was ich in ihrer Waschtischschublade gefunden habe?»

«Was denn?»

«Eine Injektionsspritze.»

«Wirklich?»

«Ja, und ein unschuldig aussehendes Schächtelchen mit Ampullen und der ärztlichen Gebrauchsanweisung: ‹Für Mrs. Forrest, zum Injizieren. Bei starken Schmerzen eine Ampulle.› Was sagst du dazu?»

«Das erzähle ich dir, wenn wir das Obduktionsergebnis haben», sagte Parker ehrlich beeindruckt. «Das Rezept hast du wohl nicht mitgebracht?»

«Nein, und ich habe der Dame auch nicht mitgeteilt, wer wir wirklich sind und was wir suchen, und ich habe sie ebensowenig gefragt, ob ich ihr Familienkristall mitnehmen darf. Aber ich habe mir die Adresse des Apothekers aufgeschrieben.»

«Tatsächlich?» stieß Parker hervor. «Weißt du, mein Junge, hin und wieder scheinst du direkt ein Fünkchen kriminalistischen Spürsinns zu besitzen.»

8

In Sachen Mord

*Die Gesellschaft ist auf Gnade und Barmherzigkeit
dem Mörder ausgeliefert, der grausam ist, keine Komplicen nimmt und klaren Kopf behält.*
Edmund Pearson: Murder at Smutty Nose

*Brief von Miss Alexandra Katherine Climpson an Lord Peter
Wimsey:*

Fair View
Nelson Avenue
Leahampton, den 12. Mai 1927

Lieber Lord Peter!
Noch habe ich nicht *alle* Informationen sammeln können, die
Sie haben möchten, denn Miss Whittaker war ein paar Wochen
fort, um *Hühnerfarmen* zu besichtigen!! Ich meine natürlich, um
eine zu kaufen, nicht zur *sanitären Überwachung* (!). Ich glaube,
sie will *wirklich* zusammen mit *Miss Findlater* eine Farm aufma-
chen, obwohl ich mir nicht recht denken kann, was Miss Whittaker an diesem schwärmerischen und wirklich *albernen* jungen
Ding findet. Aber Miss Findlater hat nun mal an Miss Whittaker
«einen Affen gefressen» (so haben wir das in der Schule immer
genannt), und ich fürchte, es ist niemand dagegen gefeit, sich
durch solch unverhohlene Bewunderung *geschmeichelt* zu fühlen.
Ich muß schon sagen, daß ich so etwas recht *ungesund* finde –
Sie erinnern sich vielleicht an Miss Clemence Danes *sehr kluges
Buch* über dieses Thema? – dafür habe ich schon *zuviel* von der
Art in meinem *frauengeplagten* Leben gesehen! In aller Regel hat
das einen so schlechten Einfluß auf die *schwächere* von den beiden – Aber ich darf Ihre Zeit nicht mit meinem *Gewäsch* in Anspruch nehmen!!
  Aber Miss Murgatroyd, die mit *Miss Dawson* einigermaßen
befreundet war, hat mir immerhin ein *bißchen* über ihr Leben erzählen können.
  Wie es scheint, hat Miss Dawson bis vor fünf Jahren zusam-

79

men mit ihrer Cousine, einer Miss Clara Whittaker – Mary Whittakers Großtante *väterlicherseits* – in Warwickshire gewohnt. Diese Miss Clara muß ein ziemliches «Original» gewesen sein, wie mein lieber Vater dazu immer sagte. Zu ihrer Zeit wurde sie als sehr «fortschrittlich» und *nicht sehr nett* (!) angesehen, weil sie *mehrere gute Partien* ausgeschlagen hat, das *Haar kurz* (!) trug und sich als *Pferdezüchterin* selbständig gemacht hat!!! Heutzutage würde sich darüber natürlich niemand mehr aufregen, aber *damals* war die alte Dame – vielmehr war sie ja noch eine *junge* Dame, als sie sich zu dieser *revolutionären* Tat entschloß – noch ein richtiger *Pionier*.

Agatha Dawson war eine Schulkameradin von ihr und *sehr eng* mit ihr befreundet. Diese Freundschaft führte dazu, daß Agathas *Schwester Harriet* Clara Whittakers *Bruder James* heiratete! Aber *Miss Agatha* hielt so wenig vom Heiraten wie *Miss Clara,* und so lebten die beiden Frauen zusammen in einem großen alten Haus mit riesigen Stallungen in einem Dorf in Warwickshire – ich glaube, Crofton hieß es. Clara Whittaker erwies sich als *ungemein gute Geschäftsfrau* und machte sich bei den *Jagdgesellschaften* in dieser Gegend einen guten Namen. Ihre Jagdpferde wurden richtig *berühmt,* und so hat sie aus den paar tausend Pfund Kapital, mit denen sie angefangen hatte, ein ansehnliches Vermögen gemacht und war bis zu ihrem Tod eine *sehr reiche Frau*! Agatha Dawson hat mit den *Pferden* nie etwas zu tun gehabt. Als die «häuslichere» von den beiden hat sie sich um den *Haushalt* und das *Personal* gekümmert.

Als Clara Whittaker starb, hat sie Agatha *ihr ganzes Geld* vermacht, einfach über die *eigene Familie* hinweg, mit der sie ja auch *gar nicht auf gutem Fuß* stand – wegen deren engstirniger Haltung gegen ihre Pferdezüchterei!! Ihr Neffe Charles Whittaker, ein Pfarrer und der Vater von *unserer* Miss Whittaker, hat es sehr übelgenommen, daß er das Geld nicht bekam, obwohl ja gerade er die Fehde auf *sehr unchristliche Weise* weitergeführt hatte und sich darum *wirklich* nicht beklagen durfte, besonders wo Miss Clara ihr Vermögen doch *ganz allein* mit eigener Hände Arbeit erworben hatte. Aber er hatte natürlich noch die *dumme, altmodische* Ansicht geerbt, Frauen *dürften* nicht auf eigenen Füßen stehen und sich selbst ihr Geld verdienen und mit dem ihren tun, was sie wollen!

Er und seine Familie waren die einzigen überlebenden Whittakers, und als *er und seine Frau* bei einem Autounfall ums Leben gekommen waren, hat Miss Dawson von Mary gewollt, daß sie ihren Beruf als Krankenschwester aufgibt und zu ihr zieht. Sie sehen also, daß Clara Whittakers Geld schließlich doch wieder an James Whittakers *Tochter* fallen *mußte*!! Miss Dawson hat *vollkommen klar*gemacht, daß sie es so wollte, vorausgesetzt, daß Mary zu ihr zog und der alten Dame ihre *zur Neige gehenden Tage* verschönte!

Mary war einverstanden, und nachdem ihre Tante – oder *genauer* gesagt, ihre Großtante – nach Claras Tod das große alte Haus in Warwickshire aufgegeben hatte, sind sie für kurze Zeit nach London und dann nach Leahampton gezogen. Wie Sie wissen, litt die arme Miss Dawson damals schon an dieser *schrecklichen Krankheit*, an der sie ja auch gestorben ist, so daß Mary gar nicht sehr lange auf Clara Whittakers Geld zu warten brauchte!!

Ich hoffe, diese Informationen können Ihnen *etwas* nützen. Miss Murgatroyd weiß natürlich nichts über die restliche Familie, aber sie hat immer angenommen, daß *keine anderen* Verwandten mehr am Leben seien, weder auf der Whittaker- noch auf der Dawson-Seite.

Wenn Miss Whittaker wiederkommt, hoffe ich sie *öfter zu sehen*. Ich lege meine Spesenabrechnung bis zum heutigen Tag bei. *Hoffentlich* sehen Sie sie nicht als *extravagant* an. Wie geht es mit Ihren Geldverleihern weiter? Es hat mir sehr leid getan, daß ich nicht noch mehr von diesen *armen Frauen* aufsuchen konnte, mit deren Fällen ich mich beschäftigt habe – ihre Geschichten waren ja *so erschütternd*!

Mit den besten Grüßen
bin ich Ihre
Alexandra K. Climpson

PS: Ich habe zu erwähnen *vergessen*, daß Miss Whittaker einen kleinen Wagen fährt. Ich verstehe von so etwas ja überhaupt nichts, aber Mrs. Budges Mädchen sagt, Miss Whittakers Mädchen habe gesagt, es sei ein Austen 7 (ist das so richtig?). Er ist grau und hat die Nummer XX 9917.

Soeben wurde Mr. Parker gemeldet, kaum daß Lord Peter dieses Schriftstück zu Ende gelesen hatte. Er ließ sich ziemlich erschöpft in die Sofakissen sinken.

«Was erreicht?» fragte Seine Lordschaft, indem er ihm den

Brief hinüberwarf. «Weißt du, allmählich glaube ich, daß du in der Sache Bertha Gotobed doch recht hast, und fühle mich ziemlich erleichtert. Dieser Mrs. Forrest glaube ich kein Wort, aber das hat andere Gründe, und jetzt hoffe ich nur noch, daß die Beseitigung Berthas reiner Zufall war und nichts mit meiner Annonce zu tun hatte.»

«So, das hoffst du», meinte Parker bitter und nahm sich selbst einen Whisky mit Soda. «Dann wird es dich ja auch hoffentlich freuen, zu hören, daß die Leiche untersucht wurde und nicht den kleinsten Hinweis auf ein Verbrechen liefert. Keine Spur von Gewalt oder Gift. Sie hatte eine schon ziemlich lange bestehende Herzschwäche, und als Todesursache wurde Kreislaufkollaps nach einer schweren Mahlzeit festgestellt.»

«Das macht mir keinen Kummer», sagte Wimsey. «Wir hatten ja auch schon Schock vermutet. Liebenswürdiger Herr, in der Wohnung einer freundlichen Dame kennengelernt, wird nach dem Mahl plötzlich munter und macht unerwünschte Annäherungsversuche. Tugendhafte junge Frau ist furchtbar schockiert. Schwaches Herz versagt. Kollaps. Exitus. Große Aufregung bei liebenswürdigem Herrn und freundlicher Dame, die jetzt die Leiche am Hals haben. Rettender Gedanke: Auto – Eppingforst. Alle verlassen singend und händewaschend die Bühne. Wo ist das Problem?»

«Das Problem ist nur, das alles zu beweisen. Übrigens waren auf der Flasche keine Fingerabdrücke – alles verwischt.»

«Wahrscheinlich Handschuhe. Was aber immerhin nach Tarnung aussieht. Ein normales Pärchen beim Picknick zieht keine Handschuhe an, bevor es eine Bierflasche anfaßt.»

«Ich weiß. Aber wir können jetzt nicht alle Leute verhaften, die Handschuhe tragen.»

«Ihr dauert mich, das Walroß sprach, ich kenne eure Qualen. Die Schwierigkeiten sehe ich schon, aber es ist ja noch früh am Tag. Was ist mit diesen Spritzampullen?»

«Völlig in Ordnung. Wir haben den Apotheker ausgefragt und mit dem Arzt gesprochen. Mrs. Forrest leidet unter starken neuralgischen Schmerzen und hat die Injektionen ordnungsgemäß verschrieben bekommen. Vollkommen astrein, auch nichts von Sucht und so. Es ist ein leichtes Mittel, an dem praktisch niemand sterben kann. Außerdem habe ich dir ja schon gesagt, daß sich in der Leiche nicht die Spur von Morphium oder anderen Giften gefunden hat.»

«Ach ja!» sagte Wimsey. Ein paar Minuten saß er nur da und starrte nachdenklich ins Feuer.

«Ich sehe, daß der Fall für die Zeitungen mehr oder weniger gestorben ist», fing er plötzlich wieder an.

«Ja, wir haben ihnen den Analysebericht gegeben. Morgen werden sie kurz melden, daß sich der Tod als natürlich herausgestellt hat, und dann ist Schluß damit.»

«Gut. Je weniger Aufhebens darum gemacht wird, desto besser. Hat man schon etwas von der Schwester in Kanada gehört?»

«Ach ja, das hatte ich vergessen. Wir haben vor drei Tagen ein Telegramm bekommen. Sie kommt her.»

«Sie kommt? Menschenskind! Mit welchem Schiff?»

«Mit der *Star of Quebec* – Ankunft nächsten Freitag.»

«Hm! An die müssen wir herankommen. Holst du sie vom Schiff ab?»

«Lieber Himmel, nein! Wieso sollte ich?»

«Ich finde, man sollte sie abholen. Mir ist zwar jetzt wohler – aber so ganz wohl auch wieder nicht. Wenn du nichts dagegen hast, werde ich sie wohl selbst abholen. Ich will über diese Dawson-Geschichte Bescheid wissen – und diesmal möchte ich sichergehen, daß die junge Dame nicht am Herzschlag stirbt, bevor ich mit ihr gesprochen habe.»

«Ich finde, jetzt übertreibst du wirklich, Peter.»

«Vorsicht ist die Mutter der Porzellankiste», erwiderte Seine Lordschaft. «Trink noch einen Schluck. Und inzwischen sag mir, was du von Miss Climpsons jüngstem Opus hältst.»

«Ich kann nicht viel damit anfangen.»

«Nein?»

«Ein bißchen verwirrend, das Ganze, aber es scheint doch, daß alles mit rechten Dingen zugegangen ist.»

«Ja. Nur wissen wir jetzt, daß Mary Whittakers Vater sich geärgert hat, weil Miss Dawson das Geld seiner Tante bekommen hat, von dem er doch meinte, es stehe ihm zu.»

«Hör mal, du willst doch jetzt nicht *ihn* verdächtigen, Miss Dawson ermordet zu haben? Er ist *vor* ihr gestorben, und seine Tochter hat das Geld sowieso gekriegt.»

«Ich weiß. Aber nehmen wir mal an, Miss Dawson hat es sich anders überlegt? Sie könnte mit Miss Whittaker in Streit geraten sein und das Geld jemand anderem haben vermachen wollen.»

«Ach so, ich verstehe – und dann wurde sie beseitigt, bevor sie ein Testament machen konnte?»

«Wäre es nicht denkbar?»

«Schon. Nur daß nach allem, was wir wissen, ein Testament das letzte war, wozu man sie überreden konnte.»

«Stimmt – solange sie sich mit Mary vertrug. Aber wie steht es mit diesem Vormittag, von dem Schwester Philliter gesprochen hat – als sie gesagt haben soll, alle wollten sie vorzeitig unter die Erde bringen? Mary könnte doch wirklich die Geduld mit ihr verloren haben, weil sie so unverschämt lange zum Sterben brauchte. Wenn Miss Dawson das gemerkt hat, ist sie sicher böse geworden und hat vielleicht ihre Absicht angedeutet, jemand anderen testamentarisch als Erben einzusetzen – sozusagen, um sich gegen ein vorzeitiges Ableben zu versichern!»

«Warum hat sie dann nicht nach ihrem Anwalt geschickt?»

«Vielleicht hat sie es versucht. Immerhin war sie bettlägerig und hilflos. Mary könnte verhindert haben, daß der Brief hinausging.»

«Klingt ganz plausibel.»

«Nicht wahr? Und darum will ich Evelyn Croppers Aussage haben. Ich bin ganz sicher, daß die beiden Mädchen rausgeflogen sind, weil sie mehr gehört hatten, als sie sollten. Oder wozu sonst der große Eifer, sie nach London zu schicken?»

«Ja, in diesem Punkt fand ich Mrs. Gullivers Erzählung auch etwas merkwürdig. Sag mal, was ist eigentlich mit der anderen Krankenschwester?»

«Schwester Forbes? Gute Idee. Die hätte ich fast vergessen. Ob du sie wohl ausfindig machen kannst?»

«Natürlich, wenn du sie für so wichtig hältst.»

«Doch. Ich halte sie für sehr wichtig. Hör mal, Charles, du scheinst von dem Fall nicht besonders begeistert zu sein.»

«Na ja, weißt du, ich bin nicht so sicher, daß es überhaupt ein Fall ist. Wieso bist du eigentlich so scharf darauf? Du scheinst unerbittlich entschlossen zu sein, einen Mord daraus zu machen, und praktisch ohne etwas in der Hand zu haben. Warum eigentlich?»

Lord Peter stand auf und ging im Zimmer auf und ab. Das Licht der einsamen Leselampe warf seinen hageren Schatten, unscharf und grotesk in die Länge gezogen, an die Zimmerdecke. Er trat zu einem Bücherregal, und der Schatten schrumpfte, wurde schwärzer, kam zur Ruhe. Er streckte die Hand aus, und der Schatten flog mit, glitt über die vergoldeten Büchertitel und verdunkelte sie einen um den andern.

«Warum?» wiederholte Wimsey. «Weil ich glaube, daß ich hier den Fall gefunden habe, den ich schon immer suche. Den Fall der Fälle. Den Mord ohne erkennbare Mittel, Motive oder Spuren. Den Normalfall. Die alle hier –» seine ausgestreckte Hand glitt am Bücherregal entlang, und der Schatten beschrieb eine schnellere, bedrohlichere Geste – «alle die Bücher auf dieser Seite hier sind Bücher über Verbrechen. Aber sie befassen sich nur mit den unnormalen Verbrechen.»

«Was verstehst du unter unnormalen Verbrechen?»

«Die mißglückten. Die Verbrechen, die entdeckt wurden. Was meinst du wohl, in welchem Verhältnis sie zu den erfolgreichen Verbrechen stehen – von denen nie einer erfährt?»

«In diesem Lande», sagte Parker ein wenig förmlich, «wird die Mehrzahl aller Verbrecher entdeckt und überführt –»

«Mein Bester, ich weiß, daß ihr Leute von der Polizei bei mindestens sechzig Prozent aller *bekanntgewordenen* Verbrechen den Übeltäter zu fassen kriegt. Aber in dem Moment, in dem ein Verbrechen auch nur vermutet wird, fällt es *ipso facto* unter die mißglückten. Danach ist es nur noch eine Frage des mehr oder minder großen Geschicks der Polizei. Wie steht es aber mit den Verbrechen, die gar nicht erst vermutet werden?»

Parker hob die Schultern.

«Wie soll einer das beantworten?»

«Eben – aber raten kann man. Lies mal heute irgendeine Zeitung. Lies die *News of the World.* Oder nachdem die Presse ja mundtot gemacht ist, sieh dir die Schlangen vor den Scheidungsgerichten an. Sollte man nicht den Eindruck gewinnen, die Ehe habe versagt? Wimmelt es nicht auch in der Boulevardpresse von Beiträgen, die genau in diese Richtung zielen? Und dann sieh dir zum Vergleich die Ehen an, die du aus eigener Anschauung kennst – sind die meisten nicht auf eine ganz langweilige, unscheinbare Weise glücklich? Aber von denen hört man nichts. Die Leute rennen nicht zum Kadi, um zu erklären, daß sie im großen und ganzen, vielen Dank der Nachfrage, recht gut miteinander auskommen. Und wenn du jetzt die ganzen Bücher hier auf diesem Regal lesen würdest, kämst du zu dem Schluß, daß Mord ein schlechtes Geschäft ist. Dabei erfährt man doch weiß Gott nur von den mißglückten Morden. Erfolgreiche Mörder schreiben nicht darüber in der Zeitung. Sie treffen sich auch nicht zu albernen Tagungen, wo sie der neugierigen Umwelt mitteilen, ‹Was Morden mir bedeutet› oder ‹Wie ich ein erfolgreicher Giftmörder wurde›. Mit erfolgreichen Mördern ist es wie mit glücklichen Ehefrauen – sie halten den Mund. Und wahrscheinlich stehen die mißglückten zu den geglückten Morden in einem ähnlichen Verhältnis wie die geschiedenen Ehen zu den glücklich zweisamen Paaren.»

«Übertreibst du da nicht ein bißchen?»

«Weiß ich nicht. Keiner weiß es. Das ist ja das Teuflische. Aber frag mal einen Arzt, wenn du ihn in aufgelockerter und feuchtfröhlicher Stimmung antriffst, wie oft er schon einen gräßlichen Verdacht hatte, aber nicht die Möglichkeit oder den Mut, sich den Fall näher anzusehen. Du siehst an unserem Freund Carr, wie es einem Arzt ergehen kann, der ein bißchen mehr Courage zeigt als die anderen.»

«Aber er konnte ja nichts beweisen.»

«Ich weiß. Aber das heißt nicht, daß es da nichts zu beweisen gab. Sieh dir die hundert und aber hundert Morde an, die nie bewiesen und nie vermutet wurden, bis der Narr von einem Mörder zu weit ging und etwas Dämliches tat, wodurch die ganze Chose aufflog. Dieser Palmer zum Beispiel. Hat in aller Ruhe Frau, Bruder, Schwiegermutter und diverse illegitime Kinder um die Ecke gebracht – und dann beging er den Fehler, die Köchin auf so spektakuläre Weise zu beseitigen. Nimm George Joseph Smith. Niemand dachte auch nur im Traum daran, sich noch weiter um die beiden Ehefrauen zu kümmern, die er ertränkt hatte. Erst bei der dritten kam Verdacht auf. Und bei Armstrong kann man annehmen, daß er noch viel mehr Verbrechen auf dem Gewissen hatte als die, für die er verurteilt wurde – erst sein Ungeschick mit Martin und der Schokolade hat schließlich das Hornissennest in Aufruhr gebracht. Burke und Hare waren des Mordes an einer alten Frau überführt worden und gestanden dann freimütig, daß sie im Laufe von zwei Monaten sechzehn Menschen umgebracht hatten, ohne daß überhaupt einer dahintergekommen wäre.»

«Aber sie *wurden* erwischt.»

«Weil sie dumm waren. Wenn du jemanden auf brutale, bestialische Weise ermordest oder jemanden vergiftest, der sich bis dahin strotzender Gesundheit erfreute, oder wenn du ausgerechnet einen Tag, nachdem er ein Testament zu deinen Gunsten gemacht hat, den Erblasser ins Jenseits beförderst, oder wenn du jeden ermordest, der dir über den Weg läuft, bis die Leute anfangen, dich für Gevatter Tod persönlich zu halten, dann kommt man dir am Ende natürlich auf die Schliche. Aber such dir jemanden aus, der alt und krank ist, wo die Umstände deinen Vorteil nicht auf den ersten Blick erkennen lassen, wähle dann noch eine vernünftige Methode, die den Tod ganz natürlich oder wie einen Unfall erscheinen läßt, und wiederhole den Trick nicht zu oft, dann kann dir nichts passieren. Ich wette, nicht alle Herzleiden, Magenkatarrhe und Grippen, die auf den Totenscheinen stehen, sind ausschließlich das Werk der Natur. Morden ist so leicht, Charles, so verflixt leicht – dazu braucht man nicht einmal eine Sonderausbildung.»

Parker machte ein bekümmertes Gesicht.

«Es ist etwas an dem, was du sagst. So ein paar merkwürdige Geschichten sind mir auch schon zu Ohren gekommen. Wir hören gelegentlich wohl alle mal davon. Aber Miss Dawson –»

«Miss Dawson hat mich gepackt, Charles. So ein schönes Opfer. So alt und krank. Offenbar so nah dem Tod. Auf kurz oder lang sowieso mit Sterben dran. Keine nahen Verwandten, die etwas genauer hinsehen könnten. Keine Bekannten oder alte Freunde in der Nachbarschaft. Und so reich. Bei meiner Seele, Charles, ich liege im Bett und sinne genüßlich über Mittel und Wege nach, wie man Miss Dawson ermorden könnte.»

«Na schön, aber solange du nichts findest, was der Analyse standhält, und wozu man nicht einmal ein Motiv zu brauchen scheint, hast du die richtige Methode noch nicht gefunden», meinte Parker, den die makabre Unterhaltung eher abstieß.

«Zugegeben», antwortete Lord Peter, «aber das zeigt lediglich, daß ich bisher nur ein drittklassiger Mörder bin. Warte, bis ich meine Methode vervollkommnet habe, dann zeige ich sie dir – vielleicht. Irgend so ein weiser alter Knabe hat einmal gemeint, daß jeder von uns das Leben eines anderen Menschen in der Hand hat – aber nur eines, Charles, nur eines.»

9

Das Testament

In unseren Herzen lebt ein dunkler Wille,
Du gabst ihn uns, auf daß wir Deinen thun.
Tennyson: In Memoriam

«Hallo! Hallo-hallo! He, Vermittlung . . . nenn ich dich Vogel,
Kuckuck du, wandernde Stimme dich? . . . Aber nicht doch, ich
hatte nicht die Absicht, frech zu werden, mein Kind, das war
nur aus einem Gedicht von Wordsworth . . . gut, rufen Sie ihn
noch einmal an . . . danke, ist da Dr. Carr? . . . Hier Lord Peter
Wimsey . . . ach ja . . . ja . . . aha! . . . kein bißchen . . . Wir stehen nur im Begriff, Sie zu rächen und mit Lorbeerkränzen ge-
schmückt im Triumph heimzuführen . . . Nein, wirklich . . . wir
sind zu dem Ergebnis gekommen, daß die Sache ernst ist . . . Ja
. . . ich möchte Schwester Forbes' Adresse haben . . . Gut, ich
bleibe dran . . . Luton? Ah, Tooting . . . ja, ich hab's. Gewiß, ich
zweifle nicht, daß sie ein Drachen ist, aber ich bin der Große
Drachenbezwinger mit Knopf im Plüschohr . . . verbindlichsten
Dank . . . wie wunderschrecklich! Oh! Moment! Hallo – sagen
Sie mal, Entbindungen macht sie wohl nicht, nein? Entbindungen! – mit E wie Ehestreit. Also? – Nein – sind Sie sicher? . . .
Wäre nämlich peinlich, wenn sie wirklich antanzte . . . Könnte
ja nicht gut ein Baby für sie herzaubern . . . Hauptsache, Sie sind
sicher . . . Gut – gut, ja – um nichts in der Welt – hat mit Ihnen
überhaupt nichts zu tun. Wiederhören, altes Haus, Wiederhören.»

Lord Peter hängte fröhlich pfeifend ein und rief nach Bunter.
«Mylord?»

«Bunter, was wäre denn so der passende Anzug für einen wer-
denden Vater?»

«Bedaure, Mylord, ich bin in der neuesten Vätermode nicht
auf dem laufenden. Aber ich würde sagen, was immer Mylord
für richtighalten, wird auch in der Dame nur die freundlichsten
Empfindungen auslösen.»

«Leider kenne ich die Dame gar nicht. Sie existiert auch nur als das Produkt einer überschäumenden Phantasie. Aber die Kleidung sollte wohl so etwas wie strahlende Hoffnung ausdrücken, verschämten Stolz und einen Anflug ängstlicher Besorgtheit.»

«Demnach wie bei einem Frischvermählten, wenn ich recht verstehe, Mylord. Dann würde ich zu dem blaßgrauen Straßenanzug raten, Mylord – der so an Weidenkätzchen erinnert –, gedeckt amethystblaue Krawatte und Socken, und weicher Hut. Melone würde ich nicht empfehlen, Mylord. Die Art von Ängstlichkeit, die in einer Melone zum Ausdruck kommt, ist mehr finanzieller Natur.»

«Sie haben zweifellos recht, Bunter. Und ich' nehme die Handschuhe, die ich mir gestern beim Charing Cross so unglücklich beschmutzt habe. Ich bin zu aufgeregt, um mich an saubereren Handschuhen aufzuhalten.»

«Sehr gut, Mylord.»

«Vielleicht lieber keinen Stock.»

«Sofern Mylord mich nicht eines Besseren belehren, würde ich sagen, so ein Stock ist ein gutes Requisit, um Nervosität auszudrücken.»

«Sie haben wie immer recht, Bunter. Rufen Sie mir ein Taxi und sagen Sie dem Fahrer, es gehe nach Tooting.»

Schwester Forbes bedauerte zutiefst. Sie wäre Mr. Simms-Gaythorpe bestimmt gern zu Diensten gewesen, aber Wöchnerinnenpflege übernehme sie nie. Wer Mr. Simms-Gaythorpe denn nur so falsch beraten und ihm ihren Namen angegeben habe?

«Ach wissen Sie, falsch beraten würde ich nicht sagen», meinte Mr. Simms-Gaythorpe, wobei er seinen Spazierstock fallen ließ und mit treuherzigem Lachen wieder aufhob. «Miss Murgatroyd – ich glaube, Sie kennen Miss Murgatroyd aus Leahampton – ja, die – das heißt, ich habe über sie von Ihnen erfahren» (das war die Wahrheit), «und sie hat gesagt, was für eine reizende Person – Sie gestatten mir, diese persönliche Bemerkung zu wiederholen – also, was für eine reizende Person Sie seien und so weiter, und wie nett es wäre, wenn wir Sie dafür gewinnen könnten zu kommen, Sie verstehen? Sie hat aber gleich dazugesagt, daß sie leider fürchtete, Sie übernähmen *keine* Wöchnerinnen. Aber sehen Sie, ich habe mir gesagt, einen Versuch ist es wert, nicht wahr? Ich bin ja so besorgt um meine Frau – wie? Ja, Sie verstehen das. Es ist doch so wichtig, in diesen – äh – kritischen Tagen einen jungen, fröhlichen Menschen um sich zu haben, nicht wahr? Oft sind die Pflegerinnen ja so uralt und schwerfällig – wenn ich mal so sagen darf. Meine Frau ist ja sooo nervös – natürlich – ihr erstes – da möchte ich wirklich nicht, daß sie auch noch ältere Leute um sich hat – Sie verstehen, was ich meine?»

Schwester Forbes, knochig und um die Vierzig, verstand sehr gut und bedauerte zutiefst, sich nicht imstande zu sehen, diese Arbeit zu übernehmen.

«Das war sehr nett von Miss Murgatroyd», sagte sie. «Kennen Sie sie gut? So eine reizende Frau, nicht wahr?»

Der werdende Vater gab ihr recht.

«Miss Murgatroyd war so beeindruckt von Ihrer mitfühlenden Art, wie Sie diese – Sie erinnern sich? – diese arme alte Dame gepflegt haben, Miss Dawson, ja? Ich war ja selbst mit ihr verwandt – äh, ja – so eine Art Vetter um zwölf Ecken herum. Sie war doch so nervös, nicht? Ein bißchen exzentrisch, wie die übrige Familie auch, aber eine bezaubernde alte Dame, finden Sie nicht?»

«Sie war mir sehr ans Herz gewachsen», sagte Schwester Forbes. «Sie war eine so überaus angenehme und rücksichtsvolle Patientin, solange sie noch voll bei Verstand war. Natürlich hat sie arge Schmerzen gelitten, so daß wir sie die meiste Zeit unter Morphium halten mußten.»

«Ach ja, die arme Seele! Manchmal meine ich ja, Schwester, es ist ein großer Jammer, daß man bei solchen Leuten nicht ein bißchen nachhelfen darf, wenn sie doch so schlecht dran sind. Sie sind doch schließlich schon so gut wie tot, nicht wahr? Was hat es für einen Sinn, sie noch weiter so leiden zu lassen?»

Schwester Forbes musterte ihn scharf.

«Ich fürchte, das ginge nicht gut», sagte sie, «auch wenn man diesen laienhaften Standpunkt natürlich versteht. Dr. Carr war da nicht Ihrer Meinung», fügte sie etwas bissig hinzu.

«Dieses ganze Theater fand ich ja einfach schockierend», meinte der Herr mitfühlend. «Diese arme Seele. Ich hab ja schon damals zu meiner Frau gesagt, warum kann man die arme alte Frau nicht in Frieden ruhen lassen? Auch noch an ihr herumzuschneiden, wo sie doch offensichtlich einen gnädigen und ganz natürlichen Tod gehabt hat! Meine Frau war da ganz meiner Meinung. Ich kann Ihnen sagen, das hat sie sehr mitgenommen.»

«Es war für alle Beteiligten sehr unangenehm», sagte Schwester Forbes, «und mich hat es natürlich auch in eine schrecklich peinliche Lage gebracht. Ich dürfte ja nicht darüber reden, aber wo Sie ja aus der Familie sind, werden Sie mich wohl verstehen.»

«Aber ja. Sagen Sie, Schwester, ist es Ihnen je in den Sinn gekommen –» Mr. Simms-Gaythorpe beugte sich vor und zerknautschte nervös seinen weichen Hut zwischen den Händen – «daß hinter der ganzen Geschichte etwas stecken könnte?»

Schwester Forbes spitzte die Lippen.

«Ich meine», sagte Mr. Simms-Gaythorpe, «*es ist* ja schon vorgekommen, daß Ärzte reiche alte Patientinnen zu überreden versucht haben, ein Testament zu ihren Gunsten zu machen. Sie glauben nicht – äh?»

Schwester Forbes gab ihm zu verstehen, daß es nicht an ihr sei, sich um so etwas zu kümmern.

«Nein, natürlich nicht, gewiß nicht. Aber so von Mann zu Mann – ich meine, so ganz unter uns –, hat es nicht vielleicht mal eine kleine Reiberei gegeben, ob der Notar gerufen werden sollte oder nicht? Meine Cousine Mary – ich nenne sie Cousine, sozusagen, obwohl wir in Wirklichkeit überhaupt nicht verwandt sind –, ich meine, sie ist natürlich ein furchtbar nettes Mädchen und so, aber ich hab mir so gedacht, sie war vielleicht gar nicht so sehr darauf versessen, sich diesen Paragraphenfritzen ins Haus zu holen, was?»

«Oh, da irren Sie sich aber ganz gewiß, Mr. Simms-Gaythorpe. Miss Whittaker hat sogar großen Wert darauf gelegt, daß ihre Tante in dieser Beziehung alles zur Verfügung hatte. Sie hat – es ist wohl kein Vertrauensbruch, wenn ich Ihnen das sage –, aber sie hat sogar zu mir gesagt: ‹Wenn Miss Dawson je den Wunsch äußern sollte, ihren Anwalt zu sprechen, dann schicken Sie nur ja sofort nach ihm.› Und das habe ich dann natürlich auch getan.»

«Sie haben? Und dann ist er nicht gekommen?»

«Aber natürlich ist er gekommen. Da hat es überhaupt keine Schwierigkeiten gegeben.»

«Na so was! Da sieht man doch wieder, was diese Klatschtanten manchmal für einen Unsinn erzählen. Entschuldigen Sie, aber Sie müssen wissen, ich hatte von dieser Sache eine völlig falsche Vorstellung. Ich bin ganz *sicher*, daß Mrs. Peasgood gesagt hat, es sei kein Notar gerufen worden.»

91

«Ich wüßte nicht, was Mrs. Peasgood überhaupt für eine Ahnung haben könnte», sagte Schwester Forbes spitz, «sie wurde in dieser Angelegenheit nicht um Erlaubnis gefragt.»

«Natürlich nicht – aber Sie wissen ja, wie solche Behauptungen in Umlauf kommen. Aber hören Sie – wenn ein Testament da war, warum ist es dann nicht vorgelegt worden?»

«Das habe ich nicht gesagt, Mr. Simms-Gaythorpe. Ein Testament war nicht da. Der Anwalt war nur gekommen, um eine Vollmacht auszustellen, damit Miss Whittaker für ihre Tante Schecks und dergleichen unterschreiben konnte. Das war wirklich nötig, wissen Sie, wegen der nachlassenden Geisteskräfte der alten Dame.»

«Ja – sie muß wohl gegen Ende ziemlich wirr gewesen sein.»

«Nun, als ich im September Schwester Philliter ablöste, war sie noch ziemlich vernünftig, abgesehen von ihrer fixen Idee, sie würde vergiftet.»

«Hatte sie davor wirklich Angst?»

«Sie hat ein paarmal zu mir gesagt: ‹Ich werde niemandem den Gefallen tun zu sterben, Schwester.› Sie hat mir nämlich sehr vertraut. Um die Wahrheit zu sagen, mit mir ist sie besser ausgekommen als mit Miss Whittaker, Mr. Simms-Gaythorpe. Aber im November ist es dann mit ihrem Verstand sehr bergab gegangen, und da hat sie viel dummes Zeug geredet. Manchmal ist sie voller Angst aufgewacht und hat gefragt: ‹Sind sie schon dagewesen, Schwester?› – nur das. Und ich habe geantwortet: ‹Nein, so weit sind sie noch nicht gekommen.› Das hat sie dann beruhigt. Ich nehme an, sie hat von ihren Jagden geträumt. Dieses Zurückgehen in die Vergangenheit ist ziemlich häufig, wissen Sie, wenn einer so unter Morphium gehalten wird. Da träumt man eben die halbe Zeit.»

«Dann hätte sie also in den letzten Wochen gar kein Testament mehr machen können, selbst wenn sie gewollt hätte?»

«Nein, da hätte sie es wohl nicht mehr geschafft.»

«Aber früher, als dieser Anwalt da war, da hätte sie eines machen können, wenn sie gewollt hätte?»

«Gewiß hätte sie gekonnt.»

«Aber sie hat es nicht getan?»

«Nein. Ich war ja auf ihre ausdrückliche Bitte hin die ganze Zeit dabei.»

«Ich verstehe. Also Sie und Miss Whittaker.»

«Die meiste Zeit nicht einmal Miss Whittaker. Ich verstehe,

92

worauf Sie hinauswollen, Mr. Simms-Gaythorpe, aber Sie sollten sich wirklich jeden unfreundlichen Verdacht gegen Miss Whittaker aus dem Kopf schlagen. Der Anwalt, Miss Dawson und ich waren fast eine Stunde lang allein zusammen, während der Schreiber im Nebenzimmer alle notwendigen Schriftstücke aufsetzte. Wissen Sie, damals ist nämlich gleich alles erledigt worden, weil wir der Meinung waren, ein zweiter Besuch vom Anwalt werde sicher zuviel für Miss Dawson. Miss Whittaker ist erst ganz am Schluß hinzugekommen. Wenn Miss Dawson ein Testament hätte machen wollen, hätte sie reichlich Gelegenheit dazu gehabt.»

«Nun, das freut mich zu hören», sagte Mr. Simms-Gaythorpe im Aufstehen, um sich zu verabschieden. «Solche kleinen Zweifel schaffen allzuleicht Unfrieden in einer Familie, nicht wahr? Aber jetzt muß ich mich auf die Socken machen. Ich finde es furchtbar schade, daß Sie nicht zu uns kommen können, Schwester – meine Frau wird ja so enttäuscht sein. Nun muß ich eben sehen, daß ich möglichst eine ebenso charmante Person auftreibe. Auf Wiedersehen.»

Im Taxi nahm Lord Peter den Hut ab und kratzte sich nachdenklich den Kopf.

«Wieder eine schöne Theorie im Eimer», brummte er. «Na ja, aber der Bogen hat noch eine zweite Sehne. Erst Cropper, dann Crofton – das müßte jetzt wohl die Zielrichtung sein.»

II

Das rechtliche Problem

Im strahlenden Licht der Jurisprudenz
Sir Edward Coke

10

Noch einmal das Testament

Ja, ja, das Testament!
Laßt Caesars Testament uns hören.
Iulius Caesar

«Oh, Miss Evelyn, mein armes, armes Kind!»

Die große junge Frau in Schwarz drehte sich erschrocken um.

«Nanu, Mrs. Gulliver – wie lieb von Ihnen, daß Sie mich abholen kommen!»

«Und wie froh ich bin, daß ich dazu Gelegenheit hatte, mein Kind, dank diesen beiden freundlichen Herren!» rief die Wirtin, schlang die Arme um die junge Frau und ließ sie nicht mehr los, sehr zum Unmut der anderen Passagiere, die von der Gangway wollten. Der ältere der beiden Herren, von denen sie gesprochen hatte, legte ihr sanft die Hand auf den Arm und zog die beiden aus dem Weg.

«Mein armes Lämmchen!» jammerte Mrs. Gulliver. «Den ganzen weiten Weg so ganz allein gekommen, und die arme Miss Bertha liegt im Grab, und die Leute reden so schrecklich, wo sie doch immer so ein braves Mädchen gewesen ist.»

«Ich denke an unsere arme Mutter», sagte die junge Frau. «Es hat mir keine Ruhe gelassen. Da hab ich zu meinem Mann gesagt: ‹Ich muß hin›, und er: ‹Schatz, ich käme ja mit, wenn ich könnte, aber ich kann die Farm nicht allein lassen. Aber wenn du meinst, du mußt hin, dann fahr nur›, hat er gesagt.»

«Der liebe Mr. Cropper – so gut und freundlich war er immer», sagte Mrs. Gulliver, «aber nun steh ich hier und vergesse ganz die netten Herren, die mich den weiten Weg hierhergebracht haben, um Sie abzuholen. Das ist Lord Peter Wimsey, und das ist Mr. Murbles, der dieses unglückselige Inserat aufgegeben hat, und ich glaub wirklich, mit dem hat alles angefangen. Ich wünschte ja so, ich hätt's Ihrer armen Schwester nie gezeigt, aber nicht, daß ich glaube, die Herren hätten nicht in der besten Absicht gehandelt, jetzt wo ich sie kenne, aber zuerst hab ich gedacht, es stimmt was nicht damit.»

97

«Sehr erfreut», sagte Mrs. Cropper im Umdrehen, wie sie's als Kellnerin im Restaurant gelernt hatte. «Kurz vor meiner Abfahrt habe ich einen Brief von der armen Bertha bekommen, und da hatte sie Ihr Inserat mit hineingelegt. Ich hab nichts damit anzufangen gewußt, aber jetzt möchte ich gern alles wissen, was in diese schreckliche Geschichte Licht bringen kann. Wie hat es geheißen – ein Mord?»

«Bei den Ermittlungen wurde auf natürlichen Tod erkannt», sagte Mr. Murbles, «aber wir sind der Meinung, daß der Fall ein paar Ungereimtheiten enthält, und darum wären wir Ihnen überaus dankbar, wenn Sie uns bei unseren Nachforschungen helfen könnten, auch im Zusammenhang mit einer anderen Sache, die vielleicht damit zu tun hat, vielleicht auch nicht.»

«Na klar», sagte Mrs. Cropper. «Sie sind bestimmt in Ordnung, wenn Mrs. Gulliver das sagt, denn ich hab noch nie erlebt, daß sie sich in einem Menschen getäuscht hat, nicht wahr, Mrs. Gulliver? Ich werde Ihnen alles sagen, was ich weiß, obwohl das nicht viel ist, denn das Ganze ist für mich ein entsetzliches Rätsel. Nur möchte ich jetzt nicht gern, daß Sie mich aufhalten, denn ich will gleich zu meiner Mutter. Sie ist jetzt sicher furchtbar dran, wo sie doch immer so an Bertha gehangen hat, und nun steht sie ganz allein da, bis auf das junge Mädchen, das sich um sie kümmert, und das ist bestimmt kein großer Trost, wenn man so plötzlich seine Tochter verloren hat.»

«Wir werden Sie keine Sekunde aufhalten, Mrs. Cropper», sagte Mr. Murbles. «Wenn Sie gestatten, schlage ich vor, wir begleiten Sie bis London und stellen Ihnen unterwegs ein paar Fragen, und dann würden wir Sie – immer Ihr Einverständnis vorausgesetzt – gern sicher nach Hause zu Mrs. Gotobed begleiten, wo das auch sein mag.»

«Christchurch, Nähe Bournemouth», sagte Lord Peter. «Ich fahre Sie direkt hin, wenn Sie möchten. Das spart Zeit.»

«Also, Sie wissen aber auch alles, was?» rief Mrs. Cropper nicht ohne Bewunderung. «Aber jetzt sollten wir uns lieber beeilen, sonst verpassen wir noch den Zug.»

«Sehr richtig», sagte Mr. Murbles. «Darf ich Ihnen meinen Arm anbieten?»

Da Mrs. Cropper mit dieser Regelung einverstanden war, machte man sich, nachdem die üblichen Einreiseformalitäten erledigt waren, auf den Weg zum Bahnhof. Doch als sie durch die Bahnsteigsperre gingen, stieß Mrs. Cropper plötzlich einen kleinen Schrei aus und streckte den Kopf vor, als ob sie etwas erblickt hätte.

«Was ist denn, Mrs. Cropper?» flüsterte Lord Peters Stimme ihr ins Ohr. «Glauben Sie, jemanden erkannt zu haben?»

«Ihnen entgeht nichts, wie?» meinte Mrs. Cropper. «Sie würden einen guten Kellner abgeben, Sir – und das soll keine Beleidigung sein –, das ist ein echtes Kompliment von jemandem, der sich auskennt, Sir. Ja, ich hatte gedacht, ich hätte jemanden gesehen, aber es kann nicht stimmen, denn kaum hatte sie mich gesehen, ist sie weggegangen.»

«Wen glauben Sie denn gesehen zu haben?»

«Also, ich hab gemeint, es wäre Miss Whittaker, bei der Bertha und ich früher gearbeitet haben.»

«Wo war sie denn?»

«Gleich da drüben an dem Pfeiler – eine große Dunkle mit karmesinrotem Hut und grauem Pelz. Aber jetzt ist sie weg.»

«Entschuldigen Sie mich.» Lord Peter hängte Mrs. Gulliver von seinem Arm ab und geschickt in Mr. Murbles freien Arm ein und stürzte sich ins Gewühl.

Mr. Murbles, völlig unbeeindruckt von diesem sonderbaren Betragen, bugsierte die beiden Damen in ein Erster-Klasse-Abteil, auf dem Mrs. Cropper die Inschrift las: «Reserviert für Lord Peter Wimsey mit Begleitung.» Sie erhob ein paar Einwände wegen ihrer Fahrkarte, aber Mr. Murbles antwortete nur, es sei für alles gesorgt, und auf diese Weise sei sichergestellt, daß sie ungestört blieben.

«Aber jetzt ist Ihr Freund zurückgeblieben», sagte Mrs. Cropper, als der Zug anfuhr.

«Das sähe ihm gar nicht ähnlich», erwiderte Mr. Murbles, indem er seelenruhig ein paar Decken ausbreitete und seinen altmodischen Zylinderhut gegen irgendso eine komische Reisemütze mit Klappen vertauschte. Bei all ihren Sorgen konnte Mrs. Cropper nicht umhin, sich zu fragen, wo er diese viktorianische Reliquie nur erstanden haben könne. In Wahrheit wurden Mr. Murbles Kopfbedeckungen nach eigenen Entwürfen extra von einem sündhaft teuren Hutmacher im West End angefertigt, bei dem Mr. Murbles als Gentleman alter Schule in allerhöchstem Ansehen stand.

Von Lord Peter allerdings war in der nächsten Viertelstunde nichts zu sehen, bis er plötzlich mit liebenswürdigem Lächeln den Kopf zur Tür hereinsteckte und meinte:

«Eine rothaarige Dame mit karmesinrotem Hut; drei dunkle Damen mit schwarzen Hüten; mehrere nicht näher zu beschreibende Damen mit staubgrauen Überziehhüten; grauhaarige alte Damen mit verschiedenen Hüten; sechzehn unbehütete Backfische – das heißt, Hüte im Gepäcknetz, aber kein karmesinroter darunter; zwei unverkennbare Bräute mit blauen Hüten; unzählige blonde Frauen mit Hüten in allen Farben; eine aschblonde in Schwesterntracht – aber unsere Freundin ist nicht darunter, soviel ich weiß. Ich hab mir nur gedacht, spazier mal ein bißchen durch den Zug und sieh dich um. Eine dunkelhaarige ist noch da, deren Hut ich aber nicht sehen konnte, weil er neben ihr versteckt liegt. Ob Mrs. Cropper wohl Lust hat, ein bißchen mit mir den Gang hinunterzuschlendern und sie sich mal anzusehen?»

Mrs. Cropper erklärte sich, ziemlich überrascht, dazu bereit.

«Recht haben Sie. Erklären tu ich's später. Ungefähr vier Wagen weiter. Passen Sie mal auf, Mrs. Cropper, *falls* das jemand ist, den Sie kennen, wäre es mir nicht so sehr lieb, wenn sie merkte, daß Sie sie ansehen. Halten Sie sich hinter mir und schauen Sie in die Abteile, aber schlagen Sie Ihren Kragen hoch. Wenn wir an das fragliche Abteil kommen, gebe ich Ihnen Deckung. Klar?»

Diese Manöver wurden mit Erfolg ausgeführt, und vor dem verdächtigen Abteil zündete Lord Peter sich eine Zigarette an, damit Mrs. Cropper hinter seinem schützend hochgehobenen Arm versteckt einen Blick auf die hutlose Dame werfen konnte. Doch das Ergebnis war enttäuschend. Mrs. Cropper hatte die Dame nie zuvor gesehen, und bei einer zweiten Promenade von einem Zugende bis zum andern kam auch nicht mehr heraus.

«Dann muß Bunter das eben machen», sagte Seine Lordschaft gutgelaunt, als sie auf ihre Plätze zurückkehrten. «Ich habe ihn schon auf die Spur gesetzt, gleich als Sie mir die Frohbotschaft gaben. Und nun kommen wir einmal richtig zur Sache, Mrs. Cropper. Zunächst wären wir dankbar für jegliche Vermutung, die Sie zum Tod Ihrer Schwester haben könnten. Wir wollen Sie nicht erschrecken, aber wir haben den Verdacht, daß da vielleicht – nur vielleicht – etwas dahinterstecken könnte.»

«Nur eines, Sir – oder Eure Lordschaft, sollte ich wohl sagen. Bertha war wirklich ein braves Mädchen – dafür lege ich die Hand ins Feuer. Da hat's keine Techtelmechtel mit ihrem Freund gegeben – nichts dergleichen. Ich weiß, die Leute haben viel herumgeredet, und wie so viele Mädchen sind, ist das vielleicht auch kein Wunder. Aber glauben Sie mir, Bertha war nicht von der Sorte, die etwas tun würde, was sich nicht gehört. Vielleicht möchten Sie mal den letzten Brief lesen, den sie mir geschrieben hat. Etwas Netteres und Anständigeres kann man bestimmt nicht von einem Mädchen erwarten, das sich auf eine glückliche Heirat freut. Wissen Sie, Sir, ein Mädchen, das so schreibt, treibt sich nicht herum, oder? Es würde mir keine Ruhe geben, wenn ich wüßte, daß die Leute so über sie reden.»

Lord Peter nahm den Brief, überlas ihn rasch und reichte ihn respektvoll an Mr. Murbles weiter.

«Wir glauben so etwas nicht im mindesten, Mrs. Cropper, aber wir freuen uns natürlich sehr, Ihre Meinung darüber zu hören. Also – würden Sie es für möglich halten, daß Ihre Schwester – na, wie soll ich es ausdrücken? – daß eine Frau sie mit einer glaubwürdigen Geschichte angelockt und sie dann – na ja – in eine Situation gebracht hat, die sehr schockierend für sie war? War sie vorsichtig, war sie den Londonern mit ihren üblen Tricks gewachsen und so weiter?»

Und er erläuterte ihr Parkers Theorie von der gewinnenden Mrs. Forrest und dem vermuteten Diner in ihrer Wohnung.

«Na ja, Mylord, ich würde nicht sagen, daß Bertha besonders fix war – nicht so fix wie ich, verstehen Sie? Sie hat immer alles geglaubt, was man ihr gesagt hat, und den Leuten immer nur das Beste zugetraut. Sie schlug mehr nach ihrem Vater. Ich bin ganz die Mutter, haben sie immer gesagt, und ich traue keinem weiter, als ich sehen kann. Aber ich hab sie doch so davor gewarnt, sich mit Frauen einzulassen, die junge Mädchen auf der Straße ansprechen, und demnach hätte sie eigentlich auf der Hut sein müssen.»

«Es könnte natürlich jemand gewesen sein», sagte Lord Peter, «den sie sehr gut kannte – vielleicht aus dem Restaurant –, und da hat sie sich gedacht, warum soll ich so eine nette Dame nicht mal besuchen? Oder die Dame hat davon gesprochen, ihr eine gute Stelle zu verschaffen. Man kann nie wissen.»

«Ich glaube, das hätte sie aber in ihren Briefen erwähnt, wenn sie viel mit jemandem gesprochen hätte, Mylord. Sie hat mir ja über die Gäste immer so wunderbar viel zu erzählen gewußt. Und ich glaube, sie war nicht so sehr darauf versessen, wieder in Stellung zu gehen. Nach diesem Leahampton hatten wir so richtig die Nase voll davon.»

«Aha. Aber das bringt uns jetzt auf etwas anderes – das, worüber wir mit Ihnen oder Ihrer Schwester sprechen wollten, bevor diese unglückselige Geschichte passierte. Sie waren doch bei dieser Miss Whittaker in Stellung, die Sie vorhin erwähnten. Könnten Sie uns wohl einmal genau erzählen, warum Sie da weggegangen sind? Es war doch eine gute Stelle, nehme ich an?»

«Na ja, Mylord, für eine Dienstmädchenstelle ganz gut, obwohl man ja da nie so viel Freiheit hat wie in einem Restaurant. Und die alte Dame hat natürlich viel Arbeit gemacht. Aber nicht, daß uns das was ausgemacht hätte, denn sie war immer sehr freundlich, und großzügig auch.»

«Aber als sie krank wurde, hat Miss Whittaker wohl den ganzen Haushalt übernommen, nicht?»

«Ja, Mylord; aber eine schwere Stelle war es trotzdem nicht – uns haben sogar viele Mädchen beneidet. Nur daß Miss Whittaker ziemlich eigen war.»

«Besonders mit ihrem Porzellan, nicht?»

«Ach, das hat man Ihnen also schon erzählt?»

«Ich hab es ihnen erzählt, Liebes», warf Mrs. Gulliver dazwischen. «Ich hab ihnen alles erklärt, warum ihr plötzlich eure Stelle verlassen habt und nach London gekommen seid.»

«Und dabei ist uns aufgefallen», mischte sich Mr. Murbles ein, «daß es, wie soll ich sagen, irgendwie voreilig von Miss Whittaker war, zwei so tüchtige und, wenn ich das sagen darf, wohlerzogene und ansehnliche Mädchen unter so einem nichtigen Vorwand zu entlassen.»

«Da haben Sie recht, Sir. Ich hab Ihnen ja schon gesagt, wie leichtgläubig Bertha war – und sie hat auch ganz bereitwillig geglaubt, daß sie schuld wäre, ja, sie hat es sogar noch furchtbar nett von Miss Whittaker gefunden, daß sie ihr das zerschlagene Porzellan verziehen und sich so bemüht hat, uns nach London zu schicken, aber ich hab gedacht, da steckt doch mehr dahinter, als man mit bloßem Auge sieht. Hab ich das nicht gesagt, Mrs. Gulliver?»

«O ja, das haben Sie, Liebes; mehr, als man mit bloßem Auge sieht, haben Sie zu mir gesagt, und der Meinung bin ich auch.»

«Und haben Sie bei sich», bohrte Mr. Murbles weiter, «diese plötzliche Entlassung mit irgendeinem Ereignis in Verbindung gebracht?»

«Damals ja», antwortete Mrs. Cropper energisch. «Ich habe

zu Bertha gesagt – aber sie wollte nichts davon wissen, denn sie war, wie gesagt, da ganz nach ihrem Vater – also, ich hab zu ihr gesagt: ‹Denk an meine Worte›, sag ich, ‹Miss Whittaker will uns bloß wegen dem Streit nicht mehr im Haus haben, den sie mit der alten gnädigen Frau gehabt hat.›»

«Und was war das für ein Streit?» forschte Mr. Murbles.

«Na ja, ich weiß nicht recht, ob ich Ihnen das erzählen darf, wo doch jetzt alles vorbei ist und wir versprochen haben, nichts davon zu sagen.»

«Das», sagte Mr. Murbles, um Lord Peter daran zu hindern, ungeduldig dazwischenzuplatzen, «ist natürlich Ihre eigene Gewissensentscheidung. Aber wenn es Ihnen den Entschluß erleichtert, glaube ich Ihnen in aller Vertraulichkeit sagen zu können, daß diese Information vielleicht äußerst wichtig für uns ist – mit den Einzelheiten will ich Sie nicht behelligen –, um einige einzigartige Umstände zu untersuchen, die uns zu Ohren gekommen sind. Und es wäre eventuell sogar möglich – auch hier will ich Ihnen die Einzelheiten ersparen –, daß wir dadurch etwas Licht in das tragische Geschehen um Ihre dahingeschiedene Schwester bringen könnten. Mehr als das kann ich im Augenblick nicht sagen.»

«Also, wenn das so ist», sagte Mrs. Cropper, «auch wenn ich nicht verstehe, was da für ein Zusammenhang bestehen könnte – aber wenn Sie meinen, es wäre so, dann ist es wohl besser, damit rauszurücken, wie mein Mann immer sagt. Schließlich habe ich ja nur versprochen, den Leuten in Leahampton nichts zu erzählen, denn die hätten bestimmt nichts Gutes daraus gemacht – und ein klatschsüchtiges Volk ist das, da können Sie sicher sein.»

«Mit der Bevölkerung von Leahampton haben wir nichts zu tun», sagte Seine Lordschaft, «und wir werden nichts weitergeben, solange es nicht unbedingt notwendig ist.»

«Na klar. Also, dann will ich's Ihnen sagen. Anfang September, da kommt Miss Whittaker eines Morgens zu Bertha und mir und sagt: ‹Ich hätte gern, daß ihr beiden euch auf dem Flur vor Miss Dawsons Zimmer zur Verfügung haltet›, sagt sie, ‹denn ich brauche euch vielleicht, um ihre Unterschrift auf einem Dokument zu bezeugen; zwei Zeugen brauchen wir›, sagt sie, ‹und ihr müßt sehen, wie sie unterschreibt; aber ich will sie nicht mit einem Haufen Leute im Zimmer verrückt machen, und wenn ich euch also einen Wink gebe, kommt ihr ohne Lärm ge-

103

rade so weit zur Tür herein, daß ihr sehen könnt, wie sie ihren Namen schreibt, und wenn ich dann das Dokument zu euch bringe, setzt ihr eure Namen an die Stelle, auf die ich zeige. Es ist ganz einfach›, sagt sie, ‹ihr habt nichts weiter zu tun, als eure Namen dahin zu setzen, wo das Wort *Zeugen* steht.›

Bertha, die ja schon immer ein bißchen ängstlich war – vor Dokumenten und dergleichen hatte sie Angst –, hat versucht, sich zu drücken. ‹Kann denn die Schwester nicht an meiner Stelle unterschreiben?› fragt sie. Gemeint war Schwester Philliter, die Rothaarige, wissen Sie, die mit dem Doktor verlobt war. Eine sehr nette Frau war das, die haben wir sehr gemocht. Aber Miss Whittaker: ‹Die Schwester ist spazierengegangen›, sagt sie ziemlich scharf, ‹und ich möchte, daß du und Evelyn das macht›, womit natürlich ich gemeint war. Na bitte, uns soll's recht sein, haben wir gesagt, und wie Miss Whittaker also mit einem Stoß Papiere zu Miss Dawson raufgeht, sind wir nach und haben auf dem Flur gewartet, wie sie gesagt hat.»

«Einen Augenblick», sagte Mr. Murbles. «Hatte Miss Dawson oft irgendwelche Dokumente zu unterzeichnen?»

«Doch, Sir, ich glaube, schon recht häufig, aber die wurden meist von Miss Whittaker oder der Schwester bezeugt. Es ging um Pachtangelegenheiten und so, wie ich gehört habe. Miss Dawson hatte etwas Hausbesitz. Und dann die Schecks für den Haushalt und so einiges an Papieren, die von der Bank kamen und immer im Safe eingeschlossen wurden.»

«Wahrscheinlich Aktiencoupons und dergleichen», sagte Mr. Murbles.

«So wird's wohl sein, Sir, ich verstehe von solchen Geschäften nicht viel. Einmal, das ist schon lange her, da habe ich mal eine Unterschrift beglaubigen müssen, aber das war was anderes. Da war die Unterschrift schon drauf, als das Papier zu mir runtergebracht wurde. Da war nichts von diesem ganzen Theater dabei.»

«Die alte Dame war also noch imstande, ihre Geschäfte selbst zu führen, wenn ich richtig verstanden habe?»

«Bis zu der Zeit ja, Sir. Danach hat sie alles an Miss Whittaker übertragen, soviel ich weiß – das war kurz bevor es anfing, ihr so schlecht zu gehen, daß sie immer unter Drogen stehen mußte. Von da an hat Miss Whittaker alle Schecks unterschrieben.»

«Die Vollmacht», sagte Mr. Murbles kopfnickend. «Also, haben Sie nun dieses geheimnisvolle Dokument wirklich unterschrieben?»

«Nein, Sir. Ich erzähle Ihnen mal, wie das war. Nachdem Bertha und ich also eine Weile vor der Tür stehen, kommt Miss Whittaker heraus und gibt uns ein Zeichen, wir sollen leise reinkommen. Wir gehen also rein und stellen uns gleich hinter die Tür. Am Bett stand oben am Kopfende eine spanische Wand, so daß wir Miss Dawson nicht sehen konnten und sie uns auch nicht, aber wir konnten sie ganz deutlich in dem großen Spiegel sehen, der links vom Bett stand.»

Mr. Murbles tauschte einen bedeutungsvollen Blick mit Lord Peter.

«Jetzt geben Sie bitte acht, daß Sie uns jede Einzelheit berichten, und wenn sie noch so klein und unwichtig erscheint», sagte Wimsey. «Ich glaube, das wird noch sehr spannend.»

«Ja, Mylord. Nun ja, sonst war nicht viel da, nur daß gleich hinter der Tür, links, wenn man reinkommt, ein kleiner Tisch stand, auf dem die Schwester Tabletts und so etwas abstellte, was hinuntergebracht werden sollte, na ja, und der war eben abgeräumt, und darauf lagen ein Stück Löschpapier, Tintenfaß und Feder, für uns zum Unterschreiben.»

«Konnte Miss Dawson das sehen?» fragte Mr. Murbles.

«Nein, Sir, die spanische Wand war ja dazwischen.»

«Aber das Tischchen stand im Zimmer?»

«Ja, Sir.»

«Das sollten wir ganz genau klären. Ob Sie uns wohl einen kleinen Grundriß von dem Zimmer zeichnen könnten – nur ganz ungefähr –, auf dem man sieht, wie alles stand, das Bett, die spanische Wand, der Spiegel und so weiter?»

«Ich bin ja nicht besonders gut im Malen», meinte Mrs. Cropper verlegen, «aber ich will's mal versuchen.»

Mr. Murbles brachte einen Notizblock und Füllfederhalter zum Vorschein, und nach ein paar mißglückten Versuchen entstand die folgende Skizze.

«Danke, das ist wirklich sehr klar. Sie sehen, Lord Peter, wie sorgfältig alles arrangiert ist, damit das Dokument in Gegenwart der Zeugen unterschrieben und die Unterschrift von diesen in Gegenwart Miss Dawsons und jeweils der anderen Zeugen beglaubigt werden konnte. Ich brauche Ihnen wohl nicht zu sagen, für welche Art von Dokument dieses Verfahren zwingend vorgeschrieben ist.»

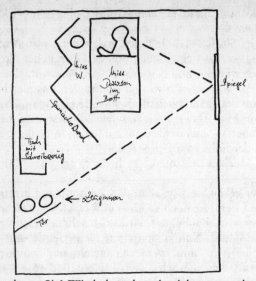

«Für was denn, Sir? Wir haben damals nicht verstanden, warum das alles so gemacht wurde.»

«Es hätte sein können», erklärte Mr. Murbles, «daß dieses Dokument angefochten worden wäre, und dann hätten Sie und Ihre Schwester als Zeugen vor Gericht aussagen müssen. Man hätte Sie dann gefragt, ob Sie wirklich gesehen haben, wie Miss Dawson das Schriftstück unterzeichnete, und ob Sie und Ihre Schwester mit Miss Dawson gleichzeitig in einem Zimmer waren, als Sie als Zeugen unterschrieben. Und wenn Sie das gefragt worden wären, hätten Sie es doch bejahen und beschwören können, nicht?»

«Aber ja.»

«Und doch hätte Miss Dawson in Wirklichkeit nichts von Ihrer Anwesenheit gewußt.»

«Nein, Sir.»

«Sehen Sie, das war's.»

«Jetzt verstehe ich, Sir, aber damals haben Bertha und ich nichts damit anzufangen gewußt.»

«Aber das Dokument wurde nie unterschrieben, sagen Sie?»

«Nein, Sir, zumindest haben wir keine Unterschrift beglaubigt. Wir haben gesehen, wie Miss Dawson ihren Namen – ich nehme wenigstens an, daß es ihr Name war – auf ein oder zwei Blatt Papier gesetzt hat, und dann hat Miss Whittaker noch einen Stoß vor sie hingelegt und gesagt: ‹Hier ist noch mal ein ganzer Stoß, Tantchen, wieder wegen der Einkommensteuer.› Darauf die alte Dame: ‹Was ist es denn genau, Liebes, laß mich mal sehen.› Und Miss Whittaker sagte: ‹Ach Gott, der übliche Kram.› Und Miss Dawson darauf: ‹Meine Güte, ist das wieder viel. Wie kompliziert die das doch alles machen!› Und wir konnten sehen, wie Miss Whittaker ihr mehrere Blätter gereicht hat, alle schön aufeinander, so daß nur noch die Stellen zum Unterschreiben frei waren. Miss Dawson unterschreibt also das erste Blatt, dann hebt sie es hoch und schaut das nächste darunter an, und Miss Whittaker sagt: ‹Es ist alles dasselbe›, ganz als wenn sie's eilig gehabt hätte, daß die Sachen unterschrieben werden und vom Tisch sind. Aber Miss Dawson nimmt ihr den Stoß aus der Hand und blättert ihn ganz durch, und plötzlich läßt sie einen Schrei los und ruft: ‹Ich will das nicht! Ich will das nicht! Ich liege noch nicht im Sterben. Was unterstehst du dich, du böses Mädchen! Kannst du nicht warten, bis ich tot bin? – Du willst mich wohl vor der Zeit ins Grab ängstigen! Hast du denn nicht alles, was du willst?› Worauf Miss Whittaker sagt: ‹Still doch, Tantchen, du läßt mich ja nichts erklären –› Aber die alte Dame sagt: ‹Nein, ich will nicht, ich will überhaupt nichts davon hören. Ich mag nicht einmal daran denken. Ich rede nicht darüber. Laß mich in Ruhe. Wie kann ich wieder gesund werden, wenn du mich fortwährend so ängstigst?› Und damit legt sie erst richtig los und macht ein fürchterliches Theater, und Miss Whittaker kommt leichenblaß zu uns und sagt: ‹Verschwindet, ihr Mädchen›, sagt sie, ‹meine Tante ist plötzlich sehr krank geworden und kann jetzt keine Geschäfte mehr erledigen. Ich rufe euch, wenn ich euch brauche›, sagt sie. Darauf ich: ‹Können wir Ihnen helfen, Miss?› Und sie sagt: ‹Nein, es ist ja schon gut. Die Schmerzen sind nur wiedergekommen. Ich gebe ihr jetzt eine Spritze, dann ist bald wieder alles in Ordnung.› Damit schiebt sie uns aus dem Zimmer und macht die Tür zu, und wir hören die alte Dame schreien, daß es einem das Herz brechen konnte. Wir gehen also runter und treffen die Schwester, die gerade wieder zurückkommt, und sagen ihr, daß es Miss Dawson wieder schlechter geht, und sie rennt gleich rauf, ohne abzulegen. Und wie wir wieder in der Küche sind und das alles ein bißchen komisch finden, kommt Miss Whittaker runter und sagt: ‹Es ist wieder gut, Tantchen schläft jetzt ganz friedlich, nur die Geschäfte müssen wir eben auf einen anderen Tag verschieben.›

Und dann sagt sie: ‹Erzählt besser keinem was davon, denn wenn Tantchen Schmerzen hat, bekommt sie immer solche Angst und redet wirres Zeug. Sie meint das gar nicht so, aber wenn die Leute davon hörten, würden sie allerlei dumme Sachen denken.› Ich steh also auf und sag: ‹Miss Whittaker›, sag ich, ‹wir sind doch keine Klatschbasen, ich und Bertha.› Ziemlich förmlich hab ich das gesagt, denn ich hab Klatsch noch nie vertragen können. Und Miss Whittaker sagt: ‹Es ist ja schon gut›, und geht weg. Und am nächsten Tag gibt sie uns den Nachmittag frei und schenkt uns was – 10 Shilling für jeden waren es, weil ihre Tante Geburtstag hätte und die alte Dame möchte, daß wir uns ihr zu Ehren etwas gönnen.»

«Wirklich eine sehr klare Schilderung, Mrs. Cropper. Da kann ich nur wünschen, alle Zeugen wären so vernünftig und aufmerksam wie Sie. Nur eines noch. Haben Sie zufällig einen Blick auf das Schriftstück werfen können, das Miss Dawson so erregt hat?»

«Nein, Sir – das heißt, nur von weitem, und auch das nur im Spiegel. Ich glaube aber, es war ziemlich kurz – nur ein paar Zeilen mit der Maschine.»

«Verstehe. Befand sich übrigens eine Schreibmaschine im Haus?»

«O ja, Sir. Miss Whittaker hat sie sehr oft für Geschäftsbriefe und dergleichen gebraucht. Sie stand im Wohnzimmer.»

«Aha. Und können Sie sich zufällig erinnern, ob kurz danach Miss Dawsons Anwalt sie besuchen kam?»

«Nein, Sir. Es war ja kurze Zeit später, daß Bertha diese Teekanne zerschlug und wir gehen mußten. Miss Whittaker wollte ihr zwar einen Monat Kündigungsfrist geben, aber das hab ich abgelehnt. Wenn sie wegen so einer Kleinigkeit über ein Mädchen herfällt, das so eine gute Kraft ist wie Bertha, dann soll Bertha lieber gleich gehen, und ich mit. Miss Whittaker hat gesagt: ‹Ganz wie ihr wollt›, hat sie gesagt – Widerworte hat sie ja nie vertragen können. Wir sind also noch am selben Nachmittag gegangen. Aber hinterher, glaube ich, hat es ihr leid getan, denn da hat sie uns in Christchurch besucht und gemeint, wir sollten doch versuchen, ob wir nicht in London eine bessere Stelle bekommen. Bertha hat sich ein bißchen davor gefürchtet, so weit fortzugehen – ganz der Vater, wie gesagt –, aber Mutter, die schon immer etwas ehrgeiziger war, hat gemeint: ‹Wenn die Dame so nett ist und euch zu einem guten Start verhelfen will, dann geht doch. In der Stadt hat man als Mädchen mehr Chancen.› Und ich sage zu Bertha, wie wir später unter uns sind, sage ich: ‹Verlaß dich drauf, Miss Whittaker will uns nur loswerden. Sie hat Angst, wir könnten die Dinge herumerzählen gehen, die Miss Dawson an diesem Morgen gesagt hat. Aber›, sag ich, ‹wenn sie uns was dafür zahlt, daß wir gehen, warum dann nicht?› sag ich. ‹Heutzutage muß man zusehen, wo man bleibt, und wenn wir nach London gehen, gibt sie uns ein besseres Zeugnis, als wenn wir bleiben. Und überhaupt›, sag ich, ‹wenn es uns nicht gefällt, können wir ja jederzeit wieder nach Hause kommen.› Das Ende vom Lied war also, daß wir in die Stadt gekommen sind, und nach einer Weile haben wir eine gute Stelle bei Lyons bekommen, weil Miss Whittaker uns so ein gutes Zeugnis gegeben hatte, und da habe ich meinen Mann kennengelernt und Bertha ihren Jim. Wir haben es also nie bereut, daß wir es riskiert haben – wenigstens bis diese schreckliche Sache dann mit Bertha passiert ist.»

Das leidenschaftliche Interesse, mit dem ihre Zuhörer dieser Erzählung gefolgt waren, mußte für Mrs. Croppers theatralische Ader sehr befriedigend gewesen sein. Mr. Murbles rieb langsam kreisend seine Hände aneinander, mit trockenem Rascheln – wie bei einer alten Schlange, die beutesuchend durchs Gras schleicht.

«Eine Szene ganz nach Ihrem Herzen, Murbles», meinte Lord Peter mit einem Blitzen unter den gesenkten Augenlidern. Jetzt wandte er sich an Mrs. Cropper. «Haben Sie diese Geschichte heute zum erstenmal jemandem erzählt?»

«Ja – und ich hätte sie überhaupt niemals erzählt, wenn nicht –»

«Ich weiß. Und wenn ich Ihnen nun einen Rat geben darf, Mrs. Cropper, dann sprechen Sie nie wieder darüber. Solche Geschichten haben die eklige Angewohnheit, gefährlich zu sein. Finden Sie es unverschämt, wenn ich Sie frage, was für Pläne Sie für die nächsten ein bis zwei Wochen haben?»

«Ich werde zu Mutter fahren und sie überreden, mit mir nach Kanada zu kommen. Das wollte ich schon, als ich heiratete, aber da wollte sie nicht so weit von Bertha fort. Bertha war immer Mutters Liebling – eben weil sie so nach ihrem Vater war, Sie verstehen? Mutter und ich waren uns immer viel zu ähnlich, um gut miteinander auszukommen. Aber jetzt hat sie ja niemanden mehr, und es wäre doch nicht recht, wenn sie so ganz allein bliebe; da denke ich schon, daß sie mitkommen wird. Es ist ja eine weite Reise für eine kränkliche alte Frau, aber ich schätze, Blut ist dicker als Wasser. Mein Mann hat gesagt: ‹Bring sie in der ersten Klasse her, Mädchen, das Geld treibe ich schon auf.› Ein guter Kerl, mein Mann.»

«Sie hätten es nicht besser treffen können», sagte Wimsey, «und wenn Sie gestatten, schicke ich einen Freund, der sich während der Eisenbahnfahrt um Sie beide kümmert und dafür sorgt, daß Sie wohlbehalten an Bord kommen. Und bleiben Sie nicht zu lange in England. Verzeihen Sie, wenn ich mich so in Ihre Angelegenheiten dränge, aber ich bin wirklich überzeugt, daß Sie anderswo sicherer aufgehoben sind.»

«Sie glauben doch nicht, daß Bertha –?»

Sie hatte die Augen vor Schreck weit aufgerissen.

«Ich sage gar nicht gern, was ich glaube, weil ich es nicht weiß. Aber ich werde dafür sorgen, daß Sie und Ihre Mutter sicher sind, was auch geschieht.»

«Und Bertha? Kann ich da irgend etwas tun?»

«Nun, Sie werden zu Scotland Yard kommen und meinen Freunden dort erzählen müssen, was Sie mir erzählt haben. Das wird sie sehr interessieren.»

«Und wird auch etwas geschehen?»

«Wenn wir beweisen können, daß nicht alles mit rechten Dingen zugegangen ist, wird die Polizei sicherlich nicht ruhen, bis sie die richtige Spur hat. Aber die Schwierigkeit liegt eben darin, zu beweisen, daß es kein natürlicher Tod war.»

«Wie ich der heutigen Zeitung entnehme», sagte Mr. Murbles, «ist der örtliche Polizeichef jetzt der Überzeugung, daß Miss Gotobed für sich allein dort gepicknickt hat und einem Herzanfall erlegen ist.»

«Der Kerl sagt viel», meinte Wimsey. «Wir wissen durch die Autopsie, daß sie kurz vor ihrem Tod eine schwere Mahlzeit zu sich genommen hatte – verzeihen Sie die unerquicklichen Details, Mrs. Cropper –, also wozu das Picknick?»

«Ich nehme an, man hat an die Butterbrote und die Bierflasche gedacht», sagte Mr. Murbles nachsichtig.

«Verstehe. Dann ist sie also allein mit einer Flasche Bass-Bier in den Eppingforst gegangen und hat den Korken mit den Fingern entfernt. Haben Sie das mal versucht, Murbles? Nein? Also, wenn der Korkenzieher gefunden wird, will ich glauben, daß sie allein war. Inzwischen bringen die Zeitungen hoffentlich noch mehr solche Theorien. Verbrecher wiegt man am besten in Sicherheit, Murbles – das steigt ihnen nämlich zu Kopf.»

11

Am Scheideweg

Geduld – und mischt die Karten.
Don Quijote

Lord Peter brachte Mrs. Cropper nach Christchurch und kehrte dann nach London zurück, um sich mit Parker zu besprechen. Parker hatte sich gerade die Nacherzählung von Mrs. Croppers Geschichte zu Ende angehört, als ein diskretes Öffnen und Schließen der Wohnungstür die Rückkehr Bunters anzeigte.

«Glück gehabt?» erkundigte sich Wimsey.

«Zu meinem größten Bedauern muß ich Euer Lordschaft mitteilen, daß ich die Spur der Dame verloren habe. Genauer gesagt, wenn Euer Lordschaft gütigst den Ausdruck verzeihen wollen, man hat mich so richtig geleimt.»

«Gott sei's gedankt, Bunter, Sie sind am Ende doch nur ein Mensch. Ich wußte gar nicht, daß jemand Sie schaffen kann. Kommen Sie, trinken Sie was.»

«Ich bin Euer Lordschaft sehr verbunden. Ich habe meinen Instruktionen gemäß den Bahnsteig nach einer Dame mit karmesinrotem Hut und grauem Pelz abgesucht und hatte nach einer Weile auch das Glück, sie zur Sperre hinausgehen und auf den großen Zeitungskiosk zutreten zu sehen. Sie war ein gutes Stück vor mir, aber ihr Hut war sehr auffällig, und um es mit den Worten des Dichters auszudrücken, wenn ich so sagen darf, ich folgte dem Schein.»

«Wacker, wacker.»

«Danke, Mylord. Die Dame betrat das Bahnhofshotel, das ja, wie Sie wissen, zwei Ausgänge hat, einen zu den Bahnsteigen, den anderen zur Straße. Ich bin ihr sofort nachgeeilt, damit sie mich nicht abhängte, und als ich durch die Drehtür kam, sah ich gerade noch ihren Rücken in die Damentoilette verschwinden.»

«Wohinein Sie ihr als wohlanständiger Mann nicht folgen konnten. Verstehe vollkommen.»

«So war es, Mylord. Ich habe in der Eingangshalle Platz ge-

112

nommen, und zwar so, daß ich die Tür beobachten konnte, ohne es mir anmerken zu lassen.»

«Und dann haben Sie wohl zu spät gemerkt, daß das Örtchen zwei Ausgänge hatte. Ungewöhnlich und ärgerlich.»

«Nein, Mylord, so war es gar nicht. Ich habe eine Dreiviertelstunde dagesessen und gewartet, aber der rote Hut kam nicht wieder zum Vorschein. Eure Lordschaft mögen bedenken, daß ich das Gesicht der Dame nie gesehen habe.»

Lord Peter stöhnte auf. «Ich ahne schon das Ende der Geschichte, Bunter. Nicht Ihre Schuld. Fahren Sie fort.»

«Nach dieser Zeit, Mylord, sah ich mich zu dem Schluß genötigt, daß entweder der Dame schlecht geworden oder sonst etwas Unerfreuliches passiert sein mußte. Ich habe eine Hotelangestellte angesprochen, die gerade vorbeikam, und ihr die Kleidung der Dame beschrieben, der ich angeblich etwas auszurichten hätte. Sie solle sich doch bitte bei der Toilettenfrau erkundigen, ob die fragliche Dame noch dort sei. Das Mädchen ging, kam aber schon bald mit der Meldung zurück, die Dame habe im Umkleideraum die Kleider gewechselt und sei schon vor einer halben Stunde wieder gegangen.»

«Bunter, Bunter! Hätten Sie denn nicht den Koffer oder sonst etwas wiedererkennen können, als sie herauskam?»

«Verzeihung, Mylord, aber die Dame war heute schon einmal dort gewesen und hatte der Toilettenfrau einen Diplomatenkoffer in Obhut gegeben. Als sie wiederkam, hat sie Hut und Pelz in diesen Koffer getan und ein schwarzes Filzhütchen und einen leichten Regenmantel angezogen, die sie darin hatte. Dadurch war ihr Kleid nicht zu sehen, als sie herauskam, und außerdem trug sie den Diplomatenkoffer, während ich sie beim erstenmal mit leeren Händen gesehen hatte.»

«Sie hat an alles gedacht. Was für eine Frau!»

«Ich habe mich sofort in der Umgebung des Bahnhofs und des Hotels umgehört, Mylord, aber ohne Ergebnis. Der schwarze Hut und der Regenmantel müssen sehr unauffällig gewesen sein, denn niemand konnte sich erinnern, sie gesehen zu haben. Ich bin wieder zum Bahnhof gegangen, um zu erfahren, ob sie vielleicht per Bahn weitergereist sei. Mehrere Damen, die der Beschreibung entsprachen, hatten Fahrkarten zu verschiedenen Zielorten gekauft. Genaueres war nicht zu erfahren. Ich habe auch sämtliche Garagen in Liverpool aufgesucht, aber erfolglos. Ich bin untröstlich, Eure Lordschaft so enttäuschen zu müssen.»

«Da kann man nichts machen. Sie haben getan, was Sie konnten. Kopf hoch. Und niemals aufgeben. Sie müssen todmüde sein. Nehmen Sie sich den Tag frei und legen Sie sich zu Bett.»

«Ich danke Ihnen, Mylord, aber ich habe auf der Hinfahrt im Zug ganz ausgezeichnet geschlafen.»

«Wie Sie wollen, Bunter. Ich hatte nur gehofft, Sie würden manchmal müde, wie andere Leute auch.»

Bunter lächelte diskret und zog sich zurück.

«Nun ja, soviel haben wir immerhin gewonnen», sagte Parker. «Wir wissen jetzt, daß diese Miss Whittaker etwas zu verbergen hat, wenn sie solche Vorsichtsmaßnahmen ergreift, um nicht beschattet zu werden.»

«Wir wissen sogar mehr. Wir wissen, daß ihr ungemein daran gelegen haben muß, an diese Cropper heranzukommen, bevor irgend jemand anders sie sprechen konnte, bestimmt, um ihr durch Bestechung oder noch Schlimmeres den Mund zu schließen. Woher konnte sie übrigens wissen, daß sie ausgerechnet mit diesem Schiff kam?»

«Mrs. Cropper hatte ein Telegramm geschickt, das bei der gerichtlichen Untersuchung vorgelesen wurde.»

«Diese elenden Untersuchungen. Alles, was man gern für sich behalten möchte, wird da ausgeplaudert, und was dabei herauskommt, ist nicht der Mühe wert.»

«Hört, hört», sagte Parker mit Nachdruck. «Ganz davon zu schweigen, daß wir uns von diesem Untersuchungsrichter auch noch eine lange Moralpredigt über die schädlichen Einflüsse des Jazz und das unmoralische Betragen junger Mädchen anhören mußten, die mit jungen Männern allein in den Eppingforst gehen.»

«Ein Jammer nur, daß man sich diese Wichtigtuer nicht wegen übler Nachrede vorknöpfen kann. Na schön. Aber diese Whittaker kriegen wir schon noch.»

«Immer vorausgesetzt, daß es die Whittaker war. Mrs. Cropper hätte sich ja auch irren können. Viele Leute wechseln im Umkleideraum den Hut, ohne gleich kriminelle Absichten zu haben.»

«Ach ja, natürlich. Miss Whittaker ist ja angeblich mit Miss Findlater irgendwo auf dem Lande, nicht? Wir werden unsere unschätzbare Miss Climpson das Mädchen ausquetschen lassen, sobald sie wieder aufkreuzen. Was hältst du inzwischen von Mrs. Croppers Geschichte?»

«Zweifellos ist folgendes passiert: Miss Whittaker hat versucht, die alte Dame unwissentlich ein Testament unterschreiben zu lassen. Sie hat es zwischen lauter Steuerformulare gesteckt und gehofft, sie würde ihren Namen darunter setzen, ohne es zu lesen. Es muß sich wohl um ein Testament gehandelt haben, denn soviel ich weiß, wird nur dieses Dokument erst dadurch gültig, daß es von zwei Personen in Gegenwart des Erblassers und jeweils des zweiten Zeugen beglaubigt wird.»

«Genau. Und da Miss Whittaker nicht selbst als Zeugin auftreten konnte, sondern die beiden Mädchen dazu brauchte, muß es ein Testament zu Miss Whittakers Gunsten gewesen sein.»

«Klar. Sie hätte sich diese Mühe ja nicht gemacht, um sich selbst zu enterben.»

«Aber damit stehen wir vor einer anderen Schwierigkeit. Als nächste Anverwandte hätte Miss Whittaker sowieso die gesamte Hinterlassenschaft der alten Dame bekommen. Sie hat sie auch bekommen. Wozu also die Bemühungen um ein Testament?»

«Wie wir schon einmal gemeint haben, hatte sie vielleicht Angst, Miss Dawson könnte es sich anders überlegen, und wollte deshalb, daß vorher ein Testament gemacht wurde – aber nein, das geht ja gar nicht.»

«Nein – denn jedes später abgefaßte Testament hätte das vorhergehende automatisch außer Kraft gesetzt. Außerdem hat die alte Dame wenig später nach ihrem Anwalt geschickt, ohne daß Miss Whittaker ihr irgendwelche Hindernisse in den Weg gelegt hätte.»

«Laut Schwester Forbes war sie sogar sehr darauf bedacht, daß ihr nur ja jede Möglichkeit dazu gegeben wurde.»

«Wenn man bedenkt, wie sehr Miss Dawson ihrer Nichte mißtraut hat, ist es eigentlich ein bißchen überraschend, daß sie das Geld nicht anderweitig vermacht hat. Dann wäre es nämlich zu Miss Whittakers Vorteil gewesen, sie so lange wie möglich am Leben zu erhalten.»

«Ich glaube nicht einmal, daß sie ihr richtig mißtraut hat – wenigstens hat sie wohl nicht damit gerechnet, aus dem Wege geräumt zu werden. Sie hat in ihrer Erregung eben Dinge gesagt, die sie gar nicht meinte – wer tut das nicht?»

«Schon. Aber offenbar hat sie damit gerechnet, daß man noch einmal versuchen würde, ihr ein Testament unterzuschieben.»

«Woraus schließt du das?»

«Erinnerst du dich nicht mehr an die Vollmacht? Das alte

Mädchen hat sich wahrscheinlich gedacht, wenn sie Miss Whittaker die Vollmacht gibt, alles für sie zu unterschreiben, sind keine Tricks mit untergeschobenen Papieren mehr möglich.»

«Na klar. Ein raffiniertes altes Haus. Und wie peinlich für Miss Whittaker. Das Ganze auch noch nach diesem überaus hoffnungsvollen Besuch von ihrem Anwalt. Was für eine Enttäuschung! Statt des erwarteten Testaments ein wohlgezielter Knüppel zwischen die Beine.»

«Gewiß. Aber damit stehen wir immer noch vor der Frage, wozu überhaupt ein Testament?»

«Richtig.»

Die beiden Männer sogen eine Weile schweigend an ihren Pfeifen.

«Die Tante hat ganz offensichtlich die Absicht gehabt, das Geld Mary Whittaker zukommen zu lassen», meinte Parker schließlich. «Sie hat es so oft versprochen – und außerdem würde ich behaupten, daß sie eine rechtlich denkende Frau war und sich daran erinnert hat, daß es eigentlich Whittaker-Geld war, das ihr da über den Kopf von Hochwürden Charles hinweg, oder wie er sonst hieß, in den Schoß gefallen war.»

«So ist es. Und nur eines hätte das verhindern können, und zwar – ach du heilige Neune! Weißt du, worauf es hinausläuft? Auf die ur-uralte Geschichte – Lieblingsthema der Romanschreiber – vom verschollenen Erben!»

«Mein Gott, du hast recht! Himmel, wie dumm sind wir eigentlich gewesen, daß wir daran nicht gleich gedacht haben? Mary Whittaker hat wahrscheinlich herausbekommen, daß noch ein näherer Verwandter am Leben war, der das Geld einstreichen würde. Vielleicht hatte sie Angst, wenn Miss Dawson es erführe, würde sie das Geld teilen oder Mary ganz enterben. Oder sie war es vielleicht auch nur leid, es der alten Dame immer wieder einzutrichtern, so daß sie schließlich auf die Idee verfallen ist, sie ein Testament zu Marys Gunsten unterschreiben zu lassen, ohne es zu wissen.»

«Was für ein kluges Köpfchen du doch hast, Charles. Oder – paß mal auf: Miss Dawson, das schlaue alte Biest, könnte auch alles gewußt haben und wollte Miss Whittaker ihr ungehöriges Drängen in der Testamentsfrage dadurch heimzahlen, daß sie ohne Testament und damit zum Vorteil des anderen starb.»

«Wenn das so war, hat sie alles verdient, was sie bekommen hat», meinte Parker ingrimmig. «Schließlich hat sie das arme

Mädchen mit dem Versprechen aus dem Beruf weggelockt, ihr den Zaster zu vermachen.»

«Um der jungen Dame beizubringen, nicht so aufs Geld aus zu sein», erwiderte Wimsey mit der brutalen Unbekümmertheit dessen, dem es noch nie im Leben an Geld gefehlt hat.

«Wenn diese großartige Idee richtig ist», sagte Parker, «bringt sie doch eigentlich deine Mordtheorie ins Wanken, oder? Denn dann hätte Mary sich doch offenbar bemühen müssen, ihre Tante so lange wie möglich am Leben zu erhalten, damit sie vielleicht doch noch ein Testament machte.»

«Stimmt auch wieder. Hol dich der Kuckuck, Charles, ich sehe meine Wette zum Teufel gehen. Und was für ein Schlag für unseren Freund Carr. Ich hatte ihn so reinwaschen wollen, daß man ihn unter den Klängen der Dorfkapelle heimgeholt und einen Triumphbogen errichtet hätte, auf dem als Leuchtschrift aus roten, weißen und blauen Lämpchen gestanden hätte: ‹Willkommen, Held der Wahrheit!› Na ja, Pech. Besser eine Wette verlieren und das Licht schauen, als goldbehängt in Unwissenheit zu wandeln. Oder halt mal! – warum sollte Carr nicht doch am Ende recht haben? Vielleicht habe ich mir nur den falschen Mörder ausgesucht. Aha! Ich sehe einen neuen, noch finsteren Schurken die Bühne betreten. Der neue Anwärter, von seinen Höflingen gewarnt –»

«Was für Höflingen?»

«Sei doch nicht so pingelig, Charles. Wahrscheinlich Schwester Forbes. Würde mich nicht wundern, wenn sie in seinem Sold stünde. Wo war ich? Wenn du mich bloß nicht immer unterbrechen würdest!»

«Von seinen Höflingen gewarnt –» half Parker nach.

«Ach ja – von seinen Höflingen gewarnt, daß Miss Dawson Umgang mit Anwälten pflegt, die sie verführen wollen, Testamente und dergleichen zu machen, läßt sie von besagten Höflingen beseitigen, bevor sie Unheil anrichten kann.»

«Gut, aber wie?»

«Nun vielleicht durch eines dieser Eingeborenengifte, die in Sekundenbruchteilen töten und der Kunst des Analytikers trotzen. Sie sind dem miserabelsten Gruselgeschichtenschreiber bekannt. Ich lasse mich von solchen Kleinigkeiten doch nicht aufhalten.»

«Und warum hat dieser hypothetische Herr bisher noch keine Ansprüche auf das Erbe angemeldet?»

«Er wartet den richtigen Augenblick ab. Die Aufregung um den Tod hat ihn erschreckt, und jetzt liegt er auf der Lauer, bis Gras darüber gewachsen ist.»

«Er dürfte es um einiges schwieriger finden, Miss Whittaker das Erbe wieder abzujagen, nachdem sie es einmal in Besitz genommen hat. Wer besitzt, hat schon zu neunzig Prozent recht, weißt du?»

«Ich weiß, aber er wird behaupten, zur Zeit von Miss Dawsons Tod nicht in der Nähe gewesen zu sein. Er hat es erst vor ein paar Wochen aus einer alten Zeitung erfahren, die um eine Dose Lachs gewickelt war, und nun kommt er von seiner Farm im fernen Dingsda nach Hause geeilt, um sich als der lange verschollen gewesene Vetter Tom zu erkennen zu geben ... Heiliger Strohsack! Da fällt mir etwas ein.»

Seine Hand fuhr in die Tasche und kam mit einem Brief wieder zum Vorschein. «Der ist heute früh gekommen, als ich gerade ausgehen wollte, und dann habe ich auf der Treppe Freddy Arbuthnot getroffen und das Ding in die Tasche gesteckt, bevor ich es richtig gelesen hatte. Aber ich glaube, da stand etwas von einem Vetter Soundso aus irgendeinem gottverlassenen Nest darin. Wollen mal sehen.»

Er faltete den Brief auseinander, der in Miss Climpsons altmodisch fließender Handschrift abgefaßt und mit einer solchen Vielzahl von Unterstreichungen und Ausrufezeichen verziert war, daß er eher einer Übung in Notenschrift glich.

«O Gott!» stöhnte Parker.

«Ja, schlimmer noch als sonst, nicht wahr? Er muß von ungeheurer Wichtigkeit sein. Zum Glück ist er verhältnismäßig kurz.»

Lieber Lord Peter,
mir ist heute morgen etwas zu Ohren gekommen, was sehr von Nutzen sein *könnte*, weshalb ich mich *beeile*, es Ihnen mitzuteilen! Wenn Sie sich erinnern, ich habe *schon einmal* erwähnt, daß Mrs. Budges *Mädchen* die *Schwester* des *jetzigen* Mädchens von *Miss Whittaker* ist. Also!!! Die *Tante* dieser beiden Mädchen ist Mrs. Budges Mädchen heute *besuchen* gekommen und *mir vorgestellt* worden – natürlich bin ich als Mrs. Budges *Logiergast* für die Leute von hier von *größtem Interesse* –, und eingedenk *Ihrer Anweisungen* leiste ich dem in einem Ausmaß *Vorschub*, wie ich es sonst nicht täte!!

Der Zufall will, daß diese *Tante früher Haushälterin* bei Miss Dawson war – ich meine, *vor* den Gotobed-Mädchen. Die *Tante* ist eine überaus *respektable* Person von *abweisendem Äußeren!* – mit einem *Häubchen!*, und für meinen Geschmack ist sie eine äußerst *unangenehme, krittelige* Frau. Jedenfalls – wir kamen auf Miss Dawsons Tod zu sprechen, und diese Tante – ihr Name ist Timmins – *verzog* den Mund und meinte: «Bei *der* Familie, Miss Climpson, würde mich der übelste Skandal nicht überraschen. Was die für einen überaus *unerquicklichen* Umgang pflegte! Sie erinnern sich vielleicht, Mrs. Budge, daß ich mich zum *Gehen genötigt* sah, nachdem dieser *höchst merkwürdige Mensch* dort aufgetaucht war, der sich als Miss Dawsons *Vetter* vorstellte.» Natürlich habe ich gefragt, wer das denn *sein* könnte, denn ich hätte von *weiteren Verwandten* noch nie etwas gehört. Sie sagte, dieser Mensch, den sie einen *widerwärtigen, dreckigen Nigger* (!!!) nannte, sei eines Morgens in *Priesterkleidung* (!!!) angekommen und habe sie – Miss Timmins – geschickt, ihn bei Miss Dawson als *Vetter Hallelujah* (!!!) anzumelden. Miss Timmins habe ihn, *sehr gegen ihren Willen*, wie sie sagt, in den *hübschen sauberen* Salon geführt! Miss Dawson, sagt sie, sei tatsächlich *heruntergekommen*, um diese «Kreatur» zu empfangen, anstatt den Kerl «seiner schwarzen Wege zu schicken» (!), und um den *Skandal zu krönen*, habe sie ihn auch noch gebeten, *zu Mittag zu bleiben!* – «und das in Anwesenheit ihrer Nichte», sagt Miss Timmins, «nach der dieser schreckliche *Mohr* immerzu seine furchtbaren *Augen* verdrehte.» Miss Timmins sagt, es habe ihr «regelrecht den Magen umgedreht» – so hat sie es ausgedrückt, und Sie werden die Redewendung sicher verzeihen, denn soviel ich weiß, spricht man heute sogar in der feinen (!) Gesellschaft ständig von *diesen Körperteilen*. Es scheint, sie hat sich sogar *geweigert*, dem armen schwarzen Mann einen Lunch vorzusetzen – (dabei sind doch nun sogar die *Schwarzen* Gottes Geschöpfe, und wir könnten *selber* alle schwarz sein, wenn ER sich nicht in seiner unermeßlichen Güte bereit gefunden hätte, uns mit einer *weißen* Haut zu *bevorzugen*!!) – und ist schnurstracks aus dem Haus gegangen!!! Folglich kann sie uns über diesen *denkwürdigen* Vorfall leider *gar nichts* weiter erzählen! Sie ist aber sicher, daß der «Nigger» eine *Visitenkarte* mit dem Namen ‹Rev. H. Dawson› und irgendeiner ausländischen Adresse bei sich hatte. Es mag ja merkwürdig erscheinen, aber ich glaube, daß viele dieser *Eingeborenenpfarrer* wirklich *Hervorragendes* unter ihrem Volk leisten, und zweifellos hat ein *Geistlicher* ein Recht auf eine *Visitenkarte,* auch wenn er schwarz ist!!!

In großer Eile bin ich
Ihre ergebene
A. K. CLIMPSON

«Gott steh mir bei», sagte Lord Peter, nachdem er aus diesem Tohuwabohu schlau geworden war, «dann haben wir ja unseren Erbanwärter fertig und frei Haus.»

«Mit einer Haut so schwarz wie sein Herz, scheint es», antwortete Parker. «Wo könnte denn dieser Reverend Hallelujah geblieben und wo mag er hergekommen sein? Er – äh – im ‹Crockford› wird er ja wohl nicht stehen, was?»

«Müßte er wahrscheinlich, wenn er zur Staatskirche gehört», meinte Lord Peter zweifelnd, indem er sich auf die Suche nach diesem kostbaren Nachschlagwerk machte. «Dawson – Rev. George, Rev. Gordon, Rev. Gurney, Rev. Habakuk, Rev. Hadrian, Rev. Hammond – nein, da ist kein Rev. Hallelujah dabei. Hatte ich gefürchtet – der Name klingt schon nicht allzu verbreitet. Leichter wär's, wenn wir wenigstens eine Ahnung hätten, aus welchem Erdteil dieser Herr kommt. ‹Nigger› kann bei einer Miss Timmins alles bedeuten, vom vornehmen Brahmanen bis zu Sambo und Rastus im Kolosseum – es könnte zur Not auch ein Eskimo sein.»

«Ich vermute, daß andere religiöse Körperschaften auch ihre Crockfords haben», meinte Parker wenig hoffnungsvoll.

«Zweifellos – mit Ausnahme vielleicht der etwas exklusiveren Sekten wie Agapemoniten und diese Leute, die zusammenkommen, um über die beseelte Materie zu reden. War es Voltaire, der gesagt hat, die Engländer hätten 365 Religionen, aber nur eine Soße?»

«Ich würde das eher eine Untertreibung nennen», sagte Parker. «Und dann gibt es ja auch noch Amerika – ein Land, von dem man hört, es sei mit Religionen gut versorgt.»

«Nur zu wahr. In Amerika nach einem bestimmten Schwarzkittel zu suchen, muß wie die sprichwörtliche Nadel im Heuhaufen sein. Trotzdem könnten wir ein paar diskrete Erkundigungen einziehen, und inzwischen werde ich mich auf die Reifen machen und nach Crofton zuckeln.»

«Crofton?»

«Wo Miss Clara Whittaker und Miss Dawson früher gewohnt haben. Ich suche den Mann mit der kleinen schwarzen Tasche – diesen höchst verdächtigen Anwalt, weißt du, der Miss Dawson vor zwei Jahren aufgesucht hat und unbedingt wollte, daß sie ein Testament machte. Er dürfte wohl alles wissen, was es über Hochwürden Hallelujah und seine Erbansprüche zu wissen gibt. Kommst du mit?»

«Geht nicht – nicht ohne Sondererlaubnis. Weißt du, ich bin mit diesem Fall nicht offiziell befaßt.»

«Du bearbeitest den Fall Gotobed. Sag deinem Chef, du siehst zwischen den beiden Fällen eine Verbindung. Ich brauche deine gestrenge Gegenwart. Nur roher Druck von seiten eines richtigen Polizeibeamten kann einen hartgesottenen Familienanwalt dazu bringen, aus der Schule zu plaudern.»

«Gut, ich versuch's mal – wenn du mir versprichst, einigermaßen vernünftig zu fahren.»

«Sei so keusch wie Eis, mit einem Führerschein so rein wie Schnee, du wirst der Verleumdung nicht entgehen. Ich *bin* kein gefährlicher Fahrer. Nun faß dir ein Herz und hol dir deine Erlaubnis. Die schneeweißen Pferdestärken tänzeln und schäumen, und das blaue Barett – in diesem Fall die schwarze Motorhaube – ist sozusagen schon jenseits der Grenze.»

«Du fährst mich eines Tages noch ins Jenseits», brummte Parker und ging zum Telefon, um Sir Andrew Mackenzie bei Scotland Yard anzurufen.

Crofton ist ein hübsches, altväterisches Dörfchen inmitten eines Labyrinths von Landstraßen in dem Dreieck, dessen Eckpunkte Coventry, Warwick und Birmingham sind. Die Nacht sank herein, und «Mrs. Merdle» schnurrte zwischen Hecken durch Kurven und über tückische Wege, was ihr nicht eben dadurch erleichtert wurde, daß die Grafschaftsverwaltung sich ausgerechnet diese Woche ausgesucht hatte, um alle Wegweiser neu anzustreichen, und bisher noch nicht weiter damit gekommen war, als alle Beschriftungen mit einer dicken Schicht blendend weißer Farbe zu überpinseln. In regelmäßigen Abständen mußte der geduldige Bunter sich aus dem Fond zwängen, um an einem dieser wenig mitteilsamen Pfosten hinaufzuklettern und das leere Schild mit einer Taschenlampe abzuleuchten – was Parker an Alan Quartermaines Versuche erinnerte, die Gesichtszüge der verblichenen Kukuana-Könige unter ihren kalkigen Leichentüchern aus Stalaktit nachzuzeichnen. Einer der Pfosten war obendrein noch frisch gestrichen, was die Stimmung der Reisenden nicht eben hob. Nachdem sie endlich nach vielen Irrwegen, Sackgassen und Rückwärtsfahrten auf die Hauptstraße zurückgefunden hatten, kamen sie an eine Wegespinne, deren Schilder offenbar der Renovierung ganz besonders bedurften, denn alle fünf waren sogar abmontiert; nur der Pfosten stand noch da, starr und gespenstisch – ein fahler Finger, in erregtem Protest zu einem mitleidlosen Himmel erhoben.

«Es fängt an zu regnen», bemerkte Parker, um etwas zu sagen.

«Hör mal, Charles, wenn du vorhast, gute Miene zum bösen Spiel zu machen und die Expedition bei Laune zu halten, sag's und laß es gut sein. Ich habe einen schön schweren Schraubenschlüssel hier unterm Sitz, und Bunter kann mir helfen, die Leiche zu verscharren.»

«Ich glaube, das muß die Brushwood-Kreuzung sein», resümierte Parker, der die Straßenkarte auf den Knien hatte. «Wenn es sie ist und nicht die Coverts-Kreuzung, die wir meiner Ansicht nach vor einer halben Stunde passiert haben, führt eine dieser Straßen hier direkt nach Crofton.»

«Das wäre überaus ermutigend, wenn wir auch noch wüßten, auf welcher Straße wir gekommen sind.»

«Wir können sie der Reihe nach probieren und zurückkommen, wenn wir sehen, daß wir falsch sind.»

«Selbstmörder werden an Straßenkreuzungen begraben», sagte Wimsey drohend.

«Da hinten unter dem Baum sitzt jemand», sagte Parker unbeirrt. «Wir könnten ihn fragen.»

«Der hat sich selbst verirrt, sonst würde er dort nicht sitzen», erwiderte sein Begleiter. «Es setzt sich niemand zum Spaß in den Regen.»

In diesem Augenblick sah der Mann sie näher kommen. Er stand auf und kam ihnen mit erhobener Hand entgegen.

Wimsey ließ den Wagen auslaufen.

«Verzeihung», sagte der Fremde, der sich als Jugendlicher in Motorradkleidung entpuppte, «aber könnten Sie mir mal 'n bißchen bei meiner Kiste helfen?»

«Was ist denn damit los?»

«Sie will einfach nicht mehr.»

«Das hab ich mir schon gedacht», sagte Wimsey. «Mir will

nur nicht in den Kopf, warum sie ausgerechnet an einer Stelle wie hier verweilen möchte.» Er stieg aus dem Wagen, und der junge Bursche hechtete in eine Hecke und holte die Patientin zur Begutachtung hervor. «Sind Sie gestürzt oder haben Sie die Maschine da hineingeworfen?» erkundigte sich Wimsey, indem er das Motorrad verächtlich musterte.

«Ich habe sie da hineingelegt. Nachdem ich stundenlang den Starter getreten hatte und sich nichts rührte, habe ich gedacht, ich warte hier, bis jemand vorbeikommt.»

«Verstehe. Was ist denn nun wirklich los?»

«Weiß ich nicht. Sie lief so schön, und plötzlich gibt sie aus heiterem Himmel den Geist auf!»

«Ist Ihnen vielleicht das Benzin ausgegangen?»

«Nein, nein, da ist noch jede Menge darin.»

«Ist die Zündkerze in Ordnung?»

«Weiß ich nicht.» Der Junge machte ein unglückliches Gesicht. «Wissen Sie, das ist erst meine zweite Fahrt damit.»

«Aha! Nun – dann kann ja nicht viel daran kaputt sein. Sehen wir doch lieber zuerst mal nach dem Benzin», sagte Wimsey, schon etwas besser gelaunt. Er schraubte den Tankdeckel ab und leuchtete mit der Taschenlampe in den Tank hinein. «Scheint in Ordnung zu sein.» Er bückte sich noch einmal, pfeifend, und schraubte den Tankdeckel wieder auf. «Versuchen wir's noch mal auf gut Glück, und dann schauen wir uns die Kerze an.»

Der junge Mann folgte der Aufforderung. Er packte die Lenkstange und versetzte dem Starter mit der Kraft der Verzweiflung einen Tritt, der einem Maultier alle Ehre gemacht hätte. Der Motor brüllte wütend auf und jaulte herzerweichend.

«Himmel», rief der Junge, «das ist ja ein Wunder!»

Lord Peter griff mit sanfter Hand zum Gaszug, und das Donnern verebbte zu einem dankbaren Schnurren.

«Wie haben Sie das gemacht?» wollte der Motorradfahrer wissen.

«Ich habe nur durch den Tankdeckel geblasen», sagte Seine Lordschaft grinsend. «Eine Luftblase in der Leitung, mein Lieber, das war alles.»

«Ich bin Ihnen schrecklich dankbar.»

«Schon gut. Aber hören Sie mal, können Sie uns den Weg nach Crofton verraten?»

«Klar. Da hinunter. Das ist übrigens auch mein Weg.»

«Dem Himmel sei Dank. Fahrt voraus, ich folge, wie Sir Galahad sagt. Wie weit?»

«Acht Kilometer.»

«Gibt's da ein anständiges Gasthaus?»

«Meinem alten Herrn gehört das *Fox and Hounds*, wenn Ihnen das reicht. Sie kriegen schon was Anständiges zu essen.»

«Das Leid besiegt, der Jordan überschritten, all' Mühsal hat ein Ende. Zisch ab, mein Lieber. Nein, Charles, ich warte *nicht*, bis du deinen Regenmantel anhast. Nackt der Rücken, bloß der Bauch, kalt an Hand und Füßen; o Gott des Schmerbauchs, schick uns Bier, damit wir uns begießen.»

Der Starter summte – der Junge bestieg sein Motorrad und führte sie nach einem besorgniserregenden Schlenker den Weg hinunter. Wimsey ließ die Kupplung kommen und folgte seinem Spritzwasser.

Das *Fox and Hounds* entpuppte sich als eines dieser hübschen, altmodischen Gasthäuser, wo alles mit Roßhaar gepolstert und es nie zu spät ist, um einen guten kalten Lendenbraten mit Salat aus dem eigenen Garten zu bekommen. Mrs. Piggin, die Wirtin, bediente die Reisenden persönlich. Sie trug ein züchtiges schwarzes Seidenkleid und eine falsche Stirnlocke nach Art der königlichen Familie. Ihr rundes, freundliches Gesicht glühte im Feuerschein, als spiegelte es die leuchtendroten Röcke der Jäger wider, die an allen vier Wänden auf den Jagdgemälden dahingaloppierten, sprangen oder stürzten. Lord Peter, dessen Stimmung sich durch die Atmosphäre des Hauses und das ausgezeichnete Bier zusehends besserte, brachte mit ein paar geschickten Fragen nach der soeben beendeten Jagdsaison, der Nachbarschaft und den Pferdepreisen das Gespräch auf die verstorbene Miss Clara Whittaker.

«Ach ja, ach ja», sagte Mrs. Piggin, «natürlich haben wir Mrs. Whittaker gekannt. Jeder hier in der Gegend hat sie gekannt. Eine prima Frau war das. Von ihren Pferden laufen hier noch viele herum. Mr. Cleveland hat den größten Teil ihrer Zucht gekauft und einen guten Griff damit getan. Sie hat einen guten, ehrlichen Bestand gehabt, und alle haben immer gesagt, diese Frau hat einen Blick für Pferde – und für Menschen auch. Die hat keiner zweimal reingelegt, und nur ganz wenige einmal.»

«Ah, ja!» sagte Lord Peter wissend.

«Ich kann mich gut erinnern, wie sie noch immer auf die Fuchsjagd geritten ist, da war sie schon gut über Sechzig», fuhr

Mrs. Piggin fort, «und das war keine, die auf ein Loch in der Hecke wartete. Aber Miss Dawson – das war ihre Freundin, die bei ihr gewohnt hat, drüben im Gutshaus hinter der steinernen Brücke –, die war da ängstlicher. Sie hat immer die Tore gesucht, und wir haben oft gesagt, die würde überhaupt nicht reiten, wenn sie nicht so an Miss Whittaker hinge, daß sie sie nicht aus den Augen lassen will. Na ja, nicht alle Menschen können gleich sein, nicht wahr, Sir? – und diese Miss Whittaker war ja nun ganz aus der Art. So was gibt es heutzutage gar nicht mehr. Nicht, daß die modernen jungen Mädchen nicht auch ganz schön auf Draht wären, viele jedenfalls, die machen ja vieles, was wir früher noch als ganz schön gewagt angesehen hätten – aber diese Miss Whittaker, die hat auch den Kopf dafür gehabt. Die hat ihre Pferde selbst eingekauft und gepflegt und gezüchtet, da hat sie von niemandem einen Rat gebraucht.»

«Eine prächtige Frau muß das gewesen sein», sagte Wimsey von ganzem Herzen. «Die hätte ich gern gekannt. Ein paar Freunde von mir waren ganz gut mit Miss Dawson bekannt – das heißt, da lebte sie schon in Hampshire.»

«Wirklich, Sir? Sonderbare Zufälle gibt's, was? Sie war eine sehr freundliche und nette Dame. Wir haben gehört, sie ist jetzt auch tot. An Krebs gestorben, nicht? Schrecklich, die arme Seele. Aber wie nett, daß Sie sozusagen mit ihr bekannt waren. Da interessieren Sie sich doch bestimmt für unsere Fotos von der Croftoner Jagd. Jim!»

«Ja?»

«Zeig doch diesen Herren mal die Fotos von Miss Whittaker und Miss Dawson. Sie kennen Freunde von Miss Dawson unten in Hampshire. Kommen Sie hierher, Sir – wenn Sie wirklich nichts mehr möchten, Sir.»

Mrs. Piggin führte sie in eine gemütliche kleine Privatbar, wo etliche Männer in Jagdkleidung noch ein letztes Glas genossen, bevor die Schenke zumachte. Mr. Piggin, korpulent und freundlich wie seine Frau, kam ihnen entgegen, um sie gebührend zu begrüßen.

«Was trinken Sie, meine Herren? – Joe, zwei Krüge von dem Winterbier. Wie schön, daß Sie unsere Miss Dawson kennen. Mein Gott, die Welt ist klein, das sage ich oft zu meiner Frau. Hier ist das letzte Bild, das wir von ihnen gemacht haben, beim Jagdtreffen 1918 am Gutshaus. War natürlich kein richtiges Jagdtreffen, wie Sie sich denken können, denn schließlich war

125

Krieg, und die Herren waren alle fort und die Pferde auch – da haben wir nicht alles so richtig machen können wie früher. Aber wo sich doch die Füchse so vermehrt haben und die Meuten vor die Hunde gingen . . . Haha! Das hab ich oft hier in der Bar gesagt – die Meuten gehen vor die Hunde, hab ich gesagt. Das haben sie immer gut gefunden. Da hat manch einer von den Herren gelacht, wenn ich gesagt habe, die Meuten, sag ich, gehen vor die Hunde . . . Na ja, wie gesagt, Colonel Fletcher, und so einige von den älteren Herren, die haben gesagt, irgendwie müssen wir weitermachen, haben sie gesagt, und da haben wir dann sozusagen die eine oder andere kleine Jagd gemacht, nur damit die Meuten nicht kaputtgingen, sozusagen. Und Miss Whittaker, die hat gesagt: ‹Machen Sie das Jagdtreffen am Gutshaus, Colonel›, sagt sie, ‹vielleicht ist es das letzte, das ich zu sehen bekomme›, sagt sie. Und so ist es dann auch gekommen. Die arme Frau, zu Neujahr hat sie der Schlag getroffen. 1922 ist sie gestorben. Das hier ist sie, die in dem Ponywagen sitzt, mit Miss Dawson neben sich. Die Fuchsjagden hatte Miss Whittaker natürlich schon vor Jahren aufgeben müssen. Sie wurde ja älter. Aber immer ist sie mit dem Wagen hinterhergefahren, bis zuletzt. Hübsche alte Dame, nicht wahr, Sir?»

Lord Peter und Parker betrachteten mit großem Interesse die ziemlich grimmig dreinblickende alte Frau, die dort in unnachgiebig aufrechter Haltung saß und die Zügel in der Hand hielt. Ein hartes, wettergegerbtes altes Gesicht, aber durchaus noch hübsch mit der großen Nase und den geraden, dichten Brauen. Neben ihr saß die kleinere, pummeligere und weiblichere Agatha Dawson, deren denkwürdiger Tod sie in diesen stillen ländlichen Ort geführt hatte. Sie hatte ein süßes, lächelndes Gesicht – nicht so herrisch wie das ihrer gestrengen Freundin, aber voll Mut und Charakter. Zweifellos hatten die beiden alten Damen ein bemerkenswertes Pärchen abgegeben.

Lord Peter erkundigte sich ein wenig nach der Familie.

«Also, Sir, ich kann nicht behaupten, daß ich viel darüber wüßte. Wir waren immer der Meinung, Miss Whittaker hätte sich dadurch mit ihren Leuten angelegt, daß sie hierhergekommen ist und sich selbständig gemacht hat. Es war ja damals nicht so gang und gäbe wie heute, daß junge Mädchen aus dem Haus gingen. Aber wenn Sie sich sehr dafür interessieren, Sir, hier wohnt ein alter Herr, das ist Ben Cobling, der kann Ihnen alles über die Whittakers und die Dawsons dazu erzählen. 40 Jahre lang war er Stallknecht bei Miss Whittaker, und Miss Dawsons Mädchen hat er geheiratet, das mit ihr aus Norfolk gekommen war. An seinem letzten Geburtstag ist er sechsundachtzig geworden, aber ein rüstiger alter Knabe ist er noch. Wir denken in dieser Gegend viel an Ben Cobling. Er wohnt mit seiner Frau in dem kleinen Häuschen, das Miss Whittaker ihnen vermacht hat, als sie starb. Wenn Sie morgen mal hingehen und ihn besuchen möchten, Sir, Bens Gedächtnis ist so gut wie eh und je. Entschuldigen Sie, Sir, aber jetzt ist Feierabend. Ich muß die Gäste aus der Bar schicken. Feierabend, meine Herrschaften, bitte sehr! Drei Shilling sechs, Sir, danke, Sir. Beeilung bitte, meine Herren. So, Joe, jetzt aber dalli.»

«Herrlicher Ort, dieses Crofton», sagte Lord Peter, als sie allein in ihrem großen, niedrigen Zimmer waren, wo die Bettwäsche nach Lavendel roch. «Ben Cobling weiß sicher alles über Vetter Hallelujah. Ich freue mich auf Ben Cobling.»

Die Geschichte von den beiden Jungfern

Die Sicherheit, unser Eigentum in unseren Familien zu verewigen, ist einer der schätzbarsten und anziehendsten Umstände beim Besitz desselben.

Burke: Betrachtungen über die
Französische Revolution

Der regnerischen Nacht folgte ein sonniger Morgen. Nachdem Lord Peter sich genußvoll eine ungeheure Portion Speck und Ei einverleibt hatte, trat er vor die Tür des *Fox and Hounds*, um sich aufzuwärmen. Langsam stopfte er sich seine Pfeife und meditierte. Fröhliche Betriebsamkeit in der Bar verkündete die nahe Öffnungszeit. Acht Enten überquerten in Reih und Glied die Straße. Eine Katze sprang auf die Bank, reckte sich, kramte dann die Hinterbeine unter sich und wickelte den Schwanz fest darum, als wollte sie verhindern, daß sie sich ungewollt befreiten. Ein Stallknecht ritt auf einem großen Schecken vorbei, am Zügel einen Braunen mit gestutzter Mähne; ihnen folgte in komischem Galopp ein Spaniel, ein Ohr über den ulkigen Kopf geklappt. «Ha!» rief Lord Peter.

Die Wirtshaustür wurde gastfreundlich vom Barkellner geöffnet, der «Guten Morgen, Sir, ein schöner Morgen, Sir», sagte und wieder nach drinnen verschwand.

«Hm», machte Lord Peter. Er hob den über den linken gekreuzten rechten Fuß und stellte sich breitbeinig über die Türschwelle.

Um die Ecke bei der Friedhofsmauer tauchte eine kleine, gebeugte Gestalt auf – ein alter Mann mit runzligem Gesicht und unglaublich krummen Beinen, deren dünne Unterschenkel in ledernen Gamaschen steckten. Er watschelte hurtig näher und entblößte höflich das betagte Haupt, bevor er sich mit hörbarem Ächzen neben der Katze auf die Bank sinken ließ.

«Guten Morgen, Sir», sagte er.

«Guten Morgen», sagte Lord Peter. «Ein schöner Tag.»

«Ganz recht, Sir, ganz recht», sagte der Alte aus tiefstem Herzen. «Wenn ich so einen schönen Maitag sehe wie heute, bete ich zum Herrn, daß er mich verschont und noch ein paar Jährchen in seiner schönen Welt leben läßt. Bestimmt.»

«Sie wirken noch ungemein rüstig», sagte Seine Lordschaft. «Ich würde meinen, Sie haben alle Aussichten.»

«Ja, ich bin noch sehr kräftig, Sir, danke, Sir. Und dabei werde ich nächsten Michaeli schon siebenundachtzig.»

Lord Peter brachte ein gebührendes Erstaunen zum Ausdruck.

«Jawohl, Sir, siebenundachtzig, und wenn das Rheuma nicht wäre, hätte ich nichts zu klagen. Ich bin noch kräftiger, als ich vielleicht aussehe. Ich weiß ja, daß ich ein bißchen krumm bin, Sir, aber das kommt mehr von den Pferden, Sir, als vom Alter. Bin mein Lebtag so richtig mit Pferden großgeworden. Hab mit ihnen gearbeitet, bei ihnen geschlafen – sozusagen richtig im Stall gewohnt, Sir.»

«Bessere Gesellschaft hätten Sie sich nicht wünschen können», sagte Lord Peter.

«Richtig, Sir, hätte ich nicht. Meine Frau hat schon immer gesagt, daß sie eifersüchtig ist auf die Pferde. Würd mich lieber mit ihnen unterhalten als mit ihr, hat sie gemeint. Hat vielleicht recht gehabt, Sir. So ein Pferd, hab ich zu ihr gesagt, redet nie dummes Zeug, und das kann man von Frauen ja nicht immer sagen, stimmt's nicht, Sir?»

«O doch», sagte Wimsey. «Was möchten Sie trinken?»

«Danke, Sir, ich trinke meinen Krug Bitterbier, wie immer. Jim weiß das schon. Jim! Ich fange den Tag immer mit einem Krug Bitterbier an, Sir. Finde ich gesünder als Tee und frißt einem nicht die Magenwände an.»

«Sie haben bestimmt recht», sagte Wimsey. «Jetzt, wo Sie's sagen, Tee hat wirklich so etwas Kribbeliges an sich. Bitte zwei Krüge Bitterbier, Mr. Piggin, und möchten Sie uns nicht Gesellschaft leisten?»

«Danke, Mylord», sagte der Wirt. «Joe! Zwei große Bitter und ein Guinness. Ein schöner Morgen, Mylord – Morgen, Mr. Cobling –, ich sehe, Sie haben sich schon miteinander bekannt gemacht.»

«Ja was denn! Das ist Mr. Cobling? Sehr erfreut, Sie kennenzulernen. Mit Ihnen hatte ich mich ganz besonders unterhalten wollen.»

«Wirklich, Sir?»

129

«Ich habe diesem Herrn – sein Name ist Lord Peter Wimsey – gesagt, daß Sie ihm alles über Miss Whittaker und Miss Dawson erzählen können. Er kennt Freunde von Miss Dawson.»

«Tatsächlich? Ach ja, es gibt wirklich nicht viel, was ich Ihnen von den beiden Damen *nicht* erzählen könnte. Und stolz bin ich darauf. Fünfzig Jahre war ich bei Miss Whittaker! Als Unterstallknecht bin ich zu ihr gekommen, das war noch zur Zeit des alten Johnny Blackthorne, und wie er gestorben ist, bin ich als Oberstallmeister dageblieben. War 'ne Seltenheit, so eine junge Dame damals. Ach du meine Güte! Gerade wie eine Gerte war sie, und so eine feine, frische Farbe im Gesicht, und glänzendschwarze Haare – wie ein wunderschönes zweijähriges Füllen war sie. Und so couragiert. Wundervoll couragiert. Da hätte sich so mancher Herr gefreut, sie ins Geschirr spannen zu können, aber sie hat sich nie an die Kandare nehmen lassen. Wie Dreck hat sie alle behandelt. Sie hat sie nicht mal angesehen, nur ihre Knechte und Stallmeister, wenn es um Pferde ging. Und bei Geschäften natürlich. Ja, solche Geschöpfe gibt's. Ich hatte mal 'ne Terrierhündin, die war auch so. Prima Rattenfänger. Aber reine Geschäftsfrau, sonst nichts. Ich hab's mit allen Hunden bei ihr versucht, die ich kriegen konnte, aber nichts war. Blutvergießen hat's jedesmal gegeben, und einen Krawall, so was haben Sie noch nicht gehört. Ich denke, der liebe Gott macht ab und zu mal eine so, weil's ihm eben in den Kram paßt. Mit Weibern ist nicht zu streiten.»

«Ach ja!» sagte Lord Peter.

Schweigend tranken sie ihr Bier.

Wenig später rappelte Mr. Piggin sich aus seinen Betrachtungen heraus und gab eine Geschichte von Miss Whittaker auf der Jagd zum besten. Mr. Cobling krönte sie durch eine zweite. Lord Peter sagte «Aha!», und dann kam Parker und wurde vorgestellt, und Mr. Cobling bat um die Ehre, einen spendieren zu dürfen. Nachdem das Ritual vollzogen war, bat Mr. Piggin die Versammelten, bei einer dritten Runde seine Gäste zu sein, und dann entschuldigte er sich damit, daß er sich um Gäste zu kümmern habe.

Er ging ins Haus, und Lord Peter brachte das Gespräch kunstvoll, wenn auch zum Verzweifeln langsam, wieder auf die Geschichte der Dawsons zurück. Parker – auf dem Barrow-in-Furness-Gymnasium erzogen und im Londoner Polizeidienst weiter am Geiste geschärft – versuchte hin und wieder, das Ge-

Was hat Mr. Stephan getan...

...als das Geld alle war?, fragte Wimsey, Pardon, Lord Peter Wimsey.

Was kann man da schon groß tun! Höchstens noch ein bißchen großtun.

Der Mensch ist eben kein Känguruh: Er kann mit leerem Beutel keine großen Sprünge machen.

Pfandbrief und Kommunalobligation

Meistgekaufte deutsche Wertpapiere - hoher Zinsertrag - schon ab 100 DM bei allen Banken und Sparkassen

Verbriefte Sicherheit

spräch durch gezielte Fragen weiterzubringen, was aber jedesmal zur Folge hatte, daß Mr. Cobling den Faden verlor und auf endlos lange Nebengeleise geriet. Wimsey brachte seinen Freund mit einem boshaften Tritt gegen das Schienbein zum Schweigen und lotste dann das Gespräch mit unendlicher Geduld wieder zum eigentlichen Thema zurück.

Nach einer Stunde erklärte Mr. Cobling, seine Frau könne ihnen sicher noch weit mehr über Miss Dawson erzählen als er, und lud sie zu einem Besuch in seinem Häuschen ein. Die Einladung wurde bereitwillig angenommen, und man machte sich auf den Weg, während Mr. Cobling Parker erklärte, daß er nächsten Michaeli schon siebenundachtzig werde, aber noch gut beieinander sei, kräftiger als er aussehe, bis auf das Rheuma, das ihn plage. «Ich will ja nicht sagen, daß ich nicht krumm wäre», sagte Mr. Cobling, «aber das kommt mehr vom Arbeiten mit den Pferden. Hab mein Lebtag richtig mit den Pferden zusammen gelebt.»

«Mach nicht so ein verdrießliches Gesicht, Charles», flüsterte Wimsey ihm ins Ohr. «Das muß der Tee zum Frühstück sein – der frißt die Magenwände an.»

Mrs. Cobling entpuppte sich als eine reizende alte Dame, runzlig wie eine Dörrpflaume und nur zwei Jahre jünger als ihr Gatte. Sie war ganz außer sich vor Freude, daß sie Gelegenheit haben sollte, über ihre heißgeliebte Miss Agatha zu sprechen. Parker, der es für nötig hielt, einen Grund für diese Neugier vorzuschieben, wollte mit einer komplizierten Erklärung anfangen und handelte sich wieder einen Tritt ein. Für Mrs. Cobling konnte es überhaupt nichts Natürlicheres geben, als daß alle Welt sich für die Dawsons interessierte, und so ließ sie sich nicht zweimal bitten und plapperte munter drauflos.

Sie war schon als junges Mädchen bei den Dawsons in Diensten gewesen – sozusagen hineingeboren. Denn war nicht ihre Mutter schon Haushälterin bei Mr. Henry Dawson, Miss Agathas Herrn Papa, gewesen und davor bei dessen Vater? Sie selbst war als kaum Fünfzehnjährige als Kaltmamsell in das große Haus gekommen. Das war, als Miss Harriet gerade drei Jahre alt war – Miss Harriet, die später Mr. James Whittaker heiratete. O ja, und sie war auch dort, als die übrige Familie geboren wurde. Mr. Stephen – der hätte der Erbe sein sollen – ach je! Und dann setzten die Schwierigkeiten ein, und die brachten seinen armen Vater um, und nichts blieb vom Erbe. Ja, ja, eine traurige Geschichte! Der arme Mr. Henry hatte mit irgend etwas spekuliert – womit, das wußte Mrs. Cobling nicht so genau, aber es war alles sehr böse und passierte in London, wo ja so viele schlechte Menschen leben – das Ende vom Lied war jedenfalls, daß er alles verlor, der arme Herr, und er hat's nie verwunden. Erst fünfundvierzig war er, als er starb; so ein feiner, aufrechter Herr, der immer ein freundliches Wort für jeden hatte. Und seine Frau hat ihn auch nicht lange überlebt, das arme Lämmchen. Französin war sie, und eine bezaubernde Dame, aber sie war sehr einsam in England, so ohne ihre Familie, und wo doch ihre zwei Schwestern in so einem schrecklichen katholischen Kloster lebendig eingemauert waren!

«Und was hat Mr. Stephen getan, als das Geld alle war?» fragte Wimsey.

«Der? Ach ja, der hat ein Geschäft aufgemacht – komisch war einem das ja schon, aber von irgendwo hatte ich gehört, daß auch schon der alte Barnabas Dawson, Mr. Henrys Vater, nichts weiter als ein Lebensmittelkaufmann gewesen war – und es heißt ja, es dauert von Hemdsärmel zu Hemdsärmel drei Generationen, nicht wahr? Trotzdem war es sehr hart für Mr. Stephen, wo er doch so aufgewachsen war, daß er immer das Beste von allem hatte. Und verlobt war er auch, mit einer sehr schönen Dame, einer reichen Erbin dazu. Aber es war doch alles zu seinem Besten, denn als sie erfuhr, daß Mr. Stephen jetzt schließlich ein armer Mann war, hat sie ihn fallengelassen, und das zeigt doch schließlich, daß sie überhaupt kein Herz im Leib hatte. Mr. Stephen hat dann erst geheiratet, als er schon über vierzig war, und zwar eine Dame mit überhaupt keiner Familie – keiner rechtmäßigen, heißt das, und dabei war sie so ein liebes, nettes Mädchen und ist Mr. Stephen eine wundervolle Frau gewesen – jawohl, das war sie. Und Mr. John, das war ihr einziger Sohn. Alle Hoffnungen haben sie in ihn gesetzt. Was für ein schrecklicher Tag, als dann die Nachricht kam, daß er im Weltkrieg gefallen war. Eine grausame Geschichte war das, nicht wahr, Sir? – und keiner hat was davon gehabt, soweit ich das sehen kann, immer nur diese schrecklich hohen Steuern und alles so teuer, und so viele Leute ohne Arbeit.»

«Er ist also gefallen? Das muß ja ein furchtbarer Schlag für die Eltern gewesen sein.»

«O ja, Sir, furchtbar. Oh, es war überhaupt alles so schrecklich, Sir, denn der arme Mr. Stephen, der doch schon sein ganzes Leben lang so viel Kummer gehabt hatte, hat darüber den Verstand verloren und sich erschossen. Bei Verstand kann er nämlich nicht gewesen sein, als er das tat, Sir – und was noch schrecklicher war, er hat ja auch seine liebe Frau totgeschossen. Sie erinnern sich vielleicht daran, Sir, denn es hat in der Zeitung gestanden.»

«Ich glaube, ich erinnere mich dunkel», sagte Lord Peter, was zwar nicht stimmte, aber er wollte nicht den Eindruck erwekken, er nehme diese dörfliche Tragödie nicht ernst. «Und der junge John – er war nicht verheiratet, oder?»

«Nein, Sir. Das war ja auch so traurig. Verlobt war er mit einer jungen Dame – einer Krankenschwester in einem der englischen Krankenhäuser, soviel wir wissen, und er hatte gehofft, im nächsten Urlaub nach Hause zu kommen und sie heiraten zu können. In diesen schrecklichen Jahren damals scheint einfach alles miteinander schiefgegangen zu sein.»

Die alte Dame seufzte und fuhr sich über die Augen.

«War denn Mr. Stephen der einzige Sohn?»

«Nein, nicht ganz, Sir. Da waren noch die süßen kleinen Zwillinge. So hübsche Kinder, aber sie haben nur zwei Tage gelebt. Sie waren vier Jahre nach Miss Harriet gekommen – die dann später Mr. James Whittaker geheiratet hat.»

«Ja, natürlich. Auf diese Weise sind die beiden Familien ja zusammengekommen.»

«Ja, Sir. Miss Agatha und Miss Harriet und Miss Clara Whittaker waren alle drei zusammen auf derselben Schule, und Mrs. Whittaker hat die beiden jungen Mädchen eingeladen, ihre Ferien zusammen mit Miss Clara zu verbringen, und da hat sich Mr. James dann in Miss Harriet verliebt. Für meinen Geschmack war sie ja nicht so hübsch wie Miss Agatha, aber lebhafter und flinker war sie – und dann ist Miss Agatha ja sowieso nie fürs Flirten und solche Albernheiten gewesen. Wie oft hat sie zu mir gesagt: ‹Betty›, hat sie gesagt, ‹ich habe die Absicht, eine alte Jungfer zu werden, und Miss Clara will das auch, und wir werden zusammen leben und ohne irgendwelche dummen, langweiligen Männer glücklich werden.› Und wie Sie wissen, Sir, so ist es dann ja auch gekommen, denn wenn Miss Agatha auch noch so still war, ist sie immer sehr entschieden gewesen. Was sie einmal gesagt hatte, davon war sie nicht wieder abzubringen – nicht mit Vernunft, nicht mit Drohungen, nicht mit Verlokkungen – nichts! Ich hab's ja so manches Mal versucht, als sie noch ein Kind war – manchmal habe ich nämlich auch in der Kinderstube ausgeholfen, Sir. Dann ist sie entweder wütend geworden oder hat geschmollt, aber ihr kleines Köpfchen umzustimmen, das ging schon damals nicht.»

Im Geiste sah Wimsey das Bild der kranken, hilflosen alten Frau, die eisern und den Argumenten ihres Anwalts oder den Listen ihrer Nichte zum Trotz an ihren Grundsätzen festhielt. Gewiß eine bemerkenswerte alte Dame auf ihre Art.

«Ich nehme an, die Familie Dawson ist dann also ausgestorben», sagte er.

«O ja, Sir. Jetzt ist nur noch Miss Mary da – und die ist natürlich eine Whittaker. Sie ist Miss Harriets Enkelin und Mr. Charles Whittakers einziges Kind. Sie war auch so ganz allein auf der Welt, als sie dann zu Miss Dawson zog. Mr. Charles und seine Frau waren bei so einem von diesen schrecklichen Autounfällen ums Leben gekommen – es scheint einfach unser Schicksal gewesen zu sein, eine Tragödie nach der andern zu erleben. Wenn man bedenkt, daß Ben und ich sie alle überlebt haben.»

«Kopf hoch, Mutter», sagte Ben, indem er seine Hand auf die ihre legte. «Der liebe Gott ist wunderbar gütig zu uns gewesen.»

«Das stimmt. Drei Söhne haben wir, Sir, und zwei Töchter und vierzehn Enkel und drei Urenkel. Möchten Sie vielleicht mal ihre Bilder sehen, Sir?»

Lord Peter sagte, er wolle sehr gern, und Parker gab zustimmende Laute von sich. Jetzt wurden die Lebensgeschichten aller Kinder mitsamt ihrer Nachkommenschaft mit gebührender Ausführlichkeit erzählt. Sooft sich eine Pause zu ergeben schien, flüsterte Parker hoffnungsvoll in Wimseys Ohr: «Was ist mit Vetter Hallelujah?» Doch ehe die Frage gestellt werden konnte, war man wieder mitten in der endlosen Familienchronik.

«Um Himmels willen, Charles», zischte Peter wütend, als Mrs. Cobling einmal aufgestanden war, um den Schal zu suchen, den ihr Enkel William von den Dardanellen nach Hause geschickt hatte, «laß mich doch mal mit deinem Hallelujah in Ruhe! Sind wir auf einer Erweckungsversammlung?»

Der Schal wurde geziemend bewundert, und dann wandte sich die Unterhaltung fernen Ländern und den Eingeborenen und Schwarzen im allgemeinen zu, worauf Lord Peter beiläufig bemerkte:

«Übrigens, hatte die Familie Dawson nicht auch verwandtschaftliche Bindungen irgendwohin in fremde Länder?»

Doch, doch, meinte Mrs. Cobling in ziemlich schockiertem Ton. Da sei doch dieser Mr. Paul gewesen, Mr. Henrys Bruder. Aber von dem wurde nicht viel gesprochen. Er habe seine Familie furchtbar schockiert. Er sei sogar – und an dieser Stelle erfolgte ein Seufzer, und die Stimme sank – zum *Papst* übergelaufen und Mönch geworden! (Wäre er zum Mörder geworden, es hätte kaum schlimmer sein können.) Mr. Henry habe sich deswegen immer schwere Vorwürfe gemacht.

«Inwiefern war es denn seine Schuld?»

«Nun ja, Sir, Mr. Henrys Frau – meine liebe Herrin, wissen Sie –, die war ja Französin, wie ich schon sagte, Sir, und *sie* war natürlich katholisch. Sie war ja so erzogen und wußte es natürlich nicht besser, und sie war ja noch sehr jung, als sie heiratete. Aber Mr. Henry hat sie bald zu einer Christin gemacht, und sie hat ihren Aberglauben abgelegt und ist in die Gemeindekirche gegangen. Aber Mr. Paul hat sich in eine von ihren Schwestern verliebt, und diese Schwester war dem Glauben geweiht, wie es bei denen heißt, und hat sich in ein Kloster eingeschlossen.» Das habe Mr. Paul das Herz gebrochen, so daß er «zum heidnischen Rom übergelaufen» und – wieder eine Pause und ein erneutes Senken der Stimme – Mönch geworden sei. Das sei eine schreckliche Aufregung gewesen. Und er sei sehr alt geworden – soweit Mrs. Cobling wisse, lebe er immer noch und immer noch in seinem Irrglauben.

«Wenn er noch lebt», flüsterte Parker, «ist er wahrscheinlich der richtige Erbe. Er wäre Agatha Dawsons Onkel und damit ihr nächster Verwandter.»

Wimsey runzelte die Stirn und kam zur Sache zurück.

«Aber es kann nicht Mr. Paul gewesen sein, den ich im Sinn hatte», sagte er, «denn der Verwandte von Miss Agatha Dawson, von dem ich gehört habe, soll ein richtiger Ausländer sein – ein ziemlich dunkelhäutiger Mann sogar – fast schwarz, wie man mir jedenfalls gesagt hat.»

«Schwarz?» rief die alte Frau. «O nein, Sir – das kann nicht sein. Höchstens – lieber Gott, erbarme dich, das kann doch gewiß nicht sein! Ben, denkst du, das könnte möglich sein – der alte Simon, weißt du?»

Ben schüttelte den Kopf. «Von dem habe ich nie viel erzählen hören.»

«Hat auch sonst keiner», entgegnete Mrs. Cobling energisch. «Die Sache ist schon lange her, aber in der Familie *sind* noch

135

Geschichten über ihn umgegangen. Den ‹schlechten Simon› haben sie ihn genannt. Er ist vor vielen Jahren nach Indien ausgewandert, und keiner weiß, was aus ihm geworden ist. Wäre das nicht vertrackt, was, wenn er dort in dieser Gegend womöglich eine Schwarze geheiratet hätte, und das wäre jetzt sein – großer Gott, es müßte ja schon sein Enkel sein, wenn nicht sogar sein Urenkel, denn er war ja Mr. Henrys Onkel, und das ist schon so lange her.»

Das war enttäuschend. Ein Enkel vom «schlechten Simon» war gewiß ein zu weitläufiger Verwandter, um Mary Whittaker das Erbe streitig zu machen. Dennoch:

«Das ist ja sehr interessant», sagte Wimsey. «War es nun eigentlich Indien oder vielleicht Westindien, wohin er ausgewandert ist?»

Das wußte Mrs. Cobling nicht, aber sie meinte, es habe etwas mit Amerika zu tun.

«So ein Jammer, daß Mr. Probyn nicht mehr in England ist. Der hätte Ihnen mehr über die Familie sagen können als ich. Aber voriges Jahr hat er sich zur Ruhe gesetzt und ist nach Italien oder sonstwohin da unten gezogen.»

«Wer war das?»

«Das war Miss Whittakers Anwalt», sagte Ben, «und er hat natürlich auch Miss Dawsons Angelegenheiten geregelt. Ein netter Herr war er, aber unwahrscheinlich schlau – haha! Der hat nie was hergegeben. Aber so sind nun mal die Rechtsanwälte auf der ganzen Welt», fügte er verschmitzt hinzu. «Nehmen alles und geben nichts.»

«Hat er hier in Crofton gewohnt?»

«Nein, Sir, in Croftover Magna, 20 Kilometer von hier. Sein Büro haben jetzt Pointer und Winkin übernommen, aber das sind zwei junge Männer, über die weiß ich nicht viel.»

Nachdem Wimsey und Parker nun inzwischen alles wußten, was die Coblings ihnen zu erzählen hatten, eisten sie sich nach und nach los und machten sich davon.

«Also, dieser Vetter Hallelujah war ja wohl ein Reinfall», meinte Parker.

«Vielleicht – vielleicht auch nicht. Irgendein Zusammenhang könnte bestehen. Aber auf jeden Fall halte ich den ach so schändlichen und papistischen Mr. Paul für vielversprechender. Der Vogel, den wir jetzt fangen müssen, heißt offenbar Mr. Probyn. Ist dir klar, wer das ist?»

«Der geheimnisvolle Anwalt, nehme ich an.»

«Natürlich ist er das. Er muß wissen, warum Miss Dawson ein Testament hätte machen müssen. Und nun begeben wir uns spornstreichs nach Croftover Magna, um die Gentlemen Pointer und Winkin aufzusuchen und uns anzuhören, was sie uns darüber zu berichten haben.»

Zu ihrem Pech hatten die Gentlemen Pointer und Winkin ihnen überhaupt nichts zu berichten. Miss Dawson hatte Mr. Probyn die Wahrnehmung ihrer Angelegenheiten entzogen und alle Unterlagen ihrem neuen Anwalt übergeben. Die Gentlemen Pointer und Winkin hatten nie auch nur das geringste mit der Familie Dawson zu tun gehabt. Aber sie hatten keine Bedenken, ihnen Mr. Probyns Adresse zu geben – Villa Bianca, Fiesole. Sie bedauerten, Lord Peter Wimsey und Mr. Parker nicht weiter behilflich sein zu können. Guten Morgen.

«Knapp und unfreundlich», kommentierte Seine Lordschaft. «Na schön, na schön – wir gehen jetzt etwas zu Mittag essen und schreiben dann einen Brief an Mr. Probyn und einen zweiten an meinen guten Freund, Bischof Lambert von der Orinoco-Mission, um etwas über Vetter Hallelujah in Erfahrung zu bringen. Immer nur lächeln. Wie Ingoldsby sagt: ‹Die Winde wehn, trara, trara! Die Winde wehn, die Jagd ist da!› Kennst du John Peel? Oder kennst du wenigstens das Land, wo die Zitronen blühn? Nein? Macht auch nichts – dann kannst du dich immer noch darauf freuen, deine Flitterwochen dort zu verbringen.»

13

Hallelujah

Wenn auch unsere Ahnen ganz honette Leute gewesen sein mögen, so möcht' ich doch mit ihnen am allerwenigsten persönlich Bekanntschaft machen.

Sheridan: Die Nebenbuhler

Seine Exzellenz Bischof Lambert von der Orinoco-Mission war ein ebenso praktischer wie freundlicher Mann. Er kannte Hochwürden Hallelujah Dawson nicht persönlich, meinte aber, er gehöre vielleicht der Tabernakel-Mission an – einer nonkonformistischen Gemeinschaft, die in jenen Teilen der Welt überaus wertvolle Arbeit leiste. Er wolle sich selbst mit der Londoner Zentrale dieser Gemeinschaft in Verbindung setzen und Lord Peter dann Bescheid geben. Zwei Stunden später hatte des Bischofs Sekretär dann auch richtig die Tabernakel-Mission angerufen und die erfreuliche Auskunft erhalten, daß Hochwürden Hallelujah Dawson in England sei und in ihrem Missionshaus in Stepney erreicht werden könne. Er sei ein älterer Pfarrer und lebe in sehr bescheidenen Verhältnissen – soweit der Bischof verstanden habe, handle es sich überhaupt um eine recht traurige Geschichte –, aber nein, ich bitte Sie, überhaupt nichts zu danken, des Bischofs armseliger Sklave, der Sekretär, habe die ganze Arbeit gemacht. Sehr erfreut, von Lord Peter zu hören – wie es ihm denn so gehe? Haha! Und wann werde er noch einmal kommen und mit dem Bischof dinieren?

Lord Peter holte sofort Parker ab und raste mit ihm zur Tabernakel-Mission, vor dessen trister, düsterer Fassade «Mrs. Merdle» mit ihrer schwarzen Karosserie und dem eleganten, kupfernen Auspuff gewaltiges Aufsehen erregte. Noch ehe Wimsey an der Tür geläutet hatte, versammelte sich das ganze junge Gemüse aus der Nachbarschaft um den Wagen und übte Hornsoli. Als Parker ihnen Prügel androhte und sie nebenbei darüber aufklärte, daß er Polizist sei, kreischten sie vor Vergnügen, faßten sich bei den Händen und tanzten, angeführt von einem etwa zwölfjährigen Gör, um ihn herum Ringelreihen. Parker machte ein paar verzweifelte Ausbruchsversuche, aber dann öffnete der Kreis sich nur, um sich unter grölendem Gesang und Gelächter gleich wieder zu schließen. In diesem Augenblick ging die Tür zur Mission auf und enthüllte das würdelose Schauspiel den Blicken eines hoch aufgeschossenen jungen Mannes mit Brille, der mißbilligend einen langen Finger schüttelte und rief: «Aber Kinder, Kinder!», ohne die mindeste Wirkung zu erzielen, womit er aber auch keineswegs gerechnet zu haben schien.

Lord Peter trug ihm sein Anliegen vor.

«Oh, treten Sie doch bitte näher», sagte der junge Mann, einen Finger in einem theologischen Buch. «Ich fürchte, Ihr Freund – äh – es ist eine ziemlich laute Gegend hier.»

Parker, der sich endlich von seinen Peinigern befreit hatte, nahte unter Drohungen und Verwünschungen, die der Feind lediglich mit einem höhnischen Hupkonzert beantwortete.

«Die hupen mir noch die Batterie leer», meinte Wimsey.

«Gegen diese kleinen Teufel ist einfach nichts zu machen», knurrte Parker.

«Warum behandelst du sie nicht einfach wie Menschen?» erwiderte Wimsey. «Kinder sind Wesen mit den gleichen Leidenschaften wie Politiker oder Bankiers. Komm mal her, Esmeralda!» rief er und winkte der Anführerin.

Das Gör streckte ihm nur die Zunge heraus und machte eine unschickliche Gebärde, als es aber die Münze in der ausgestreckten Hand blitzen sah, kam es angesprungen und baute sich herausfordernd vor ihnen auf.

«Schau mal her», sagte Wimsey. «Hier ist eine halbe Krone – du weißt ja, das sind dreißig Pennies. Kannst du die brauchen?»

Das Kind bewies sogleich seine Zugehörigkeit zum Menschengeschlecht. Der Anblick von Reichtum schüchterte es ein, so daß es stumm vor ihnen stand und den einen staubigen Schuh am Strumpf des anderen Beines rieb.

«Du siehst aus», fuhr Lord Peter fort, «als ob du deine jungen Freunde durchaus in Schach halten könntest, wenn du nur willst. Du scheinst mir überhaupt ein charakterstarkes Mädchen zu sein. Also, wenn du es schaffst, daß sie die Finger von meinem Wagen lassen, solange ich im Haus bin, bekommst du diese halbe Krone, verstanden? Wenn du sie aber an die Hupe ranläßt, höre ich es. Und jedesmal, wenn ich die Hupe höre, verlierst du einen Penny, klar? Wenn es also sechsmal hupt, bekommst du nur zwei Shilling. Und wenn ich es dreißigmal hupen höre, bekommst du überhaupt nichts mehr. Ab und zu werde ich auch aus dem Fenster sehen, und wenn dann jemand am Wagen herumfummelt oder darinsitzt, kriegst du auch nichts. Habe ich mich klar ausgedrückt?»

«Ja. Ich paß für 'ne halbe Krone auf Ihre Karre auf. Und für jedes Hupen knapsen Sie mir 'n Roten davon ab.»

«Richtig.»

«Geht in Ordnung, Mister. Ich geb acht, daß keiner drangeht.»

«Braves Mädchen. Also, Sir.»

Der bebrillte junge Mann führte sie in einen düsteren Warteraum, der an einen Bahnhof erinnerte und mit alttestamentarischen Bildern vollgehängt war.

«Ich werde Mr. Dawson sagen, daß Sie hier sind», sagte er und verschwand mit seinem theologischen Band fest in den Händen.

Bald vernahm man schlurfende Schritte auf dem Kokosboden, und Wimsey und Parker wappneten sich, dem schurkischen Erbanwärter zu begegnen.

Doch als die Tür aufging, trat lediglich ein ältlicher Westinder ein, dessen Äußeres so demütig und unaufdringlich war, daß den beiden Detektiven das Herz bis in die Stiefel sank. Etwas weniger Mörderisches konnte man sich kaum vorstellen, wie er so vor einem stand und nervös durch die Stahlrandbrille blinzelte, deren Rahmen schon einmal gebrochen und mit einem Stück Schnur repariert worden war.

Hochwürden Hallelujah Dawson war unbestreitbar ein dunkelhäutiger Mann. Er hatte die angenehmen, adlerhaften Züge und die olivbraune Haut des Polynesiers. Sein Haar war spärlich und angegraut – nicht wollig, aber stark gekräuselt. Die gebeugten Schultern steckten in einem abgewetzten Priesterrock. Er rollte die schwarzen, an den Rändern etwas gelblichen und leicht vorstehenden Augen, und sein liebenswürdiges Lächeln war offen und frei.

«Sie haben nach mir gefragt?» begann er in perfektem Englisch mit nur leichtem Eingeborenentonfall. «Ich habe doch wohl nicht das Vergnügen –?»

«Guten Tag, Mr. Dawson. Ja, wir – äh – treiben gewisse Nachforschungen in Verbindung mit der Familie Dawson aus Crofton in Warwickshire, und man hat uns gesagt, Sie könnten uns womöglich weiterhelfen, was die Verbindungen nach Westindien betrifft – wenn Sie so freundlich sein wollen.»

«Ach so, ja!» Der alte Mann richtete sich ein wenig auf. «Ich selbst bin – sozusagen – ein Abkömmling dieser Familie. Möchten Sie sich nicht setzen?»

«Danke. Das haben wir uns übrigens schon gedacht.»

«Sie kommen nicht von Miss Whittaker?»

Sein Ton war irgendwie drängend und doch abwehrend. Wimsey, der nicht so recht wußte, was dahintersteckte, entschied sich für ein vorsichtiges Taktieren. «O nein. Wir sind – wir arbeiten an einer Abhandlung über alte ländliche Familien. Grabstein und Genealogien und dergleichen.»

«Aha! – nun ja – ich hatte vielleicht gehofft –» Seine sanfte Stimme klang in einem Seufzer aus. «Aber ich würde mich auf jeden Fall freuen, Ihnen helfen zu können.»

«Nun, zur Zeit beschäftigt uns folgende Frage: Was wurde aus Simon Dawson? Wir wissen, daß er seine Familie verlassen hat und nach Westindien ausgewandert ist, und zwar um siebzehn –»

«Achtzehnhundertzehn», verbesserte der Alte erstaunlich prompt. «Ja, er war als junger Bursche von sechzehn Jahren in Schwierigkeiten geraten. Er hatte sich mit schlechten Menschen eingelassen, die älter waren als er selbst, und dadurch hat er sich in eine schlimme Geschichte hineinziehen lassen. Es hatte mit Glücksspiel zu tun, und ein Mann wurde dabei getötet. Nicht im Duell – das wäre in der damaligen Zeit nicht als ehrenrührig empfunden worden – obwohl ja Gewalt stets eine Sünde wider den Herrn ist –, aber dieser Mann wurde meuchlings umgebracht, und Simon Dawson und seine Freunde entzogen sich der Gerechtigkeit durch die Flucht. Simon ist dann einer Preßpatrouille in die Hände gefallen und zur See gegangen. Fünfzehn Jahre hat er gedient, dann wurde er von einem französischen Freibeuter gefangengenommen. Später ist er entkommen und hat sich – um die lange Geschichte abzukürzen – unter falschem Namen bis nach Trinidad durchgeschlagen. Dort waren ein paar Engländer freundlich zu ihm und haben ihn auf ihrer Zuckerplantage arbeiten lassen. Er hat sich dort gut gemacht, und zum Schluß besaß er seine eigene kleine Plantage.»

«Unter welchem Namen hat er dort gelebt?»

«Harkaway. Ich nehme an, er hatte Angst, daß man ihn als desertierten Matrosen ergreifen würde, wenn er unter seinem richtigen Namen aufträte. Sicherlich hätte er sein Entkommen melden müssen. Jedenfalls hat er das Landleben geliebt und war's zufrieden, dort zu bleiben. Ich glaube nicht, daß er Lust hatte, nach Hause zurückzukehren, nicht einmal, um sein Erbe anzutreten. Und dann war ja da auch noch die Geschichte mit dem Mord – obwohl ich annehmen möchte, daß man ihn deswegen nicht behelligt hätte, wo man doch sah, daß er zu der fraglichen Zeit noch so jung gewesen war und die schreckliche Tat auch gar nicht selbst begangen hatte.»

«Sein Erbe? War er denn der älteste Sohn?»

«Das nicht. Aber Barnabas, der älteste, war bei Waterloo gefallen und hatte keine Familie hinterlassen. Und Roger, der zweite Sohn, war als Kind an den Blattern gestorben. Simon war der drittälteste Sohn.»

«Dann hat also der vierte Sohn den Besitz übernommen?»

«Ja, Frederick. Er war Henry Dawsons Vater. Man hat natürlich zu erfahren versucht, was aus Simon geworden war, aber Sie können sich gewiß denken, wie schwierig es zu dieser Zeit war, in fernen Ländern Erkundigungen einzuziehen, und Simon war ja völlig von der Bildfläche verschwunden. So mußte er also übergangen werden.»

«Und was ist aus Simons Kindern geworden?» fragte Parker. «Hat er überhaupt welche gehabt?»

Der Kleriker nickte, und ein tiefes Erröten erschien unter seiner dunklen Haut.

«Ich bin sein Enkel», sagte er schlicht. «Darum bin ich ja auch nach England gekommen. Als mich der Herr dazu berief, bei meinem eigenen Volk seine Lämmer zu weiden, lebte ich noch in recht guten Verhältnissen. Ich besaß eine kleine Zuckerplantage, die ich von meinem Vater geerbt hatte, und ich hatte geheiratet und war sehr glücklich. Aber dann kamen schlechte Zeiten – die Zuckerernte fiel nicht gut aus, und unsere kleine Herde wurde kleiner und ärmer und konnte ihren Hirten nicht mehr so unterstützen. Außerdem wurde ich allmählich zu alt und gebrechlich, um noch meine Arbeit zu tun – dazu habe ich auch noch eine kranke Frau, und der Herr hat uns mit vielen Töchtern gesegnet, für die wir sorgen mußten. Ich befand mich in großer Not. Und dann fielen mir ein paar alte Familienpapiere in die Hände, die meinem Großvater Simon gehört hatten. Aus ihnen erfuhr ich, daß sein Name nicht Harkaway, sondern Dawson gewesen war, und da dachte ich mir, vielleicht habe ich noch eine Familie in England, und Gott deckt mir doch noch seine Tafel in der Wüste. Als dann die Zeit kam, einen Repräsentanten heim zu unserer Londoner Zentrale zu schicken, habe ich folglich darum gebeten, mein Amt dort drüben niederlegen und nach England heimkehren zu dürfen.»

«Haben Sie hier mit jemandem Verbindung aufgenommen?»

«Ja. Ich bin nach Crofton gefahren – das war in den Papieren meines Großvaters erwähnt – und habe dort in der nächsten Stadt einen Anwalt aufgesucht – einen Mr. Probyn aus Croftover. Kennen Sie ihn?»

«Ich habe von ihm gehört.»

«Ja. Er war sehr freundlich, und es hat ihn sehr interessiert, mich zu sehen. Er hat mir auch die Ahnentafel meiner Familie gezeigt, aus der hervorgeht, daß mein Großvater das Anwesen hätte erben müssen.»

«Aber das Anwesen war inzwischen verlorengegangen, nicht wahr?»

«Ja. Und außerdem – als ich ihm die Heiratsurkunde meiner Großmutter zeigte, da – da hat er mir gesagt, das sei gar keine Heiratsurkunde. Ich fürchte, Simon Dawson war ein arger Sünder. Er hat sich meine Großmutter ins Haus geholt – viele Pflanzer haben sich farbige Frauen genommen – und ihr ein Papier in die Hand gedrückt, das angeblich eine vom Gouverneur des Landes unterschriebene Heiratsurkunde war. Als Mr. Probyn sie sich aber näher ansah, stellte er fest, daß alles nur Schwindel war, denn ein Gouverneur dieses Namens hat nie existiert. Für mich als Christ war das natürlich ein herber Schlag – aber da vom Erbe sowieso nichts mehr da war, hat es uns eigentlich nicht soviel ausgemacht.»

«Das war aber wirklich Pech», sagte Lord Peter mitfühlend.

«Ich habe mich in Demut damit abgefunden», sagte der alte Polynesier mit einer würdevollen Verbeugung. «Mr. Probyn war überdies so freundlich, mir einen Brief an Miss Agatha Dawson, die einzige Überlebende unserer Familie, mitzugeben, um mich ihr vorzustellen.»

«Ja, sie hat in Leahampton gewohnt.»

«Sie hat mich überaus reizend empfangen, und als ich ihr sagte, wer ich bin – natürlich in dem Bewußtsein, daß ich nicht die mindesten Ansprüche gegen sie hatte –, war sie so nett, mir eine Zuwendung von 100 Pfund jährlich zu machen, die sie bis zu ihrem Tod bezahlt hat.»

«Haben Sie sie nur dieses eine Mal gesehen?»

«Ja. Ich wollte ihr ja nicht lästig werden. Es konnte ihr nicht sehr angenehm sein, einen Verwandten mit meiner Hautfarbe ständig bei sich zu Hause zu haben», sagte Hochwürden Hallelujah mit einer Art stolzer Demut. «Aber sie hat mich zum Essen eingeladen und sich sehr freundlich mit mir unterhalten.»

«Und – verzeihen Sie mir die Frage, die Sie hoffentlich nicht unverschämt finden – aber zahlt Miss Whittaker Ihnen die Zuwendung weiter?»

«Hm, nein – ich – vielleicht sollte ich es gar nicht von ihr erwarten, aber an unseren Verhältnissen würde es schon sehr viel ändern. Und eigentlich hatte Miss Dawson mir Hoffnung gemacht, daß sie weitergezahlt würde. Sie hat mir gesagt, sie könne sich gar nicht mit dem Gedanken anfreunden, ein Testament zu machen, aber sie hat gesagt: ‹Es ist ja auch nicht nötig, Vetter Hallelujah, denn Mary bekommt mein ganzes Geld, wenn ich nicht mehr bin, und dann kann sie die Zuwendung in meinem Namen weiterzahlen.› Aber vielleicht hat Miss Whittaker das Geld dann doch nicht bekommen.»

«O doch, sie hat. Sehr merkwürdig. Vielleicht hat sie es vergessen?»

«Ich habe mir die Freiheit genommen, ihr nach dem Tod ihrer Tante ein paar Worte des geistlichen Trostes zu schreiben. Vielleicht hat ihr das nicht gefallen. Ich habe natürlich nicht wieder geschrieben. Aber ich wehre mich dagegen, zu glauben, ihr Herz habe sich gegenüber den Unglücklichen verhärtet. Es gibt gewiß eine Erklärung.»

«Sicherlich», sagte Lord Peter. «Ich bin Ihnen jedenfalls sehr dankbar für Ihre freundliche Hilfe. Damit wäre die Sache mit Simon und seiner Nachkommenschaft ziemlich geklärt. Ich notiere mir nur noch rasch die Namen und Daten, wenn Sie gestatten.»

«Aber natürlich. Ich hole Ihnen die Skizze, die Mr. Probyn freundlicherweise für mich angefertigt hat. Auf der können Sie unsere ganze Familie sehen. Entschuldigen Sie mich kurz.»

Im Handumdrehen kam er mit einem nach juristischem Formblatt aussehenden blauen Blatt Papier wieder, auf dem säuberlich eine Ahnentafel aufgezeichnet war.

Wimsey notierte sich die Einzelheiten, soweit sie Simon Dawson, seinen Sohn Bosun und Enkel Hallelujah betrafen. Plötzlich zeigte er mit dem Finger auf eine Eintragung weiter unten.

«Sieh mal, Charles», sagte er. «Da ist ja unser Pater Paul – der böse Bube, der katholisch wurde und ins Kloster ging.»

«Tatsächlich. Aber – er ist tot, Peter – gestorben 1922, drei Jahre vor Agatha Dawson.»

«Nun ja, dann müssen wir ihn eben streichen. Solche kleinen Rückschläge kommen vor.»

Sie vollendeten ihre Notizen, und nachdem sie sich von Hochwürden Hallelujah verabschiedet hatten, traten sie nach draußen, wo «Mrs. Merdle» von Esmeralda tapfer gegen alle Angreifer verteidigt wurde. Lord Peter überreichte ihr die halbe Krone und nahm von ihr den Wagen in Empfang.

«Je mehr ich über Miss Whittaker zu hören bekomme», sagte er, «desto weniger mag ich sie. Sie hätte doch wenigstens dem armen alten Vetter Hallelujah seine 100 Pfund geben können.»

«Ein raffgieriges Weib», pflichtete Parker ihm bei. «Jedenfalls ist Pater Paul aber tot und ausgeschieden, und Vetter Hallelujah ist illegitimen Ursprungs. Somit hat es mit dem lange verschollen gewesenen Erben aus Übersee ein Ende.»

«Verdammt und zugenäht!» rief Wimsey, wobei er die Hände vom Lenkrad nahm und sich zu Parkers großem Entsetzen am Kopf kratzte. «Das kommt mir doch irgendwie bekannt vor. Wo zum Kuckuck habe ich denn diese Worte nur schon einmal gehört?»

14
Juristische Spitzfindigkeiten

> *Tat ohne Vorbild aber ist zu fürchten*
> *In ihrem Ausgang.*
>> König Heinrich VIII.

«Murbles kommt heute abend zum Essen, Charles», sagte Wimsey. «Ich fände es gut, wenn du auch kommen und deinen Hunger mit uns stillen könntest. Ich möchte ihm nämlich diese ganze Familiengeschichte unterbreiten.»

«Wo eßt ihr denn?»

«Ach, nur bei mir. Ich habe die Restaurants über. Bunter versteht ein schönes englisches Steak zu machen, und dazu gibt's junge Erbsen, Kartoffeln und echt englischen Spargel. Gerald hat ihn mir extra aus Denver geschickt. Zu kaufen kriegt man ihn nicht. Komm doch. Nach altenglischer Sitte, verstehst du, und dazu eine Flasche ‹Ho Byron›, wie Pepys dazu sagen würde. Wird dir bestimmt gut tun.»

Parker nahm die Einladung an. Ihm fiel aber auf, daß Wimsey selbst bei seinem Lieblingsthema, dem Essen, irgendwie geistesabwesend war. Etwas schien ihn sehr zu beschäftigen, und selbst als Murbles kam und seinen verhaltenen Juristenhumor spielen ließ, hörte Wimsey ihm zwar überaus höflich, aber doch nur mit halber Aufmerksamkeit zu.

Sie waren mit dem Essen halb fertig, als Wimsey aus heiterem Himmel plötzlich die Faust auf den Mahagonitisch krachen ließ, daß sogar Bunter erschrak und beim Zusammenzucken von dem guten Haut Brion verschüttete und einen knallroten Fleck aufs Tischtuch machte.

«Ich hab's», sagte Lord Peter.

Bunter bat Seine Lordschaft mit schreckgedämpfter Stimme um Verzeihung.

«Murbles», sagte Wimsey, ohne Bunter zu beachten, «gibt es nicht ein neues Erbrecht?»

«Doch, ja», sagte Murbles ziemlich überrascht. Er war mitten in einer Anekdote von einem jungen Anwalt und einem jüdischen Pfandleiher unterbrochen worden und fühlte sich ein wenig pikiert.

«Wußte ich doch, daß ich diesen Satz schon irgendwo gelesen hatte – du weißt ja, Charles –, daß es mit dem lange verschollen gewesenen Erben aus Übersee ein Ende haben solle. Das hat vor ein paar Jahren mal in irgendeiner Zeitung gestanden, und zwar handelte es sich dabei um das neue Erbrecht. Natürlich hat es darin auch geheißen, was für ein Schlag das für romantische Romanschreiber sei. Werden durch das Gesetz nicht die Erbansprüche entfernter Verwandter ausgeschaltet, Murbles?»

«In gewissem Sinne ja», antwortete der Jurist. «Natürlich nicht im Falle unveräußerlichen Grundbesitzes – dafür gelten eigene Regeln. Aber ich nehme an, Sie sprechen von normalem persönlichem Besitz oder veräußerlichem Grundbesitz.»

«Genau – was geschieht jetzt damit, wenn der Eigentümer stirbt, ohne ein Testament gemacht zu haben?»

«Das ist eine ziemlich komplizierte Angelegenheit», begann Murbles.

«Nun, passen Sie mal auf. Zuerst – bevor dieses komische Gesetz verabschiedet wurde, bekam doch der nächste lebende Verwandte alles – ganz gleich, ob er nur ein Vetter siebten Grades in fünfzehnter Linie war, stimmt's?»

«Im allgemeinen ist das richtig. Wenn noch ein Ehegatte da war –»

«Lassen wir die Ehegatten mal beiseite. Nehmen wir an, die Person war unverheiratet und hatte keine lebenden nahen Verwandten. Dann ginge das Erbe –»

«An den nächsten Verwandten, wer das auch immer war, sofern er oder sie ermittelt werden konnte.»

«Selbst wenn man bis zu Wilhelm dem Eroberer zurück graben mußte, um die Verwandtschaft nachzuweisen?»

«Immer vorausgesetzt, man konnte die Ahnenreihe so weit in die Vergangenheit zurückverfolgen», antwortete Murbles. «Es ist natürlich in höchstem Maße unwahrscheinlich –»

«Ja, ja, ich weiß. Aber was geschieht denn jetzt in so einem Fall?»

«Das neue Recht vereinfacht die Erbregelung bei Fehlen eines Testaments sehr», sagte Murbles, indem er Messer und Gabel zusammenlegte, beide Ellbogen auf den Tisch pflanzte und den rechten Zeigefinger aufzählend auf den linken Daumen legte.

«Darauf gehe ich jede Wette ein», unterbrach ihn Wimsey.

147

«Ich kenne diese Gesetze, mit denen etwas vereinfacht werden soll. Die Leute, die sie verfaßt haben, verstehen sie selbst nicht, und die Bedeutung jedes Paragraphen muß erst in einem langen Prozeß geklärt werden. Aber fahren Sie nur fort.»

«Nach dem neuen Recht», nahm Mr. Murbles den Faden wieder auf, «geht die Hälfte des Besitzes zum Nießbrauch an Ehemann oder Ehefrau, sofern noch am Leben, ansonsten zu gleichen Teilen an die Kinder. Sind aber weder Ehegatte noch Kinder da, so erben Vater oder Mutter des Verstorbenen. Wenn beide Eltern tot sind, geht alles an die zur Zeit noch lebenden leiblichen Geschwister beziehungsweise, wenn eines der Geschwister vor dem Erblasser gestorben ist, an dessen Nachkommenschaft. Falls keine Geschwister des –»

«Halt, halt! Weiter brauchen Sie nicht zu gehen. Sind Sie sich dessen absolut sicher? Das Erbe fällt an die Nachkommen der Geschwister?»

«Ja. Das heißt, wenn Sie selbst sterben, ohne ein Testament gemacht zu haben, und Ihr Bruder Gerald und Ihre Schwester Mary sind bereits tot, dann wird Ihr Geld zu gleichen Teilen unter Ihren Nichten und Neffen aufgeteilt.»

«Gut. Aber nehmen wir an, die sind auch schon alle tot – könnte ja sein, daß ich so unverschämt lange lebe, bis von mir nur noch Großneffen und Großnichten übrig sind – würden sie mich dann beerben?»

«Was denn – ja doch, das will ich doch meinen», sagte Mr. Murbles, jetzt allerdings etwas weniger sicher. «Doch, das glaube ich schon.»

«Natürlich erben sie», sagte Parker ein wenig ungeduldig. «Wenn es doch im Gesetz heißt, die Nachkommenschaft eventuell bereits verstorbener Geschwister.»

«Ha! Aber jetzt bitte nicht voreilig werden», stürzte Mr. Murbles sich gleich auf ihn. «Für den Laien mag das Wort ‹Nachkommenschaft› vielleicht ganz eindeutig sein. Aber juristisch –» Mr. Murbles, der bis zu diesem Augenblick den rechten Zeigefinger auf dem linken Ringfinger liegen gehabt hatte, um auf die Erbansprüche eventueller Halbgeschwister abzuheben, legte jetzt die linke Hand auf den Tisch und schüttelte den rechten Zeigefinger warnend in Parkers Richtung – «*juristisch* kann dieses Wort zwei oder sogar noch mehr Bedeutungen haben, je nachdem, in welchem Zusammenhang es auftaucht und von welchem Datum das fragliche Dokument ist.»

«Aber nach dem neuen Recht –» drängte Lord Peter.

«Ich bin nicht direkt Spezialist für Erbrecht», sagte Mr. Murbles, «und möchte mich da in der Interpretation nicht festlegen, um so weniger, als vor Gericht bis zum gegenwärtigen Zeitpunkt die Frage der Nachkommen noch nicht vorgekommen ist – haha! sollte gar kein Wortspiel werden, haha! Aber nach meinem ersten, vorsichtigen Urteil, das Sie jedoch nicht ohne Bestätigung durch eine gewichtigere Autorität übernehmen sollten, bedeutet Nachkommenschaft in diesem Falle – *glaube* ich – Nachkommenschaft *ad infinitum,* wonach die Großneffen und Großnichten also erbberechtigt wären.»

«Aber darüber könnten die Meinungen auseinandergehen?»

«Ja – die Frage ist eben sehr kompliziert –»

«Was habe ich gesagt?» stöhnte Peter. «*Wußte* ich doch, daß dieses Vereinfachungsgesetz nur ein heilloses Durcheinander schaffen würde.»

«Darf ich einmal fragen», erkundigte sich Murbles, «wofür Sie das alles eigentlich wissen wollen?»

«Nun ja, Sir», sagte Wimsey, indem er aus seiner Brieftasche die Ahnentafel der Familie Dawson nahm, die Hallelujah Dawson ihm gegeben hatte, «es geht um das hier. Wir haben von Mary Whittaker immer als von Agatha Dawsons Nichte gesprochen; so wurde sie immer genannt, und sie selbst spricht von der alten Dame als von ihrer Tante. Wenn man sich das hier aber ansieht, stellt man fest, daß sie in Wirklichkeit nur die Großnichte ist; sie ist die Enkelin von Agathas Schwester Harriet.»

«Ganz recht», sagte Murbles. «Trotzdem war sie offenbar die nächste lebende Anverwandte, und da Agatha Dawson 1925 gestorben ist, mußte ihr Geld nach dem alten Erbrecht fraglos an Mary Whittaker fallen. Daran gibt es nichts zu deuteln.»

«Nein», sagte Wimsey. «Nicht das mindeste, und darum geht's ja. Aber –»

«Mein Gott!» rief Parker dazwischen. «Jetzt verstehe ich, worauf du hinauswillst. Wann ist das neue Erbrecht in Kraft getreten, Sir?»

«Im Januar 1926», antwortete Mr. Murbles.

«Und Miss Dawson ist – ziemlich unerwartet, wie wir wissen – im November 1925 gestorben», fuhr Peter fort. «Wenn sie aber weitergelebt hätte, wie ihr Arzt es eigentlich erwartet hatte, sagen wir bis Februar oder März 1926 – sind Sie ganz sicher, Sir, daß Mary Whittaker sie dann auch beerbt hätte?»

149

Mr. Murbles öffnete den Mund, um zu antworten – und schloß ihn wieder. Ganz langsam rieb er seine Hände aneinander. Er nahm die Brille ab und setzte sie sich fester auf die Nase.

«Sie haben vollkommen recht, Lord Peter», sagte er mit feierlicher Stimme. «Das ist eine sehr ernste und wichtige Frage. Viel zu wichtig, als daß ich jetzt ein Urteil darüber abgeben sollte. Wenn ich Sie richtig verstanden habe, meinen Sie, daß jede Zweideutigkeit im neuen Erbrecht für eine interessierte Partei ein ausreichendes Motiv gewesen sein könnte, den Tod der Agatha Dawson zu beschleunigen?»

«Genau das meine ich. Wenn natürlich die Großnichte sowieso erbt, hätte die alte Dame ebensogut unter dem neuen wie unter dem alten Erbrecht sterben können. Aber wenn es daran irgendwelche Zweifel gab – wie verlockend, ihr beim Sterben ein wenig nachzuhelfen, damit sie noch 1925 das Zeitliche segnete, nicht wahr? Besonders, wo sie ohnehin nicht mehr lange zu leben hatte und keine anderen Verwandten dadurch übervorteilt wurden.»

«Da fällt mir etwas ein», meldete sich Parker. «Angenommen, die Großnichte hat keine Erbansprüche, wohin geht dann das Geld?»

«Dann fällt es an das Herzogtum Lancaster – oder anders ausgedrückt an die Krone.»

«Also an niemand Bestimmten», sagte Wimsey. «Wirklich und wahrhaftig, ich kann es beim besten Willen nicht als ein großes Verbrechen ansehen, eine arme alte Frau, die schrecklich zu leiden hat, ein bißchen vor der Zeit sterben zu lassen, um an das Geld zu kommen, das sie einem sowieso vermachen wollte. Teufel auch, warum soll es das Herzogtum Lancaster bekommen? Wen kümmert das Herzogtum Lancaster? Das ist doch dann nichts Schlimmeres als Steuerbetrug.»

«Ethisch gesehen», bemerkte Mr. Murbles, «könnte tatsächlich einiges für Ihren Standpunkt sprechen. Juristisch gesehen muß ich leider sagen, Mord ist Mord, wie gebrechlich auch immer das Opfer und wie vorteilhaft das Ergebnis auch sein mag.»

«Und Agatha Dawson wollte noch nicht sterben», fügte Parker hinzu. «Das hat sie immer gesagt.»

«Stimmt», sagte Wimsey nachdenklich. «Und ich glaube, sie hatte da wohl ein Wörtchen mitzureden.»

«Ich finde», sagte Mr. Murbles, «wir sollten, bevor wir diese Fragen weiter vertiefen, die Meinung eines Spezialisten auf diesem Rechtsgebiet hören. Vielleicht ist Towkington zu Hause. Ich wüßte keine größere Kapazität als ihn zu nennen. Und wenn ich diese neumodische Erfindung namens Telefon auch noch so sehr verabscheue, in diesem Falle würde ich es für ratsam halten, ihn anzurufen.»

Wie sich zeigte, war Mr. Towkington zu Hause und hatte Zeit für sie. Man setzte ihm den Fall mit der Großnichte am Telefon auseinander. Mr. Towkington fühlte sich ohne seine Nachschlagwerke ein wenig überfordert, aber wenn er aus dem Stegreif antworten sollte, würde er es schon für sehr wahrscheinlich halten, daß Großnichten nach dem neuen Erbrecht von der Erbfolge ausgeschlossen seien. Aber es sei eine sehr interessante Frage, und er bekäme gern Gelegenheit, seine Ansichten zu erhärten. Ob Mr. Murbles nicht herüberkommen und den Fall mit ihm diskutieren möchte? Mr. Murbles erklärte ihm, er sitze gerade mit zwei Freunden beim Abendessen, die sich für die Frage interessieren. Ob dann die beiden Freunde nicht gleich mit zu Mr. Towkington kommen wollten?

«Towkington hat einen ganz ausgezeichneten Portwein», flüsterte Mr. Murbles zur Seite, die Hand vorsichtig auf der Sprechmuschel.

«Dann sollten wir hingehen und ihn probieren», meinte Wimsey gutgelaunt.

«Wir brauchen nur bis nach Gray's Inn», fuhr Mr. Murbles fort.

«Um so besser», sagte Lord Peter.

Bei ihrer Ankunft vor Mr. Towkingtons Gemächern fanden sie die Außentür gastlich unverschlossen, und sie hatten kaum angeklopft, da riß Mr. Towkington schon persönlich die Wohnungstür auf und begrüßte sie mit lauter, herzlicher Stimme. Er war ein großer, vierschrötiger Mann mit blühendem Gesicht und rauher Kehle. Vor Gericht war er berühmt für sein «Na bitte», das er stets voranstellte, bevor er einen hartnäckigen Zeugen in ganz kleine Knoten knüpfte, um sie dann mit brillanten Argumenten einzeln durchzuhauen. Er kannte Wimsey vom Sehen und äußerte sich entzückt, Inspektor Parker kennenzulernen; dann scheuchte er seine Gäste leutselig polternd ins Wohnzimmer.

«Ich habe mich mit dieser kleinen Frage etwas näher befaßt, während Sie unterwegs waren», sagte er. «Schwierig, schwierig, wie? Ha! Ganz erstaunlich, daß die Leute beim Formulieren von

Gesetzen nicht sagen können, was sie meinen, was? Ha! Was meinen Sie, Lord Peter, warum das so ist, he? Na bitte!»

«Ich nehme an, weil Gesetze von Juristen formuliert werden», meinte Wimsey grinsend.

«Um sich selbst Arbeit zu verschaffen, wie? Ich sage, recht haben Sie. Auch Rechtsanwälte müssen leben, was? Ha! Sehr gut. Also, Murbles, jetzt schildern Sie den Fall noch einmal, aber etwas genauer bitte, wenn es Ihnen nichts ausmacht.»

Mr. Murbles erklärte den Fall noch einmal. Er legte die Ahnentafel vor und wies auf den Punkt hin, der ein eventuelles Mordmotiv darstellte.

«Aha!» rief Mr. Towkington überaus vergnügt. «Das ist gut – sehr gut – Ihre Idee, Lord Peter? Sehr scharfsinnig. Viel zu scharfsinnig. Auf der Anklagebank im Old Bailey sitzen lauter Leute, die viel zu scharfsinnig sind. Ha! Mit Ihnen wird es demnächst ein schlimmes Ende nehmen, junger Mann. Wie? Ja – also, Murbles, die Frage dreht sich um die Interpretation des Wortes Nachkommenschaft – das haben Sie begriffen, wie? Ha! Ja. Und nun scheinen *Sie* also der Ansicht zu sein, es bedeute Nachkommenschaft *ad infinitum*. Wie kommen Sie denn bloß darauf, wie? Na bitte!»

«Ich habe nicht gesagt, daß ich das glaube», widersprach Mr. Murbles vorsichtig. «Ich habe gesagt, daß ich es für möglich halte. Die allgemeine Absicht des Gesetzes scheint doch die zu sein, entfernte Verwandte, bei denen der gemeinsame Vorfahr weiter zurückliegt als die Großeltern, vom Erbe auszuschließen – aber doch nicht die Nachkommenschaft der Geschwister.»

«Absicht?» fuhr Mr. Towkington auf. «Ich muß mich über Sie wundern, Murbles! Das Gesetz hat nichts mit guten Absichten zu tun. Was *besagt* das Gesetz? Es heißt: ‹An die leiblichen Geschwister und deren Nachkommen.› Und nun würde ich in Ermangelung einer neuen Definition sagen, daß hier das Wort so ausgelegt werden muß, wie es vor dem Gesetz bei Fehlen eines Testaments ausgelegt wurde – jedenfalls insoweit, als es sich auf persönlichen Besitz bezieht, was ja bei dem vorliegenden Problem der Fall ist, wenn ich recht verstehe, wie?»

«Ja», sagte Murbles.

«Dann wüßte ich also nicht, wie Sie und Ihre Großnichte einen Fuß auf den Boden bekommen sollten – na bitte!»

«Entschuldigen Sie», sagte Wimsey, «wenn es Ihnen nichts ausmacht – ich weiß, daß Laien furchtbar lästige Ignoranten

152

sind –, aber wenn Sie die Güte haben und uns bitte erklären möchten, *was* dieses heimtückische Wort nun bedeutet oder einmal bedeutet hat – wissen Sie, das würde uns sehr helfen.»

«Ha! Also, das ist so», begann Mr. Towkington gnädig. «Bis 1837 –»

«Königin Victoria, ich weiß», sagte Peter verstehend.

«Ganz recht. Also, bis zu Victorias Thronbesteigung hatte das Wort ‹Nachkommenschaft› noch keine juristische Bedeutung – nicht die allermindeste juristische Bedeutung.»

«Sie setzen mich in Erstaunen!»

«Sie lassen sich zu leicht in Erstaunen setzen», sagte Mr. Towkington. «Viele Wörter haben keine juristische Bedeutung. Andere haben eine juristische Bedeutung, die sehr von ihrer sonstigen Bedeutung abweicht. Nehmen wir das Wort ‹Schlafmütze› – ein harmloses Kleidungsstück, aber wenn Sie einen Richter so nennen, ist es eine strafbare Verunglimpfung, haha! Ich rate Ihnen dringend, einen Richter nie Schlafmütze zu nennen. Dann gibt es wieder Wörter, die in der Umgangssprache überhaupt nichts bedeuten, aber juristisch eine Bedeutung haben können. Zum Beispiel könnte ich zu einem jungen Mann wie Ihnen sagen: ‹Sie möchten also den oder jenen Besitz dem oder dem vermachen.› Und Sie würden ziemlich sicher antworten: ‹Ja, unbedingt› – was gar nichts weiter zu bedeuten hat. Wenn Sie aber in Ihr Testament schreiben: ‹Ich hinterlasse dem Soundso dies oder das *unbedingt*›, dann hat das Wörtchen ‹unbedingt› eine ganz bestimmte juristische Bedeutung, die Ihr Legat in einer bestimmten Weise qualifiziert und sich sogar sehr unangenehm auswirken kann, indem es Folgen hat, die von Ihren eigentlichen Absichten weit entfernt sind. Ha! Verstanden?»

«Völlig.»

«Sehr schön. Also, bis 1837 bedeutete das Wort ‹Nachkommenschaft› überhaupt nichts. Ein Vermächtnis an ‹A und seine Nachkommenschaft› gab nur dem A ein lebenslanges Besitzrecht. Ha! Aber das wurde durch das Testamentsgesetz von 1837 geändert.»

«Soweit es ein Testament betraf», warf Mr. Murbles ein.

«Genau. Ab 1837 bedeutete ‹Nachkommenschaft› in einem Testament also ‹leibliche Nachfahren› – das heißt, Nachkommenschaft *ad infinitum.* Bei einer Schenkung dagegen behielt das Wort ‹Nachkommenschaft› seine alte Bedeutung – beziehungsweise Bedeutungslosigkeit, wie? Ha! Können Sie folgen?»

«Ja», sagte Mr. Murbles, «und bei der Vererbung persönlichen Besitzes ohne Testament –»

«Darauf komme ich gleich», sagte Mr. Towkington.

«– bedeutete ‹Nachkommenschaft› weiterhin ‹leibliche Nachfahren›, und so blieb es bis 1926.»

«Halt!» rief Mr. Towkington. «Nachkommenschaft des Kindes oder der Kinder des Verstorbenen bedeutete gewiß ‹Nachkommenschaft *ad infinitum*› – aber – Nachkommenschaft anderer Personen als der Kinder des Verstorbenen schloß nur die Kinder dieser Personen ein, nicht aber weitere Nachkommen. *Das* blieb allerdings so bis 1926. Und da das neue Gesetz nichts Gegenteiliges feststellt, müssen wir annehmen, daß diese Bedeutung weiter gültig ist. Ha! Na bitte! Im vorliegenden Falle stellen wir also fest, daß die Erbanwärterin *nicht* das Kind der Verstorbenen und auch nicht das Kind der Schwester der Verstorbenen ist. Sie ist nur die Enkelin der verstorbenen Schwester der Verstorbenen. Folglich bin ich der Meinung, daß sie nach dem neuen Gesetz das Erbe nicht hätte antreten können, wie? Ha!»

«Ich verstehe, was Sie meinen», sagte Mr. Murbles.

«Darüber hinaus», fuhr Mr. Towkington fort, «bedeutet ‹Nachkommenschaft› in einem Testament seit 1926 nicht mehr ‹Nachkommenschaft *ad infinitum*›. Das ist zumindest klar zum Ausdruck gebracht, und in diesem Punkt wurde das Testamentsgesetz von 1837 revidiert. Das hat zwar für unsere Frage keine Bedeutung. Aber es könnte ein Hinweis darauf sein, wie sich das Gesetz heute interpretieren ließe, und möglicherweise könnte es das Gericht bei der Entscheidung darüber beeinflussen, wie das Wort ‹Nachkommenschaft› im Sinne des neuen Gesetzes anzuwenden ist.»

«Nun ja», sagte Mr. Murbles, «ich beuge mich Ihrem überlegenen Wissen.»

«Auf jeden Fall», mischte Parker sich ein, «würde jede Ungewißheit in dieser Frage ein ebenso gutes Mordmotiv abgeben wie die sichere Gewißheit, von der Erbfolge ausgeschlossen zu sein. Wenn Mary Whittaker auch nur *glaubte,* sie könne das Geld verlieren, falls ihre Tante bis ins Jahr 1926 hinein überlebte, könnte das für sie eine unwiderstehliche Versuchung gewesen sein, sie ein wenig früher aus dem Weg zu räumen, um auf Nummer Sicher zu gehen.»

«Das ist allerdings richtig», sagte Mr. Murbles.

«Schlau, sehr schlau, Ha!» fügte Mr. Towkington hinzu.

«Aber wie Sie wissen, beruht diese ganze Theorie von Ihnen auf der Annahme, daß Mary Whittaker über das neue Gesetz und seine möglichen Konsequenzen bereits im Oktober 1925 Bescheid gewußt hat, wie? Ha!»

«Es gibt keinen Grund, das Gegenteil anzunehmen», sagte Wimsey. «Ich erinnere mich, schon ein paar Monate früher einen Artikel darüber gelesen zu haben, ich glaube im *Evening Banner* – also etwa um die Zeit, als das Gesetz gerade in der zweiten Lesung war. Dadurch bin ich überhaupt erst darauf gekommen – den ganzen Abend habe ich mich nämlich zu erinnern versucht, wo ich die Wendung vom ‹Ende des lange verschollen gewesenen Erben› schon einmal gehört hatte. Mary Whittaker kann diesen Artikel doch auch gelesen haben.»

«Nun, in diesem Fall hätte sie sich aber mit Sicherheit beraten lassen», sagte Mr. Murbles. «Wer ist denn für gewöhnlich ihr Anwalt?»

Wimsey schüttelte den Kopf.

«Ich glaube nicht, daß sie den gefragt hätte», wandte er ein. «Jedenfalls nicht, wenn sie klug war. Sehen Sie, wenn sie ihn gefragt und von ihm die Antwort bekommen hätte, sie werde ihr Geld wahrscheinlich verlieren, wenn Miss Dawson kein Testament mache oder nicht vor Januar 1926 verscheide, wären doch dem Rechtsanwalt sicher Zweifel gekommen, wenn daraufhin die alte Dame ziemlich unerwartet im Oktober 1925 gestorben wäre. Sie sehen, das wäre zu gefährlich gewesen. Ich nehme eher an, daß sie zu einem Fremden gegangen ist und sich unter falschem Namen ganz unschuldig erkundigt hat.»

«Wahrscheinlich», sagte Mr. Towkington. «Sie legen ein bemerkenswertes kriminelles Talent an den Tag, mein Lieber, wie?»

«Nun, wenn ich es auf so etwas anlegte, würde ich entsprechende Vorsichtsmaßnahmen ergreifen», antwortete Wimsey. «Es ist natürlich wunderschön, was für dämliche Sachen die Mörder manchmal so machen, aber von Miss Whittakers Intelligenz habe ich die allerhöchste Meinung. Ich wette, sie hat ihre Spuren sehr schön getarnt.»

«Meinst du nicht, Mr. Probyn könnte das Problem erwähnt haben?» meinte Parker. «Damals, als er dort war, um Miss Dawson zu einem Testament zu bewegen.»

«Das glaube ich *nicht*», entgegnete Wimsey mit Nachdruck. «Aber ich bin ziemlich sicher, daß er versucht hat, es der alten

Dame selbst zu erklären, nur hatte sie solche Angst vor dem bloßen Gedanken an ein Testament, daß sie ihn gar nicht erst hat zu Wort kommen lassen. Aber ich denke, der alte Probyn war zu gefuchst, um einer Erbin auf die Nase zu binden, daß sie die Taler nur bekommen konnte, wenn sie dafür sorgte, daß ihre Tante vor Inkrafttreten des neuen Gesetzes aus dem Leben schied. Würden *Sie* das jemandem sagen, Mr. Towkington?»

«Nicht einmal, wenn ich's wüßte», meinte der Anwalt grinsend.

«Es wäre höchst unratsam», pflichtete Murbles ihm bei.

«Jedenfalls können wir das leicht feststellen», sagte Wimsey. «Probyn ist in Italien. Ich hatte eigentlich selbst vor, ihm zu schreiben, aber vielleicht sollten Sie das lieber machen, Murbles. Inzwischen werden Charles und ich uns überlegen, wie wir eventuell feststellen können, wer Miss Whittaker denn nun in dieser Angelegenheit aufgeklärt hat.»

«Du vergißt hoffentlich nicht», bemerkte Parker trocken, «daß man zu einem Mord das dazu gehörige Motiv gewöhnlich erst dann ergründet, wenn man sich zunächst vergewissert hat, daß überhaupt ein Mord begangen wurde. Bisher wissen wir lediglich, daß zwei qualifizierte Ärzte nach einer sehr sorgfältigen Autopsie übereinstimmend festgestellt haben, daß Miss Dawson eines natürlichen Todes gestorben sei.»

«Sag doch nicht immer wieder dasselbe, Charles. Das langweilt mich so. Du bist wie Poes Rabe, rührt sich nimmer, sitzt noch immer, sitzt noch immer, bis man ihm am liebsten die blasse Pallasbüste nachschmeißen möchte, um seine Ruhe zu haben. Warte, bis ich mein epochemachendes Werk erst veröffentlicht habe: *Das Mörder-Vademecum oder 101 Arten einen plötzlichen Tod herbeizuführen*. Dann wirst du sehen, daß mit mir nicht gut Kirschen essen ist.»

«Ja, schon gut!» stöhnte Parker.

Am nächsten Tag aber suchte er den Chef von Scotland Yard auf und teilte ihm mit, daß er den Fall Dawson jetzt doch ernst zu nehmen geneigt sei.

15

Sankt Peters Versuchung

> *Pierrot: «Scaramel, ich fühle mich versucht.»*
> *Scaramel: «Gib der Versuchung stets nach.»*
> L. Housman: Prunella

Als Parker aus dem Zimmer seines Vorgesetzten kam, fing ein Beamter ihn ab.

«Sie wurden von einer Dame am Telefon verlangt», sagte er. «Ich habe ihr gesagt, sie möchte um halb elf wieder anrufen. Das ist gleich soweit.»

«Der Name?»

«Eine Mrs. Forrest. Worum es geht, wollte sie nicht sagen.»

Seltsam, dachte Parker. Seine Ermittlungen in dieser Sache waren so unergiebig gewesen, daß Mrs. Forrest für ihn aus dem Fall Gotobed schon so gut wie ausgeschieden war – er hatte sie nur noch sozusagen in einer Schublade seines Gedächtnisses abgelegt, um später auf sie zurückzukommen. Voll Unbehagen fiel ihm ein, daß sie womöglich das Abhandenkommen eines ihrer Gläser bemerkt hatte und ihn dienstlich anrief. Mitten aus diesen Überlegungen heraus wurde er ans Telefon gerufen, um Mrs. Forrests Anruf entgegenzunehmen.

«Ist dort Kriminalinspektor Parker? – Entschuldigen Sie bitte die Störung, aber könnten Sie mir vielleicht Mr. Templetons Adresse geben?»

«Templeton?» fragte Parker, momentan nicht ganz im Bilde.

«Hieß er denn nicht Templeton – der Herr, der mit Ihnen bei mir war?»

«Ach ja, natürlich – bitte entschuldigen Sie – ich – das war mir einfach entfallen. Äh – Sie möchten seine Adresse haben?»

«Ich habe Neuigkeiten für ihn, über die er sich wahrscheinlich freuen wird.»

«Aha. Aber Sie können auch mit mir ganz offen sprechen, Mrs. Forrest.»

«Nicht *ganz* offen», schnurrte die Stimme am anderen Ende der Leitung, «denn Sie sind ja immerhin eine Amtsperson. Ich

157

würde lieber an Mr. Templeton persönlich schreiben und es ihm überlassen, sich mit Ihnen auseinanderzusetzen.»

«Verstehe.» Parkers Gehirn arbeitete schnell. Es konnte unangenehm werden, wenn Mrs. Forrest an «Mr. Templeton, 110 A Piccadilly» schrieb. Womöglich wurde der Brief nicht zugestellt. Oder wenn es der Dame einfallen sollte, ihn zu besuchen, um festzustellen, daß ein Mr. Templeton dem Hausmeister nicht bekannt war, bekam sie es womöglich mit der Angst und behielt ihre kostbaren Informationen für sich.

«Ich weiß nicht», sagte Parker, «ob ich Ihnen Mr. Templetons Adresse geben darf, ohne ihn erst zu fragen. Aber Sie könnten ihn ja anrufen –»

«O ja, das ginge auch. Steht er im Telefonbuch?»

«Nein – aber ich kann Ihnen seine Privatnummer geben.»

«Vielen Dank. Verzeihen Sie nochmals die Störung.»

«Keine Ursache.» Und er nannte ihr Lord Peters Nummer.

Sowie er aufgelegt hatte, wartete er nur eine Sekunde, dann verlangte er die Nummer selbst.

«Aufgepaßt, Wimsey», sagte er. «Ich hatte eben einen Anruf von Mrs. Forrest. Sie wollte dir schreiben, aber ich habe ihr deine Adresse nicht nennen wollen und ihr statt dessen deine Telefonnummer gegeben. Wenn sie also anruft und nach Mr. Templeton fragt, weißt du bitte, wer du bist, ja?»

«Klar wie dicke Tinte. Was nur die schöne Dame will?»

«Vielleicht ist ihr eingefallen, daß sie uns eine bessere Geschichte hätte erzählen können, und jetzt will sie dir ein paar Ergänzungen und Verbesserungen andrehen.»

«Dann verrät sie sich wahrscheinlich. Die erste Rohfassung ist meist viel überzeugender als das ausgefeilte Endprodukt.»

«Ganz recht. Ich habe nichts aus ihr herausbekommen.»

«Klar. Wahrscheinlich hat sie noch einmal darüber nachgedacht und es ein bißchen ungewöhnlich gefunden, daß Scotland Yard sich mit dem Aufspüren entlaufener Ehemänner abgibt. Sie nimmt an, daß irgendwo was im Busch ist, und mich hält sie für den dummen Trottel, den sie in Abwesenheit des amtlichen Zerberus schön ausquetschen kann.»

«So wird es sein. Aber mit so etwas wirst du ja fertig. Ich mache mich mal auf die Sache nach diesem Rechtsanwalt.»

«Da hast du dir aber allerhand vorgenommen.»

«Nun ja, ich habe so eine Idee, die vielleicht klappt. Wenn ich etwas herausbekomme, gebe ich dir Bescheid.»

Mrs. Forrest rief erwartungsgemäß etwa zwanzig Minuten später an. Sie habe es sich anders überlegt. Ob Mr. Templeton sie nicht heute abend besuchen kommen könne – so gegen neun, wäre das recht? Sie habe sich die Sache noch einmal durch den Kopf gehen lassen und wolle ihre Informationen doch lieber nicht schriftlich aus der Hand geben.

Mr. Templeton versicherte ihr, er werde mit dem größten Vergnügen kommen. Er habe nichts anderes vor. Nein, es komme ihm überhaupt nicht ungelegen. Mrs. Forrest brauche sich deswegen gar nicht zu bedanken.

Ob Mr. Templeton so überaus nett sein könnte, niemandem etwas von seinem Besuch bei ihr zu sagen? Mr. Forrest und seine Schnüffler seien unentwegt auf dem Posten, um Mrs. Forrest in Schwierigkeiten zu bringen, und die rechtskräftige Scheidung sei doch erst in einem Monat zu erwarten. Scherereien mit dem Staatsanwalt würden sich auf jeden Fall verheerend für sie auswirken. Am besten solle Mr. Templeton mit der U-Bahn bis zur Bond Street fahren und dann zu Fuß zu ihrer Wohnung kommen, damit kein Auto draußen vor der Tür herumstehe oder ein Taxifahrer sich genötigt sehe, etwas gegen Mrs. Forrest auszusagen.

Mr. Templeton versprach ihr ritterlich, diese Anweisungen genau zu befolgen.

Mrs. Forrest sei ihm dafür sehr verbunden und erwarte ihn also um neun.

«Bunter!»

«Mylord?»

«Ich gehe heute abend aus. Da man mich gebeten hat, nicht zu sagen, wohin, sage ich es auch nicht. Andererseits habe ich das dumpfe Gefühl, daß es vielleicht unklug wäre, so einfach auf jede Verbindung zur Mitwelt zu verzichten. Es könnte einem ja was zustoßen, vielleicht bekommt man einen Schlaganfall, nicht wahr? Ich hinterlasse also die Adresse in einem verschlossenen Umschlag. Sollte ich vor morgen früh nicht wieder auftauchen, fühle ich mich an kein Versprechen mehr gebunden. Klar?»

«Sehr wohl, Mylord.»

«Und falls ich bei dieser Adresse nicht zu finden bin, wird es vielleicht nicht schaden, einmal im Eppingforst oder Wimbledonpark nachzusehen.»

«Ganz recht, Mylord.»

«Übrigens, Sie haben doch diese Fingerabdrücke fotografiert, die ich vor einiger Zeit mitgebracht habe?»

«Selbstverständlich, Mylord.»

«Mr. Parker wird sie nämlich demnächst vielleicht haben wollen, um ein paar Ermittlungen anzustellen.»

«Verstehe vollkommen, Mylord.»

«Das hat aber mit meinem Besuch von heute abend nichts zu tun, verstanden?»

«Natürlich nicht, Mylord.»

«Und nun bringen Sie mir mal den Katalog von Christie's. Ich werde dort einer Auktion beiwohnen und zum Lunch in den Club gehen.»

Und damit verdrängte Lord Peter für eine Weile die Verbrecherwelt aus seinen Gedanken und richtete seine intellektuellen und finanziellen Fähigkeiten auf das Ziel, einen Händlerring zu überbieten und aufzubrechen, eine Aufgabe, die für seinen boshaften Charakter wie geschaffen war.

Lord Peter erfüllte gewissenhaft alle ihm gemachten Auflagen und erreichte den Wohnblock in der South Audley Street zu Fuß. Wie beim erstenmal öffnete Mrs. Forrest persönlich die Wohnungstür. Erstaunlich, dachte er, daß eine offenbar so gutsituierte Frau weder Mädchen noch eine Gesellschafterin hat. Aber eine Anstandsdame, überlegte er dann, konnte zwar gut gegen gewisse Verdächtigungen sein, sich andererseits jedoch als bestechlich erweisen. Alles in allem verfolgte Mrs. Forrest ein sehr vernünftiges Prinzip: Keine Mitwisser. So mancher Übeltäter, überlegte er,

hat sich, dieses nicht bedacht,
leichtfertig an den Strick gebracht.

Mrs. Forrest entschuldigte sich artig für die Ungelegenheiten, die sie Mr. Templeton bereitet habe.

«Aber ich weiß eben nie, ob ich nicht vielleicht bespitzelt werde», sagte sie. «Die reine Bosheit ist das, wissen Sie. Wenn ich bedenke, wie sich mein Mann mir gegenüber verhalten hat, finde ich es einfach ungeheuerlich – Sie nicht?»

Ihr Gast pflichtete ihr bei, daß Mr. Forrest bestimmt ein Ungeheuer sei – im stillen jedoch mit dem jesuitischen Vorbehalt, daß es sich bei dem Ungeheuer vielleicht nur um ein Fabeltier handelte.

«Und jetzt werden Sie wissen wollen, weshalb ich Sie hierher-
gelockt habe», fuhr die Dame fort. «Kommen Sie, machen Sie es
sich auf dem Sofa bequem. Möchten Sie Whisky oder Kaffee?»

«Kaffee, bitte.»

«Es ist nämlich so», sagte Mrs. Forrest, «seit Sie hier waren,
ist mir ein Gedanke gekommen. Ich – wissen Sie, wo ich doch
selbst lange genug in einer solchen Situation gesteckt habe –»
hier ein leises Lachen – «hat mir die Frau Ihres Freundes ja *soo*
leid getan.»

«Sylvia», half Lord Peter mit lobenswertem Eifer nach. «Ach
ja. Schrecklich reizbar und so, aber vielleicht nicht ohne Grund.
Doch doch, schon. Armes Ding. Hört förmlich das Gras wachsen – übersensibel – ein Nervenbündel, Sie verstehen.»

«Vollkommen.» Mrs. Forrest nickte mit ihrem malerisch be-
turbanten Kopf. Bis zu den Augenbrauen hinunter mit Goldla-
mé umwickelt und mit den beiden halbmondförmigen gelben
Locken auf den Wangenknochen wirkte sie in ihrem exotisch
bestickten Hausanzug wie ein junger Prinz aus Tausendundei-
ner Nacht. Ihre dick beringten Hände hantierten mit den Kaf-
feetassen.

«Also – ich hatte nämlich das Gefühl, daß Ihre Erkundigungen doch wirklich ernster Natur waren, und wenn ich auch, wie
gesagt, nichts damit zu tun habe, interessiert hat die Sache mich
doch, und deshalb habe ich sie in einem Brief an meinen – meinen Freund erwähnt, Sie verstehen, der an diesem Abend bei mir
war.»

«Aha», sagte Wimsey und nahm ihr die Tasse aus der Hand.
«Ja – äh – das war sehr – es war sehr nett von Ihnen, sich so dafür zu interessieren.»

«Er – dieser Freund – hält sich zur Zeit im Ausland auf. Mein
Brief mußte ihm nachgeschickt werden, deshalb habe ich die
Antwort erst heute bekommen.»

Mrs. Forrest trank ein paar Schlückchen Kaffee, wie um ihr
Gedächtnis zu klären.

«Sein Brief hat mich ziemlich überrascht. Er erinnert mich
daran, wie er nach dem Essen das Zimmer so beengt fand und
das Wohnzimmerfenster geöffnet hat – dieses dort –, das auf die
South Audley Street hinausschaut. Ihm ist dabei ein Wagen aufgefallen, der dort stand – eine kleine Limousine, schwarz oder
dunkelblau oder in einer ähnlichen Farbe. Und während er so
vor sich hin sah – wie man eben so gedankenverloren etwas an-

schaut, Sie wissen schon –, da hat er einen Mann und eine Frau hier aus dem Haus kommen sehen – nicht aus dieser Tür hier, sondern zwei Eingänge weiter links –, die dann in den Wagen stiegen und wegfuhren. Der Mann war im Abendanzug, und er meint, das könnte vielleicht Ihr Freund gewesen sein.»

Lord Peter hielt mit der Kaffeetasse vor den Lippen inne und horchte gespannt auf.

«War die Frau im Abendkleid?»

«Nein – das ist meinem Freund ganz besonders aufgefallen. Sie trug nur ein schlichtes dunkles Kostüm und hatte einen Hut auf.»

Lord Peter versuchte sich so gut wie möglich zu erinnern, was Bertha Gotobed angehabt hatte. Sollte er hier endlich einen wirklichen Hinweis bekommen?

«D-das ist sehr interessant», stotterte er. «Ihr Freund hat die Kleidung der Frau wohl nicht näher beschreiben können?»

«Nein», antwortete Mrs. Forrest bedauernd, «aber er schreibt, der Mann habe den Arm um das Mädchen liegen gehabt, so als ob sie müde oder unwohl gewesen wäre, und er hat ihn sogar sagen hören: ‹Richtig so – die frische Luft wird dir guttun.› Aber Sie trinken ja Ihren Kaffee gar nicht.»

«Bitte um Verzeihung –» Wimsey riß sich mit Gewalt zusammen. «Ich – ich habe geträumt – zwei und zwei zusammengezählt, könnte man sagen. Dann war er also doch die ganze Zeit hier – dieser Schlaufuchs. Ach ja, der Kaffee. Haben Sie was dagegen, wenn ich den hier fortschütte und mir welchen ohne Zucker nehme?»

«Ach, das tut mir leid. Ich bilde mir immer ein, alle Männer trinken den Kaffee schwarz und süß. Geben Sie her – ich gieße ihn weg.»

«Wenn Sie gestatten.» Wimsey stand rasch auf. Es war kein Ausguß in der Nähe, und so goß er den Kaffee in den Blumenkasten vor dem Fenster. «So geht's auch. Und Sie selbst, auch noch eine Tasse?»

«Nein, danke – ich sollte lieber keinen mehr trinken, er hält mich so wach.»

«Nur ein Schlückchen.»

«Na schön, wenn Sie wollen.» Sie füllte beide Tassen und trank schweigend. «Wissen Sie – eigentlich ist das schon alles. Ich dachte eben nur, ich sollte es Ihnen vielleicht lieber sagen.»

«Das war sehr lieb von Ihnen», sagte Wimsey.

Sie saßen noch eine Weile und unterhielten sich – über das Theaterprogramm («Ich gehe sehr wenig aus, wissen Sie, unter solchen Umständen begibt man sich lieber nicht ins Rampenlicht») und Bücher («Ich verehre Michael Arlen»). Ob sie schon *Verliebte junge Männer* gelesen habe? Nein – aber sie habe es in der Bibliothek bestellt. Möchte Mr. Templeton nicht etwas essen oder trinken? Wirklich nicht? Einen Cognac? Likör?

Danke, nein, und außerdem fand Mr. Templeton, er müsse sich allmählich wieder davonmachen.

«Nein – gehen Sie noch nicht – ich fühle mich an diesen langen Abenden immer so einsam.»

In ihrer Stimme lag so etwas verzweifelt Flehentliches, daß Lord Peter sich wieder hinsetzte.

Sie begann ihm eine unzusammenhängende und ziemlich wirre Geschichte über ihren «Freund» zu erzählen. Sie habe ja so viel aufgegeben für ihren Freund, und nun, da ihre Scheidung wirklich bevorstehe, habe sie das schreckliche Gefühl, er sei am Ende nicht mehr so zärtlich wie früher. Er sei sehr schwierig für eine Frau, und das Leben sei doch so hart.

Und so weiter.

Die Minuten vergingen, und Lord Peter bemerkte voll Unbehagen, daß sie ihn beobachtete. Die Worte sprudelten aus ihr heraus – hastig, aber leblos, wie auswendig gelernt, doch ihr Blick war lauernd wie bei einem, der etwas erwartet. Etwas Erschreckendes, wie es ihm vorkam, was sie aber zu bekommen fest entschlossen war. Der Blick erinnerte ihn an einen Mann, der operiert werden soll – schon ganz darauf eingestellt, er weiß, daß es zu seinem Besten ist, und doch fürchtet er sich mit jeder Faser davor.

Er führte seinerseits die alberne Unterhaltung fort, aber hinter dem Sperrfeuer von Belanglosigkeiten huschten seine Gedanken hin und her, sondierten die Zielrichtung, schätzten die Entfernung ...

Plötzlich begriff er, was sie vorhatte – hilflos, ungeschickt wie gegen ihren eigenen Willen, versuchte sie ihn zu verführen.

Den Umstand selbst fand Wimsey nicht weiter merkwürdig. Er war reich genug, wohlerzogen genug, anziehend und weltgewandt genug, um in seinen 37 Lebensjahren schon manch ähnliche Einladung erhalten zu haben. Und nicht immer waren es erfahrene Frauen. Es waren welche darunter, die ihrerseits Erfahrung suchten, und eben auch solche, von denen man etwas lernen konnte. Aber dieser derart unbeholfene Annäherungsversuch von seiten einer Frau, die nach eigenem Bekunden bereits einen Ehemann nebst Liebhaber besaß, war ein Phänomen außerhalb seines bisherigen Erfahrungsbereichs.

Obendrein hatte er das dumme Gefühl, die Sache werde unerfreulich. Mrs. Forrest war ja eine durchaus attraktive Frau, aber für ihn besaß sie nicht den mindesten Reiz. Trotz ihrem ganzen Make-up und dem etwas ausgefallenen Kostüm kam sie ihm doch mehr wie eine alte Jungfer vor – fast sogar geschlechtslos. Schon bei ihrer ersten Begegnung hatte ihn das verwirrt. Parker – ein junger Mann von strenger Tugend und begrenzter Welterfahrung – besaß für solche Ausstrahlungen keine Antenne, aber Wimsey war sie schon damals als ein im Grunde ungeschlechtliches Wesen vorgekommen. Und jetzt empfand er das sogar noch stärker. Noch nie war er einer Frau begegnet, der «das große Es», von Mrs. Elinor Glyn so wortreich besungen, derart vollkommen fehlte.

Sie lehnte jetzt ihre bloße Schulter an ihn und machte weiße Puderflecke auf seinen schwarzen Anzug.

Erpressung war das erste, was ihm als Erklärung in den Sinn kam. Als nächstes würde der legendäre Mr. Forrest oder jemand in seiner Vertretung plötzlich vor der Tür stehen, glühend vor Zorn und empörten Empfindungen.

Eine hübsche kleine Falle, dachte Wimsey, um laut hinzuzufügen: «Ich muß jetzt aber wirklich gehen.»

Sie packte ihn am Arm. «Gehen Sie nicht.»

Es lag nichts Liebkosendes in der Berührung – nur so etwas wie Verzweiflung.

Er dachte: Wenn das wirklich eine Angewohnheit von ihr wäre, würde sie's besser machen.

«Wirklich», sagte er, «wenn ich noch länger bliebe, würde es für Sie gefährlich.»

«Darauf lasse ich es ankommen», sagte sie.

Eine leidenschaftliche Frau hätte das leidenschaftlich gesagt. Oder mit fröhlichem Trotz. Oder herausfordernd. Oder verführerisch. Oder geheimnisvoll.

Sie sagte es wild entschlossen. Ihre Finger gruben sich in seinen Arm.

Ach, hol's der Kuckuck, dann lasse *ich* es jetzt darauf ankommen, dachte Wimsey. Ich will und muß wissen, was da eigentlich los ist.

164

«Arme kleine Frau.» Er versuchte in seine Stimme den heiseren, verspielten Klang zu legen wie jemand, der sich anschickt, einen liebestollen Narren aus sich zu machen.

Er fühlte ihren Körper erstarren, als er den Arm um sie legte, doch sie gab einen leisen Seufzer der Erleichterung von sich.

Plötzlich zog er sie heftig an sich und küßte sie mit geübter, übertriebener Leidenschaftlichkeit auf den Mund.

Dann wußte er Bescheid. Niemand, dem dergleichen je widerfahren ist, kann dieses erschrockene Schaudern verkennen, den unkontrollierbaren Widerwillen des Fleisches gegen eine ihm ekelhafte Liebkosung. Im ersten Augenblick hatte er sogar das Gefühl, sie müsse sich gleich übergeben.

Er ließ sie behutsam los und richtete sich auf – in seinem Kopf drehte es sich, aber er triumphierte. Sein erster Instinkt war doch wieder einmal richtig gewesen.

«Das war sehr ungezogen von mir», sagte er unbekümmert. «Sie haben mich um den Verstand gebracht. Aber Sie verzeihen es mir, ja?»

Sie nickte verzagt.

«Und jetzt muß ich mich wirklich auf die Socken machen. Es wird schrecklich spät und so. Wo ist mein Hut? Ach ja, in der Diele. Also, auf Wiedersehen, Mrs. Forrest, und geben Sie gut auf sich acht. Haben Sie nochmals herzlichen Dank, daß Sie mir erzählt haben, was Ihr Freund gesehen hat.»

«Sie wollen also wirklich gehen?»

Sie sagte es in einem Ton, als gebe sie alle Hoffnung auf.

Um Himmels willen, dachte Wimsey, was will sie eigentlich? Hat sie den Verdacht, daß Mr. Templeton nicht ganz derjenige ist, für den er sich ausgibt? Will sie, daß ich die Nacht bei ihr verbringe, damit sie einen Blick auf das Wäschezeichen in meinem Hemd werfen kann? Soll ich sie vielleicht aus dieser peinlichen Situation retten, indem ich ihr plötzlich Lord Peter Wimseys Visitenkarte überreiche?

Sein Gehirn spielte mit diesem leichtsinnigen Gedanken, während er brabbelnd die Tür erreichte. Sie ließ ihn ohne weitere Worte gehen.

In der Diele drehte er sich noch einmal um und sah sie an. Sie stand mitten im Zimmer und schaute ihm nach, und in ihrem Gesicht stand ein solches Inferno von Angst und Wut, daß ihm das Blut in den Adern gerann.

Ein gußeisernes Alibi

O Sammy, Sammy, warum habt ihr kein Alibi?
Dickens: Die Pickwickier

Miss Whittaker und die jüngste Miss Findlater waren von ihrer Expedition zurück. Miss Climpson als getreuer Spürhund hatte gemäß Lord Peters brieflichen Instruktionen, die sie wie einen Talisman in der Rocktasche trug, die jüngste Miss Findlater zum Tee gebeten.

Im Grunde hatte Miss Climpson sogar ein echtes Interesse an dem Mädchen entwickelt. Alberne Schwärmereien und Gefühlsergüsse sowie das papageienhafte Nachleiern des modernen Pennälerwortschatzes waren Symptome, die sie als erfahrene Jungfer sehr wohl verstand. Ihrer Meinung nach waren das Anzeichen für ein echtes Unglücklichsein, eine tiefe Unzufriedenheit mit der Enge des Lebens in einer ländlichen Kleinstadt. Darüber hinaus war Miss Climpson sicher, daß Vera Findlater sich von der hübschen Mary Whittaker so richtig «einseifen» ließ, wie sie es im stillen nannte. Es wäre ein Segen für das Mädchen, dachte Miss Climpson, wenn es eine ernsthafte Zuneigung zu einem jungen Mann fassen könnte. Für ein Schulmädchen mochte Schwärmerei ja etwas ganz Natürliches sein – bei einer jungen Frau von zweiundzwanzig aber war es durchaus unerwünscht. Und diese Whittaker leistete dem natürlich Vorschub. Es gefiel ihr, wenn jemand sie so bewunderte und für sie das Laufmädchen spielte. Und am liebsten sollte das irgend so ein Dummchen sein, das ihr keine Konkurrenz machte. Wenn Mary Whittaker je heiraten sollte, würde sie gewiß ein Karnickel heiraten. (Miss Climpsons lebhafte Phantasie entwarf rasch ein Bild von diesem Karnickel – blond, mit Bauchansatz und der Angewohnheit, immer «ich will mal meine Frau fragen» zu sagen. Miss Climpson verstand nicht, warum es nur der Vorsehung gefiel, solche Männer zu erschaffen. Männer hatten für Miss Climpson gebieterisch zu sein, auch wenn sie böse oder dumm waren. Sie war zur Jungfer gemacht, nicht geboren – eine ganz und gar frauliche Frau.)

Aber, dachte Miss Climpson, Mary Whittaker ist nicht die Sorte, die heiratet. Sie ist ihrer ganzen Natur nach eine berufstätige Frau. Im übrigen hat sie ja einen Beruf, nur daß sie nicht wieder darin arbeiten möchte. Wahrscheinlich erfordert die Krankenpflege zuviel Anteilnahme – und man ist den Ärzten unterstellt. Da zieht eine Mary Whittaker es doch eher vor, dem Leben von Hühnern zu gebieten. «Ja, besser ist's, Herr der Hölle zu sein, als Sklav' im Himmel.» Mein Gott! Ob es nicht unchristlich ist, einen Mitmenschen mit Satan zu vergleichen? Nur in der Dichtung natürlich – da ist es wohl nicht so schlimm, würde ich sagen. Auf jeden Fall bin ich sicher, daß Mary Whittaker kein guter Umgang für Vera Findlater ist.

Miss Climpsons Gast war nur zu gern bereit, von ihrem Monat auf dem Lande zu erzählen. Zuerst waren sie ein paar Tage nur herumgereist, dann hatten sie von einer wunderhübschen Hühnerfarm gehört, die in Orpington in Kent zum Verkauf stehe. Also waren sie hingefahren, um sie sich anzusehen, hatten aber erfahren, daß die Farm binnen vierzehn Tagen verkauft werden sollte. Nun wäre es natürlich unklug gewesen, die Farm zu übernehmen, ohne sich vorher zu erkundigen, und sie hatten mit allergrößtem Glück ganz in der Nähe ein wunderhübsches möbliertes Häuschen zu mieten gefunden. Dort waren sie also für ein paar Wochen eingezogen, während Miss Whittaker «sich umschaute», sich nach der Situation der Geflügelbranche in dieser Gegend erkundigte und so weiter. Sie hätten es ja *soo* genossen, und es sei *soo* herrlich gewesen, einen gemeinsamen Haushalt zu führen, weit weg von all diesen dummen Leuten zu Hause.

«Ich meine natürlich nicht Sie, Miss Climpson. Sie kommen aus London und sind ja soviel weitherziger. Aber dieses Volk in Leahampton kann ich einfach nicht ertragen, und Mary auch nicht.»

«Es ist sicher sehr schön», sagte Miss Climpson, «einmal *frei* von allen Konventionen zu sein – besonders wenn man mit jemand *Gleichgesinntem* zusammen ist.»

«Ja – und Mary und ich sind natürlich ganz dicke Freundinne, obwohl sie ja soviel klüger ist als ich. Es steht auch jetzt vollkommen fest, daß wir die Hühnerfarm zusammen übernehmen werden. Ist das nicht herrlich?»

«Werden Sie es nicht etwas einsam und langweilig finden –

nur zwei so junge Frauen zusammen? Sie dürfen nicht vergessen, daß Sie es hier in Leahampton gewohnt sind, mit vielen jungen Leuten zusammenzukommen. Werden Sie auch nicht den Tennisclub vermissen, die jungen Männer und so weiter?»

«O nein! Wenn Sie nur wüßten, wie dumm die hier alle sind! Überhaupt kann ich mit Männern gar nichts anfangen!» Miss Findlater warf den Kopf zurück. «Die haben so gar keine Phantasie. Und Frauen sind für sie so etwas wie Schoßtierchen oder Spielzeuge. Dabei ist eine Frau wie Mary so viel wert wie fünfzig von ihnen! Sie hätten neulich diesen Markham hören sollen, wie er mit Mr. Tredgold über Politik geredet hat, daß sonst überhaupt niemand mehr zu Wort gekommen ist, und dann hat er gemeint: ‹Ich fürchte ja, das ist ein sehr langweiliges Unterhaltungsthema für Sie, Miss Whittaker›, so auf seine herablassende Art, und Mary hat darauf in ihrer stillen Art geantwortet: ‹Nun, das *Thema* halte ich für alles andere als langweilig, Mr. Markham.› Aber er ist ja so dumm, daß er das gar nicht begriffen hat und meinte: ‹Na, wissen Sie, man rechnet eben nicht damit, daß eine Dame sich für Politik interessiert. Aber vielleicht gehören Sie zu diesen modernen jungen Damen, die das Stimmrecht für das schöne Geschlecht wollen.› Von wegen schönes Geschlecht! Warum müssen Männer immer so unausstehlich sein, wenn sie von Frauen reden?»

«Ich glaube, Männer neigen dazu, auf Frauen *eifersüchtig* zu sein», antwortete Miss Climpson nachdenklich, «und Eifersucht *macht* die Menschen nun einmal *zänkisch* und *ungezogen*. Ich glaube, wenn jemand eine bestimmte Sorte Menschen gern verachten *möchte*, aber den scheußlichen Verdacht hat, daß er sie nicht wirklich verachten *kann*, dann wird er die Verachtung in seinem Reden extra übertreiben. Und genau aus diesem Grunde, meine Liebe, hüte ich mich *sehr*, abfällig über Männer zu reden – obwohl sie es manchmal wirklich verdienen, wie Sie selbst wissen. Aber wenn ich es täte, würden alle meinen, ich sei eine *mißgünstige alte Jungfer*, nicht wahr?»

«Also, ich habe jedenfalls vor, eine alte Jungfer zu werden», erwiderte Miss Findlater. «Mary und ich sind fest dazu entschlossen. Wir interessieren uns für Dinge, nicht für Männer.»

«Sie haben ja schon einen schönen Vorgeschmack davon bekommen, wie das gehen wird», sagte Miss Climpson. «Mit einem Menschen einen ganzen Monat zusammen zu leben, ist eine *ausgezeichnete* Prüfung. Sie hatten doch sicher jemanden, der

Ihnen den Haushalt führte?»

«Keine Menschenseele. Wir haben jeden Handgriff selbst getan, und es hat riesigen Spaß gemacht. Ich verstehe mich gut aufs Fußbodenscheuern, Feuermachen und so weiter, und Mary ist einfach eine wundervolle Köchin. Es war mal etwas so ganz anderes, als wenn immer das Personal um einen herumschleicht wie zu Hause. Das Häuschen war natürlich auch ganz modern und arbeitsparend eingerichtet – ich glaube, es gehört irgendwelchen Theaterleuten.»

«Und was haben Sie gemacht, wenn Sie sich gerade nicht über die Geflügelzucht informierten?»

«Oh, dann sind wir im Wagen herumgefahren und haben Städte und Märkte besucht. Diese Märkte mit den alten Bauern und all diesen komischen Leuten sind herrlich amüsant. Ich war natürlich früher schon oft auf Märkten gewesen, aber Mary hat es erst richtig interessant gemacht – und dann haben wir auch dort immerzu gute Tips für unser späteres Geschäft aufgeschnappt.»

«Sind Sie überhaupt nie in London gewesen?»

«Nein.»

«Ich hätte gedacht, Sie würden die Gelegenheit zu einer kleinen Spritztour nutzen.»

«Mary haßt London.»

«Aber *Sie* wären doch sicher ab und zu mal gerne hingefahren.»

«Ich bin nicht darauf versessen. Jedenfalls nicht *mehr*. Früher habe ich mir das eingebildet, aber das war wohl nur diese innere Rastlosigkeit, die einen befällt, wenn man kein Ziel im Leben hat. Es lohnt sich alles nicht.»

Miss Findlater sprach mit der Ernüchterung des Lebemannes, der die Orange des Lebens gekostet und festgestellt hat, daß sie ein Sodomsapfel war. Miss Climpson lächelte nicht. Sie war an die Rolle der Vertrauten gewöhnt.

«Dann waren Sie also die ganze Zeit zusammen – nur Sie beide?»

«Jede Sekunde. Und wir sind uns dabei keinen Augenblick auf die Nerven gegangen.»

«Ich wünsche Ihrem Experiment sehr viel Erfolg», sagte Miss Climpson. «Aber wenn Sie nun wirklich Ihr gemeinsames Leben beginnen, würden Sie es nicht für klug halten, auch ein paar kleine Pausen vorzusehen? Ab und zu einmal *andere* Gesellschaft tut *jedem* gut. Ich habe schon so manche *gute* Freundschaft in die Brüche gehen sehen, nur weil die Leute einander einfach zu *oft* sahen.»

«Dann können es keine *richtigen* Freundschaften gewesen sein», versicherte das Mädchen dogmatisch. «Mary und ich sind miteinander *restlos* glücklich.»

«Trotzdem», sagte Miss Climpson, «wenn Sie einer *alten Frau* eine gutgemeinte Warnung nicht verübeln – ich würde raten, den Bogen nicht *unentwegt* gespannt zu lassen. Nehmen wir zum Beispiel einmal an, Miss Whittaker möchte fortfahren und einen Tag für sich allein in London verbringen – oder vielleicht Freunde besuchen –, Sie würden dann lernen müssen, sich nicht daran zu stören.»

«Natürlich würde ich mich nicht daran stören. Schließlich –» sie fing sich rasch – «ich meine, ich bin ganz sicher, daß Mary mir ebenso in *jeder* Beziehung die Treue halten würde wie ich ihr.»

«So ist es recht», sagte Miss Climpson. «Je länger ich nämlich lebe, meine Liebe, desto fester bin ich überzeugt, daß *Eifersucht* von allen Gefühlen am *tödlichsten* ist. Die Bibel nennt sie grausam wie das Grab, und ich glaube, so ist es. *Absolute* Treue *ohne* Eifersucht, darauf kommt es an.»

«Ja, obwohl man sich natürlich nicht gern vorstellen möchte, daß ein Mensch, mit dem man so richtig befreundet ist, einen plötzlich gegen jemand anderen eintauscht ... Miss Climpson, glauben Sie eigentlich, daß eine richtige Freundschaft immer ‹Halbe-halbe› sein sollte?»

«Das wäre wohl die ideale Freundschaft», meinte Miss Climpson nachdenklich, «aber ich glaube, so etwas ist *sehr, sehr selten.* Unter Frauen, meine ich. Soviel ich weiß, habe ich dafür noch *nie* ein Beispiel erlebt. *Männer* finden es viel leichter, glaube ich, so gleichermaßen zu geben und zu nehmen – wahrscheinlich weil sie so viele anderweitige Interessen haben.»

«Männerfreundschaften – o ja, ich weiß! Man hört soviel davon. Aber ich glaube ja, daß das zur Hälfte gar keine richtigen *Freundschaften* sind. Männer können jahrelang fort sein und ihre Freunde völlig vergessen. Und sie vertrauen sich einander auch nicht wirklich an. Mary und ich sagen uns alles, was wir denken und empfinden. Männern dagegen scheint es schon zu genügen, wenn einer den andern für einen prima Kerl hält, und um ihr Inneres kümmern sie sich überhaupt nicht.»

«Wahrscheinlich sind ihre Freundschaften deshalb so haltbar», antwortete Miss Climpson. «Sie stellen aneinander nicht so hohe Ansprüche.»

«Aber eine tiefe Freundschaft stellt nun einmal Ansprüche», ereiferte sich Miss Findlater. «Sie muß einem einfach alles bedeuten. Es ist so wunderbar, wie sie alle Gedanken zu beherrschen scheint. Es dreht sich nicht mehr alles um einen selbst, sondern um den andern. Das ist doch auch mit der christlichen Nächstenliebe gemeint – daß man bereit ist, für den anderen Menschen zu sterben.»

«Na, ich weiß nicht», sagte Miss Climpson. «Darüber habe ich einmal einen ganz *hervorragenden* Pfarrer predigen hören – er hat gemeint, daß diese Art von Liebe leicht zum Götzendienst werden kann, wenn man nicht sehr gut aufpaßt. Seiner Meinung nach steht Miltons Bemerkung über Eva – Sie wissen doch: ‹Er für Gott allein und sie für Gott in ihm› – mit der Lehre unserer Kirche nicht im Einklang. Alles müsse im richtigen *Verhältnis* zueinander stehen, und es sei völlig *unverhältnismäßig*, alles durch die Augen eines Mitmenschen zu sehen.»

«Gott muß man natürlich an die erste Stelle setzen», antwortete Miss Findlater ein wenig steif. «Aber wenn eine Freundschaft auf Gegenseitigkeit beruht – und darum ging's ja –, ganz und gar selbstlos auf beiden Seiten, dann *muß* sie doch etwas Gutes sein.»

«Liebe ist immer gut, wenn es die *richtige Art* von Liebe ist», gab Miss Climpson ihr recht, «aber ich finde, sie darf nicht zu *besitzergreifend* sein. Man muß sich dazu *erziehen* –» sie zögerte, doch fuhr dann mutig fort – «und überhaupt, meine Liebe, ich kann mir nicht helfen, aber ich finde es natürlicher – gewissermaßen gehöriger –, wenn ein Mann und eine Frau füreinander alles sind, nicht zwei Personen vom selben Geschlecht. Immerhin ist – äh – diese Liebe – *fruchtbar*», sagte Miss Climpson, bei dieser Vorstellung ein wenig unsicher, «und – und so weiter, Sie wissen schon, und ich bin sicher, wenn Ihnen erst der *richtige Mann* begegnet –»

«Der richtige Mann kann mir gestohlen bleiben!» rief Miss Findlater verstimmt. «Ich hasse solche Redensarten. Man kommt sich so scheußlich dabei vor – wie eine Preiskuh oder so ähnlich. Über diesen Standpunkt sind wir heutzutage doch längst hinaus.»

Miss Climpson sah, daß sie in ihrem ehrlichen Eifer ihre detektivische Vorsicht ganz vergessen hatte. Sie hatte die Gutwilligkeit ihrer Informantin verloren und wechselte jetzt besser das Thema. Immerhin konnte sie Lord Peter aber eines jetzt versichern: Wer immer die Frau gewesen sein mochte, die Mrs. Cropper in Liverpool gesehen haben wollte, es war nicht Miss Whittaker. Die anhängliche Miss Findlater, die ihrer Freundin nie von der Seite gewichen war, bot dafür ausreichend Garantie.

17

Ein Anwalt vom Lande berichtet

> *Und der uns dieser Tage neue Herren gibt,*
> *möge er uns auch neue Gesetze geben.*
> Wither: Contented Man's Morrice

Brief von Mr. Probyn, Rechtsanwalt in Ruhe, Villa Bianca, Fiesole, an Mr. Murbles, Rechtsanwalt, Staple Inn:

Persönlich und vertraulich.

Hochgeehrter Herr Kollege!

Ihr Brief bezüglich des Todes der Miss Agatha Dawson, zuletzt Leahampton, war für mich von großem Interesse, und ich will mein möglichstes tun, Ihre Fragen so kurz wie möglich zu beantworten, natürlich unter der stillschweigenden Voraussetzung, daß alle Informationen, soweit sie meine verstorbene Klientin betreffen, streng vertraulich behandelt werden. Hiervon ausgenommen möge selbstverständlich der von Ihnen erwähnte Polizeibeamte sein, der mit dieser Angelegenheit befaßt ist.

Sie möchten wissen, 1. ob Miss Agatha Dawson wußte, daß es auf Grund der Bestimmungen des neuen Erbrechts notwendig hätte sein können, eine testamentarische Verfügung zu erlassen, um sicherzustellen, daß ihre Großnichte, Miss Mary Whittaker, ihr persönliches Eigentum erbe; 2. ob ich sie je zur Abfassung einer solchen testamentarischen Verfügung gedrängt habe und wie ihre Antwort darauf war; 3. ob ich Miss Whittaker je darüber aufgeklärt habe, in welche Situation sie geraten könne, falls ihre Großtante nach dem 31. Dezember 1925 stürbe, ohne ein Testament gemacht zu haben.

Im Verlaufe des Frühjahres 1925 wurde ich von einem Kollegen auf die Zweideutigkeit der Formulierung gewisser Absätze in dem neuen Gesetz aufmerksam gemacht, insbesondere auf das Fehlen einer genauen Interpretation des Wortes ‹Nachkommenschaft›. Ich habe daraufhin sofort die Unterlagen meiner verschiedenen Klienten durchgesehen und mich davon überzeugt, ob auch in jedem Falle die notwendigen Vorkehrungen getroffen waren, um bei einem Ableben ohne Abfassung eines Testaments jegliche Mißverständnisse und Rechtsstreite zu vermeiden. Ich sah sofort, daß es einzig und allein von der Interpretation der fraglichen Absätze abhing, ob Miss Whittaker Miss Dawson beerben konnte. Ich kannte Miss Dawsons extreme Abneigung gegenüber einem Testament, beruhend auf einer abergläubischen Todesfurcht, der wir in unserem Beruf so oft begegnen. Dennoch hielt ich es für meine Pflicht, sie auf die Problematik hinzuweisen und nach Kräften zu versuchen, sie zur Abfassung eines Testaments zu bewegen. Infolgedessen habe ich mich nach Leahampton begeben und ihr diese Angelegenheit erklärt. Das war um den 14. März – ich kann mich nicht ganz genau an das Datum erinnern.

Leider kam ich zu Miss Dawson in einem Augenblick, als ihr Widerstand gegen die verhaßte Idee, ein Testament zu machen, gerade am stärksten war. Ihr Arzt hatte ihr eben eröffnet, daß sie sich im Laufe der nächsten Wochen einer erneuten Operation unterziehen müsse, und da hätte ich keinen ungeeigneteren Zeitpunkt wählen können, um sie an die Möglichkeit ihres Ablebens zu erinnern. Sie wollte überhaupt nichts davon wissen und erklärte, es handle sich um eine Verschwörung, um sie während der Operation vor lauter Angst sterben zu lassen. Es scheint, als ob ihr überaus taktloser Hausarzt sie bereits anläßlich der vorausgegangenen Operation mit einem ähnlichen Rat erschreckt habe. Sie aber habe die erste Operation überstanden und gedenke auch die zweite zu überstehen, wenn nur die Leute sie nicht so ärgern und ängstigen wollten.

Natürlich hätte sich die ganze Angelegenheit von selbst erledigt, wenn sie wirklich bei der Operation gestorben wäre, und ein Testament wäre dann gar nicht notwendig gewesen. Ich versuchte ihr klarzumachen, daß ich ja eben deshalb so auf die Abfassung eines Testaments drängte, weil ich voll mit ihrem Weiterleben bis ins nächste Jahr hinein rechnete, und ich erklärte ihr erneut die Bestimmungen des neuen Gesetzes so ausführlich ich konnte. Sie erwiderte, dann hätte ich erst recht nicht zu ihr zu kommen und sie mit dieser Sache zu belästigen brauchen. Es habe ja Zeit bis zur Verabschiedung des Gesetzes.

Natürlich hatte dieser alberne Arzt verboten, sie über die Art ihrer Krankheit aufzuklären – das machen sie immer so –, weshalb sie überzeugt war, daß die nächste Operation alles in Ordnung bringen und sie noch Jahre leben werde. Als ich auf meinem Standpunkt zu beharren wagte – mit der Begründung, wir Rechtskundigen zögen es stets vor, auf Sicherheit zu gehen –, wurde sie ausgesprochen böse und wies mich praktisch aus dem Haus. Wenige Tage später bekam ich einen Brief von ihr, in dem sie sich über meine Unverschämtheit beklagte und mir mitteilte, sie könne ihr Vertrauen nicht länger einem Menschen schenken, der sie so rücksichtslos und rüde behandle. Auf ihr Verlangen schickte ich alle ihre in meinem Gewahrsam befindlichen Unterlagen an Mr. Hodgson in Leahampton, und seit diesem Tage habe ich von keinem Mitglied der Familie mehr etwas gehört.

Damit wären Ihre Fragen Nummer eins und zwei beantwortet. Nun zur dritten: Ich habe es ganz gewiß nicht für angezeigt gehalten, Miss Whittaker darauf hinzuweisen, daß ihr Erbe davon abhängen könnte, ob ihre Großtante ein Testament machte oder aber vor dem 31. Dezember 1925 verschied. Obwohl mir über die junge Dame nichts Nachteiliges bekannt war, habe ich es noch nie für ratsam gehalten, einer Person zu genau zu erklären, was sie durch den unerwarteten Tod einer anderen Person zu gewinnen habe. Im Falle unvorhergesehener Ereignisse könnten sich die Erben in einer zweifelhaften Situation wiederfinden, da die Tatsache, daß sie über dieses Wissen verfügten, sich – falls sie bekannt würde – für ihre Interessen als sehr schädlich erweisen könnte. Ich habe mir lediglich zu sagen erlaubt, daß man, falls Miss Dawson mich je zu sprechen wünsche, unverzüglich nach mir schicken solle. Aber nachdem Miss Dawson mir die Wahrnehmung ihrer Angelegenheiten entzogen hatte, stand es natürlich nicht mehr in meiner Macht, weiterhin einzugreifen.

Im Oktober 1925 habe ich mich, da meine Gesundheit nicht mehr so war wie früher, aus dem Berufsleben zurückgezogen und mich in Italien niedergelassen. In diesem Land treffen die englischen Zeitungen nicht immer regelmäßig ein, so daß die Bekanntgabe von Miss Dawsons Tod mir entgangen ist. Daß der Tod so plötzlich und unter doch irgendwie merkwürdigen Umständen eintrat, ist sicherlich interessant.

Sie sagen ferner, daß Sie gern meine Meinung über Miss Agatha Dawsons Geisteszustand zum Zeitpunkt meiner letzten Begegnung mit ihr wüßten. Sie war vollkommen bei klarem Verstand und geschäftsfähig – soweit sie überhaupt je in der Lage war, Geschäftliches zu erledigen. Sie hatte in keiner Weise die Gabe, sich mit rechtlichen Fragen auseinanderzusetzen, und es war für mich überaus schwierig, ihr begreiflich zu machen, welcher Art die Probleme des neuen Erbrechts seien. Sie war von Kindesbeinen an mit der Vorstellung aufgewachsen, daß Besitz ganz selbstverständlich auf den jeweils nächsten Anverwandten übergehe, und es war ihr unvorstellbar, daß sich an diesem Zustand jemals etwas ändern könnte. Sie versicherte mir, die Gesetze würden es einer Regierung nie erlauben, eine solche Vorschrift zu erlassen. Nachdem ich ihr mit Mühe klargemacht hatte, daß dies durchaus der Fall sei, war sie wiederum vollkommen sicher, kein Gericht werde doch so böse sein und dieses Gesetz dahingehend auslegen, daß ihr Geld an jemand anderen als Miss Whittaker gehe, wo sie doch eindeutig diejenige sei, der es zustehe. ‹Wieso soll denn das Herzogtum Lancaster ein Anrecht darauf haben?› fragte sie immer wieder. ‹Ich kenne doch den Herzog von Lancaster nicht einmal.› Sie war nicht eben eine besonders einsichtige Person, und am Ende war ich mir gar nicht sicher, ob ich ihr die Situation überhaupt begreiflich gemacht hatte – ganz abgesehen von dem Widerwillen, den sie gegen das Thema an sich hegte. Dennoch kann kein Zweifel daran bestehen, daß sie zu dem fraglichen Zeitpunkt völlig *compos mentis* war – bei klarem Verstand. Daß ich sie so sehr drängte, vor ihrer letzten Operation ein Testament zu machen, hatte natürlich den Grund, daß ich fürchtete, sie könne danach vielleicht ihre Verstandeskräfte verlieren oder – was juristisch gesehen dasselbe gewesen wäre – ständig unter dem Einfluß betäubender Drogen stehen müssen.

Ich hoffe, Ihnen hiermit alle gewünschten Informationen gegeben zu haben, und verbleibe

mit vorzüglicher Hochachtung
Ihr sehr ergebener
Thos. Probyn

Mr. Murbles las diesen Brief zweimal sehr bedächtig durch. Selbst nach seinem vorsichtigen Urteil begann die Angelegenheit sich zu einem Fall auszuweiten. Er setzte in seiner sauberen, altmodischen Handschrift eine kurze Mitteilung an Kriminalinspektor Parker auf und bat ihn, nach Staple Inn zu kommen, sobald es ihm passe.

Mr. Parker hinwiederum paßte in diesem Augenblick überhaupt nichts. Seit zwei ganzen Tagen lief er nun schon von einem Rechtsanwalt zum andern, und mittlerweile sank ihm schon das Herz, wenn er nur ein Messingschild von weitem sah. Er besah sich die lange Liste in seiner Hand und zählte mutlos die endlos vielen Namen, die noch nicht abgehakt waren.

Parker gehörte zu jenen methodischen, ordnungsliebenden Menschen, auf die die Welt so schlecht verzichten kann. Wenn er mit Wimsey zusammen an einem Fall arbeitete, galt es als ausgemacht, daß Parker alles das erledigte, was mit langwieriger, verzwickter, eintöniger und nervtötender Arbeit verbunden war. Manchmal ärgerte er sich richtig über Wimsey, weil er das als so selbstverständlich annahm. So auch jetzt.

Der Tag war heiß, die Straßen staubig. Papierfetzen wehten über das Pflaster. In den Bussen war es zum Ersticken schwül. In dem Schnellimbiß, wo Parker einen eiligen Lunch zu sich nahm, war die Luft schwer von den Düften gebackener Scholle und brodelnder Teemaschinen. Er wußte, daß Wimsey jetzt in seinem Club speiste, bevor er mit Freddy Arbuthnot losfuhr, um sich da oder dort die Neuseeländer anzusehen. Er hatte ihn – ein Traumbild in Hellgrau – gemächlich die Pall Mall entlangspazieren sehen. Hol der Teufel Wimsey! Warum hatte er Miss Dawson nicht friedlich in ihrem Grab ruhen lassen können? Da lag sie und tat niemandem etwas zuleide – bis Wimsey unbedingt seine Nase in ihre Angelegenheiten stecken und die Ermittlungen an einen Punkt bringen mußte, wo Parker einfach nicht mehr anders konnte, als offiziell Kenntnis davon zu nehmen. Ach ja! Er würde wohl weiter diesen teuflischen Rechtsanwälten nachrennen müssen.

Er ging dabei nach einem eigenen System vor, das sich als fruchtbringend erweisen mochte oder auch nicht. Er hatte sich die Sache mit dem neuen Erbrecht noch einmal durch den Kopf gehen lassen und war zu dem Schluß gekommen, daß Miss Whittaker, falls sie auf dessen Auswirkungen für ihre eigenen Erberwartungen aufmerksam geworden war, sich sofort um juristischen Rat bemüht haben würde.

Dabei hatte sie bestimmt zuerst daran gedacht, einen Anwalt in Leahampton aufzusuchen, und sofern sie nicht von vornherein ein unsauberes Spiel im Sinn gehabt hatte, konnte nichts sie davon abgehalten haben. Infolgedessen war Parker als erstes nach Leahampton gefahren und hatte die drei dort ansässigen

Rechtsanwaltspraxen besucht. Alle drei Anwälte konnten ihm mit Bestimmtheit versichern, daß eine solche Anfrage im Jahre 1925 nicht an sie herangetragen worden war, weder von Miss Whittaker noch sonst jemandem. Der Seniorpartner des Anwaltsbüros Hodgson & Hodgson, dem Miss Dawson nach ihrem Streit mit Mr. Probyn die Wahrnehmung ihrer Interessen übertragen hatte, sah Parker sogar ein wenig merkwürdig an, als er dessen Frage vernahm.

«Ich versichere Ihnen, Inspektor», sagte er, «wenn das Problem mir in dieser Weise zur Kenntnis gebracht worden wäre, hätte ich mich im Licht der darauffolgenden Ereignisse ganz bestimmt daran erinnert.»

«Die Frage ist Ihnen wohl nie in den Sinn gekommen», sagte Parker, «als Sie vor der Aufgabe standen, die Erbmasse zu ordnen und Miss Whittakers Ansprüche zu prüfen?»

«Das kann ich nicht gut behaupten. Wäre es zu irgendeinem Augenblick um die Suche nach dem nächsten Anverwandten gegangen, so wäre ich vielleicht – ich sage nicht bestimmt – darauf gestoßen. Aber ich hatte von Mr. Probyn einen sehr klaren Familienstammbaum erhalten, der Sterbefall ereignete sich fast zwei Monate vor Inkrafttreten des neuen Gesetzes, und so liefen die Formalitäten alle mehr oder weniger automatisch ab. Ich muß zugeben, daß ich in diesem Zusammenhang überhaupt nicht an das neue Gesetz gedacht habe.»

Parker sagte, das überrasche ihn nicht, und er beehrte Mr. Hodgson mit Mr. Towkingtons gelehrter Ansicht zu dieser Frage, was Mr. Hodgson sehr interessant fand. Und das war alles, was er in Leahampton erreichen konnte, außer daß er Miss Climpson in arge Aufregung versetzte, indem er sie besuchte und sich über ihre Unterhaltung mit Vera Findlater berichten ließ. Miss Climpson begleitete ihn zum Bahnhof, da sie hoffte, sie könnten Miss Whittaker begegnen – «es würde Sie bestimmt *sehr* interessieren, sie zu *sehen*» –, aber sie hatten Pech. Alles in allem, dachte Parker, ist das vielleicht ganz gut so. Denn so gern er einerseits Miss Whittaker einmal gesehen hätte, so wenig war er andererseits darauf versessen, von ihr gesehen zu werden, schon gar nicht in Miss Climpsons Begleitung. «Übrigens», sagte er zu Miss Climpson, «Sie sollten sich für Mrs. Budge eine Erklärung für mein Erscheinen ausdenken, damit sie nicht neugierig wird.»

«Aber das *habe* ich schon», entgegnete Miss Climpson mit ei-

178

nem gewinnenden Kichern. «Als Mrs. Budge mir melden kam, da sei ein Mr. Parker für mich, habe ich natürlich *sofort* begriffen, daß sie nicht wissen darf, wer Sie *wirklich* sind, und da habe ich ganz schnell zu ihr gesagt: ‹Mr. Parker! Ach, das muß mein Neffe Adolphus sein.› Es stört Sie doch nicht, Adolphus zu heißen, nicht wahr? Komisch, aber das war der *einzige* Name, der mir im Augenblick in den Sinn kam. Ich begreife gar nicht, warum, denn ich habe nie einen Adolphus gekannt.»

«Miss Climpson», sagte Parker feierlich, «Sie sind eine wundervolle Frau, und meinetwegen hätten Sie mich sogar Marmaduke nennen dürfen.»

Ja, und nun war Parker hier, um den zweiten Teil seiner Ermittlungen durchzuführen. Wenn Miss Whittaker nicht zu einem der Anwälte in Leahampton gegangen war, zu wem würde sie dann gehen? Natürlich wäre da noch Mr. Probyn gewesen, aber daß sie sich ihn ausgesucht haben würde, glaubte er nicht. Gewiß hatte sie ihn in Crofton nie kennengelernt – sie hatte ja nie wirklich bei ihren Großtanten gewohnt. Zum erstenmal begegnet war sie ihm an dem Tag, an dem er nach Leahampton gekommen war, um Miss Dawson zu besuchen. Damals hatte er ihr den Zweck seines Besuchs nicht anvertraut, aber sie mußte aus dem, was ihre Tante danach gesagt hatte, geschlossen haben, daß es um die Abfassung eines Testaments gegangen war. Im Lichte dessen, was sie seit neuestem wußte, mußte sie sich gedacht haben, daß Mr. Probyn dabei das neue Erbrecht im Sinn gehabt, sich aber außerstande gesehen hatte, ihr dies anzuvertrauen. Hätte sie ihn jetzt gefragt, wäre seine Antwort wahrscheinlich gewesen, Miss Dawsons Angelegenheiten seien nicht mehr in seiner Hand und sie solle sich an Mr. Hodgson wenden. Außerdem hatte sie sich wahrscheinlich überlegt, wenn sie Mr. Probyn diese Frage stellte, und es passierte dann etwas, würde er sich womöglich daran erinnern. Nein, nein, zu Mr. Probyn war sie sicher nicht gegangen.

Zu wem dann?

Für den, der etwas zu verbergen hat – der seine Identität verlieren will wie ein Blatt unter den Blättern eines Waldes –, der nichts weiter verlangt, als vorüberzugehen und vergessen zu werden, für den gibt es vor allem anderen einen Namen, der einen Hafen der Geborgenheit und des Vergessens verheißt: London. Wo keiner seinen Nachbarn kennt. Wo die Geschäfte ihre Kunden nicht kennen. Wo Ärzte plötzlich zu Patienten gerufen werden, die sie nie gesehen haben und nie wiedersehen werden. Wo man monatelang tot in seinem Haus liegen kann und niemand einen vermißt oder findet, bis der Gasmann kommt und den Zähler ablesen will. Wo Fremde freundlich und Freunde flüchtig sind. London, das an seinem reichlich unsauberen und verlotterten Busen so manches Geheimnis birgt. Verschwiegenes, gleichgültiges, alles umhüllendes London.

Nicht daß Parker sich das so gesagt hätte. Er dachte nur: Zehn zu eins, daß sie es in London versucht hat. Dort glauben die meisten sicher zu sein.

Miss Whittaker kannte natürlich London. Sie hatte am Royal Free Hospital gelernt. Das hieß, daß sie von allen Stadtteilen wahrscheinlich Bloomsbury am besten kannte. Denn niemand wußte besser als Parker, wie selten ein Londoner seinen angestammten kleinen Lebenskreis verläßt. Falls man ihr während ihrer Zeit am Krankenhaus nicht irgendwann einmal einen Anwalt in einem anderen Londoner Stadtteil empfohlen hatte, bestand die größte Wahrscheinlichkeit, daß sie zu einem Anwalt in Bloomsbury oder Holborn gegangen war.

Zu Parkers Unglück wimmelte es gerade in dieser Gegend nur so von Anwaltsbüros. Ob Gray's Inn Road, Gray's Inn selbst, Bedford Row, Holborn, Lincoln's Inn – überall wucherten die Messingschilder wie die Brombeeren.

Das war's, warum Parker an diesem Juninachmittag so erhitzt und müde war und so die Nase voll hatte.

Mit lustlosem Knurren schob er seinen eigelbbeschmierten Teller von sich, ging «Bitte an der Kasse zahlen» und überquerte die Straße in Richtung Bedford Row, die er sich als sein Pensum für den Nachmittag vorgenommen hatte.

Er begann mit der ersten Praxis, an der er vorbeikam. Es handelte sich um das Büro eines Mr. J. F. Trigg, und Parker hatte Glück. Der junge Mann im Vorzimmer teilte ihm mit, Mr. Trigg sei soeben vom Mittagessen zurück und habe Zeit für ihn. Ob er nicht bitte nähertreten möchte?

Mr. Trigg war ein angenehmer Mensch von Anfang Vierzig mit jugendlichem Gesicht. Er bot Mr. Parker einen Platz an und fragte, was er für ihn tun könne.

Und Parker begann zum siebenunddreißigstenmale mit der Einleitung, die er sich für seine Erkundigungen zurechtgelegt hatte.

«Ich bin nur vorübergehend in London, Mr. Trigg, und da ich

juristischen Rat brauche, wurden Sie mir von einem Mann empfohlen, den ich zufällig in einem Restaurant kennengelernt habe. Er hat mir auch seinen Namen genannt, aber der ist mir leider entfallen, und er tut ja auch nichts zur Sache, wie? Es geht um folgendes: Meine Frau und ich sind nach London gekommen, um eine Großtante meiner Frau zu besuchen, der es sehr schlecht geht. Genauer gesagt, sie wird sicher nicht mehr lange leben.

Nun ist es so, daß die alte Dame meiner Frau immer sehr zugetan war, verstehen Sie, und es war immer sozusagen ausgemacht, daß meine Frau sie einmal beerben sollte. Es handelt sich um ein recht ansehnliches Sümmchen, und wir haben uns schon – ich will nicht sagen, darauf gefreut, aber doch ein wenig darauf verlassen, uns später einmal damit zur Ruhe zu setzen. Sie verstehen das. Andere lebende Verwandte gibt es nicht, und so haben wir uns, obwohl die Tante oft davon gesprochen hat, ein Testament zu machen, nie so richtige Sorgen gemacht, weil wir glaubten, meine Frau werde ganz selbstverständlich alles bekommen, was da war. Nun haben wir aber gestern mit einem Freund darüber gesprochen, der uns einen ziemlichen Schrekken eingejagt hat, indem er meinte, es gebe da ein neues Gesetz, und wenn die Großtante meiner Frau kein Testament mache, bekämen wir überhaupt nichts. Ich glaube, er hat gesagt, dann falle alles an die Krone. Ich hab mir gedacht, das kann doch nicht sein, und das habe ich auch gesagt, aber meine Frau ist doch ein bißchen nervös geworden – wir müssen ja auch an die Kinder denken, nicht wahr? – und hat mich bedrängt, den Rat eines Juristen einzuholen, denn ihre Großtante kann jeden Augenblick sterben, und wir wissen nicht, ob ein Testament vorhanden ist oder nicht. Also, wie ist die rechtliche Stellung einer Großnichte nach dem neuen Gesetz?»

«Diese Frage ist nicht eindeutig geregelt», sagte Mr. Trigg, «aber ich würde Ihnen dringend raten, festzustellen, ob ein Testament vorhanden ist, und wenn nicht, dafür zu sorgen, daß so schnell wie möglich eines gemacht wird, sofern die Erblasserin dazu noch in der Lage ist. Ansonsten besteht meiner Ansicht nach die Gefahr, daß Ihre Frau ihr Erbe verliert.»

«Sie scheinen mit dem Problem ja gut vertraut zu sein», meinte Parker lächelnd. «Ich nehme an, daß Sie danach ziemlich oft gefragt werden, seit das neue Gesetz da ist?»

«Ich würde nicht sagen oft. Es kommt verhältnismäßig selten

181

vor, daß eine Großnichte als nächste Anverwandte zurück-
bleibt.»

«So? Na ja, man sollte es meinen. Können Sie sich erinnern,
ob Ihnen diese Frage schon einmal im Sommer 1925 gestellt
worden ist, Mr. Trigg?»

Ein sonderbarer Ausdruck erschien auf dem Gesicht des Anwalts – man konnte es fast für Erschrecken halten.

«Wie kommen Sie zu dieser Frage?»

«Sie brauchen keine Hemmungen zu haben, mir zu antworten», sagte Parker, indem er seinen Dienstausweis zückte. «Ich
bin Kriminalbeamter und habe gute Gründe für diese Frage. Ich
habe Ihnen das rechtliche Problem zunächst nur als mein eigenes dargelegt, um zuerst einmal Ihre sachkundige Meinung zu
hören.»

«Ich verstehe. Nun gut, Inspektor, in diesem Fall darf ich es
Ihnen ja wohl erzählen. Es stimmt, die Frage *ist* im Juni 1925 an
mich gerichtet worden.»

«Können Sie sich an die näheren Umstände erinnern?»

«Sehr genau. Ich werde sie so leicht nicht vergessen – oder
vielmehr das, was darauf folgte.»

«Das hört sich interessant an. Würden Sie mir die Geschichte
mit Ihren Worten erzählen, mit allen Details, an die Sie sich
erinnern?»

«Gern. Nur einen Augenblick.» Mr. Trigg steckte den Kopf
durch die Tür zum Vorzimmer. «Badcock, ich bin mit Mr. Parker beschäftigt und für niemanden zu sprechen. So, Mr. Parker,
ich stehe zu Ihren Diensten. Rauchen Sie?»

Parker nahm die Einladung an und entzündete seine gut ein-
gerauchte Bruyère, während Mr. Trigg, hastig eine Zigarette
nach der andern rauchend, ihm seine bemerkenswerte Geschichte erzählte.

18

Ein Londoner Anwalt berichtet

*Ich, der ich gern Romane lese, wie oft bin ich
mit dem Doktor hinausgegangen, wenn der
Fremde ihn rief, den unbekannten Kranken
im einsamen Haus zu besuchen ... Dieses
merkwürdige Abenteuer könnte – in einem
späteren Kapitel – zur Aufdeckung eines mysteriösen Verbrechens führen.*

The Londoner

«Ich glaube», sagte Mr. Trigg, «es war am 15. oder 16. Juni
1925, als eine Dame zu mir kam und mir genau die gleiche Frage stellte wie Sie vorhin – nur behauptete sie, sich im Namen einer Freundin zu erkundigen, deren Namen sie nicht nannte.
Doch – ich glaube, ich kann sie recht gut beschreiben. Sie war
groß und hübsch, mit sehr heller Haut, dunklen Haaren und
blauen Augen – eine attraktive Frau. Ich erinnere mich, daß sie
sehr schöne Brauen hatte, ziemlich gerade, und nicht viel Farbe
im Gesicht. Sie war sommerlich gekleidet, aber sehr adrett. Ich
glaube, man würde es ein besticktes Leinenkleid nennen – ich
bin kein Experte in solchen Dingen –, und dazu hatte sie einen
breiten weißen Hut aus Panama-Stroh auf.»

«Sie scheinen sich sehr deutlich zu erinnern», sagte Parker.

«Stimmt; ich habe ein ziemlich gutes Gedächtnis; außerdem
habe ich die Dame noch bei anderen Gelegenheiten gesehen,
wie Sie gleich hören werden.

Bei ihrem ersten Besuch erzählte sie mir – etwa wie Sie –, sie
sei nur vorübergehend in London und ich sei ihr zufällig empfohlen worden. Ich sagte ihr, daß ich die Frage nicht gern aus
dem Stegreif beantworten möchte. Sie erinnern sich vielleicht,
das Gesetz hatte soeben erst die dritte und letzte Lesung passiert, und ich war noch keineswegs damit vertraut. Außerdem
hatte ich schon beim ersten Überfliegen gesehen, daß es noch einige wichtige Fragen aufwerfen würde.

Ich sagte der Dame also – sie hatte sich als Miss Grant vorgestellt –, daß ich ein Expertengutachten einholen möchte, bevor

183

ich ihr da einen Rat gebe, und fragte sie, ob sie am nächsten Tag wiederkommen könne. Sie sagte, das gehe, stand auf und bedankte sich, wobei sie mir die Hand reichte. Dabei fiel mir die recht sonderbare Narbe auf, die quer über alle ihre Fingerrücken verlief, fast als ob ihr irgendwann einmal ein scharfer Gegenstand ausgerutscht war. Das habe ich natürlich nur so ganz nebenbei bemerkt, aber es war mein Glück. Am nächsten Tag kam Miss Grant auch richtig wieder. Ich hatte inzwischen einen sehr kompetenten Kollegen aufgesucht und gab ihr den gleichen Rat, den ich vorhin Ihnen gegeben habe. Sie machte ein recht besorgtes Gesicht deswegen – oder eigentlich mehr verärgert als besorgt.

‹Es erscheint einem doch ziemlich unfair›, sagte sie, ‹daß der Krone auf diese Weise das Geld einer Familie zufallen soll. Schließlich ist eine Großnichte doch noch eine ziemlich nahe Verwandte.›

Ich antwortete ihr, wenn die Großnichte Zeugen aufbieten könne, die bestätigten, daß die Verstorbene stets die Absicht gehabt habe, sie als Erbin ihres Vermögens einzusetzen, dann werde die Krone über die Erbmasse, zumindest aber über einen angemessenen Teil derselben, sehr wahrscheinlich nach den Wünschen der Verstorbenen verfügen. Es liege jedoch gänzlich im Ermessen des Gerichts, so zu verfahren, und falls es irgendwann einmal zu einem Streit oder Disput in dieser Angelegenheit gekommen sei, könnte der Richter dem Begehren der Großnichte weniger wohlwollend gegenüberstehen.

‹Auf alle Fälle›, fügte ich hinzu, ‹kann ich nicht mit *Bestimmtheit* sagen, ob eine Großnichte nach dem neuen Gesetz von der Erbfolge ausgeschlossen ist – meines Wissens *könnte* das lediglich der Fall sein. Aber es sind ja noch sechs Monate bis zum Inkrafttreten des Gesetzes, und bis dahin kann vieles geschehen.›

‹Sie meinen, Tantchen könnte sterben?› meinte sie. ‹Aber so schwerkrank ist sie eigentlich gar nicht – nur etwas wirr im Kopf, wie die Schwester es nennt.›

Sie ist dann jedenfalls gegangen, nachdem sie mir mein Honorar bezahlt hatte, und mir war aufgefallen, daß aus der ‹Großtante der Freundin› plötzlich ‹Tantchen› geworden war, woraus ich schloß, daß meine Klientin ein gewisses persönliches Interesse an dem Fall haben mußte.»

«Das kann ich mir vorstellen», sagte Parker. «Wann haben Sie die Dame wiedergesehen?»

«Es ist merkwürdig, aber im Dezember darauf bin ich ihr wieder begegnet. Ich wollte in einem Lokal in Soho gerade rasch etwas zu Abend essen, um danach ins Theater zu gehen. Das kleine Lokal, das ich für gewöhnlich aufsuche, war recht voll, und ich mußte an einem Tisch Platz nehmen, an dem schon eine Dame saß. Ich stellte die übliche Frage, ob der Platz noch frei sei und so, da sah sie plötzlich auf, und ich erkannte prompt meine Klientin.

‹Nanu, guten Abend, Miss Grant›, sagte ich.

‹Entschuldigung›, antwortete sie steif, ‹aber ich glaube, Sie verwechseln mich.›

‹Entschuldigen *Sie*›, sagte ich noch steifer, ‹aber mein Name ist Trigg, und Sie waren vergangenen Juni zu einer Beratung bei mir in der Bedford Row. Wenn ich aber störe, bitte ich um Verzeihung und werde mich zurückziehen.›

Da lächelte sie und meinte: ‹Tut mir leid, ich hatte Sie im ersten Augenblick nicht erkannt.›

Ich durfte also an ihrem Tisch Platz nehmen.

Um eine Unterhaltung in Gang zu bringen, habe ich sie gefragt, ob sie sich in der Erbschaftsangelegenheit noch weiter habe beraten lassen. Sie verneinte und sagte, sie sei mit meiner Auskunft völlig zufrieden gewesen. Ich erkundigte mich weiter, ob die Großtante nun doch noch ein Testament gemacht habe. Sie antwortete kurz angebunden, das habe sich erübrigt, denn die alte Dame sei gestorben. Da ich sah, daß sie in Schwarz war, fühlte ich mich in meiner Ansicht bestätigt, daß es sich bei der betroffenen Großnichte um sie selbst gehandelt haben mußte.

Wir haben uns dann noch eine Weile unterhalten, Inspektor, und ich will Ihnen nicht verhehlen, daß Miss Grant mich als Persönlichkeit zu interessieren begann. Sie hatte fast die Auffassungsgabe eines Mannes. Ich darf sagen, daß ich nicht zu den Männern gehöre, die hirnlose Frauen bevorzugen. Nein, in dieser Beziehung bin ich eher modern eingestellt. Wenn ich jemals eine Frau nehmen sollte, Inspektor, würde ich mir schon eine intelligente Gefährtin wünschen.»

Parker versicherte Mr. Trigg, daß diese Einstellung ihm zur Ehre gereiche. Im stillen merkte er an, daß Mr. Trigg wohl nichts dagegen haben würde, eine junge Frau zu heiraten, die soeben eine Erbschaft gemacht und keine Verwandten am Hals hatte.

«Eine Frau mit juristischem Verständnis findet man selten»,

fuhr Mr. Trigg fort. «Miss Grant war in dieser Beziehung ungewöhnlich. Sie verfolgte mit großem Interesse irgendeinen Fall, der damals durch die Presse ging – ich weiß im Moment nicht mehr, worum es sich handelte –, und stellte mir einige erstaunlich verständige und kluge Fragen. Ich muß sagen, daß ich unsere Unterhaltung sehr genossen habe. Im Verlauf des Essens kamen wir dann auch auf persönlichere Themen, und ich bemerkte am Rande, daß ich in Golder's Green wohnte.»

«Hat sie Ihnen ebenfalls ihre Adresse gegeben?»

«Sie sagte, sie wohne im *Peveril Hotel* in Bloomsbury und suche ein Haus in der Stadt. Ich sagte ihr, ich würde möglicherweise demnächst Genaueres über ein Projekt in Richtung Hampstead erfahren, und bot ihr meine juristischen Dienste an, falls sie welche brauche. Nach dem Essen habe ich sie dann zu ihrem Hotel begleitet und mich in der Halle von ihr verabschiedet.»

«Sie wohnte also wirklich dort?»

«Offenbar ja. Aber vierzehn Tage später hörte ich zufällig von einem Haus in Golder's Green, das plötzlich frei geworden sei. Das heißt, es gehörte einem Klienten von mir. Meinem Versprechen gemäß schrieb ich an Miss Grant im Peveril. Als ich keine Antwort bekam, erkundigte ich mich dort nach ihr und erfuhr, daß sie am Tag nach unserer Begegnung abgereist sei, ohne eine Adresse zu hinterlassen. Im Gästebuch hatte sie nur ‹Manchester› als Adresse angegeben. Ich war gewissermaßen enttäuscht, aber dann habe ich nicht mehr an die Sache gedacht. Etwa einen Monat später – genauer gesagt am 26. Januar – saß ich gerade zu Hause und las in einem Buch, sozusagen als Abschluß vor dem Zubettgehen. Ich sollte noch sagen, daß ich eine Wohnung oder, besser gesagt, eine Maisonette in einem kleinen Haus bewohne, das so aufgeteilt wurde, daß zwei Wohnungen dabei herauskamen. Die Leute im Parterre waren um diese Zeit verreist, so daß ich mich ganz allein im Haus befand. Meine Haushälterin kommt nur tagsüber. Da klingelte das Telefon – ich habe mir die Zeit notiert. Es war Viertel vor elf. Als ich abhob, meldete sich eine Frauenstimme und bat mich inständig, zu einer bestimmten Adresse in Hampstead Heath zu kommen, um für eine Sterbende ein Testament aufzusetzen.»

«Haben Sie die Stimme erkannt?»

«Nein. Sie klang wie die Stimme eines Hausmädchens. Jedenfalls hatte sie einen starken Londoner Akzent. Ich fragte, ob nicht Zeit bis morgen sei, aber die Stimme flehte mich an, ich solle mich beeilen, sonst könnte es zu spät sein. Ziemlich verstimmt habe ich mir also etwas übergezogen und mich auf den Weg gemacht. Es war eine unangenehme Nacht, so kalt und neblig. Ich konnte von Glück reden, daß ich am nächsten Standplatz ein Taxi fand. Wir fuhren zu der angegebenen Adresse, die wir nur unter Schwierigkeiten fanden, denn die Nacht war pechschwarz. Wie sich zeigte, handelte es sich um ein ziemlich kleines Haus auf dem Heath, sehr abgelegen – es gab nicht einmal eine richtige Zufahrt dahin. Ich habe das Taxi ein paar hundert Meter entfernt an der Straße verlassen und den Fahrer gebeten, auf mich zu warten, denn ich glaubte nicht, daß ich an diesem Ort und zu dieser nächtlichen Stunde ein anderes Taxi finden würde. Er hat ein wenig herumgeknurrt, sich dann aber doch bereit erklärt zu warten, wenn ich ihm versprach, mich nicht zu lange aufzuhalten.

Dann habe ich mich zu dem Haus begeben. Zuerst dachte ich, es sei völlig dunkel, aber dann sah ich aus einem der Zimmer im Parterre einen schwachen Lichtschein schimmern. Ich läutete. Keine Antwort, obwohl ich es sehr laut hatte klingeln hören. Ich läutete noch einmal und klopfte. Immer noch keine Antwort. Es war bitterkalt. Ich zündete ein Streichholz an, um mich zu vergewissern, daß ich auch zum richtigen Haus gekommen war, und da sah ich dann, daß die Haustür nur angelehnt war.

Ich dachte, das Mädchen, das mich angerufen hatte, sei sicher so sehr mit der kranken gnädigen Frau beschäftigt, daß es nicht von ihr fortgehen konnte, um die Tür zu öffnen. Ich dachte, daß ich ihr in diesem Fall vielleicht behilflich sein könne, weshalb ich die Tür aufstieß und hineinging. Im Flur war es stockdunkel, und beim Eintreten stieß ich gegen den Schirmständer. Dann glaubte ich ein schwaches Rufen oder Stöhnen zu hören, und nachdem meine Augen sich an die Dunkelheit gewöhnt hatten, tastete ich mich weiter, und dann sah ich unter einer Tür zur Linken ein schwaches Licht.»

«War es dasselbe Zimmer, das Sie von außen beleuchtet gesehen hatten?»

«Ich glaube, ja. Ich rief: ‹Kann ich hereinkommen?› – und eine sehr leise, schwache Stimme antwortete: ‹Ja, bitte!› Ich öffnete die Tür und trat in einen als Wohnzimmer möblierten Raum. In einer Ecke stand eine Couch, auf der anscheinend in aller Eile ein paar Leintücher ausgebreitet worden waren, um ein Bett daraus zu machen. Auf der Couch lag eine Frau. Sie war ganz allein.

Ich konnte sie nur ganz schwach erkennen. Das einzige Licht im Zimmer stammte von einer kleinen Öllampe mit grünem Schirm, der so geneigt war, daß der Kranken das Licht nicht in die Augen schien. Im Kamin glomm ein ziemlich heruntergebranntes Feuer. Ich sah jedoch, daß die Frau ihren Kopf und das Gesicht mit dicken weißen Verbänden umwickelt hatte. Ich streckte gerade die Hand nach dem elektrischen Schalter aus, da rief sie:

‹Bitte kein Licht – es tut mir weh!›»

«Wie konnte sie sehen, daß Sie nach dem Lichtschalter faßten?»

«Also», sagte Mr. Trigg, «das war eine ganz komische Sache. Sie rief eigentlich erst, nachdem ich den Schalter schon gedrückt hatte, aber es passierte nichts. Das Licht ging gar nicht an.»

«Ach nein!»

«Wirklich. Ich dachte mir, man hat vielleicht die Birne herausgenommen, oder sie ist durchgebrannt. Ich sagte aber nichts, sondern trat ans Bett. Sie fragte fast im Flüsterton: ‹Sind Sie der Rechtsanwalt?›

Ich bejahte und fragte sie, was ich für sie tun könne.

Sie sagte: ‹Ich habe einen furchtbaren Unfall gehabt. Ich muß sterben. Jetzt will ich noch schnell mein Testament machen.› Ich fragte, ob niemand bei ihr sei. ‹Doch, doch›, antwortete sie eilig, ‹mein Mädchen muß jeden Augenblick wiederkommen. Sie ist einen Arzt suchen gegangen.› – ‹Aber›, sagte ich, ‹hätte sie ihn denn nicht anrufen können? In diesem Zustand darf man Sie doch nicht allein lassen.› Darauf antwortete sie: ‹Wir haben keinen erreichen können, aber es geht schon so. Sie wird bald zurück sein. Verlieren wir keine Zeit. Ich muß mein Testament machen.› Sie sprach mit entsetzlich keuchender Stimme, und ich dachte mir, das beste wird sein, ich tue, was sie will, damit sie sich nicht aufregt. Ich zog mir also einen Stuhl zum Tisch, wo die Lampe war, nahm meinen Füllfederhalter und einen Testamentsvordruck, den ich mir eingesteckt hatte, und sagte, ich sei bereit, ihre Instruktionen entgegenzunehmen.

Bevor wir anfingen, bat sie mich, ihr einen kleinen Cognac mit Wasser aus einer Karaffe zu geben, die auf dem Tisch stand. Ich tat es, und sie trank einen kleinen Schluck, der sie zu beleben schien. Ich stellte das Glas nah bei ihrer Hand ab und schenkte mir auf ihre Aufforderung hin selbst ein Glas ein. Ich war sehr dankbar dafür, denn es war, wie gesagt, eine scheußliche Nacht, und im Zimmer war's kalt. Ich sah mich nach Kohlen um, die ich noch aufs Feuer hätte legen können, fand aber keine.»

«Das ist äußerst interessant und aufschlußreich», sagte Parker.

«Damals habe ich es nur sonderbar gefunden. Aber sonderbar war schließlich die ganze Geschichte. Jedenfalls sagte ich dann, wir könnten von mir aus anfangen. Sie sagte: ‹Sie glauben vielleicht, ich sei ein wenig verrückt, weil ich eine so schwere Kopfverletzung habe. Aber ich bin völlig bei klarem Verstand. Und er soll von dem Geld keinen Penny bekommen.› Ich fragte, ob jemand sie angegriffen habe. ‹Ja, mein Mann›, antwortete sie. ‹Er denkt, er hat mich umgebracht, aber ich lebe noch lange genug, um das Geld an andere zu vererben.› Sie sagte, ihr Name sei Marion Mead, und dann diktierte sie mir ihren Letzten Willen. Ihr Vermögen, das sich auf etwa 10000 Pfund belief, vermachte sie verschiedenen Leuten, darunter einer Tochter und drei oder vier Schwestern. Es war ein ziemlich kompliziertes Testament, denn es mußten Vorkehrungen getroffen werden, um das Geld der Tochter treuhänderisch so festzulegen, daß sie ihrem Vater nichts davon abgeben konnte.»

«Haben Sie sich die Namen und Adressen der Beteiligten notiert?»

«Das habe ich, aber wie Sie später sehen werden, konnte ich nichts damit anfangen. Die Erblasserin war offenbar klar genug bei Verstand, um zu wissen, was sie wollte, obwohl sie sehr schwach wirkte und nie mehr lauter als im Flüsterton sprach, nachdem sie mir beim Eintreten zugerufen hatte, ich solle kein Licht machen.

Schließlich hatte ich alle Notizen für das Testament beisammen und machte mich daran, sie in die richtige Form zu bringen. Von einem zurückkehrenden Mädchen war nichts zu merken, und mir wurde allmählich richtig bange. Außerdem wurde ich durch die bittere Kälte – oder etwas anderes, und die Zeit, zu der ich normalerweise ins Bett gehe, war ja auch längst überschritten – mit einemmal entsetzlich müde. Ich goß mir noch einen kräftigen Schluck ein, um mich zu wärmen, und schrieb weiter an dem Testament. Als ich fertig war, sagte ich:

189

‹Wie steht es nun mit der Unterschrift? Wir brauchen einen zweiten Zeugen, damit das Testament rechtskräftig wird.›

Sie sagte: ‹Mein Mädchen muß jeden Augenblick zurück sein. Ich kann mir gar nicht vorstellen, was ihr nur dazwischengekommen ist.›

‹Vielleicht hat sie sich im Nebel verlaufen›, sagte ich. ‹Jedenfalls warte ich noch ein wenig. Ich kann ja nicht einfach fortgehen und Sie hier allein lassen.›

Sie dankte mir mit schwacher Stimme, und wir saßen eine Weile stumm beieinander. Die Zeit verging, und mir wurde die Lage immer weniger geheuer. Die Kranke atmete schwer und stöhnte hin und wieder auf. Mein Schlafbedürfnis übermannte mich mehr und mehr. Ich verstand das gar nicht.

Mit einemmal fiel mir trotz meiner Benommenheit ein, daß es doch das Vernünftigste sei, den Taxifahrer – falls er noch da war – hereinzubitten, um das Testament zusammen mit mir zu bezeugen, und dann selbst auf die Suche nach einem Arzt zu gehen. Da saß ich nun, der Gedanke kreiste in meinem schläfrigen Kopf, und ich versuchte die Energie zum Sprechen aufzubringen. Mir war, als lastete ein schweres Gewicht auf mir. Jede Form von körperlicher Anstrengung schien über meine Kräfte zu gehen.

Da geschah plötzlich etwas, was mich wieder zu mir brachte. Mrs. Mead drehte sich auf ihrer Couch ein wenig herum und schien mich im Schein der Lampe aufmerksam zu betrachten. Dabei stützte sie sich mit beiden Händen auf die Tischkante. Mit dem dumpfen Gefühl, etwas Unerwartetem zu begegnen, sah ich, daß sie keinen Ehering trug. Und dann sah ich noch etwas anderes.

Quer über die Fingerrücken ihrer rechten Hand verlief eine sonderbare Narbe – als ob sie mit irgendeinem scharfen Gegenstand ausgeglitten wäre und sich dabei verletzt hätte.»

Parker richtete sich mit einem Ruck auf seinem Stuhl auf.

«Ja», sagte Mr. Trigg, «das interessiert Sie. Mich hat es erschreckt. Erschreckt ist dabei nicht einmal der richtige Ausdruck. In meinem beklagenswerten Zustand erlebte ich das Ganze mehr wie einen Alptraum. Ich richtete mich mühsam auf meinem Stuhl wieder auf, und die Frau ließ sich ins Kissen zurückfallen.

In diesem Augenblick läutete es an der Tür Sturm.»

«Das Mädchen?»

«Nein – Gott sei Dank, es war mein Taxifahrer, dem das Warten zu lang geworden war. Ich dachte – ich weiß gar nicht genau, was ich gedacht habe, jedenfalls war mir angst. Ich muß irgendwie geschrien oder gestöhnt haben, und der Mann kam geradewegs herein. Zum Glück hatte ich die Tür offengelassen, wie ich sie vorgefunden hatte.

Ich riß mich so weit zusammen, daß ich ihn bitten konnte, das Testament als Zeuge zu unterschreiben. Ich muß komisch ausgesehen und komisch gesprochen haben, denn ich erinnere mich, wie sein Blick von mir zur Cognacflasche ging. Jedenfalls unterschrieb er das Testament nach Mrs. Mead, die ihren Namen mühsam mit schwacher Hand daruntersetzte, während sie auf dem Rücken lag. ‹Was'n jetzt, Chef?› fragte der Fahrer, nachdem das erledigt war.

Mir war inzwischen furchtbar elend. Ich konnte nur noch sagen: ‹Bringen Sie mich nach Hause.›

Er sah zu Mrs. Mead und dann zu mir und sagte: ‹Is'n da keiner, der sich um die Dame kümmert, Chef?›

Ich sagte: ‹Holen Sie einen Arzt, aber bringen Sie mich zuerst nach Hause.›

Ich taumelte, auf seinen Arm gestützt, aus dem Haus. Ich hörte ihn noch etwas brummeln, was das bloß für eine Bescherung sei. An die Heimfahrt kann ich mich nicht erinnern. Als ich wieder zum Leben erwachte, lag ich in meinem Bett, und ein Arzt aus der Gegend stand über mich gebeugt.

Ich fürchte, die Geschichte wird jetzt lang und uninteressant. Um es kurz zu machen: Es scheint, daß der Taxifahrer, ein sehr anständiger und intelligenter Bursche, mich am Ende der Fahrt völlig unansprechbar gefunden hat. Er wußte nicht, wer ich war, aber bei einer Durchsuchung meiner Taschen fand er meine Visitenkarte und meinen Hausschlüssel. Er fuhr mich nach Hause und brachte mich nach oben, und da er mich für betrunken hielt, und zwar betrunkener, als es ihm nach seiner Erfahrung je untergekommen war, machte er sich als mitfühlender Mensch auf den Weg, einen Arzt zu holen.

Der Doktor war der Ansicht, ich sei betäubt worden – mit Veronal oder dergleichen. Falls man die Absicht gehabt hatte, mich zu ermorden, war die Dosis zum Glück viel zu gering bemessen worden. Wir haben die Sache gründlich untersucht, mit dem Ergebnis, daß ich etwa zwei Gramm davon eingenommen haben muß. Das Medikament ist in der Analyse anscheinend sehr schwer nachzuweisen, aber der Arzt kam nun einmal zu diesem Befund, nachdem er den Fall von allen Seiten untersucht hatte. Zweifellos war der Cognac damit versetzt gewesen.

Natürlich sind wir am nächsten Tag gleich hingefahren, um uns das Haus anzusehen. Es war abgeschlossen, und der Milchmann erklärte uns, die Bewohner seien schon seit einer Woche fort und würden frühestens in zehn Tagen zurückerwartet. Wir haben mit ihnen Verbindung aufgenommen, aber es schienen ganz ehrliche, normale Leute zu sein, die uns versicherten, von der Sache nichts zu wissen. Sie hatten die Angewohnheit, öfter einmal fortzufahren und das Haus einfach nur abzuschließen, ohne sich die Mühe zu machen, jemanden zu beauftragen, daß er es im Auge behielt. Der Mann ist natürlich sofort nach Hause gekommen, um der Sache nachzugehen, aber es war offenbar nichts gestohlen oder auch nur angerührt worden, bis auf ein paar Laken und Kissen, die offensichtlich benutzt worden waren, und im Wohnzimmer waren ein paar Handvoll Kohlen verfeuert worden. Der Kohlenkeller, in dem sich auch der Stromzähler befand, war von der Familie, bevor sie das Haus verließ, abgeschlossen und die Hauptsicherung ausgeschaltet worden – so viel Verstand hatten sie immerhin –, und das war wohl auch der Grund für die Kälte und Dunkelheit im Haus, als ich es betrat. Offensichtlich hatte die Besucherin das Fenster zur Vorratskammer geöffnet – diese Dinger werden ja so gut wie nie gesichert – und die Lampe nebst Cognac und Karaffe selbst mitgebracht. Ein frecher Trick, aber nicht schwierig.

Ich brauche wohl nicht zu sagen, daß von einer Mrs. Mead oder Miss Grant nirgends etwas zu hören oder zu sehen war. Den Hausbewohnern lag nicht sehr daran, kostspielige Nachforschungen anzustellen – schließlich hatten sie nichts weiter als für ein paar Shilling Kohlen eingebüßt – oder gar ein Gerichtsverfahren anzustrengen, und da ich ja auch nicht wirklich ermordet worden war, hielt ich es für das beste, die Sache auf sich beruhen zu lassen. Aber es war ein höchst unerfreuliches Erlebnis.»

«Das kann man wohl sagen. Haben Sie je wieder etwas von Miss Grant gehört?»

«In der Tat, ja. Sie hat mich zweimal angerufen – einmal drei Monate später und dann erst wieder jetzt vor vierzehn Tagen, um sich mit mir zu treffen. Sie dürfen mich gern für feige halten, Mr. Parker, aber ich habe sie jedesmal abgewiesen. Ich wußte nicht recht, was da passieren könnte. Schließlich habe ich mir folgende Erklärung zusammengereimt, daß ich wahrscheinlich über Nacht in dem Haus gehalten werden sollte, um mich hinterher zu erpressen. Eine andere Erklärung konnte ich für das Schlafmittel nicht finden. Jedenfalls hielt ich Vorsicht für den besseren Teil der Tapferkeit und habe meine Angestellten und die Haushälterin angewiesen, falls Miss Grant je wieder anrufen sollte, sei ich außer Haus und würde auch so bald nicht zurückerwartet.»

«Hm. Meinen Sie, sie hat gemerkt, daß Sie die Narbe an ihrer Hand wiedererkannten?»

«Das glaube ich sicher nicht. Sonst wäre sie wohl kaum unter ihrem richtigen Namen wieder an mich herangetreten.»

«Da haben Sie wahrscheinlich recht. Also, Mr. Trigg, ich bin Ihnen für diese Informationen sehr dankbar; sie könnten sich einmal als ungeheuer wertvoll entpuppen. Und sollte Miss Grant Sie je wieder anrufen – von wo hat sie übrigens angerufen?»

«Jedesmal aus einer öffentlichen Fernsprechzelle. Das weiß ich, weil die Vermittlung einem immer sagt, wenn jemand aus einer Zelle anruft. Ich habe die Anrufe nicht zurückverfolgen lassen.»

«Natürlich nicht. Also, wenn sie wieder anrufen sollte, würden Sie dann bitte einen Termin mit ihr vereinbaren und mich sofort verständigen? Wenn Sie bei Scotland Yard anrufen, erreichen Sie mich immer.»

Mr. Trigg versprach, dies zu tun, und Parker verabschiedete sich.

Nun wissen wir also, dachte er auf dem Heimweg, daß jemand – und zwar ein recht skrupelloser Jemand – sich 1925 in Sachen Großnichten erkundigt hat. Ich glaube, ein Wort an Miss Climpson wäre angezeigt – nur um festzustellen, ob Mary Whittaker eine Narbe an der rechten Hand hat oder ob ich noch mehr Rechtsanwälten meine Aufwartung machen muß.

Die heißen Straßen erschienen ihm nicht mehr so bedrückend und glühend wie vorher. Das Gespräch mit dem Anwalt hatte Parkers Laune sogar so gehoben, daß er dem nächsten Straßenbengel, der ihn anhaute, ein Zigarettenbildchen spendierte.

III

Das medizinisch-rechtliche Problem

Und keine Tat,
Die nicht der Taten mehr gebiert,
Wenn sie erst ruchbar wird.
E. B. Browning: Aurora Leigh

19

Auf und davon

Nichts ist schlecht oder gut, außer dem Willen.
Epiktet

«Du wirst doch gewiß nicht abstreiten wollen», bemerkte Lord Peter, «daß denen, die über die letzten Tage der Agatha Dawson vielleicht Auskunft geben könnten, recht merkwürdige Dinge zustoßen. Bertha Gotobed stirbt plötzlich und unter verdächtigen Umständen; ihre Schwester meint, am Hafen von Liverpool habe Miss Whittaker ihr aufgelauert; Mr. Trigg wird in ein geheimnisvolles Haus gelockt umd betäubt. Ich frage mich, was Mr. Probyn wohl zugestoßen wäre, wenn er die Unvorsichtigkeit begangen hätte, in England zu bleiben.»

«Ich streite ja gar nichts ab», antwortete Parker. «Ich möchte dich nur darauf hinweisen, daß der Gegenstand deines Verdachts, sich während des ganzen Monats, in dem die Familie Gotobed von diesen Katastrophen heimgesucht wurde, mit Miss Vera Findlater, die ihr nie von der Seite wich, in Kent aufgehalten hat.»

«Da liegt zweifellos der Haken», entgegnete Wimsey. «Dem wieder möchte ich einen Brief von Miss Climpson entgegenhalten, in dem sie uns – zwischen ellenlangem Geschwätz, mit dem ich dich nicht belästigen will – davon in Kenntnis setzt, daß Miss Whittaker an der rechten Hand eine Narbe hat, auf die Mr. Triggs Beschreibung haargenau paßt.»

«So? Dann wäre Miss Whittaker ja mit ziemlicher Sicherheit in die Geschichte mit Trigg verwickelt. Aber gehst du wirklich davon aus, daß sie alle Leute aus dem Weg zu räumen versucht, die irgend etwas über Miss Dawson wissen? Ziemlich happig für eine Frau allein, findest du nicht? Und wenn es so ist, warum ist dann Dr. Carr verschont geblieben? Und Schwester Philliter? Und Schwester Forbes? Und der andere Medizinmann? Und die übrige Einwohnerschaft Leahamptons, wenn wir gerade dabei sind?»

«Ein interessanter Punkt, an den ich auch schon gedacht habe. Aber ich glaube den Grund zu kennen. Bis jetzt stellt uns der

Fall Dawson vor zwei schwierige Probleme – ein juristisches und ein medizinisches, oder das Motiv und die Mittel, wenn dir das lieber ist. Was die Gelegenheit betrifft, kommen nur zwei Menschen in Frage – Miss Whittaker und Schwester Forbes. Die Forbes hatte durch die Ermordung einer guten Patientin nichts zu gewinnen, folglich können wir sie vorerst noch ausklammern.

Nehmen wir uns also jetzt einmal das medizinische Problem vor – die Mittel. Ich muß zugeben, daß mir diese Frage im Augenblick unlösbar erscheint. Ich stehe vor einem Rätsel, Watson (sagte er, unter den halb geschlossenen Lidern Zornesblitze aus seinen adlergleichen Augen hervorschießend). Selbst ich stehe vor einem Rätsel. Aber nicht lange mehr! (rief er mit einemmale die Zuversicht selbst). Unsere Ehre (Pluralis majestatis) erfordert, daß Wir (mit großem W) diesem Feind der Menschheit bis an seinen verborgenen Ursprung nachgehen, wenn er Uns gleich dabei zermalme! Tosender Applaus. Sein Kinn sank grübelnd auf den Morgenmantel, und er hauchte ein paar rauhe Töne in sein Baßsaxophon, den treuen Gefährten seiner einsamen Stunden im Badezimmer.»

Parker nahm demonstrativ das Buch zur Hand, das er bei Wimseys Eintreten weggelegt hatte.

«Sag mir Bescheid, wenn du fertig bist», meinte er bissig.

«Ich habe noch nicht mal angefangen. Die Mittel, ich wiederhole, stellen uns vor ein unlösbares Rätsel – das glaubt offenbar auch unser Bösewicht. Unter Ärzten und Krankenschwestern ist die Sterblichkeit nicht auffällig angestiegen. Von dieser Seite her fühlt die Dame sich also sicher. Nein, der schwache Punkt ist das Motiv – daher die Eile, alle die zum Schweigen zu bringen, die über die juristische Seite des Problems Bescheid wissen.»

«Aha, ich verstehe. Übrigens ist Mrs. Cropper wieder unterwegs nach Kanada. Sie scheint in keiner Weise belästigt worden zu sein.»

«Eben – genau deshalb bin ich nach wie vor überzeugt, daß ihr in Liverpool jemand aufgelauert hat. Es lohnte sich nur, Mrs. Cropper den Mund zu stopfen, solange sie ihre Geschichte noch niemandem erzählt hatte. Aus diesem Grund lag mir so sehr daran, sie abzuholen und demonstrativ nach London zu begleiten.»

«So ein Quatsch, Peter! Selbst wenn Miss Whittaker da gewesen wäre – was gar nicht sein kann, wie wir wissen –, wie hätte sie wissen sollen, daß du dich nach der Dawson-Geschichte er-

198

kundigen wolltest? Sie kennt dich nicht schon seit Adam und Eva.»

«Sie könnte aber erfahren haben, wer Mr. Murbles ist. Du weißt ja, das Inserat, mit dem alles angefangen hat, lief unter seinem Namen.»

«Warum hat sie dann nicht Mr. Murbles oder dich aufs Korn genommen?»

«Murbles ist von allen Hunden gehetzt. Dem legst du so leicht keine Schlinge. Er empfängt keine weiblichen Klienten, nimmt keine Einladungen an und geht nie ohne Begleitung aus.»

«Ich wußte gar nicht, daß er die Sache so ernst nimmt.»

«Und wie. Murbles ist alt genug, daß er inzwischen weiß, was seine Haut wert ist. Was mich betrifft – ist dir nicht die bemerkenswerte Ähnlichkeit zwischen Mr. Triggs Abenteuer und meinem – nun ja, kleinen Abenteuerchen in der South Audley Street aufgefallen?»

«Wie, das mit Mrs. Forrest?»

«Ja. Das heimliche Treffen. Die Bewirtung. Das Bemühen, einen um jeden Preis für die Nacht dazubehalten. Verlaß dich darauf, Charles, in diesem Zucker war etwas, was im Zucker nichts zu suchen hat – siehe Gesetz über die Lebensmittelreinheit unter dem Punkt ‹Verschiedenes›.»

«Du meinst, Mrs. Forrest ist eine Komplicin?»

«Genau. Ich weiß nicht, was für sie dabei herausspringt – wahrscheinlich Geld. Aber eine Verbindung besteht mit Sicherheit. Teils wegen Bertha Gotobeds Fünf-Pfund-Note, teils wegen Mrs. Forrests Geschichte, die ein aufgelegter Schwindel war – diese Frau hat ganz gewiß noch nie einen Geliebten gehabt, geschweige einen Ehemann – wirkliche Unerfahrenheit läßt sich nicht verkennen; und hauptsächlich wegen der Ähnlichkeit des Vorgehens. Verbrecher haben stets die Neigung, ihre Tricks zu wiederholen. Denk an George Joseph Smith und seine Bräute. Denk an Neill Cream oder an Armstrong und seine Teeparties.»

«Nun, wenn sie eine Komplicin hat, um so besser. Komplicen verraten am Ende gewöhnlich alles.»

«Wie wahr! Und wir sind insofern in einer günstigen Position, als sie bisher wahrscheinlich nicht wissen, daß wir eine Verbindung zwischen ihnen vermuten.»

«Ich bin trotzdem noch immer der Meinung, wir sollten zuerst einmal beweisen, daß überhaupt Verbrechen stattgefunden haben. Nenn mich meinetwegen pingelig, aber wenn du mir wirklich eine Methode nennen könntest, diese Leute zu beseitigen, ohne eine Spur zu hinterlassen, wäre mir wesentlich wohler dabei.»

«Nun, etwas wissen wir immerhin schon darüber.»

«Und das wäre?»

«Also – nimm mal die beiden Opfer –»

«Die mutmaßlichen Opfer.»

«Meinetwegen, alter Wortklauber. Die beiden mutmaßlichen Opfer und die beiden (mutmaßlich) beabsichtigten Opfer. Miss Dawson war krank und hilflos; Bertha Gotobed war vermutlich durch eine schwere Mahlzeit und eine ungewohnte Menge Alkohol benebelt; Mr. Trigg wurde durch eine ausreichende Menge Veronal ins Reich der Träume geschickt, und mir sollte wahrscheinlich etwas in der gleichen Art verabreicht werden – hätte ich doch nur den Rest von diesem Kaffee irgendwie mitnehmen können! Und aus alldem schließen wir nun – was?»

«Daß es sich wahrscheinlich um eine Tötungsart handelt, bei der das Opfer mehr oder weniger hilflos oder gar betäubt sein muß.»

«Genau. Wie zum Beispiel bei einer Injektion – nur daß anscheinend nichts injiziert worden ist. Oder irgendein komplizierter Eingriff – wenn uns doch nur einer einfiele, der hier in Frage kommen könnte. Oder man gibt dem Opfer etwas zum Einatmen – etwa Chloroform –, aber es deutet ja auch nichts auf Ersticken hin.»

«Eben. Viel weiter bringt uns das also nicht.»

«Aber es ist immerhin etwas. Andererseits könnte es auch durchaus etwas sein, was eine ausgebildete Krankenschwester einmal gelernt oder gehört hat. Du weißt, daß Miss Whittaker ausgebildete Krankenschwester ist – was es ihr übrigens so leicht gemacht hat, sich selbst den Kopf zu verbinden und dem dummen Mr. Trigg ein unkenntliches Bild des Jammers zu präsentieren.»

«Es müßte nicht einmal etwas besonders Ausgefallenes sein – ich meine etwas, was nur ein ausgebildeter Chirurg machen könnte oder wozu man besondere Spezialkenntnisse brauchte.»

«Ganz und gar nicht. Wahrscheinlich könnte sie es im Gespräch mit Ärzten oder anderen Schwestern aufgeschnappt haben. Paß mal auf, wie wär's, wenn wir uns mal wieder an diesen Dr. Carr heranmachten? Oder nein – der hätte es längst ausgequasselt, wenn er irgend etwas in dieser Richtung vermutet hätte. Ich weiß! Ich frage Lubbock. Der ist Analytiker, das tut's auch. Gleich morgen werde ich mich mit ihm in Verbindung setzen.»

«Und inzwischen», sagte Parker, «sitzen wir wahrscheinlich herum und warten, daß noch jemand ermordet wird.»

«Scheußlich, was? Ich fühle sozusagen immer noch Bertha Gotobeds Blut an mir kleben. Hör mal!»

«Ja?»

«Für die Sache mit Trigg haben wir doch so gut wie eindeutige Beweise. Könntest du die Dame nicht wegen Einbruchs ins Loch stecken, solange wir uns über die restliche Geschichte noch klarwerden? Das wird doch oft gemacht. Schließlich *war* es Einbruch. Sie hat sich nach Anbruch der Dunkelheit gewaltsamen Zutritt in ein Haus verschafft und eine Schaufel Kohlen zum Zweck des eigenen Verbrauchs entwendet. Trigg könnte sie identifizieren – er scheint ja der Dame bei mehr als einer Gelegenheit seine Aufwartung gemacht zu haben. Und die weiteren Details könnten wir aus diesem Taxifahrer herausholen.»

Parker sog eine Weile an seiner Pfeife.

«Das bringt nichts ein», sagte er schließlich. «Ich meine, es könnte sich schon lohnen, den Fall vor Gericht zu bringen, aber damit sollten wir es nicht allzu eilig haben. Wären wir doch nur mit unseren anderen Beweisen schon weiter! Es gibt da nämlich so etwas wie die Habeaskorpusakte, weißt du – man kann einen nicht wegen ein paar geklauter Kohlen unbegrenzt lange festhalten –»

«Vergiß das gewaltsame Eindringen ins Haus nicht. Immerhin ist das Einbruch. Für Einbruch kann man lebenslänglich Zuchthaus bekommen.»

«Das hängt aber ganz davon ab, wie das Gericht sich zu der Kohle stellt. Vielleicht entscheidet es, daß ursprünglich gar nicht die Absicht bestand, Kohle zu stehlen, und dann wäre es nur noch leichter Hausfriedensbruch und Mundraub. Im übrigen *wollen* wir ja gar keine Verurteilung fürs Kohleklauen. Aber ich erkundige mich mal, wie man bei uns im Yard darüber denkt, und inzwischen knöpfe ich mir diesen Trigg noch einmal vor und versuche den Taxifahrer zu finden. Und Triggs Hausarzt. Vielleicht bringen wir das als Mordversuch an Trigg durch, oder wenigstens als Giftbeibringung mit der Absicht der Körperverletzung. Aber ich hätte schon gern ein paar Beweise mehr für –»

«Menschenskind! Ich auch. Aber ich kann doch die Beweise nicht aus dem Hut zaubern. Nun bleib mal schön auf dem Teppich. Ich habe dir aus dem schieren Nichts einen Fall aufgebaut. Ist das nicht auch schon etwas? Die nackte Undankbarkeit in Person – das bist du.»

Parkers Nachforschungen erforderten Zeit, und der Juni nahte sich seinen längsten Tagen.

Chamberlin und Levine flogen über den Atlantik, und Segrave nahm Abschied vom Rennsport. Der *Daily Yell* schrieb antisozialistische Leitartikel und deckte eine Verschwörung auf. Jemand erhob Anspruch auf ein Marquisat, und ein Tschechoslowake maßte sich an, den Ärmelkanal zu durchschwimmen. Hammond verstieß Grace, in Moskau setzte ein großes Morden ein, Foxlaw gewann den Goldpokal, und bei Oxhey öffnete sich die Erde und verschluckte irgend jemandes Vorgarten. Oxford entschied, daß Frauen gefährlich seien, und beim White City-Rennen ließ sich der elektrische Hase herab, zu laufen. In Wimbledon geriet Englands Vorherrschaft ins Wanken, und das Oberhaus fand sich zu einem Kompromiß bereit.

Inzwischen war Lord Peters *magnum opus* über hundertundeine Möglichkeit, jemanden eines plötzlichen Todes sterben zu lassen, durch die Ansammlung einer Unmenge Notizen weitergekommen, die seine ganze Bibliothek überfluteten und Bunter, der die Aufgabe hatte, sie systematisch zu ordnen und im weitesten Sinne aus Chaos Ordnung zu schaffen, zu ersticken drohten. Orientalische Forscher und Gelehrte wurden in Clubs beim Schlafittchen gepackt und gründlich nach abstrusen Eingeborenengiften ausgequetscht; unleserliche Dokumente berichteten von schauerlichen Experimenten in deutschen Labors, und Sir James Lubbock, der das Pech hatte, ein guter Freund von Lord Peter zu sein, verlor mehr und mehr die Lust am Leben, denn kein Tag verging, an dem er nicht nach postmortalen Spuren von so verschiedenen Substanzen wie Chloroform, Curare, Blausäure und Diäthylsulfonmethyläthylmethan gefragt wurde.

«Aber es muß *doch* irgend etwas geben, das tödlich ist und keine Spuren hinterläßt», bettelte Lord Peter, nachdem man ihm zu guter Letzt zu verstehen gegeben hatte, daß diese Plage aufzuhören habe. «Etwas, wofür eine solch weltweite Nachfrage besteht – es kann doch nicht die Phantasie der Wissenschaftler übersteigen, so etwas zu erfinden. Das muß es geben. Warum wird so etwas nicht annonciert? Irgendeine Firma gibt es doch bestimmt, die daraus Kapital schlägt. Einfach lächerlich ist das. Schließlich handelt es sich um einen Artikel, den man eines Tages vielleicht selbst verwenden möchte.»

«Sie verstehen das falsch», sagte Sir James Lubbock. «Viele Gifte hinterlassen keine bestimmten postmortalen Erscheinungen. Und davon sind wiederum viele – besonders die Pflanzengifte – in der Analyse schwer nachweisbar, wenn man nicht schon weiß, wonach man sucht. Wenn man zum Beispiel nach Arsen sucht, sagt der Test einem nichts darüber, ob vielleicht Strychnin im Spiel ist. Und wenn man nach Strychnin sucht, findet man kein Morphium. Man muß einen Test nach dem andern machen, bis man den richtigen erwischt. Und es gibt natürlich auch bestimmte Gifte, für die überhaupt kein Nachweisverfahren bekannt ist.»

«Das weiß ich alles», sagte Wimsey. «Solche Tests habe ich schon selbst vorgenommen. Aber diese Gifte ohne bekannte Nachweismöglichkeiten – wie kann man ihr Vorhandensein trotzdem feststellen?»

«Na ja, da muß man sich natürlich die Symptome ansehen und so weiter. Man muß sich mit der Vorgeschichte des Falles befassen.»

«Ja – aber ich suche ein Gift, das eben keine Symptome hervorruft. Außer dem Tod natürlich – sofern man den ein Symptom nennen kann. Gibt es denn kein Gift ohne Symptome und ohne Nachweis? Etwas, wovon man einfach abkratzt – pfft und weg.»

«Ganz gewiß nicht», sagte der Wissenschaftler leicht verärgert – denn Analytiker leben von Symptomen und Tests, und niemand hört sich gerne Ansichten an, die an den Grundpfeilern seines Berufs rütteln –, «nicht einmal Altersschwäche oder geistiger Verfall. Symptome gibt es immer.»

Zum Glück blies Parker das Signal zum Handeln, bevor die Symptome geistigen Verfalls bei Lord Peter allzu sichtbar wurden.

«Ich fahre mit einem Haftbefehl nach Leahampton», sagte er. «Vielleicht mache ich gar keinen Gebrauch davon, aber der Chef meint, eine Untersuchung könne nichts schaden. Nach dem geheimnisvollen Fall von Battersea, der Daniels-Geschichte und jetzt noch Bertha Gotobed scheint allgemein das Gefühl zu herrschen, daß es dieses Jahr schon ein paar ungeklärte Tragödien zuviel gegeben hat, und die vermaledeite Presse fängt auch schon wieder an zu kläffen. Im *John Citizen* steht diese Woche ein Artikel mit dem Riesenaufmacher: ‹96 Mörder laufen frei herum.› Und die *Evening Views* beginnen ihre Berichte mit Sätzen wie: ‹Sechs Wochen sind nun vergangen, und die Polizei ist der Lösung immer noch nicht näher› – du kennst dergleichen ja. Wir müssen jetzt einfach etwas unternehmen. Kommst du mit?»

«Klar – eine Nase voll frischer Landluft würde mir wahrscheinlich nur guttun. Um die Spinnweben wegzupusten, weißt du? Vielleicht lasse ich mich sogar inspirieren und erfinde eine schöne neue Art zu morden. ‹O Inspiration, einsames Kind, trällerst dein kunstloses Liedchen im Wind –› Hat das jemand geschrieben, oder hab ich's gerade erfunden? Irgendwie kommt es mir bekannt vor.»

Parker, der nicht gerade bester Laune war, antwortete knapp, der Polizeiwagen werde in einer Stunde nach Leahampton aufbrechen.

«Ich werde zur Stelle sein», sagte Wimsey, «obwohl du ja weißt, wie ungern ich mich von einem anderen fahren lasse. Das gibt einem so ein unsicheres Gefühl. Aber macht nichts. Sei blutig, kühn und frech, wie schon Königin Victoria zum Erzbischof von Canterbury sagte.»

Sie erreichten Leahampton, ohne daß irgendein Zwischenfall Lord Peters Ängste gerechtfertigt hätte. Parker hatte einen zweiten Beamten bei sich, und unterwegs nahmen sie noch den Polizeipräsidenten der Grafschaft mit, der dem Zweck ihrer Reise sehr mißtrauisch gegenüberstand. Bei Betrachtung dieses Aufgebots von fünf kräftigen Männern zwecks Ergreifung einer jungen Frau fühlte Lord Peter sich an die Marquise von Brinvilliers erinnert («Was! Dieses viele Wasser für eine kleine Person wie mich?»), aber damit war er wieder beim Gift und grübelte versunken vor sich hin, bis das Auto vor dem Haus in der Wellington Avenue anhielt.

Parker stieg aus und ging mit dem Polizeipräsidenten auf die Haustür zu. Sie wurde von einem verängstigt dreinblickenden Mädchen geöffnet, das bei ihrem Anblick einen kleinen Schrei von sich gab.

«Oh, Sir! Sie sind doch nicht gekommen, um zu sagen, daß Miss Whittaker etwas zugestoßen ist?»

«Ist Miss Whittaker denn nicht zu Hause?»

«Nein, Sir, sie ist mit Miss Vera Findlater im Auto fortgefahren – am Montag, also vor vier Tagen, Sir, und ist noch nicht wieder zurückgekommen, Miss Findlater auch nicht, und jetzt habe ich Angst, daß ihnen etwas passiert sein könnte. Als ich Sie sah, hab ich gedacht, jetzt kommt die Polizei uns sagen, daß sie einen Unfall gehabt haben. Ich hab nicht gewußt, was ich machen sollte, Sir.»

Entwischt, beim Teufel auch! war Parkers erster Gedanke, aber er schluckte seinen Ärger hinunter und fragte:

«Wissen Sie, wohin sie gefahren sind?»

«Nach Crown's Beach, hat Miss Whittaker gesagt, Sir.»

«Das sind gut 50 Meilen», erklärte der Polizeipräsident. «Wahrscheinlich haben sie sich nur entschlossen, dort ein oder zwei Tage zu bleiben.»

Noch wahrscheinlicher sind sie genau in die entgegengesetzte Richtung gefahren, dachte Parker.

«Sie haben aber nichts für die Nacht mitgenommen, Sir. Gegen zehn Uhr morgens sind sie abgefahren und haben gesagt, sie wollten dort zu Mittag essen und abends wieder nach Hause kommen. Und Miss Whittaker hat nicht geschrieben und gar nichts. Wo sie doch immer so genau ist. Die Köchin und ich, wir haben gar nicht gewußt, was –»

«Nun gut, es wird schon seine Ordnung haben», sagte der Polizeipräsident. «Wie schade, denn wir wollten Miss Whittaker gerade sprechen. Wenn Sie etwas von ihr hören, können Sie ihr ausrichten, Sir Charles Pillington sei mit einem Freund da gewesen.»

«Ja, Sir. Aber bitte, Sir – was sollen wir nun tun?»

«Nichts. Machen Sie sich keine Sorgen. Ich lasse nachforschen. Wissen Sie, ich bin nämlich der Polizeipräsident und kann ganz schnell feststellen, ob es irgendwo einen Unfall gegeben hat oder nicht. Aber wenn etwas passiert wäre, verlassen Sie sich darauf, wir hätten schon davon gehört. Nun kommen Sie, Mädchen, reißen Sie sich zusammen, da gibt es gar nichts zu weinen. Wir geben Ihnen Bescheid, sobald wir etwas hören.»

Aber Sir Charles machte ein besorgtes Gesicht. Im Zusammenhang mit Parkers Ankunft in seinem Distrikt hatte diese Sache etwas Unerfreuliches an sich.

Lord Peter jedoch nahm die Neuigkeit gutgelaunt auf.

«Gut», sagte er. «Man muß sie aufscheuchen. In Bewegung halten. So ist es richtig. Freut mich immer, wenn sich etwas tut. Meine schlimmsten Verdächtigungen werden sich bald bestätigen. Da kommt man sich immer so bedeutend und rechtschaffen vor, nicht wahr? Aber wozu hat sie nur das Mädchen mitgenommen? Übrigens sollten wir lieber einmal bei den Findlaters reinschauen. Vielleicht haben die etwas gehört.»

Man folgte diesem naheliegenden Vorschlag sofort. Aber bei den Findlaters zogen sie eine Niete. Die Familie sei an der See, außer Miss Vera, die bei Miss Whittaker in der Wellington Avenue sei. Das Hausmädchen gab sich in keiner Weise besorgt und schien es auch nicht zu sein. Die Detektive gaben sich die größte Mühe, keine Unruhe zu erzeugen, und zogen sich, nachdem Sir Charles eine ebenso höfliche wie nichtssagende Nachricht hinterlassen hatte, zur Beratung zurück.

«Soweit ich sehen kann», sagte Parker, «bleibt uns da nichts anderes übrig als ein Anruf an alle Polizeidienststellen, sich nach dem Wagen und den Damen umzusehen. Und natürlich müssen wir in allen Häfen nachfragen. Mit vier Tagen Vorsprung können sie jetzt Gott weiß wo sein. Himmel, hätte ich nur etwas mehr riskiert und früher zugepackt, mit oder ohne Genehmigung. Was ist diese Findlater eigentlich für ein Mädchen? Vielleicht sollte ich noch einmal zurückgehen und mir ein Foto von ihr und der Whittaker besorgen. Und du, Wimsey, könntest mal bei Miss Climpson reinschauen und hören, ob sie etwas für uns weiß.»

«Und du könntest beim Yard Bescheid sagen, sie sollen Mrs. Forrests Wohnung im Auge behalten», sagte Wimsey. «Wenn bei einem Verbrecher etwas Ungewöhnliches eintritt, ist man immer gut beraten, seinem Komplicen auf die Finger zu sehen.»

«Ich bin überzeugt, daß Sie beide da fürchterlich im Irrtum sind!», sagte Sir Charles Pillington beschwörend. «Verbrecher – Komplice – mein Gott! Ich habe mir im Laufe eines langen Lebens – und ich lebe schon ein Weilchen länger als Sie beide – einen beträchtlichen Erfahrungsschatz erworben und bin überzeugt, daß Miss Whittaker, die ich übrigens gut kenne, eine so liebe und nette junge Dame ist, wie man es sich nur wünschen kann. Aber irgendeinen Zwischenfall hat es zweifellos gegeben, und es ist unsere Pflicht, der Sache auf den Grund zu gehen. Ich werde mich sofort mit der Polizei von Crown's Beach in Verbindung setzen, sowie ich eine Beschreibung des Wagens habe.»

«Es ist ein Austin Sieben mit der Nummer XX 9917», sagte Wimsey prompt und sehr zur Überraschung des Polizeipräsidenten. «Aber ich bezweifle sehr, daß Sie ihn in Crown's Beach oder sonst irgendwo in der Nähe finden.»

«Jedenfalls sollten wir uns jetzt ein bißchen beeilen», sagte Parker ungehalten. «Am besten trennen wir uns. Können wir dann in einer Stunde im *George* einen Happen essen?»

Wimsey hatte Pech. Miss Climpson war nicht zu finden. Sie hatte heute schon zeitig zu Mittag gegessen und war mit den Worten fortgegangen, eine ausgedehnte Wanderung übers Land werde ihr sicher guttun. Mrs. Budge fürchtete aber eher, sie habe vielleicht schlechte Nachrichten bekommen. Sie habe seit gestern abend so unruhig und besorgt gewirkt.

«Aber einen Moment, Sir», fügte sie hinzu, «wenn Sie sich beeilen, finden Sie sie vielleicht noch in der Kirche. Da geht sie oft noch schnell auf ein Gebet hinein. Nicht gerade die respektvollste Art, finden Sie nicht, Sir, einen heiligen Ort zu besuchen. An einem Wochentag einfach so mal eben rein und raus, als wenn sie Freunde besuchen ginge. Und wenn sie von der Kommunion kommt, ist sie fröhlich und guter Dinge und lacht und macht Scherze. Ich weiß nicht, ob wir die Religion wirklich zu so etwas Gewöhnlichem machen dürfen – so völlig respektlos und gar nichts Erbauliches dabei. Aber – na ja! Wir haben wohl alle unsere Fehler, und eigentlich ist Miss Climpson eine ganz nette Frau, das muß ich schon sagen, auch wenn sie böhmisch-katholisch oder wenigstens so etwas Ähnliches ist.»

Lord Peter fand die Bezeichnung «böhmisch-katholisch» recht passend für den päpstlicheren Ableger der Hochkirche. Aber im Augenblick hatte er nicht das Gefühl, auch noch Zeit für eine religiöse Diskussion erübrigen zu können, weshalb er sich schnell auf den Weg zur Kirche und die Suche nach Mrs. Climpson machte.

Die Türen von St. Onesimus standen gastlich weit offen, und das Ewige Licht verbreitete einen einladenden roten Schimmer in dem ansonsten ziemlich düsteren Raum. Wimsey, der aus der Junisonne kam, mußte erst ein wenig blinzeln, bevor er irgend etwas sonst erkennen konnte. Bald sah er eine dunkle, gebeugte Gestalt vor dem Ewigen Licht knien. Im ersten Augenblick hoffte er, es sei Miss Climpson, aber schon kurz darauf erkannte er zu seiner Enttäuschung, daß es nur eine Nonne in ihrer schwarzen Tracht war, die wahrscheinlich bei der Hostie Wache hielt. Sonst sah er in der Kirche nur noch einen Geistlichen in Soutane, der gerade den Hochaltar schmückte. Es war ja das Fest des heiligen Johannes, fiel Wimsey plötzlich ein. Er ging den Mittelgang hinauf, um sein Opfer vielleicht irgendwo in einer finsteren Ecke zu finden. Seine Schuhe quietschten. Das ärgerte ihn. So etwas würde Bunter nie durchgehen lassen. Unwillkürlich beschlich ihn der Gedanke, das Quietschen könne von dem Teufel in ihm stammen, der gegen die fromme Atmosphäre protestierte. Die Vorstellung gefiel ihm so, daß er jetzt zuversichtlicher weiterging.

Das Quietschen machte den Geistlichen auf ihn aufmerksam. Er drehte sich um und kam dem Eindringling entgegen. Zweifellos, dachte Wimsey, um mir seine geistlichen Dienste bei der Austreibung des bösen Geistes anzubieten.

«Suchen Sie vielleicht jemand?» erkundigte sich der Geistliche höflich.

«Ja, ich suche eine Dame», begann Wimsey. Dann fiel ihm ein, daß dieses Ansinnen den Umständen gemäß vielleicht ein bißchen merkwürdig klang, weshalb er sich beeilte, mit gedämpfter Stimme, die er der geheiligten Umgebung für angemessen hielt, sein Begehren näher zu erläutern.

«Ach so», sagte der Geistliche gänzlich unbekümmert. «Ja, Miss Climpson war vor einer kleinen Weile noch hier, aber ich glaube, jetzt ist sie nicht mehr da. Ich führe zwar gewöhnlich nicht Buch über meine Herde», fügte er lachend hinzu, «aber sie hat noch mit mir gesprochen, bevor sie ging. Ist es etwas Dringendes? Schade, daß Sie sie verpaßt haben. Kann ich ihr etwas ausrichten oder Ihnen sonst irgendwie behilflich sein?»

«Nein, danke», sagte Wimsey. «Entschuldigen Sie die Störung. Es schickt sich wohl nicht ganz, einfach hier hereinzukommen und Leute aus der Kirche schleppen zu wollen, aber – doch, es war schon einigermaßen wichtig. Ich werde eine Nachricht in ihrer Pension hinterlassen. Haben Sie allerbesten Dank.»

Er wandte sich zum Gehen, doch dann hielt er inne und kam noch einmal zurück.

«Sagen Sie, bitte», begann er, «Sie beraten doch manchmal Leute in moralischen Fragen und so, nicht wahr?»

«Nun ja, wir sollten es zumindest versuchen», antwortete der Geistliche. «Haben Sie etwas Bestimmtes auf dem Herzen?»

«J-a-a», meinte Wimsey. «Nichts Religiöses – ich meine, mit der Unfehlbarkeit oder der Jungfrau Maria oder dergleichen hat es nichts zu tun. Es geht um eine Sache, bei der mir nicht recht wohl ist.»

Der Geistliche – es handelte sich um Mr. Tredgold, den Vikar – erklärte ihm, daß er Lord Peter ganz zu Diensten stehe.

«Sehr freundlich von Ihnen. Aber könnten wir irgendwohin gehen, wo ich nicht so flüstern muß? Ich kann niemals etwas richtig erklären, wenn ich flüstern muß. Irgendwie lähmt mich das, verstehen Sie?»

«Gehen wir doch nach draußen», sagte Mr. Tredgold.

Sie gingen hinaus und setzten sich auf eine niedere Tumba.

«Die Sache ist die», begann Wimsey. «Ein hypothetischer Fall, Sie verstehen, nicht wahr? Angenommen, man kennt jemanden, der sehr, sehr krank ist und sowieso nicht mehr lange zu leben hat. Der Betreffende hat schreckliche Schmerzen und muß immerzu Morphium bekommen – im Grunde ist er also für die Welt schon tot, nicht wahr? Und angenommen, dieser Kranke könnte dadurch, daß er gleich stirbt, noch etwas bewirken, was er sowieso möchte, was aber nicht geschehen kann, wenn er noch ein Weilchen länger lebt – ich kann jetzt nicht so genau erklären, warum das so ist, sonst müßte ich persönliche Details verraten und so weiter –, Sie verstehen? Gut, also angenommen, jemand weiß das und gibt der betreffenden Person sozusagen einen kleinen Schubs – beschleunigt ein wenig den Gang der Dinge –, warum sollte das so ein schweres Verbrechen sein?»

«Das Gesetz –» begann Mr. Tredgold.

«Na klar, nach dem Gesetz ist es ein Verbrechen», sagte Wimsey. «Aber halten Sie es, ehrlich, für sehr schlimm? Ich weiß, für Sie ist es natürlich eine Sünde, aber warum soll es eine so furchtbar schwere Sünde sein? Schließlich tut man dem Menschen doch nichts Böses, oder?»

«Das können wir nicht beurteilen», sagte Mr. Tredgold, «wenn wir nicht wissen, was Gott mit dieser Seele vorhat. In den Wochen oder Stunden des Schmerzes und der Bewußtlosigkeit legt vielleicht die Seele einen notwendigen Teil ihrer irdischen Wanderung zurück. Es ist nicht unsere Aufgabe, diesen Weg abzukürzen. Wer sind wir denn, daß wir Leben und Tod in unsere Hände nehmen dürften?»

«Nun, auf die eine oder andere Art tun wir das doch alle Tage. Richter – Soldaten – Ärzte – sie alle. Trotzdem kommt es mir in diesem Fall irgendwie nicht richtig vor. Aber dann wieder könnte man durch seine Einmischung – durch das Herumstöbern in dem Fall – noch viel größeren Schaden anrichten. Wer weiß, was man damit alles in Gang setzt.»

«Ich glaube», sagte Mr. Tredgold, «daß die Sünde – nein, ich will dieses Wort nicht gebrauchen –, daß der Schaden für die Gesellschaft, das Unrecht, mehr in dem Nachteil für den Tötenden selbst liegt als in irgendeinem eventuellen Schaden für den Getöteten. Das gilt natürlich besonders, wenn der Tötende von seiner Tat einen Vorteil hat. Sie erwähnten vorhin eine Konsequenz, die dem Willen des Kranken entsprechen würde – darf ich fragen, ob diese Konsequenz zum Vorteil der anderen Person wäre?»

«Ja. Genauso ist es. Er – sie – hat den Nutzen davon.»

«Das stellt die Frage allerdings auf eine ganz andere Ebene als bei einer Beschleunigung des Todes aus Mitleid. Die Sünde liegt in der Absicht, nicht in der Tat. Darin unterscheidet sich göttliches von menschlichem Recht. Es ist schlimm, wenn ein Mensch irgendein Recht zu haben glaubt, über das Leben eines anderen Menschen zu seinem Vorteil zu verfügen. Das verführt ihn dazu, sich als über allen Gesetzen stehend zu betrachten – und nie kann sich die Gesellschaft vor einem Menschen sicher fühlen, der wissentlich und ungestraft gemordet hat. Das ist der Grund – oder vielmehr einer der Gründe –, warum Gott die persönliche Rache verbietet.»

«Sie meinen, ein Mord führt zum nächsten.»

«Sehr oft. Auf jeden Fall führt er zu einer erhöhten Bereitschaft, weitere zu begehen.»

«So war es. Das ist ja mein Kummer. Aber es wäre nicht so gekommen, wenn ich nicht angefangen hätte, in der Sache herumzuwühlen. Hätte ich wohl die Finger davon lassen sollen?»

«Ich verstehe. Das ist eine schwierige Frage. Schrecklich für Sie. Jetzt fühlen Sie sich verantwortlich.»

«Ja.»

«Und Sie selbst haben keine persönliche Rache im Sinn?»

«Aber nein. Ich habe eigentlich gar nichts damit zu tun. Ich bin in die Sache hineingeschlittert, weil ich jemandem helfen wollte, der dadurch in Schwierigkeiten geraten war, daß er seinerseits einen Verdacht hatte. Und durch meine verdammte Einmischung haben die ganzen Verbrechen wieder von vorn angefangen.»

«Dann sollten Sie sich nicht zu sehr quälen. Wahrscheinlich wäre der Mörder durch seine eigenen Schuldgefühle und Ängste zu neuen Verbrechen getrieben worden, auch ohne Ihr Eingreifen.»

«Das stimmt», sagte Wimsey, der an Mr. Trigg dachte.

«Ich rate Ihnen, tun Sie, was Sie für das richtige halten, und zwar in Übereinstimmung mit den Gesetzen, die zu respektieren wir erzogen wurden. Alles Weitere überlassen Sie Gott. Und versuchen Sie Nachsicht zu üben, auch mit bösen Menschen. Sie verstehen, was ich meine. Übergeben Sie den Missetäter der Gerechtigkeit, aber vergessen Sie nie dabei, daß auch Sie und ich nicht davonkommen würden, wenn uns allen Recht geschähe.»

«Ich weiß. Den Mann niederschlagen, aber nicht auf der Leiche tanzen. Ganz recht. Verzeihen Sie die Belästigung, und entschuldigen Sie jetzt bitte meinen eiligen Aufbruch, ich bin nämlich mit einem Freund verabredet. Ich danke Ihnen sehr. Mir ist nicht mehr ganz so elend deswegen zumute. Aber allmählich waren mir doch Bedenken gekommen.»

Mr. Tredgold sah ihm nach, wie er zwischen den Gräbern davoneilte. «Ach Gott», sagte er bei sich, «wie nett sie doch eigentlich sind. So freundlich und gewissenhaft, und dann wieder so unsicher, wenn etwas über ihre Schulweisheiten hinausgeht. Und viel empfindsamer und schüchterner, als die Leute glauben. Eine Klasse, an die man schwer herankommt. Morgen sollte ich in der Messe eigens seiner gedenken.»

Und als praktisch denkender Mensch macht Mr. Tredgold sich sogleich einen Knoten ins Taschentuch, der ihn an diesen frommen Entschluß erinnern sollte.

«Dieses Problem – eingreifen oder nicht – Gottes Gesetz oder des Kaisers. Polizisten – nein, für die ist das kein Problem. Aber für gewöhnliche Sterbliche – wie schwierig, die eigenen Motive zu ergründen! Was mag ihn nur hierhergeführt haben? Könnte es am Ende – nein!» sagte der Vikar schnell, bevor er weiterdenken konnte. «Ich habe kein Recht, Mutmaßungen anzustellen.» Er zog noch einmal sein Taschentuch heraus und machte einen zweiten Knoten hinein, der ihn für die nächste Beichte daran erinnern sollte, daß er der Sünde der Neugier verfallen war.

20

Mord

Siegfried: *«Was hat das zu bedeuten?»*
Isbrand: *«Nur eine kleine Entführung,
weiter nichts.»*
Beddoes: Das Schwankbuch des Todes

Auch Parker hatte eine enttäuschende halbe Stunde hinter sich. Miss Whittaker schien sich nicht nur ungern fotografieren zu lassen, sondern auch alle existierenden Bilder, die sie in die Finger bekommen konnte, kurz nach Miss Dawsons Tod vernichtet zu haben. Natürlich waren gewiß viele von ihren Freunden im Besitz eines Bildes – vor allem selbstverständlich Miss Findlater. Aber Parker war sich nicht sicher, ob er wirklich diesen Sturm im Wasserglas entfachen sollte. Miss Climpson würde natürlich eines beschaffen können. Er ging in die Nelson Avenue. Miss Climpson sei ausgegangen, und vorhin habe schon ein anderer Herr nach ihr gefragt. Mrs. Budges Augen traten vor Neugier fast aus ihren Höhlen – Miss Climpsons «Neffe» und seine Freunde wurden ihr offenbar langsam verdächtig. Dann suchte Parker nacheinander alle Fotografen im Ort auf. Es gab ihrer fünf. Zwei von ihnen waren im Besitz von Gruppenaufnahmen, die jeweils ein unkenntliches Konterfei von Miss Whittaker bei allen möglichen Lokalereignissen zeigten. Offenbar hatte sie sich in Leahampton nie porträtieren lassen.

Von Miss Findlater erhielt er dagegen mehrere sehr gut erkennbare Porträts. Sie war ein unscheinbares Ding mit blonden Haaren und reichlich sentimentalem Blick – etwas pummelig und halbwegs hübsch. Parker schickte die Bilder mit der Anweisung nach London, sie zusammen mit einer Beschreibung der Kleider, in denen Vera Findlater zuletzt gesehen worden war, an alle Polizeidienststellen zu verteilen.

Die einzigen fröhlichen Menschen am Tisch im *George* waren der zweite Polizist, der sich nett mit ein paar Garagenbesitzern und Wirten unterhalten hatte, von denen er vielleicht ein paar Informationen zu erhalten hoffte, und der Polizeipräsident, der sich in seiner Ansicht bestätigt sah und triumphierte. Er hatte mit verschiedenen Polizeistationen telefoniert und dabei erfahren, daß der Wagen mit dem Kennzeichen XX 9917 tatsächlich letzten Montag von einem Straßenwachtfahrer an der Straße nach Crown's Beach gesehen worden war. Da er schon immer behauptet hatte, an dem Ausflug nach Crown's Beach sei bestimmt nichts faul, glaubte er jetzt über den Mann von Scotland Yard frohlocken zu können. Mißmutig mußten Wimsey und Parker zustimmen, daß es das beste sei, nach Crown's Beach zu fahren und dort weitere Nachforschungen anzustellen.

Inzwischen hatte einer der Fotografen, dessen Vetter in der Redaktion des *Leahampton Mercury* arbeitete, bei dieser stets aktuellen Zeitung angerufen, die gerade in Druck gehen sollte. Einer Vorankündigung unter «Letzte Meldungen» folgte daraufhin eine Sonderausgabe; jemand hatte die Londoner *Evening News* angerufen, die es prompt aufs Titelblatt brachte; damit war das Öl im Feuer, und am folgenden Morgen erschienen der *Daily Yell,* die *Daily Views,* der *Daily Wire* und die *Daily Tidings,* die allesamt unter Mangel an aufregenden Neuigkeiten litten, mit kühnen Schlagzeilen über verschwundene junge Frauen.

In Crown's Beach allerdings, einem hübschen, wohlanständigen Seebad, war von einer Miss Whittaker, Miss Findlater oder einem Wagen mit der Nummer XX 9917 nichts bekannt. Kein Hotel hatte sie beherbergt, keine Garage ihren Wagen aufgetankt oder repariert; kein Polizist hatte sie beobachtet. Der Polizeipräsident hielt an seiner Unfalltheorie fest, und es wurden Suchtrupps ausgeschickt. Aus ganz England trafen Telegramme bei Scotland Yard ein. Man wollte sie bei Dover, Newcastle, Sheffield, Winchester und Rugby gesehen haben. In Folkstone hatten zwei junge Damen auf sehr verdächtige Weise Tee getrunken; am Montagabend war ein Wagen zu später Stunde sehr geräuschvoll durch Dorchester gefahren; in Alresford war eine dunkelhaarige junge Frau kurz vor der Polizeistunde «ganz aufgeregt» in ein Lokal getreten und hatte sich nach dem Weg nach Hazelmere erkundigt. Aus all diesen Meldungen pickte Parker den Bericht eines jungen Pfadfinders heraus, der am Samstagmorgen meldete, er habe vergangenen Montag zwei junge Damen mit Wagen in den Dünen nicht weit von Shelly Head beim Picknick beobachtet. Der Wagen sei ein Austin VII gewesen – das wisse er, weil er sich für Autos interessiere (bei einem Jungen in seinem Alter eine unanfechtbare Begründung), und er habe gesehen, daß er eine Londoner Nummer hatte, wenn er auch nicht mit Bestimmtheit sagen könne, wie die Nummer gelautet habe.

Shelly Head liegt etwa zehn Meilen von Crown's Beach entfernt an der Küste und ist in Anbetracht der Nähe dieses Seebades ungewöhnlich einsam. Unterhalb der Klippen erstreckt sich ein langer, heller Sandstrand, den nie jemand aufsucht, den kein Haus überblickt. Die Klippen selbst sind kalkweiß und von kurzem Gras bedeckt, das sich in eine weite Dünenlandschaft hinein erstreckt, in der Ginster und Heide wachsen. Dahinter kommt ein Streifen Nadelwald, hinter dem ein schmaler, steiler, zerfahrener Weg schließlich zu der Schnellstraße von Ramborough nach Ryder's Head führt. Die Dünen sind kaum besucht, obwohl es zwischen ihnen genügend Wege gibt, die man durchaus mit dem Wagen befahren kann, wenn man seine Bequemlichkeit oder die Federung des Wagens nicht über alles liebt.

Unter Führung des Pfadfinders holperte das Polizeiauto kläglich über diese unschönen Wege. Nach älteren Wagenspuren suchen zu wollen war hoffnungslos, denn der Kalkstein war trocken und hart, und das Gras- und Ginstergestrüpp hielt keine Spuren fest. Überall waren Vertiefungen und Mulden – alle gleich, und viele von ihnen tief genug, um einen kleinen Wagen zu verstecken, von den Überbleibseln eines Picknicks neueren Datums ganz zu schweigen. Als sie an die Stelle kamen, von der ihr Führer annahm, hier seien sie ungefähr richtig, hielten sie an und stiegen aus. Parker teilte das Gelände zwischen den fünfen auf, und ein jeder machte sich auf die Suche.

Wimsey lernte an diesem Tag Stechginster hassen. Die Büsche waren so zahlreich und dicht, und jeder konnte ein Zigarettenpäckchen, ein Butterbrotpapier, ein Stückchen Stoff oder sonst einen Anhaltspunkt verbergen. Mißmutig trottete er dahin, den Rücken gebeugt und den Blick am Boden, über eine Erhebung und hinein ins nächste Loch – dann in Kreisen nach rechts und links, sich stets am Polizeiwagen orientierend; und über die nächste Welle und in die nächste Mulde; die nächste Erhebung –

Halt. Dort in der Senke war etwas.

Zuerst sah er es hinter einem Ginsterbusch hervorlugen. Es war von heller Farbe und spitz, etwa wie ein Fuß.

Er fühlte eine leichte Übelkeit.

«Da hat sich jemand zum Schlafen hingelegt», sagte er laut.

Dann dachte er: Komisch – immer sind's die Füße, die sie herausschauen lassen.

Er stieg zwischen den Büschen hinunter, halb schlitternd auf dem kurzen Gras. Fast wäre er hinuntergekullert. Er fluchte ärgerlich.

Schon merkwürdig, wie diese Person da schlief. Die vielen Fliegen auf ihrem Kopf mußten sie doch stören.

Er fand, daß es für Fliegen noch verhältnismäßig früh im Jahr war. In den Zeitungen hatte ein gereimter Aufruf gestanden, etwa so: «Für jede Fliege, die du heute kannst erschlagen, werden dreihundert weniger im September dich plagen.» Oder waren es tausend? Das Metrum stimmte sowieso nicht.

Er riß sich zusammen und ging weiter. Die Fliegen erhoben sich in einer kleinen Wolke.

Es muß ein schwerer Schlag gewesen sein, dachte er, daß der Hinterkopf derart zertrümmert ist. Das kurze Haar war blond. Das Gesicht lag zwischen den nackten Armen.

Er drehte die Leiche auf den Rücken.

Natürlich konnte er – wollte er – ohne das Foto nicht mit Sicherheit sagen, daß es Vera Findlater war.

Das Ganze hatte vielleicht dreißig Sekunden gedauert.

Er kraxelte auf den Rand der Mulde und rief.

In einiger Entfernung blieb eine schwarze Gestalt stehen und drehte sich um. Er sah das Gesicht als einen weißen Fleck ohne jeden Ausdruck darin. Er rief noch einmal und fuchtelte erklärend mit den Armen durch die Luft. Die Gestalt setzte sich in Bewegung; langsam und schwerfällig schlurfend kam sie durch das Heidekraut angelaufen. Es war der Polizist – er war von schwerer Statur, zum Laufen in dieser Hitze nicht gebaut. Wimsey rief wieder, und der Polizist antwortete. Wimsey sah auch die anderen aus allen Richtungen herannahen. Über einem Muldenrand erschien, mit seinem Stock winkend, die komische Gestalt des Pfadfinders und verschwand wieder. Der Polizist war schon ganz nahe. Er hatte seine Melone in den Nacken geschoben, und an seiner Uhrkette blinkte etwas in der Sonne, während er lief. Wimsey lief ihm unwillkürlich entgegen, hörte sich rufen – ihm alles lang und breit erklären. Die Entfernung war noch viel zu groß, um sich verständlich zu machen, aber er erklärte, wortreich, aufgeregt, mit wilden Gesten. Er war ganz außer Atem, als er mit dem Polizisten zusammentraf. Beide waren außer Atem. Sie schüttelten die Köpfe und keuchten. Es war ein lächerlicher Anblick. Er rannte wieder los, der Polizist hinterdrein. Bald waren alle da. Sie gestikulierten und maßen, machten sich Notizen und stöberten unter dem Ginsterstrauch herum. Wimsey setzte sich. Er war entsetzlich müde.

«Peter», rief Parkers Stimme, «komm mal her und sieh dir das an!»

Müde erhob er sich.

Etwas weiter unten in der Mulde fanden sich Überreste eines Picknicks. Der Polizist hielt ein Täschchen in der Hand – er hatte es unter der Toten hervorgezogen und kramte in seinem belanglosen Inhalt herum. Auf dem Boden, gleich neben dem Kopf der Toten, lag ein schwerer Schraubenschlüssel – er war häßlich verfärbt, und an seiner Klaue klebten ein paar blonde Haare. Es waren aber nicht diese Dinge, auf die Parker ihn aufmerksam machte, sondern eine violettgraue Männermütze.

«Wo hast du sie gefunden?» fragte Wimsey.

«Unser Freund Alf hat sie oben am Rand der Mulde aufgehoben», sagte Parker.

«In den Ginster war sie geflogen», ergänzte der Pfadfinder. «Gleich da oben; und verkehrtherum lag sie, als wenn sie jemandem vom Kopf gefallen wäre.»

«Sind Fußspuren zu sehen?»

«Unwahrscheinlich. Aber an einer Stelle ist das Gestrüpp ganz zertrampelt und niedergedrückt. Sieht aus, als ob es da einen Kampf gegeben hätte. Was ist nur aus dem Austin geworden? He! Rühr mir den Schraubenschlüssel nicht an, Junge, da könnten Fingerabdrücke daran sein. Sieht ganz nach einem Überfall durch eine Bande aus. Ist in dieser Tasche noch Geld? Eine Zehn-Shilling-Note, ein Sixpence und ein paar Kupfermünzen – na ja, die andere hat vielleicht mehr bei sich gehabt. Die ist nämlich gut betucht. Sollte mich nicht wundern, wenn sie wegen eines Lösegelds entführt worden wäre.» Parker bückte sich und wickelte den Schraubenschlüssel rasch in ein seidenes Taschentuch, das er an den vier Zipfeln zusammenknotete. «So, und jetzt sollten wir uns wieder aufteilen und nach dem Auto suchen. Vielleicht nehmen wir uns mal da drüben den Waldstreifen vor. Er scheint ein geeignetes Versteck zu sein. Ach ja, Hopkins – Sie fahren am besten mit dem Wagen nach Crown's Beach zurück, sagen auf der Polizeistation Bescheid und bringen einen Fotografen mit. Und dieses Telegramm hier schicken Sie an den Chef von Scotland Yard, und dann treiben Sie noch einen Arzt auf und bringen ihn auch mit hierher. Bei der Gelegenheit mieten Sie sich einen zweiten Wagen, denn falls wir den Austin nicht finden – für den einen Wagen dürften wir ein paar Leute zuviel sein. Nehmen Sie Alf mit, wenn Sie nicht sicher sind, ob Sie wieder hierherfinden. Ach ja, Hopkins! – bringen Sie auch gleich etwas zu essen und zu trinken mit, es könnte hier draußen spät werden. Hier haben Sie Geld – ist das genug?»

«Jawohl, Sir, danke.»

Der Polizist entfernte sich mit Alf, der sichtlich mit sich kämpfte, ob er lieber dableiben sollte, um vielleicht noch mehr zu entdecken, oder ob es sein Ansehen mehr hob, wenn er als erster mit der Neuigkeit zurückkam. Parker äußerte ein paar Worte des Lobes für seine unschätzbare Hilfe, die ihn mit Freude erfüllten. Dann wandte er sich an den Polizeipräsidenten.

«Offenbar sind sie in dieser Richtung fortgefahren. Würden Sie sich bitte nach links begeben und von dort in den Wald hineingehen, Sir? Und du, Peter, gehst bitte nach rechts und suchst den Wald von dieser Seite ab. Ich selbst nehme mir die Mitte vor.»

Der Polizeipräsident, sichtlich erschüttert durch den Fund der Leiche, gehorchte wortlos. Wimsey nahm Parker beim Arm.

«Hör mal», sagte er, «hast du dir die Wunde angesehen? Da stimmt doch etwas nicht, meinst du nicht auch? Sie müßte irgendwie noch schlimmer aussehen. Was meinst du?»

«Im Augenblick meine ich überhaupt nichts», sagte Parker leicht verbittert. «Warten wir ab, was der Arzt sagt. Kommen Sie, Steve! Wir wollen den Wagen suchen gehen.»

«Sehen wir uns doch mal die Mütze an. Aha. Gekauft bei einem Herrn mosaischen Bekenntnisses, wohnhaft in Stepney. Fast neu. Riecht stark nach Haaröl – scheint ein ziemlich vornehmer Gangster zu sein. So eine Art Salonlöwe.»

«Ja – damit müßten wir schon etwas anfangen können. Gott sei Dank übersehen sie ja immer etwas. So, aber jetzt sollten wir lieber losgehen.»

Mit der Suche nach dem Wagen gab es keine Schwierigkeiten. Parker stolperte fast darüber, kaum daß er in den Schatten der Bäume getreten war. Er kam auf eine Lichtung, durch die ein kleines Rinnsal lief, und gleich daneben stand der vermißte Austin. Hier standen neben Fichten auch noch andere Bäume, und der Bach, der an dieser Stelle einen Knick machte, war verbreitert und bildete eine seichte Pfütze mit schlammigen Ufern.

Der Wagen hatte das Verdeck auf, und Parker näherte sich ihm mit dem unbehaglichen Gefühl, etwas Unangenehmes darin zu finden, aber er war leer. Er probierte die Gangschaltung. Sie stand auf Leerlauf, und die Handbremse war angezogen. Auf dem Sitz lag ein großes leinenes Taschentuch, sehr schmutzig und ohne Monogramm oder Wäschezeichen. Parker brummte etwas über die Angewohnheit des Verbrechers, seine Sachen so unachtsam herumliegen zu lassen. Dann ging er um die Wagenfront herum und fand gleich weitere Beweise dieser Achtlosigkeit. Im Schlamm waren nämlich Fußspuren – zwei von Männern und eine von einer Frau, wie es aussah.

Die Frau war als erste aus dem Wagen gestiegen – er sah den tiefen Eindruck ihres linken Schuhs, wo sie sich aus dem niedrigen Sitz hochgestemmt hatte. Dann der rechte Fuß – weniger tief –, und dann war sie ein wenig getaumelt und hatte zu laufen begonnen. Aber sogleich war einer der Männer da gewesen und hatte sie wieder eingefangen. Er kam aus dem Farngestrüpp und hatte neue Gummiabsätze an den Schuhen, und ein paar Schleifspuren schienen darauf hinzudeuten, daß er sie festgehalten und sie versucht hatte, sich loszureißen. Schließlich war der zweite Mann – er schien ziemlich schmale Füße zu haben und spitze Schuhe zu bevorzugen, die sich bei Jünglingen von der geräuschvolleren Sorte großer Beliebtheit erfreuen – ihr vom Wagen her gefolgt. Deutlich überlagerten seine Fußspuren die ihren. Alle drei hatten dann kurz beieinander gestanden. Dann entfernten sich die Spuren, die von der Frau in der Mitte, und führten zu einer Stelle, wo man deutlich den Abdruck eines Michelin-Ballonreifens sah. Der Austin hatte gewöhnliche Dunlops an den Rädern – außerdem schien das hier ein größerer Wagen zu sein. Er hatte dort offenbar eine ganze Weile gestanden, denn unter dem Motor hatte sich ein dicker Ölfleck gebildet. Dann war er über eine Art Reitweg, der zwischen den Bäumen hindurchführte, weggefahren. Parker folgte der Spur ein kurzes Stück, aber sie verlor sich bald auf dem dicken Nadelteppich. Einen anderen Weg gab es jedoch nicht, den der Wagen hätte nehmen können. Er kehrte zum Austin zurück, um ihn weiter zu untersuchen. Rufe meldeten ihm wenig später, daß die beiden anderen sich dem Mittelabschnitt des Waldstreifens näherten. Er rief zurück, und es dauerte nicht lange, da kamen Wimsey und Sir Charles Pillington geräuschvoll durch den Farn, der die Fichten säumte, auf ihn zugerannt.

«Na», sagte Wimsey, «diesen eleganten purpurnen Kopfputz hier können wir wohl dem Herrn mit den schlanken Schuhen zuordnen, denke ich. Wahrscheinlich knallgelb, mit Druckknöpfen. Sicher weint er jetzt seiner schönen Mütze nach. Die weiblichen Fußspuren gehören wohl Miss Whittaker, denke ich.»

«Anzunehmen. Ich kann mir nicht vorstellen, daß sie der Findlater gehören. Diese Frau hier ist oder wurde mit dem Wagen weggefahren.»

«Vera Findlaters Spuren sind es bestimmt nicht – an ihren Schuhen war kein Schmutz, als wir sie fanden.»

«Ach, du hast also doch aufgepaßt. Ich hatte den Eindruck, du seist der Welt ein wenig überdrüssig gewesen.»

«War ich auch, mein Lieber, aber ich kann selbst auf dem Sterbebett nicht anders als die Augen offenhalten. Hoppla! Was ist denn das?»

Er schob die Hand hinter die Wagenpolster und holte eine amerikanische Illustrierte hervor – so ein monatliches Sammelsurium von Merkwürdigkeiten und Sensationsgeschichten, das unter dem Titel *Schwarze Maske* erschien.

«Leichte Lektüre für die Massen», sagte Parker.

«Vielleicht hat der Herr mit den gelben Schuhen das Ding angeschleppt», meinte der Polizeipräsident.

«Wohl eher Miss Findlater», sagte Wimsey.

«Das ist doch kaum etwas für Damen», widersprach Sir Charles gequält.

«Na, ich weiß nicht. Soweit man hört, hielt Miss Whittaker überhaupt nichts von Sentimentalität und Rosenromantik, und das arme Mädchen hat sie ja in allem kopiert. Vielleicht hatten beide einen jungenhaften Geschmack an Räuberpistölchen.»

«Das ist ja nicht so wichtig», meinte Parker.

«Warte mal. Sieh dir das an. Da hat doch jemand etwas angestrichen.»

Wimsey hielt ihnen das Titelblatt unter die Nase. Das erste Wort des Zeitungsnamens war dick mit Bleistift unterstrichen.

«Meinst du, das könnte eine Art Botschaft sein? Vielleicht hat das Heft auf dem Sitz gelegen, und sie hat unbemerkt den Strich machen können und dann das Heft hier versteckt, bevor man sie zu dem anderen Wagen schleppte.»

«Genial», fand Sir Charles, «aber was hat es zu bedeuten? Schwarze. Mir sagt das nichts.»

«Vielleicht war der Spitzschuh ein Neger», mutmaßte Parker. «Neger finden Gefallen an solchen Schuhen und Brillantine. Oder vielleicht ein Hindu oder Parse.»

«Gott steh mir bei!» rief Sir Charles entsetzt. «Ein englisches Mädchen in den Händen eines Niggers. Wie abscheulich!»

«Na ja, hoffen wir, daß es nicht so ist. Sollen wir der Straße folgen oder auf den Arzt warten?»

«Ich denke, wir gehen besser zu der Toten zurück», sagte Parker. «Die haben einen so großen Vorsprung, da macht es jetzt auch nichts mehr aus, ob wir eine halbe Stunde später oder früher die Verfolgung aufnehmen.»

Sie verließen also das durchscheinende, kühle Grün des Waldes und gingen in die Dünen zurück. Der Bach plätscherte munter über die Kiesel dahin und wandte sich nach Süden, dem Fluß und dem Meer entgegen.

«Du hast gut plätschern», sagte Wimsey zu dem Bach. «Könntest du uns nicht lieber sagen, was du gesehen hast?»

21

Aber wie?

Der Tod hat so viele Ausgänge für das Leben.
Beaumont und Fletcher:
Custom of the Country

Der Doktor war ein dicklicher, zappeliger Mensch – ein «Greiner», wie Wimsey diese Sorte wenig liebevoll nannte. Er greinte über den eingeschlagenen Schädel der armen Vera Findlater wie über eine Maserninfektion nach einem Kindergeburtstag oder eine selbstverschuldete Gicht.

«Ts-ts-ts. Ein furchtbarer Schlag. Wie sind wir nur dazu gekommen, frage ich mich. Ts-ts. Exitus? Nun ja, so vor ein paar Tagen. Ts-ts. Das macht es natürlich noch unangenehmer. Mein Gott, wie schrecklich für die armen Eltern. Und ihre Schwestern. Lauter so nette Mädchen. Sie kennen sie ja, Sir Charles. Ach ja. Ts-ts-ts.»

«Es besteht dann wohl kein Zweifel», sagte Parker, «daß dies Miss Findlater ist?»

«Nicht der mindeste», sagte Sir Charles.

«Nun, wenn Sie das Mädchen also identifizieren können, ist es vielleicht möglich, den Angehörigen diesen schrecklichen Anblick zu ersparen. Einen Augenblick, Doktor – der Fotograf möchte noch die Lage der Leiche festhalten, bevor Sie etwas verändern. Bitte, Mr. – Andrews? – ja – haben Sie solche Aufnahmen schon einmal gemacht? Nein? Nun, Sie dürfen sich nicht soviel daraus machen! Ich weiß, schön ist das nicht. Eines von hier aus, bitte, damit man die Lage der Leiche erkennt – jetzt eines von oben – ja, so ist es gut – und nun noch die Wunde selbst – bitte in Nahaufnahme. So. Danke. Bitte, Doktor, jetzt dürfen Sie sie umdrehen – tut mir leid, Mr. Andrews – ich kann mir denken, wie Ihnen zumute ist – aber das muß nun einmal sein. Hoppla! Sieh mal einer an, wie ihre Arme zerkratzt sind. Sieht aus, als ob sie sich noch kräftig gewehrt hätte. Rechtes Handgelenk und linker Ellbogen – als wenn jemand versucht hätte, sie am Boden zu halten. Das müssen wir fotografieren,

Mr. Andrews – es könnte wichtig sein. Sagen Sie, Doktor, was halten Sie von diesem Gesicht?»

Der Doktor sah aus, als wollte er sich das Gesicht lieber gar nicht erst anschauen. Nach vielem Gegreine aber rang er sich dann doch dazu durch, seine Meinung zum besten zu geben.

«Soweit man sagen kann – denn nach dem Tod sind viele Veränderungen eingetreten –» meinte er zögernd, «ist das Gesicht um Nase und Lippen aufgerauht oder versengt worden. An Nasenrücken, Hals oder Stirn ist davon aber nichts zu sehen – ts-ts –, sonst hätte ich es für einen starken Sonnenbrand gehalten.»

«Könnte es eine Chloroform-Verätzung sein?» schlug Parker vor.

«Ts-ts-ts», machte der Arzt verärgert, weil er nicht selbst auf diesen Gedanken gekommen war. «Ich wollte, die Herren von der Polizei hätten es nicht immer so eilig. Sie wollen immer alles auf einmal wissen. Ich wollte gerade sagen – wenn Sie mir nicht zuvorgekommen wären –, daß ich dieses Aussehen, wie gesagt, eben *nicht* einem Sonnenbrand zuschreiben kann und deshalb eine Möglichkeit wie die von Ihnen genannte in Betracht kommt. Ich kann nicht sagen, daß es Chloroform *war* – medizinische Urteile dieser Art darf man nicht vorschnell und ohne eingehende Untersuchung abgeben –, aber ich wollte eben gerade sagen, daß es so sein *könnte*.»

«Könnte sie in diesem Falle», mischte Wimsey sich ein, «an der Wirkung des Chloroforms gestorben sein? Angenommen, man hat ihr zuviel gegeben oder sie hatte ein schwaches Herz?»

«Mein lieber Herr», sagte der Arzt, diesmal zutiefst gekränkt, «sehen Sie sich doch einmal diesen Schlag auf den Kopf an, und dann fragen Sie sich bitte selbst, ob man da noch nach einer anderen Todesursache suchen muß. Außerdem, wenn sie am Chloroform gestorben wäre, wozu wäre dann der Schlag noch notwendig gewesen?»

«Eben darüber habe ich gerade nachgedacht», sagte Wimsey.

«Ich nehme doch nicht an», fuhr der Arzt fort, «daß Sie meine fachlichen Kenntnisse anzweifeln wollen?»

«Aber gewiß nicht», sagte Wimsey, «nur wäre es, wie Sie selbst sagen, unklug, ohne eingehende Untersuchung ein medizinisches Urteil abzugeben.»

«Und hier ist dafür nicht der Ort», warf Parker hastig ein. «Ich glaube, wir haben hier getan, was zu tun war. Würden Sie

die Leiche jetzt bitte ins Leichenhaus begleiten, Doktor? Und
Ihnen, Mr. Andrews, wäre ich dankbar, wenn Sie mitkommen
und oben im Wald ein paar Fußspuren fotografieren würden.
Die Lichtverhältnisse sind schlecht, fürchte ich, aber wir müssen
unser Bestes tun.»

Er nahm Wimsey beiseite.

«Der Doktor ist natürlich ein Narr», sagte er, «aber wir können jederzeit ein zweites Gutachten einholen. Inzwischen sollten wir es lieber so aussehen lassen, als ob wir die augenfällige
Erklärung für das Geschehen hier azeptierten.»

«Was gibt es für Schwierigkeiten?» fragte Sir Charles neugierig.

«Ach, keine besonderen», antwortete Parker. «Aller Anschein
spricht dafür, daß die beiden Mädchen von ein paar Banditen
überfallen worden sind, die dann Miss Whittaker in der Hoffnung auf ein Lösegeld verschleppten, nachdem sie Miss Findlater brutal erschlagen hatten, als sie sich wehrte. Wahrscheinlich
ist das die richtige Erklärung. Kleine Widersprüche werden sich
mit der Zeit gewiß von selbst aufklären. Genaueres können wir
erst sagen, nachdem eine gründliche ärztliche Untersuchung
stattgefunden hat.»

Sie gingen zum Wald zurück, wo sie die Fußspuren fotogra-
fierten und sorgfältig vermaßen. Der Polizeipräsident verfolgte
ihr Tun mit dem größten Interesse und schaute Parker über die
Schultern, wenn er sich die Einzelheiten in seinem Buch notierte.

«Hören Sie mal», sagte er plötzlich, «ist es nicht ziemlich
merkwürdig –?»

«Da kommt jemand», unterbrach ihn Parker.

Das Knattern eines Motorrads, das sich im zweiten Gang
durch das unwegsame Gelände quälte, kündigte die Ankunft eines mit einer Kamera bewaffneten jungen Mannes an.

«O Gott!» stöhnte Parker. «Da kommt schon die verdammte
Presse.»

Er empfing den Reporter aber durchaus höflich und zeigte
ihm die Rad- und Fußspuren, und während sie sich zur Fund-
stelle der Leiche begaben, erläuterte er ihm die Entführungs-
theorie.

«Können Sie uns etwas über das Aussehen der beiden gesuchten Männer sagen, Inspektor?»

«Nun ja», sagte Parker, «einer von ihnen scheint so eine Art

223

Stutzer zu sein; er trägt eine abscheuliche lila Mütze und schmale, spitze Schuhe, und falls die Unterstreichung hier auf diesem Illustriertenblatt etwas bedeutet, könnte einer der beiden Männer womöglich ein Farbiger sein. Von dem zweiten können wir lediglich sagen, daß er Schuhgröße 44 mit Gummiabsätzen trägt.»

«Apropos Schuhe», begann Pillington, «ich wollte eben sagen, daß es doch ziemlich merkwürdig ist –»

«Und hier haben wir Miss Findlaters Leiche gefunden», fuhr Parker rücksichtslos fort und beschrieb die Verletzungen und die Lage des Körpers. Der Journalist war dankbar damit beschäftigt, Fotos zu machen, darunter ein Gruppenbild von Wimsey, Parker und dem Polizeipräsidenten mitten im Ginster, wobei letzterer majestätisch mit seinem Spazierstock auf die verhängnisvolle Stelle zeigte.

«So, mein Bester», sagte Parker wohlwollend, «und nachdem Sie nun haben, was Sie wollen, schwirren Sie ab und erzählen es allen anderen bitte auch. Sie haben alles gehört, was wir Ihnen sagen können, und jetzt haben wir Wichtigeres zu tun als Sonderinterviews zu geben.»

Etwas Besseres konnte der Reporter sich nicht wünschen. Das war ja so gut wie ein Exklusivbericht, und keine viktorianische Grande Dame hätte die Vorzüge der Exklusivität besser zu schätzen gewußt als ein moderner Zeitungsmann.

«Also nun, Sir Charles», sagte Parker, nachdem der Journalist vergnügt von dannen geknattert war, «was wollten Sie zu den Fußspuren bemerken?»

Aber Sir Charles war beleidigt. Der Mann von Scotland Yard war ihm über den Mund gefahren und hatte Zweifel an seiner Klugheit aufkommen lassen.

«Nichts», antwortete er. «Ich bin überzeugt, daß meine Schlüsse für Sie etwas vollkommen Selbstverständliches sind.»

Und auf der ganzen Rückfahrt hüllte er sich in würdevolles Schweigen.

Der Fall Whittaker hatte fast unbemerkt in einem Restaurant in Soho mit einer zufällig mitgehörten, nebensächlichen Bemerkung begonnen; er endete mit einem Knall von Publizität, der ganz England von einem Ende bis zum anderen erschütterte und sogar Wimbledon auf den zweiten Platz verwies. Die nackten Tatsachen über den Mord und die Entführung erschienen am Abend exklusiv in einer späten Sonderausgabe der *Evening Views*. Am nächsten Morgen kamen die Sonntagszeitungen mit Fotos und sämtlichen Details, echten wie erfundenen. Der Gedanke an die beiden jungen Mädchen – das eine brutal ermordet, das andere zu irgendwelchen unaussprechlichen finsteren Zwecken von einem schwarzen Mann entführt – weckte alle Abstufungen von Abscheu und Entrüstung, deren das britische Temperament fähig ist. Reporter schwärmten wie Heuschrecken nach Crown's Beach – die Dünen bei Shelly Head glichen einem Jahrmarkt, so viele Autos, Fahrräder und Fußgängergruppen strömten hinaus, um vor der blutigen Kulisse des Verbrechens ein fröhliches Wochenende zu verbringen. Parker, der mit Wimsey im *Green Lion* Quartier genommen hatte, konnte kaum noch alle die Anrufe, Briefe und Telegramme in Empfang nehmen, die von allen Seiten auf ihn herabregneten, während ein kräftiger Polizist am Ende des Flurs auf Wache stand und Eindringlinge fernhielt.

Wimsey lief nervös im Zimmer auf und ab und rauchte in seiner Aufregung eine Zigarette nach der andern. «Diesmal haben wir sie. Diesmal haben sie sich gottlob übernommen.»

«Ja, aber hab doch ein bißchen Geduld, alter Junge. Verlieren können wir sie jetzt nicht mehr – aber zuerst brauchen wir mal alle Fakten.»

«Bist du sicher, daß Mrs. Forrest deinen Leuten nicht durch die Lappen geht?»

«Aber ja. Sie ist Montag abend in ihre Wohnung zurückgekehrt – so sagt wenigstens der Tankwart. Unsere Männer beschatten sie ständig und geben uns Bescheid, sobald jemand ihre Wohnung betritt.»

«Montag abend!»

«Ja. Aber das ist an sich noch kein Beweis. Montag abend ist für die Heimkehr von Wochenendurlaubern eine durchaus übliche Zeit. Außerdem will ich sie noch nicht aufschrecken, bevor wir wissen, ob sie die Chefin oder nur eine Komplicin ist. Sieh mal, Peter, ich habe hier eine Mitteilung von einem anderen unserer Männer. Er hat sich mit Miss Whittakers und Mrs. Forrests Finanzen beschäftigt. Miss Whittaker hat sich seit vorigen Dezember einen großen Scheck nach dem anderen bar auszahlen lassen, und die Summen stimmen Stück um Stück fast haargenau mit denen überein, die Mrs. Forrest auf ihr Konto eingezahlt hat. Diese Frau hat Miss Whittaker seit Miss Dawsons

Tod ganz schön in der Hand. Sie steckt bis zum Kragen in der Geschichte, Peter.»

«Hab ich doch gewußt. Sie hat die Arbeit gemacht, während die Whittaker sich in Kent ein felsenfestes Alibi verschaffte. Um Gottes willen, Charles, begeh jetzt keinen Fehler. Niemand ist noch eine Sekunde seines Lebens sicher, solange eine von den beiden frei herumläuft.»

«Eine böse und skrupellose Frau», dozierte Parker, «ist die grausamste Verbrecherin der Welt – fünfzigmal gefährlicher als ein Mann, weil sie so viel zielstrebiger vorgeht.»

«Das liegt daran, daß sie sich nicht von Sentimentalität plagen läßt», sagte Wimsey. «Und wir Männer, wir armen Tröpfe, bilden uns ein, Frauen wären romantisch veranlagt und gefühlsbeherrscht. Alles Quatsch, mein Lieber! Hol doch der Henker dieses Telefon!»

Parker riß den Hörer hoch.

«Ja – ja – am Apparat. Heiliger Strohsack, das darf nicht wahr sein! Gut. Ja. Ja, natürlich müssen Sie ihn festhalten. Ich halte das ja auch für gedreht, aber festgehalten und vernommen werden muß er. Und sorgen Sie dafür, daß alle Zeitungen das bringen. Sagen Sie ihnen, Sie seien sicher, daß er der Mann ist. Verstanden? Trichtern Sie ihnen gut ein, daß dies die offizielle Version ist. Und – Moment – ich möchte Fotos von dem Scheck und allen eventuellen Fingerabdrücken darauf haben. Sofort per Sonderkurier hierherschicken. Der Scheck ist doch wohl echt? Die Bank sagt, er ist? Gut! Was sagt er denn? . . . Ach! . . . Existiert der Umschlag noch? – Vernichtet? Armer Teufel. Gut. Gut. Wiederhören.»

Er wandte sich ziemlich aufgeregt an Wimsey.

«Hallelujah Dawson ist gestern in die Lloyds-Bank in Stepney gekommen und hat einen Scheck von Mary Whittaker über 10 000 Pfund präsentiert, bezogen auf die Leahamptoner Filiale und auf den Überbringer ausgestellt, mit Datum von Freitag, dem 24. Juni. Da es sich um eine so große Summe handelte und die Zeitungen von Freitag abend Miss Whittakers Verschwinden gemeldet hatten, wurde er gebeten, wiederzukommen. Inzwischen hat man sich mit Leahampton in Verbindung gesetzt. Als gestern abend der Mord gemeldet wurde, hat der Direktor der Leahamptoner Filiale sich daran erinnert und Scotland Yard angerufen, mit dem Ergebnis, daß man Hallelujah heute früh zur Vernehmung abgeholt hat. Er sagt, der Scheck sei am Samstagmorgen per Post gekommen, in einem Umschlag und ohne jeden Kommentar. Natürlich haben diese Trottel den Umschlag gleich weggeworfen, so daß wir diese Geschichte nicht nachprüfen oder dem Poststempel nachgehen könnten. Unsere Leute haben die Sache jedenfalls ein bißchen merkwürdig gefunden, und Hallelujah wird jetzt für die Dauer weiterer Ermittlungen festgehalten – mit anderen Worten, er ist wegen Verdachts auf Mord und kriminelle Verschwörung verhaftet!»

«Der arme Hallelujah! Charles, das ist einfach teuflisch. Dieser unschuldige, nette alte Knabe, der keiner Fliege etwas zuleide tun könnte!»

«Ich weiß. Aber er steckt nun einmal drin und muß das durchstehen. Für uns ist es nur um so besser. Da ist jemand an der Tür. Herein, wenn's kein Schneider ist!»

«Dr. Faulkner ist da und möchte Sie sprechen, Sir», meldete der Polizist, indem er den Kopf zur Tür hereinsteckte.

«Ach ja, gut. Treten Sie näher, Doktor. Haben Sie die Untersuchung gemacht?»

«Habe ich, Inspektor. Sehr interessant. Sie hatten völlig recht. Das will ich Ihnen gleich von vornherein sagen.»

«Freut mich zu hören. Nehmen Sie Platz und erzählen Sie.»

«Ich werde mich so kurz wie möglich fassen», sagte der Arzt. Er war aus London, von Scotland Yard geschickt und an Polizeiarbeit gewöhnt – ein hagerer grauer Dachs, sachlich, scharfäugig und das gerade Gegenteil des «Greiners», der Parker am Nachmittag zuvor so geärgert hatte.

«Also, zunächst einmal, der Schlag auf den Kopf hatte natürlich mit dem Tod überhaupt nichts zu tun. Sie haben ja selbst gesehen, daß so gut wie kein Blut da war. Die Wunde ist der Leiche einige Zeit nach dem Tod beigebracht worden – zweifellos, um den Eindruck eines Überfalls durch eine Räuberbande zu erwecken. So ähnlich ist es auch mit den Schnitten und Kratzern an den Armen. Sie dienen einzig der Tarnung.»

«Genau. Aber Ihr Kollege –»

«Mein Kollege, wie Sie ihn nennen, ist ein Dummkopf», schnaubte der Arzt. «Wenn so seine Diagnosen aussehen, dürfte Crown's Beach eine ziemlich hohe Sterblichkeitsrate haben. Das nur nebenbei. Wollen Sie die Todesursache wissen?»

«Chloroform?»

«Vielleicht. Ich habe die Leiche geöffnet, aber keine typischen Hinweise auf Gift oder dergleichen gefunden. Dann habe ich, wie Sie geraten haben, die notwendigen Organe entnommen und zur Analyse an Sir James Lubbock geschickt, aber ehrlich gesagt, davon erhoffe ich mir nicht viel. Chloroformgeruch war beim Öffnen des Brustkorbes nicht festzustellen. Entweder war seit dem Tod zuviel Zeit verstrichen, was bei diesem flüchtigen Zeug sehr gut möglich ist, oder aber die Dosis war zu gering. Für Herzschwäche habe ich keine Hinweise gefunden, und um ein gesundes junges Mädchen umzubringen, müßte man ihr das Chloroform schon über eine beträchtliche Zeit geben.»

«Meinen Sie, daß ihr überhaupt Chloroform gegeben wurde?»

«Doch, das glaube ich schon. Die Verätzungen im Gesicht legen die Vermutung nahe.»

«Das würde auch das im Wagen gefundene Taschentuch erklären», sagte Wimsey.

«Ich könnte mir vorstellen», überlegte Parker laut, «daß man erhebliche Kraft und Entschlossenheit aufwenden muß, um einem kräftigen jungen Mädchen Chloroform unter die Nase zu halten. Sie hätte sich bestimmt nach Kräften gewehrt.»

«Allerdings», sagte der Doktor ingrimmig, «aber das Komische ist, sie hat sich nicht gewehrt. Wie ich schon sagte, die ganzen Spuren von Gewaltanwendung wurden ihr nach dem Tod beigebracht.»

«Wenn sie nun geschlafen hätte», meinte Wimsey, «hätte man es dann heimlich machen können?»

«O ja – mit Leichtigkeit! Nach ein paar tiefen Zügen von dem Zeug wäre sie halb bewußtlos gewesen, und dann hätte man schon etwas härter zupacken können. Ich halte es durchaus für möglich, daß sie in der Sonne eingeschlafen ist, während ihre Freundin einen Spaziergang machte und entführt wurde, und dann sind die Entführer wiedergekommen und haben Miss Findlater erledigt.»

«Das kommt mir ziemlich überflüssig vor», sagte Parker. «Warum hätten sie überhaupt zu ihr zurückgehen sollen?»

«Wollen Sie sagen, daß beide eingeschlafen waren und zur gleichen Zeit überfallen und chloroformiert wurden? Das klingt doch reichlich unwahrscheinlich.»

«Das sage ich auch nicht. Hören Sie zu, Doktor – aber behalten Sie das bitte für sich.»

Er erklärte kurz, welchen Verdacht sie gegen Mary Whittaker hegten, und der Arzt hörte mit entsetztem Staunen zu.

«Nach unserer Ansicht», sagte Parker, «ist dann folgendes passiert: Wir nehmen an, daß Miss Whittaker aus irgendeinem Grund beschlossen hat, das arme Mädchen loszuwerden, das so an ihr hing. Sie hat deshalb dafür gesorgt, daß sie zusammen zu einem Picknick fuhren und alle Welt wußte, wohin die Reise ging. Als Vera Findlater dann in der Sonne eingeschlafen war, hat Mary Whittaker sie nach unserer Theorie ermordet – entweder mit Chloroform oder – was für mich wahrscheinlicher ist – auf dieselbe Art, auf die sie auch ihre anderen Opfer umgebracht hat, weiß der Himmel, wie. Anschließend hat sie ihr einen Schlag über den Kopf gegeben und die anderen falschen Kampfspuren gelegt, worauf sie die Mütze in den Ginster warf, die sie zuvor gekauft und mit Brillantine eingeschmiert hatte. Natürlich lasse ich die Herkunft der Mütze prüfen. Miss Whittaker ist eine große, kräftige Frau – ich glaube nicht, daß es ihre Kräfte überstieg, diesen Schlag gegen eine wehrlose Leiche zu führen.»

«Aber was sollen dann die Fußspuren im Wald?»

«Darauf komme ich gerade. Daran ist einiges ziemlich faul. Erstens, wenn hier eine geheime Bande am Werk war, warum sollte sie sich extra bemüht und die einzige nasse, schlammige Stelle in zwanzig Meilen Umkreis ausgewählt haben, um ihre Fußspuren zu hinterlassen, während sie sonst so ziemlich überall hätte kommen und gehen können, ohne die mindesten erkennbaren Spuren zurückzulassen?»

«Eine gute Überlegung», sagte der Arzt. «Und dem möchte ich hinzufügen, daß sie doch den Verlust der Mütze bemerkt haben müßten. Warum sind sie nicht zurückgegangen, um sie zu holen?»

«Ganz recht. Und weiter: Beide Paar Schuhe haben Abdrücke hinterlassen, an denen nicht der allermindeste Verschleiß festzustellen war. Ich meine, es war nichts davon zu sehen, daß diese Schuhe jemals getragen worden wären, und die Gummiabsätze an dem größeren Paar waren sogar ganz offensichtlich frisch aus dem Schuhgeschäft. Die Bilder davon müssen jeden Augenblick eintreffen, dann können Sie es selbst sehen. Natürlich ist es nicht unmöglich, daß beide Männer nagelneue Schuhe anhatten, aber ein bißchen unwahrscheinlich ist es doch.»

«Stimmt», pflichtete der Arzt bei.

«Und nun kommen wir zum merkwürdigsten Umstand. Einer der angeblichen Männer hatte viel größere Füße als der andere, so daß man sich darunter einen größeren, vielleicht auch schwereren Mann mit längeren Schritten vorstellen sollte. Aber als wir die Spuren nachmaßen, was fanden wir da? Bei allen dreien – dem großen Mann, dem kleinen Mann und der Frau – sind die Schritte genau gleich lang. Die anderen Unstimmigkeiten können ja nun vielleicht noch durchgehen, aber das ist eindeutig kein Zufall mehr.»

Dr. Faulkner ließ sich das eine Weile durch den Kopf gehen.

«Das haben Sie gut kombiniert», sagte er schließlich. «Für mich klingt das absolut überzeugend.»

«Es ist sogar Sir Charles Pillington aufgefallen, der nicht der Klügsten einer ist», sagte Parker. «Ich habe ihn nur mit größter Mühe daran hindern können, die ungewöhnliche Ähnlichkeit der Meßergebnisse vor dem Reporter von den *Evening Views* auszuposaunen.»

«Sie meinen also, Miss Whittaker hatte diese Schuhe bei sich, als sie kam, und hat die Spuren selbst gelegt?»

«Ja. Wobei sie jedesmal durch den Farn zurückgegangen ist. Schlau angestellt. Sie hat keinen Fehler gemacht und sogar darauf geachtet, daß die Spuren sich überdeckten. Alles wunderhübsch arrangiert – jede Spur jeweils unter und über den beiden anderen, um den Eindruck zu erwecken, daß da drei Leute gleichzeitig gegangen waren. Ich würde sagen, sie hat Austin Freemans Werke aufmerksam studiert.»

«Und was nun?»

«Nun, vermutlich werden wir feststellen, daß Mrs. Forrest, von der wir annehmen, daß sie schon die ganze Zeit ihre Komplicin war, mit ihrem Wagen hingefahren ist – ich meine den großen Wagen – und dort auf sie gewartet hat. Vielleicht hat sie auch die Fußspuren gelegt, während Mary Whittaker den Überfall inszenierte. Jedenfalls dürfte sie wohl erst gekommen sein, nachdem Mary Whittaker und Vera Findlater aus dem Austin ausgestiegen und zu der Mulde in den Dünen gegangen waren. Nachdem Mary Whittaker dann ihren Teil der Arbeit erledigt hatte, haben sie das Taschentuch und die Illustrierte, die *Schwarze Maske,* in den Austin getan und sind mit Mrs. Forrests Auto fortgefahren. Ich lasse natürlich prüfen, wo der Wagen überall gewesen ist. Es ist ein dunkelblauer Renault Viersitzer mit Michelin-Ballonreifen und der Nummer XO 4247. Wir wissen, daß er am Montagabend mit Mrs. Forrest am Steuer in die Garage zurückgekehrt ist.»

«Aber wo ist Miss Whittaker?»

«Irgendwo versteckt. Wir kriegen sie schon noch. An ihr Geld kommt sie nicht heran – die Bank ist gewarnt. Wenn Mrs. Forrest versucht, Geld für sie zu beschaffen, werden wir ihr folgen. Im allerschlimmsten Falle könnten wir sie also mit ein bißchen Glück regelrecht aushungern. Aber wir haben noch einen anderen Hinweis. Es hat einen sehr zielstrebigen Versuch gegeben, den Verdacht auf einen unglückseligen Verwandten Miss Whittakers zu lenken – einen farbigen nonkonformistischen Geistlichen mit dem bemerkenswerten Namen Hallelujah Dawson. Er hat gewisse finanzielle Ansprüche an Miss Whittaker – keine rechtlichen Ansprüche, aber eben doch solche, die ein anständiger, mitfühlender Mensch respektieren würde. Sie hat sie nicht respektiert, und man könnte durchaus erwarten, daß der arme alte Mann einen Groll gegen sie hegt. Gestern morgen hat er nun versucht, einen von ihr ausgeschriebenen Barscheck über 10 000 Pfund einzulösen, und dabei hat er die lahme Geschichte von sich gegeben, der Scheck sei ohne jede weitere Erklärung in einem Briefumschlag mit der ersten Post gekommen. Daraufhin mußte er als einer der mutmaßlichen Entführer festgenommen werden.»

«Aber das wäre doch sehr ungeschickt. Der Mann hat sicher ein Alibi.»

«Dann wird man es vermutlich so darstellen, daß er ein paar Gangster angeheuert hat, die es für ihn machten. Er gehört zu einer Mission in Stepney – von da stammt die lila Mütze –, und in dieser Gegend laufen so einige unangenehme Burschen herum. Natürlich werden wir eingehende Ermittlungen anstellen und die Ergebnisse in allen Einzelheiten in den Zeitungen veröffentlichen lassen.»

«Und dann?»

«Ich stelle mir das so vor, daß Miss Whittaker dann irgendwo, völlig mit den Nerven fertig, auftaucht und eine Geschichte von Überfall und Lösegeldforderung erzählt, die genau ins Bild paßt. Hat Vetter Hallelujah kein befriedigendes Alibi beibringen können, so werden wir wahrscheinlich zu hören bekommen, er sei selbst dabei gewesen und habe die Mörder angeleitet. Sollte er aber mit Bestimmtheit nachgewiesen haben, daß er nicht dabei war, dann ist eben nur sein Name gefallen oder er ist zwischendurch einmal zu einem Zeitpunkt aufgekreuzt, den das arme Mädchen nicht so genau angeben kann, und zwar irgendwo in einem fürchterlichen Loch an einem Ort, an den man sie verschleppt hat und den sie natürlich nicht identifizieren kann.»

«Was für ein teuflisches Komplott!»

«Allerdings. Miss Whittaker ist doch wirklich eine sehr charmante junge Dame. Ich wüßte nicht, wovor sie haltmachen würde. Und die liebenswürdige Mrs. Forrest scheint ein zweites Exemplar aus dem gleichen Holz zu sein. Das alles erzählen wir Ihnen natürlich ganz im Vertrauen, Doktor. Sie verstehen, daß wir Miss Whittaker wahrscheinlich nur kriegen, wenn sie glaubt, wir hätten diese ganzen falschen Indizien geschluckt, mit denen sie uns ködert.»

«Ich bin keine Klatschtante», sagte der Arzt. «Sie sagen, es war eine Bande, also war es, soweit es mich angeht, eine Bande. Und Miss Findlater hat einen Schlag auf den Schädel bekommen und ist daran gestorben. Ich hoffe nur, daß mein Kollege und der Polizeipräsident ebenso verschwiegen sind. Natürlich habe ich sie gewarnt, nach allem, was Sie mir gestern schon gesagt haben.»

«Das ist ja alles schön und gut», meinte Wimsey, «aber was für konkrete Beweise haben wir schließlich gegen diese Frau? Ein geschickter Verteidiger reißt uns den ganzen Fall in Fetzen. Das einzige, was wir ihr mit Sicherheit nachweisen können, ist der Einbruch in das Haus in der Hampstead Heath und der Kohlediebstahl. Die anderen Todesfälle wurden bei den Untersuchungen als natürlich bezeichnet. Und was Miss Findlater betrifft – selbst wenn wir beweisen könnten, daß es Chloroform war – an Chloroform ist nicht schwer heranzukommen –, es ist schließlich kein Arsen oder Zyanid. Und selbst wenn auf dem Schraubenschlüssel Fingerabdrücke wären –»

«Es sind keine darauf», sagte Parker finster. «Diese Frau weiß, was sie will.»

«Weswegen wollte sie denn Vera Findlater überhaupt umbringen?» fragte der Arzt plötzlich. «Nach allem, was Sie mir erzählt haben, war doch das Mädchen ihre wertvollste Zeugin. Sie war die einzige, die bestätigen konnte, daß Miss Whittaker für die anderen Verbrechen – falls es Verbrechen waren – ein Alibi hatte.»

«Sie könnte zuviel über die Beziehungen zwischen Miss Whittaker und Mrs. Forrest herausbekommen haben. Mein Eindruck ist, daß sie ihren Zweck erfüllt hatte und jetzt gefährlich wurde. Nun hoffen wir die Forrest und die Whittaker überraschen zu können, sobald sie Verbindung aufnehmen. Wenn uns das erst gelungen ist –»

«Autsch!» sagte Dr. Faulkner. Er war ans Fenster getreten. «Ich will Sie ja nicht unnötig erschrecken, aber soeben sehe ich Sir Charles Pillington im Gespräch mit dem Sonderkorrespondenten des *Wire.* Der *Yell* hat heute morgen auf einer ganzen Seite die Banditenversion gebracht, nebst einem patriotischen Artikel über die Gefährlichkeit, farbige Ausländer zu hofieren. Ich brauche Ihnen nicht zu sagen, daß der *Wire* nicht zögern würde, Erzengel Gabriel persönlich zu bestechen, um die Geschichte des *Yell* zu übertrumpfen.»

«O verdammt!» rief Parker, schon auf dem Weg zum Fenster.

«Zu spät», sagte der Arzt. «Der *Wire*-Mensch ist schon im Postamt verschwunden. Sie können natürlich noch anrufen und versuchen, das Schlimmste zu verhindern.»

Dies tat Parker und wurde vom *Wire*-Redakteur höflich dahingehend beruhigt, daß die Geschichte nicht bei ihm angekommen sei, und falls sie noch komme, werde er sich Inspektor Parkers Instruktionen zu Herzen nehmen.

Der Redakteur des *Wire* hatte die reine Wahrheit gesagt. Die Geschichte war vom Redakteur des *Evening Banner* entgegengenommen worden, der Schwesterzeitung des *Wire.* In Krisenzeiten ist es eben manchmal ganz natürlich, wenn die rechte Hand nicht weiß, was die linke tut. Schließlich handelte es sich um einen Exklusivbericht.

22

Eine Gewissensfrage

Ich weiß, du hältst auf Religion,
Glaubst an das Ding, das man Gewissen nennt,
Und an der Pfaffen Brauch und Observanz,
Die ich dich sorgsam hab erfüllen sehn.

Titus Andronicus

Donnerstag, der 23. Juni, war der Vorabend von Johanni. Das schlichtgrüne Werktagskleid, in dem die Kirche sich nach der hochzeitlichen Verzückung der Pfingsttage ihren Alltagsaufgaben widmete, war abgelegt, und wieder strahlte der Altar in Weiß. In der Jungfrauenkapelle von St. Onesimus war die Vesper aus – ein feiner Weihrauchdunst schwebte wie ein Wölkchen unter dem düsteren Dachgebälk. Ein sehr kurzer Altardiener erstickte mit einem sehr langen Löschhütchen aus Messing die Kerzen und mischte in den Wohlgeruch den unangenehmen, wenngleich geheiligten Geruch von heißem Wachs. Die kleine Gemeinde älterer Damen erwachte zögernd aus ihrer Andacht und verzog sich unter einer Serie tiefer Kniefälle. Miss Climpson sammelte einen Stapel kleiner Gesangbüchlein ein und suchte ihre Handschuhe. Dabei ließ sie ihr Gebetbuch fallen, und es fiel zu ihrem Verdruß hinter die lange Kniebank, wobei ein kleiner Pfingstregen von Osterkärtchen, Lesezeichen, Heiligenbildchen, getrockneten Palmen und Ave Marias in die dunkle Ecke hinter dem Beichtstuhl flatterte.

Miss Climpson entfuhr ein unwirsches «Ach!», während sie hinterhertauchte – doch sogleich bereute sie diesen ungebührlichen Zornesausbruch an heiligem Ort. «Disziplin», murmelte sie, als sie das letzte verlorene Schäflein unter einem Kniekissen hervorzog. «Disziplin. Ich muß mich beherrschen lernen.» Sie stopfte die Blättchen wieder ins Gebetbuch, nahm Handschuhe und Handtasche, verneigte sich zum Allerheiligsten hin und ließ die Tasche fallen, um sie aber diesmal im Glanz der Märtyrerin wieder aufzuheben. Dann eilte sie durchs Mittelschiff zum Südausgang, wo der Küster bereits mit dem Schlüssel in der Hand wartete, um sie hinauszulassen. Im Gehen blickte sie noch einmal zum Hochaltar zurück. Unerhellt und einsam stand er da, und seine hohen Kerzen wirkten im Zwielicht der Apsis wie undeutliche Gespenster. Das Ganze sah so streng und erhaben aus, fand sie plötzlich.

«Gute Nacht, Mr. Stanniforth», sagte sie rasch.

«Gute Nacht, Miss Climpson, gute Nacht.»

Sie war froh, aus dem Schatten des Kirchenportals in das grünlich schimmernde Licht des Juniabends hinauszutreten. Sie hatte sich bedroht gefühlt. War es der Gedanke an den strengen Täufer mit seinem Aufruf zur Buße? Das Gebet um die Gnade, die Wahrheit zu sprechen und dem Bösen kühn zu trotzen? Miss Climpson nahm sich vor, jetzt schnell nach Hause zu gehen und dort noch einmal Brief und Evangelium zu lesen – sie waren so sonderbar zart und tröstlich für das Fest eines so harten und kompromißlosen Heiligen. Und dabei, dachte sie, kann ich auch gleich die Blätter wieder ordnen.

Nach den lieblichen Düften des Heimwegs kam ihr das Vorderzimmer in Mrs. Budges Obergeschoß richtig muffig vor. Miss Climpson riß das Fenster auf und nahm davor Platz, um Ordnung in ihre frommen Habseligkeiten zu bringen. Das Kärtchen vom letzten Abendmahl gehörte zwischen die Weihegebete; die Verkündigung von Fra Angelico war aus der Messe für den 25. März herausgerutscht und fand sich beim Sonntag nach Trinitatis wieder; das Herz Jesu mit dem französischen Text gehörte zu Fronleichnam; das... «Mein Gott!» sagte Miss Climpson. «Das muß ich in der Kirche mit aufgelesen haben.»

Auf jeden Fall trug das kleine Blatt Papier nicht ihre Handschrift. Jemand muß es also verloren haben. Es war nur natürlich, einen Blick darauf zu werfen, um zu sehen, ob es vielleicht von Wichtigkeit war.

Miss Climpson war eine von denen, die immer sagen: «Ich gehöre nicht zu denen, die anderer Leute Post lesen.» Das ist für alle eine deutliche Warnung, daß sie zu eben dieser Sorte gehören. Dabei sagen sie nicht einmal die Unwahrheit; es ist der reine Selbstbetrug. Die Vorsehung hat sie lediglich wie die Klapperschlangen mit einer Warnrassel ausgestattet. Wer nach dieser Warnung immer noch dumm genug ist, seine Korrespondenz in ihrer Reichweite liegenzulassen, ist eben selbst schuld.

Miss Climpson warf einen raschen Blick auf das Blatt.

In den Anleitungen zur Gewissenserforschung, wie sie an Rechtgläubige manchmal ausgegeben werden, ist oft ein sehr unkluges Absätzchen enthalten, das für die unschuldige Weltfremdheit seiner Verfasser Bände spricht. Da bekommt man zum Beispiel den Rat, zur Vorbereitung auf die Beichte seine Missetaten in einer Liste zusammenzufassen, damit einem nicht die eine oder andere kleine Schlechtigkeit durch die Lappen geht. Natürlich heißt es, man solle nicht die Namen anderer Leute daraufschreiben, den Zettel weder seinen Freunden zeigen noch irgendwo herumliegen lassen. Aber solche Mißgeschicke passieren nun einmal – und dann könnte dieses Verzeichnis der Sünden das Gegenteil dessen bewirken, was die Kirche im Sinn hat, wenn sie den Gläubigen bittet, dem Priester seine Sünden ins Ohr zu flüstern, und vom Priester verlangt, sie im selben Augenblick zu vergessen, da er den Beichtenden losspricht – als wären sie nie ausgesprochen worden.

Jedenfalls war kürzlich jemand von den auf diesem Blatt Papier verzeichneten Sünden reingewaschen worden – wahrscheinlich letzten Samstag –, und dann war der Zettel unbemerkt zwischen Kniekissen und Beichtstuhl geflattert und dort den Augen der Reinemachefrau entgangen. Da lag er nun, dieser Bericht, der für Gottes Ohr allein bestimmt gewesen war – hier lag er offen auf Mrs. Budges rundem Mahagonitisch vor den Augen eines sterblichen Mitmenschen.

Um Miss Climpson nicht unrecht zu tun: Sicherlich hätte sie den Zettel sofort ungelesen vernichtet, wenn ein bestimmter Satz ihr nicht ins Auge gefallen wäre:

«Was ich für M. W. gelogen habe.»

Im selben Augenblick erkannte sie, daß dies Vera Findlaters Handschrift war, und es «kam über sie wie ein Blitz» – wie sie hinterher erklärte –, was diese Worte eigentlich bedeuteten.

Eine geschlagene halbe Stunde saß Miss Climpson für sich allein und kämpfte mit ihrem Gewissen. Ihre angeborene Neugier sagte: «Lies.» Ihre religiöse Erziehung sagte: «Du darfst nicht lesen.» Ihr Pflichtgefühl gegenüber ihrem Auftraggeber Wimsey befahl: «Überzeuge dich.» Ihr Gefühl für Anstand sagte: «Laß das bleiben.» Und eine schrecklich ungehaltene Stimme grollte finster: «Es geht um Mord. Willst du zur Komplicin eines Mörders werden?» Sie kam sich vor wie Lancelot Gobbo zwischen Gewissen und Versucher – aber welche Stimme gehörte dem Versucher und welche dem Gewissen?

«Die Wahrheit zu sprechen und dem Bösen kühn zu trotzen.»
Mord.

Hier bot sich nun eine echte Möglichkeit.

Aber *war* es eine Möglichkeit? Vielleicht hatte sie mehr in den Satz hineingelesen, als er enthielt.

War es denn in diesem Fall nicht – fast – ihre Pflicht, weiterzulesen und ihre Gedanken von diesem furchtbaren Verdacht zu reinigen?

Wie gern wäre sie zu Mr. Tredgold gegangen und hätte ihn um Rat gefragt. Wahrscheinlich würde er ihr antworten, sie solle den Zettel sogleich verbrennen und mit Gebet und Fasten den Argwohn aus ihrem Herzen vertreiben.

Sie stand auf und machte sich auf die Suche nach der Zündholzschachtel. Besser war's, das Ding so schnell wie möglich loszuwerden.

Aber was hatte sie da eigentlich vor? – Wollte sie wirklich den Schlüssel zur Aufdeckung eines Mordes vernichten?

Sooft ihr dieses Wort in den Sinn kam, brannte es sich in Großbuchstaben und dick unterstrichen in ihr Gehirn ein. MORD – wie auf einem polizeilichen Fahndungsaufruf.

Jetzt kam ihr eine Idee. Parker war doch Polizist – und wahrscheinlich wußte er mit dem heiligen Beichtgeheimnis nicht viel anzufangen. Er sah so protestantisch aus – oder womöglich hielt er von Religion so oder so nichts. Jedenfalls würde er seine beruflichen Pflichten über alles andere stellen. Warum nicht ihm den Zettel schicken, ohne ihn selbst zu lesen, und ihm nur kurz erklären, wie sie darangekommen war? Dann lag die Verantwortung bei ihm.

Bei näherer Betrachtung jedoch erkannte Miss Climpsons angeborene Ehrlichkeit diesen Plan als jesuitisch. Die Vertraulichkeit wurde durch diese Art Veröffentlichung ebenso gebrochen, als hätte sie das Ding selbst gelesen – vielleicht sogar noch mehr. Und sogleich hob an dieser Stelle auch der alte Adam den Kopf und meinte, wenn diesen Beichtzettel überhaupt jemand zu lesen bekomme, könne sie auch gleich ihre eigene wohlbegründete Neugier befriedigen. Außerdem – wenn sie sich nun ganz und gar irrte? Die «Lügen» mußten schließlich nicht das mindeste mit Mary Whittakers Alibi zu tun haben. In diesem Falle würde sie leichtfertig die Geheimnisse eines Mitmenschen preisgeben, und das noch ohne Sinn. Wenn sie sich also zur Herausgabe entschloß, *mußte* sie den Zettel zuerst selbst lesen – das war sie allen Beteiligten schuldig.

Vielleicht – wenn sie nur noch einen kurzen Blick auf das eine oder andere Wort warf – würde sie sehen, daß es mit MORD nichts zu tun hatte, und dann konnte sie den Zettel vernichten und vergessen. Wenn sie ihn aber ungelesen vernichtete, wußte sie, daß sie ihn nie vergessen würde, nicht bis an ihr Lebensende. Sie würde auf immer diesen fürchterlichen Verdacht mit sich herumschleppen. Immer würde sie denken müssen, daß Mary Whittaker – vielleicht – eine Mörderin war. Immer, wenn sie in diese harten blauen Augen blickte, würde sie sich fragen, welchen Ausdruck sie wohl haben würden, wenn die Seele dahinter MORD plante. Natürlich war der Verdacht schon vorher da gewesen, gesät von Wimsey, aber jetzt war es ihr eigener.

Der Verdacht kristallisierte sich – wurde für sie zur Wirklichkeit.

«Was mache ich nur?»

Sie warf erneut einen raschen, verschämten Blick auf den Zettel. Diesmal las sie das Wort «London».

Im ersten Augenblick stockte Miss Climpson der Atem wie jemandem, der unter eine kalte Dusche tritt.

«Nun gut», sagte Miss Climpson, «wenn es Sünde ist, so will ich sie begehen, und möge sie mir vergeben werden.»

Mit rotglühenden Wangen, als ob sie daranginge, jemanden nackt auszuziehen, richtete sie ihre Aufmerksamkeit auf das Blatt Papier.

Die Notizen waren kurz und zweideutig. Ein Mann wie Parker hätte vielleicht nicht viel damit anzufangen gewußt, aber für eine in dieser Art frommer Kurzschrift geübte Miss Climpson war die Geschichte so klar wie gedruckt.

«Eifersucht» – dieses Wort war groß geschrieben und unterstrichen. Dann war von einem Streit die Rede, von bösen Anschuldigungen, zornigen Worten und einer Entfremdung der Seele der Sünderin von Gott. Das Wort «Idol» – und dann ein langer Gedankenstrich.

Aus diesem dürftigen Gerippe vermochte Miss Climpson mühelos eine jener haßerfüllten, leidenschaftlichen «Szenen» gekränkter Eifersucht zu rekonstruieren, die sie aus ihrem unter Frauen verbrachten Leben allzugut kannte. «Ich tue alles für dich – dir liegt kein bißchen an mir – du behandelst mich grausam – ich bin dir einfach über, das ist es!» Und – «Sei doch nicht albern. Ehrlich, ich halte das nicht aus. Ach, nun hör doch auf, Vera! Ich kann es nicht leiden, so abgeschleckt zu werden.» Demütigende, erniedrigende, ermüdende, häßliche Szenen, be-

238

kannt aus Mädchenschulen, Pensionaten, Gemeinschaftswohnungen in Bloomsbury. Schnöder Egoismus, der seines Opfers überdrüssig wurde. Alberne Schwärmerei, die jede Selbstachtung ertränkte. Dumme Streitereien, die in Beschämung und Haß endeten.

«So eine gemeine Blutsaugerin», sagte Miss Climpson erbost. «Es ist zu arg. Sie nutzt das Mädchen nur aus.»

Doch nun plagte die Gewissensforscherin ein schwierigeres Problem. Aus den Andeutungen konnte Miss Climpson es sich mit Leichtigkeit zusammenreimen. Sie hatte gelogen – das war unrecht, auch wenn sie damit nur einer Freundin hatte helfen wollen. Sie hatte falsche Beichten abgelegt, indem sie diese Lügen verschwieg. Das mußte von neuem gebeichtet und in Ordnung gebracht werden. Aber (fragte sich das Mädchen) war sie aus Haß gegen die Lüge zu diesem Schluß gekommen oder nur aus Groll gegen die Freundin? Schwierig, so eine Gewissenserforschung. Und sollte sie, anstatt sich damit zu begnügen, die Lügen dem Priester zu beichten, nicht auch der Welt die Wahrheit sagen?

Miss Climpson hatte hier keinerlei Zweifel, wie der Priester entscheiden würde. «Du brauchst nicht eigens herzugehen und das Vertrauen der Freundin zu verraten. Bewahre Stillschweigen, wenn du kannst, aber wenn du sprichst, mußt du die Wahrheit sagen. Du mußt deiner Freundin sagen, daß sie keine weiteren Lügen von dir erwarten darf. Sie hat ein Recht auf dein Schweigen – mehr nicht.»

Soweit, so gut. Aber dann gab es da noch ein Problem.

«Muß ich zusehen, wie sie Unrecht tut?» – und sozusagen als erklärende Randbemerkung: «Der Mann in der South Audley Street.»

Das war allerdings ein bißchen rätselhaft ... Aber nein! Im Gegenteil, es klärte das ganze Rätsel von Eifersucht und Streiterei auf!

In diesen ganzen April- und Maiwochen, in denen Mary Whittaker angeblich mit Vera Findlater in Kent gewesen war, hatte sie Ausflüge nach London gemacht. Und Vera hatte ihr versprochen, zu Hause zu erzählen, Mary sei die ganze Zeit mit ihr zusammen gewesen. Und die Fahrten nach London hatten mit einem Mann in der South Audley Street zu tun, und daran mußte irgend etwas Sündiges sein. Wahrscheinlich eine Liebesaffäre. Miss Climpson spitzte tugendhaft die Lippen, aber eigentlich war sie mehr überrascht als schockiert. Mary Whittaker! Der hätte sie das eigentlich nie zugetraut. Aber es war so eine gute Erklärung für die Eifersucht und den Streit – das Gefühl des Betrogenseins. Aber wie hatte Vera es herausbekommen? Hatte Mary Whittaker es ihr anvertraut? Nein – noch einmal dieser Satz unter der Überschrift «Eifersucht» – was stand da? «M. W. nach London gefolgt.» Sie war ihr also nachgefahren und hatte es gesehen. Und irgendwann war sie dann mit ihrem Wissen herausgeplatzt und hatte der Freundin Vorwürfe gemacht. Diese Expedition nach London mußte allerdings vor Miss Climpsons Unterredung mit Vera Findlater stattgefunden haben, und dennoch war sich das Mädchen da der Zuneigung Mary Whittakers so sicher gewesen. Oder hatte sie womöglich nur versucht, die Augen fest zu schließen und sich beharrlich einzureden, an der Geschichte mit dem Mann sei «nichts dran»? Wahrscheinlich. Und wahrscheinlich hatte dann irgendeine Gemeinheit von Marys Seite die ganzen bösen Verdächtigungen an die Oberfläche kochen lassen, laut, vorwurfsvoll, wütend. Und so war es zum Krach und dann zum Bruch gekommen.

Sonderbar, dachte Miss Climpson, daß Vera nie zu mir gekommen ist und mir von ihrem Kummer berichtet hat. Aber vielleicht schämt es sich, das arme Kind. Ich habe sie jetzt seit fast einer Woche nicht mehr gesehen. Ich sollte sie einmal besuchen gehen, vielleicht erzählt sie mir dann alles. «Und in diesem Falle», rief Miss Climpsons Gewissen, plötzlich mit strahlendem Lächeln über die Schläge des Widersachers triumphierend, «würde ich die Geschichte ganz legitim erfahren und könnte sie *ehrlichen Gewissens* an Lord Peter weiterberichten.»

Am folgenden Tag – es war ein Freitag – erwachte sie jedoch mit unangenehm schmerzendem Gewissen. Der Zettel – er steckte immer noch in ihrem Gebetbuch – machte ihr Kummer. Sie ging in aller Frühe zu den Findlaters, erfuhr dort aber nur, daß Vera bei Miss Whittaker sei. «Dann darf ich wohl annehmen, daß sie die Sache bereinigt haben», sagte sie bei sich. Mary Whittaker wollte sie jetzt nicht sehen, ob ihr Geheimnis nun Mord oder bloße Unmoral hieß; aber sie spürte den bohrenden Drang in sich, für Lord Peter die Frage nach dem Alibi zu klären.

In der Wellington Avenue sagte man ihr, die beiden jungen Damen seien am Montag weggefahren und noch nicht zurückgekommen. Sie versuchte das Hausmädchen zu beruhigen, aber ihr eigenes Herz verriet sie. Ohne eigentlichen Grund hatte sie ein ungutes Gefühl. Sie ging in die Kirche, um ein Gebet zu sprechen, aber sie war nicht mit den Gedanken bei dem, was sie sagte. Einer Eingebung folgend, griff sie sich Mr. Tredgold, der sich gerade um die Sakristei herum zu schaffen machte, und fragte ihn, ob sie am nächsten Abend zu ihm kommen und ihn mit einer Gewissensfrage belästigen dürfe. Soweit, so gut, und nun hatte sie das Gefühl, ein «ordentlicher Spaziergang» könne ihr helfen, die Spinnweben aus ihren Gedanken zu wehen.

Also zog sie los, wodurch sie Lord Peter um eine Viertelstunde verpaßte, und nahm den Zug nach Guildford, ging dort spazieren, aß in einer Teestube am Weg eine Kleinigkeit zu Mittag, wanderte nach Guildford zurück und fuhr wieder nach Hause, wo sie erfuhr, daß «Mr. Parker und jede Menge Herren den ganzen Tag nach Ihnen gefragt haben, Miss, und was für eine furchtbare Geschichte, Miss, denn Miss Whittaker und Miss Findlater sind verschwunden, und die Polizei sucht sie schon, und sind diese Autos nicht schrecklich gefährliche Dinger, Miss? Da kann man doch nur hoffen, daß sie keinen Unfall gehabt haben.»

Und in Miss Climpsons Kopf ertönten, einer Inspiration gleich, die Worte: «South Audley Street.»

Miss Climpson hatte natürlich keine Ahnung, daß Lord Peter in Crown's Beach war. Sie hoffte, ihn in der Stadt anzutreffen. Denn sie verspürte das für sie selbst kaum erklärliche Verlangen hinzufahren und in der South Audley Street einmal nach dem Rechten zu sehen. Was sie eigentlich machen wollte, wenn sie erst dort war, wußte sie selbst nicht so genau, aber hinfahren mußte sie. Sie hatte eben immer noch Hemmungen, von dem Beichtzettel offen Gebrauch zu machen. Vera Findlaters Geschichte aus deren eigenem Mund zu hören – das war es, woran sie sich unbewußt klammerte. Sie nahm also den ersten Zug nach Waterloo. Für den Fall, daß Wimsey oder Parker sie aufsuchen sollten, hinterließ sie einen Brief, der so von dunklen Andeutungen und dicken Unterstreichungen strotzte, daß es für das seelische Gleichgewicht der beiden Männer vielleicht das beste war, wenn sie ihn nie zu Gesicht bekamen.

Am Piccadilly traf sie nur Bunter an und erfuhr von ihm, Seine Lordschaft und Mr. Parker befänden sich in Crown's Beach, wohin er, Bunter, ihnen in diesem Augenblick folgen solle. Miss

Climpson trug ihm sogleich eine Nachricht für seinen Brötchengeber auf, die vielleicht noch ein wenig komplizierter und geheimnisvoller war als ihr Brief, dann machte sie sich auf den Weg zur South Audley Street. Und erst als sie dort war, wurde ihr bewußt, wie unklar ihr Anliegen eigentlich war und wie wenig Informationen man durch bloßes Aufundabgehen in einer Straße sammeln kann. Außerdem, fiel ihr plötzlich ein, wenn Miss Whittaker hier in der South Audley Street wirklich etwas trieb, was sie verheimlichen wollte, würde sie sofort wachsam werden, wenn sie eine Bekannte hier herumpatrouillieren sähe. Der Gedanke bestürzte Miss Climpson so, daß sie abrupt in die nächste Apotheke trat und eine Zahnbürste kaufte, um ihr Tun zu tarnen und Zeit zu gewinnen. Mit Zahnbürsten kann man so manche Minute vertun, wenn man erst anfängt, Formen, Größen und Borstenhärten zu vergleichen, und manchmal ist so ein Apotheker ein netter und redseliger Mensch.

Während sie sich noch im Laden umsah und auf eine Eingebung hoffte, erblickte Miss Climpson plötzlich ein Döschen mit Nasenpulver, auf dem der Name des Apothekers stand.

«Und dann möchte ich davon auch noch ein Döschen», sagte sie. «Das Zeug ist wirklich *ausgezeichnet* – einfach *wunderbar.* Ich nehme es seit *Jahren* und bin einfach *begeistert.* Und allen meinen Freundinnen empfehle ich es auch, besonders gegen *Heuschnupfen.* Eine von ihnen kommt übrigens oft hier an Ihrer Apotheke vorbei, und sie hat mir erst *gestern* erzählt, was sie mit ihrem Heuschnupfen immer *durchzustehen* hat. ‹Meine Liebe›, hab ich zu ihr gesagt, ‹du brauchst dir nur mal ein Döschen von diesem *hervorragenden* Zeug zu kaufen, dann hast du den *ganzen* Sommer *nichts* mehr damit zu tun.› Sie war mir ja so *dankbar,* daß ich ihr das gesagt habe. War sie wohl schon hier?» Und damit beschrieb sie Mary Whittaker, so gut sie konnte.

Man wird inzwischen schon festgestellt haben, daß im Kampf zwischen Miss Climpsons Gewissen und dem, was Wilkie Collins das «Detektivfieber» nennt, das Gewissen auf der Strecke blieb und bei den ungeheuerlichsten Lügen, die es früher sofort auf den Plan gerufen hätten, nur noch Augen und Ohren verschloß.

Der Apotheker aber hatte Miss Climpsons Freundin noch nie zu Gesicht bekommen. Folglich blieb ihr nichts anderes übrig, als das Feld zu räumen und darüber nachzudenken, was sie als nächstes tun wollte. Miss Climpson verließ den Laden, doch vor dem Hinausgehen ließ sie heimlich ihren Hausschlüssel in einen großen Korb mit Badeschwämmen fallen, der neben ihr stand. Vielleicht, so überlegte sie, brauchte sie einen Vorwand, um die South Audley Street noch einmal aufzusuchen.

Ihr Gewissen seufzte tief, und ihrem Schutzengel tropfte eine Träne auf die Badeschwämme.

Miss Climpson ging in die nächste Teestube am Weg, bestellte eine Tasse Kaffee und versuchte, sich einen Plan zurechtzulegen, wie sie die South Audley Street am besten durchkämmen könnte. Sie brauchte dazu erstens einen Vorwand – und zweitens Verkleidung. Wagemut wallte auf in ihrem welken Busen, und so fiel ihr erstes Dutzend Ideen denn auch mehr abenteuerlich als praktisch aus.

Zu guter Letzt aber kam ihr doch noch ein wirklich blendender Gedanke. Sie war (das versuchte sie gar nicht vor sich selbst zu verbergen) genau der Typ, den man sich ohne weiteres mit einer Sammelbüchse in der Hand vorstellen kann. Überdies konnte sie sogar mit einem guten Zweck aufwarten. Die Kirchengemeinde, der sie in London angehörte, unterhielt eine Mission für die Elendsviertel, die dringend Geld benötigte, und Miss Climpson besaß noch eine Anzahl Spendenkarten mit dem Vermerk, daß sie uneingeschränkt berechtigt war, Spenden für besagte Mission entgegenzunehmen. Was war natürlicher, als hier in dieser vornehmen Wohngegend eine Haussammlung zu versuchen?

Die Frage der Verkleidung war auch nicht so schwierig, wie man hätte meinen mögen. Miss Whittaker kannte sie nur gut gekleidet und von wohlhabendem Aussehen. Klobige Schuhe, ein Hut von ebensolcher Häßlichkeit und ein schlecht sitzender Mantel nebst Sonnenbrille würden sie von weitem völlig unkenntlich machen. Ob sie von nahem erkannt würde, spielte keine Rolle, denn wenn sie Mary Whittaker erst Auge in Auge gegenüberstand, war ihre Aufgabe erfüllt – dann hatte sie das Haus gefunden, das sie suchte.

Miss Climpson stand auf und bezahlte. Dann eilte sie, die Sonnenbrille zu kaufen, denn ihr fiel ein, daß Samstag war. Nachdem sie eine gefunden hatte, die ihre Augen genügend verbarg, ohne gleich allzu geheimnisvoll zu wirken, kehrte sie in ihre Wohnung am St. George's Square zurück, um für ihr Abenteuer die geeignete Kleidung auszuwählen. Daß sie mit ihrer Arbeit nicht vor Montag beginnen konnte, wußte sie natürlich –

der Samstagnachmittag und Sonntag sind aus der Sicht des Spendensammlers einfach hoffnungslos.

Mit der Auswahl der Kleidung und sonstigen Zutaten war sie den größten Teil des Nachmittags beschäftigt. Als sie endlich mit sich zufrieden war, ging sie hinunter zu ihrer Hauswirtin, um sie um etwas Tee zu bitten.

«Aber natürlich, Miss», sagte die gute Frau. «Aber ist das nicht schrecklich, Miss, mit diesem Mord?»

«Was für ein Mord?» fragte Miss Climpson uninteressiert.

Die Wirtin reichte ihr die *Evening Views,* und dort las sie den Bericht über Vera Findlaters Tod.

Der Sonntag war der schlimmste Tag, den Miss Climpson je erlebt hatte. Sie, die aktive Frau, war zur Untätigkeit verdammt und hatte ausgiebig Zeit, über die Tragödie nachzudenken. Da sie nicht wußte, was Wimsey und Parker insgeheim wußten, nahm sie die Entführungsgeschichte für bare Münze. In gewissem Sinne fand sie darin sogar ein wenig Trost, denn nun konnte sie Mary Whittaker von jeder Beteiligung an diesem oder den früheren Morden freisprechen. Sie konnte sie – abgesehen von Miss Dawsons Tod, der aber gar kein Mord zu sein brauchte – diesem geheimnisvollen Mann in der South Audley Street zur Last legen. Im Geiste entwarf sie sein schreckliches Konterfei – blutbespritzt, düster und, was das Schlimmste war, mit verkommenen schwarzhäutigen Meuchelmördern unter einer Decke, sogar ihr Auftraggeber. Zu Miss Climpsons Ehre sei gesagt, daß ihr Entschluß, dieses Ungeheuer in seiner Höhle aufzuspüren, keinen Augenblick wankte.

Sie schrieb einen langen Brief an Lord Peter und setzte ihm darin ihren Plan auseinander. Da sie wußte, daß Bunter nicht mehr am Piccadilly 110 A war, adressierte sie den Brief nach längerem Nachdenken an Lord Peter Wimsey, c/o Inspektor Parker, Polizeistation Crown's Beach. Natürlich ging sonntags keine Post aus der Stadt, aber mit der Mitternachtspost würde der Brief schon noch abgehen.

Am Montag früh brach sie zeitig in ihren alten Kleidern und der Sonnenbrille zur South Audley Street auf. Ihre natürliche Wißbegierde und die harte Schule drittklassiger Mietshäuser waren ihr nie besser zustatten gekommen. Sie hatte gelernt, Fragen zu stellen, Abfuhren einzustecken – hartnäckig zu sein, dickfellig und wachsam. In jeder Wohnung, an der sie klingelte, spielte sie nur sich selbst mit solcher Hingabe und zäher Beharrlichkeit, daß sie selten ohne Spende wieder herauskam, und fast nie ohne Informationen über die Häuser und ihre Bewohner.

Um die Teestunde hatte sie eine Straßenseite ganz und die andere fast zur Hälfte geschafft, jedoch ohne Ergebnis. Eben faßte sie den Gedanken, rasch etwas essen zu gehen, als sie eine Frau erblickte, die etwa hundert Schritte vor ihr eiligen Schrittes in dieselbe Richtung ging wie sie.

Nun kann man sich ja bei Gesichtern leicht vertun, aber es ist fast unmöglich, sich in einem Rücken zu irren. Miss Climpson schlug das Herz bis zum Hals. «Mary Whittaker!» sagte sie laut und nahm schon die Verfolgung auf.

Die Frau blieb stehen und sah in ein Schaufenster. Miss Climpson mochte nicht näher herangehen. Wenn Mary Whittaker frei herumlief, dann – ja, dann war diese Entführung mit ihrem Einverständnis geschehen! Verwirrt beschloß Miss Climpson, sich abwartend zu verhalten. Die Frau ging in ein Geschäft. Der freundliche Apotheker war fast genau gegenüber. Miss Climpson sah, daß dies der rechte Augenblick war, ihren Schlüssel zurückzufordern. Sie trat ein und fragte danach. Man hatte ihn schon für sie zurückgelegt, und der Verkäufer gab ihn ihr sofort. Die Frau war aber noch immer in dem Laden gegenüber. Miss Climpson nahm Zuflucht zu endlos langen Entschuldigungen und umständlichen Beispielen ihrer Vergeßlichkeit. Jetzt kam die Frau heraus. Miss Climpson ließ ihr einen angemessenen Vorsprung, dann beendete sie die Unterhaltung und verließ umständlich die Apotheke, wobei sie die Brille wieder aufsetzte, die sie für den Apotheker abgenommen hatte.

Die Frau ging jetzt ohne Aufenthalt weiter, blickte aber hin und wieder in ein Schaufenster. Ein Mann mit einem Obstkarren nahm seine Mütze ab, als sie vorbeiging, und kratzte sich am Kopf. Fast im selben Augenblick machte die Frau auf dem Absatz kehrt und kam zurück. Der Obstverkäufer packte seinen Karren an der Stange und schob ihn in eine Nebenstraße. Die Frau kam ihr direkt entgegen, so daß Miss Climpson gezwungen war, rasch in einen Hauseingang zu verschwinden und so zu tun, als ob sie einen Schuh binden müßte, sonst wäre eine Begegnung von Angesicht zu Angesicht unvermeidlich gewesen.

Die Frau hatte offenbar nur vergessen, Zigaretten zu kaufen, denn sie ging in einen Tabakladen, aus dem sie schon bald wieder herauskam. Wieder begegnete sie Miss Climpson, die diesmal ihre Handtasche fallen gelassen hatte und emsig mit dem Einsammeln ihrer Habseligkeiten beschäftigt war. Die Frau ging ohne einen Blick an ihr vorbei und weiter. Miss Climpson, noch rot vom Bücken, folgte ihr wieder. Jetzt wandte die Frau sich auf den Eingang eines Wohngebäudes zu, gleich neben einem Blumenladen. Miss Climpson war ihr hart auf den Fersen, um sie nur ja nicht zu verlieren.

Mary Whittaker – falls sie es war – ging durch den Eingangsflur direkt zum Lift, einem von der Sorte, die der Fahrgast selbst bedienen muß. Sie stieg ein und fuhr nach oben. Miss Climpson betrachtete die Orchideen und Rosen im Blumengeschäft und beobachtete dabei den Lift, bis er außer Sicht war. Dann trat sie ins Haus, den Sammelausweis sichtbar in der Hand.

In einer kleinen Glaskabine saß der Portier. Er erkannte Miss Climpson sofort als Fremde und fragte höflich, ob er ihr behilflich sein könne. Miss Climpson wählte von dem Bewohnerverzeichnis am Eingang aufs Geratewohl einen Namen und fragte nach Mrs. Forrest. Der Mann sagte, Mrs. Forrest wohne im vierten Stock, und kam aus seiner Kabine, um den Lift für sie herunterzuholen. Ein anderer Mann, mit dem er sich unterhalten hatte, kam ebenfalls heraus und bezog am Eingang Stellung. Als der Lift herunterkam, sah Miss Climpson, daß der Obsthändler inzwischen wieder zurückgekommen war. Sein Schubkarren stand jetzt direkt vor dem Haus.

Der Portier begleitete sie nach oben und zeigte ihr die Tür zu Mrs. Forrests Wohnung. Seine Gegenwart war beruhigend. Sie wünschte, er bliebe in Rufweite, bis sie das Haus fertig abgesucht hatte. Aber da sie nun einmal nach Mrs. Forrest gefragt hatte, mußte sie auch dort beginnen. Sie drückte auf den Klingelknopf.

Zuerst glaubte sie, die Wohnung sei leer, doch nachdem sie ein zweites Mal geklingelt hatte, hörte sie Schritte. Die Tür ging auf, und eine furchtbar aufgedonnerte wasserstoffblonde Dame stand vor ihr, die Lord Peter sofort – und peinlich berührt – erkannt hätte.

«Ich bin gekommen», sagte Miss Climpson, indem sie sich mit dem Geschick eines routinierten Hausierers schnell in die Tür zwängte, «um Sie zu fragen, ob ich Sie vielleicht zur Unterstützung unserer Mission gewinnen kann. Darf ich eintreten? Ich bin gewiß, Sie –»

«Danke, nein», sagte Mrs. Forrest kurz angebunden und sehr

eilig, etwas atemlos, als stünde jemand hinter ihr, den sie nicht mithören lassen wollte. «Missionen interessieren mich nicht.»

Sie versuchte die Tür zu schließen, aber Miss Climpson hatte genug gesehen und gehört.

«Großer Gott!» rief sie mit aufgerissenen Augen. «Also, das ist doch –»

«Kommen Sie herein.» Mrs. Forrest packte sie fast grob am Arm, zog sie über die Schwelle und schlug die Tür hinter ihnen zu.

«Na, so eine Überraschung!» sagte Miss Climpson. «Ich hätte Sie beinahe nicht erkannt, Miss Whittaker, mit diesen Haaren.»

«Sie!» sagte Miss Whittaker. «Ausgerechnet Sie!» Sie nahmen in den geschmacklosen rosa Seidenkissen des Wohnzimmers einander gegenüber Platz. «Ich hab doch gewußt, daß Sie eine Schnüfflerin sind. Wie sind Sie hierhergekommen? Ist noch jemand bei Ihnen?»

«Nein – doch – ich bin nur zufällig . . .» begann Miss Climpson ausweichend. Ein Gedanke beherrschte sie vor allem anderen. «Wie sind Sie freigekommen? Was ist passiert? Wer hat Vera umgebracht?» Sie wußte, daß ihre Fragen ungeschickt und dumm waren. «Warum sind Sie so verkleidet?»

«Wer hat Sie geschickt?» fragte Mary Whittaker zurück.

«Wer ist der Mann bei Ihnen?» fuhr Miss Climpson unbeirrt fort. «Ist er hier? Hat er den Mord begangen?»

«Was für ein Mann?»

«Der Mann, den Vera aus Ihrer Wohnung hat kommen sehen. Hat er –?»

«So ist das also. Vera hat geplaudert. So eine Lügnerin. Ich hatte geglaubt, ich wäre schnell genug gewesen.»

Etwas, das Miss Climpson schon seit Wochen beschäftigte, nahm mit einemmal deutliche Gestalt an. Dieser Blick in Mary Whittakers Augen. Vor langer Zeit hatte Miss Climpson einmal bei einer Verwandten ausgeholfen, die eine Pension führte, und dort war ein junger Mann gewesen, der seine Rechnung mit einem Scheck bezahlte. Sie hatte wegen dieser Rechnung ziemlich energisch werden müssen, und er hatte den Scheck widerwillig ausgeschrieben, während er an dem kleinen Tischchen mit der Plüschdecke im Salon saß und sie ihn nicht aus den Augen ließ. Dann war er fortgegangen – hatte sich mit seinem Koffer davongeschlichen, als gerade niemand in der Nähe war. Der Scheck war zurückgekommen wie der sprichwörtlich falsche

Fuffziger. Gefälscht. Miss Climpson hatte vor Gericht aussagen müssen. Und nun erinnerte sie sich an diesen merkwürdig trotzigen Blick, mit dem der junge Mann seinen Füller in die Hand genommen hatte, um sein erstes Verbrechen zu begehen. Heute sah sie diesen Blick wieder – eine unschöne Mischung von Verwegenheit und Berechnung. Es war der Blick, der Wimsey bereits gewarnt hatte und sie hätte warnen müssen. Ihr Atem ging schneller.

«Wer war der Mann?»

«Der Mann?» Plötzlich lachte Mary Whittaker. «Ein Mann namens Templeton – kein Freund von mir. Wirklich komisch, daß Sie ihn für einen Freund von mir gehalten haben. Umgebracht hätte ich ihn, wenn ich gekonnt hätte.»

«Aber wo ist er? Was machen Sie? Wissen Sie nicht, daß alle Welt nach Ihnen sucht? Warum gehen Sie nicht...?»

«Darum!»

Mary Whittaker warf ihr die Zehn-Uhr-Ausgabe des *Evening Banner* zu, die auf dem Sofa gelegen hatte. Miss Climpson las die knalligen Schlagzeilen:

ÜBERRASCHENDE WENDE IM MORDFALL CROWN'S BEACH
WUNDEN AN DER LEICHE NACHTRÄGLICH VORGETÄUSCHT
GEFÄLSCHTE SPUREN

Miss Climpson schnappte erschrocken nach Luft, dann beugte sie sich über den kleiner gedruckten Text. «Na so etwas!» rief sie, indem sie schnell nach oben blickte.

Nicht schnell genug. Die schwere Messinglampe verfehlte zwar um Haaresbreite ihren Kopf, traf sie aber dafür schmerzhaft an der Schulter. Mit einem lauten Schrei sprang sie auf, gerade als Mary Whittakers kräftige weiße Hände sich um ihren Hals legten.

23

Und traf ihn – so!

> *Nicht so tief wie ein Brunnen, noch so weit*
> *wie eine Kirchtüre; aber es reicht eben hin!*
> Romeo und Julia

Lord Peter verpaßte beide Mitteilungen Miss Climpsons. Er war so in die polizeilichen Ermittlungen eingespannt, daß er gar nicht auf die Idee kam, noch einmal nach Leahampton zu fahren. Bunter war am Samstagabend zuverlässig mit «Mrs. Merdle» eingetroffen. Ein riesiges Polizeiaufgebot machte die Dünen sowie die Gegend um Southampton und Portsmouth unsicher, um weiter den Eindruck aufrechtzuerhalten, die Polizei vermute die «Bande» in dieser Umgebung. Dabei lag Parker nichts ferner als das. «Wenn sie glaubt, sie sei sicher», sagte er, «kommt sie zurück. Wir spielen das alte Katz-und-Maus-Spiel, mein Bester.» Wimsey war unruhig. Er wünschte, die Analyse der Leiche sei endlich abgeschlossen, und scheute den Gedanken an die langen Tage, die er zu warten haben würde. Vom Ergebnis der Analyse erwartete er sowieso nicht viel.

«Es ist ja alles schön und gut, dazusitzen mit deinen verkleideten Polizeibütteln vor Mrs. Forrests Wohnung», sagte er ärgerlich, als sie am Montagmorgen beim Frühstück mit Speck und Ei saßen, «aber dir ist doch klar, daß wir noch immer keinen Beweis für Mord haben, nicht in einem einzigen Fall.»

«Ganz recht», antwortete Parker gelassen.

«Ja, macht dich denn das nicht verrückt?» fragte Wimsey.

«Kaum», erwiderte Parker. «Dazu kommt so etwas viel zu oft vor. Wenn ich jedesmal auf die Palme gehen wollte, nur weil ein paar Beweise auf sich warten lassen, käme ich von da oben überhaupt nicht mehr herunter. Wozu die Aufregung? Vielleicht ist es das perfekte Verbrechen, von dem du so gern redest – das Verbrechen, das keine Spuren hinterläßt. Du solltest dich darüber freuen.»

«Menschenskind noch einmal! O Niedertracht, wo ist dein Charme, den Weise schauten in deinem Gesicht? Im Alten Ganoven verlöscht das Licht, und den Zecher dürstet, daß Gott erbarm. Wimseys Gebrauchslyrik, bearbeitet von Thingummy. Ich bin mir in der Tat nicht so sicher, ob Miss Dawsons Tod nicht das perfekte Verbrechen war – wenn diese Whittaker dann nur Schluß gemacht und nicht versucht hätte, ihn zu vertuschen. Wie du siehst, werden die Morde immer gewalttätiger, komplizierter und unwahrscheinlicher. Schon wieder das Telefon. Wenn die Post dieses Jahr auf dem Fernsprechsektor keinen dikken Gewinn macht, kann man dir nicht die Schuld geben.»

«Die Mütze und die Schuhe», sagte Parker sanft. «Man hat ihre Herkunft ermittelt. Sie wurden in einem Bekleidungshaus in Stepney bestellt und sollten an Reverend H. Dawson, *Peveril Hotel*, Bloomsbury, geschickt werden, wo sie zur Abholung bereitliegen sollten.»

«Wieder das *Peveril*.»

«Ja. Ich erkenne die Handschrift von Mr. Triggs geheimnisvoller Verführerin. Am nächsten Tag kam ein Bote mit einer Visitenkarte von Reverend Hallelujah Dawson und dem Vermerk: ‹Paket bitte an Überbringer aushändigen.› Der Bote erklärte dazu, sein Auftraggeber habe nun doch nicht selbst in die Stadt kommen können. Seinen telefonischen Instruktionen gemäß hat der Bote das Paket dann einer Dame in Krankenschwesterntracht auf dem Bahnsteig von Charing Cross übergeben. Als er diese Dame beschreiben sollte, hat er nur gemeint, sie sei groß gewesen, mit blaugetönter Brille und der üblichen Schwesterntracht mit Häubchen. Das wär's.»

«Wie wurden die Sachen bezahlt?»

«Per Postanweisung, eingezahlt zur geschäftigsten Tageszeit im Postamt West Central.»

«Und wann ist das alles gewesen?»

«Das ist das Interessanteste daran. Vorigen Monat, kurz bevor Miss Whittaker und Miss Findlater aus Kent zurückkehrten. Dieses Ding war von langer Hand vorbereitet.»

«Stimmt. Also noch etwas, was du Mrs. Forrest anhängen kannst. Könnte ein Beweis für eine kriminelle Verschwörung sein, aber ob es ein Beweis für Mord ist –»

«Wahrscheinlich *soll* es nach einer kriminellen Verschwörung von seiten Vetter Hallelujahs aussehen. Jetzt werden wir wohl die Briefe und die dazugehörige Schreibmaschine finden und dann diese ganzen Leute vernehmen müssen. O Gott, was für eine Plackerei! Hallo! Herein! Ach, Sie sind's, Doktor.»

«Entschuldigen Sie, wenn ich Sie beim Frühstück störe», sagte Dr. Faulkner, «aber als ich heute morgen wach im Bett lag, ist mir eine glänzende Idee gekommen, die mußte ich einfach bei Ihnen loswerden, solange sie noch frisch war. Es geht um den Schlag auf den Kopf und die Kratzwunden an den Armen. Meinen Sie, daß sie einem doppelten Zweck dienen könnten? Zum einen lassen sie das Ganze nach einem Überfall aussehen, zum andern könnten sie eine kleinere Wunde tarnen. Zum Beispiel könnte man ihr Gift injiziert und dann, als sie tot war, den Einstich durch die Kratzer und Schnitte überdeckt haben.»

«Ehrlich gesagt», meinte Parker, «ich wollte, ich könnte das glauben. Die Idee ist gut und vielleicht sogar richtig, aber unser Pech ist, daß in beiden vorherigen Todesfällen, die wir untersucht haben und eigentlich zur selben Serie zählen wie diesen hier, durch kein der Wissenschaft bekanntes Verfahren auch nur die geringsten Symptome oder Spuren von Gift festgestellt worden sind. Und nicht nur kein Gift wurde gefunden, sondern rein gar nichts, außer einem natürlichen Tod.»

Und er beschrieb alle Fälle ausführlicher.

«Merkwürdig», sagte der Arzt. «Und Sie meinen, hierbei könne das gleiche herauskommen? Aber in diesem Fall kann es ja nicht gut ein natürlicher Tod gewesen sein – oder wozu die ganzen sorgsamen Bemühungen, ihn zu tarnen?»

«Es war kein natürlicher Tod», sagte Parker, «was dadurch bewiesen ist, daß er, wie wir jetzt wissen, schon vor zwei Monaten geplant und vorbereitet wurde.»

«Aber die Methode!» rief Wimsey. «Die Methode! Hol's doch der Henker, da stehen wir nun alle hier herum mit unseren klugen Köpfen und guten Namen – und dieses halbgebildete Ding aus einem Krankenhaus gibt uns allesamt das Nachsehen. *Wie* hat sie's gemacht?»

«Wahrscheinlich ist die Methode so einfach und naheliegend, daß wir gar nicht darauf kommen», sagte Parker. «Wie irgendein Naturgesetz, das man in der vierten Schulklasse lernt und nie mehr irgendwo anwendet. Denk an diesen Motorradheini, dem wir bei Crofton begegnet sind, wie er im Regen saß und um Hilfe bitten mußte, weil er noch nie von einer Luftblase in der Benzinleitung gehört hatte. Nun würde ich sagen, der Junge hat etwas gelernt – Was ist denn mit dir los?»

«Mein Gott!» rief Wimsey. Er ließ die Hand derart auf den Frühstückstisch krachen, daß die Tassen hochsprangen. «Mein

Gott! Aber das ist es doch! Du hast es gefunden – du hast es geschafft – Naheliegend? Allmächtiger Gott – dazu braucht man nicht einmal einen Arzt. Ein Automechaniker hätte es uns sagen können. Alle Tage sterben Leute an so etwas. Aber natürlich, es war eine Luftblase in der Leitung.»

«Tragen Sie's mit Fassung, Doktor», sagte Parker. «So ist er immer, wenn er eine Idee hat. Das vergeht wieder. Würde es dir etwas ausmachen, dich näher zu erklären, altes Haus?»

Wimseys bläßliches Gesicht war gerötet. Er wandte sich an den Arzt. «Hören Sie», sagte er, «der Körper ist doch ein Pumpwerk, nicht wahr? Das liebe gute Herz pumpt das Blut durch die Arterien und durch die Venen wieder zurück und so weiter, richtig? Das hält den ganzen Laden in Betrieb, nicht? Einmal rund und in zwei Minuten wieder daheim – so ungefähr?»

«Gewiß.»

«Hier ist ein kleines Ventil, wo das Blut hereinkommt, und dort ein anderes Ventil, wo es wieder hinausfließt – ungefähr wie bei einem Verbrennungsmotor, was ja eigentlich dasselbe ist.»

«Stimmt.»

«Und wenn die Pumpe stehenbleibt?»

«Dann stirbt man.»

«Eben. Und nun passen Sie auf. Angenommen, Sie nehmen eine schöne große Spritze, leer, stechen sie in eine der großen Arterien und drücken hinten drauf – was passiert? Na, was würde da passieren, Doktor? Sie würden eine dicke Luftblase in die Leitung pumpen, nicht wahr? Und was würde daraufhin mit dem Kreislauf passieren, na?»

«Er bricht zusammen», antwortete der Arzt, ohne zu zögern. «Das ist es ja, warum die Schwestern so sehr darauf achten müssen, daß sie die Spritze richtig füllen, besonders bei intravenösen Injektionen.»

«Wußte ich doch, daß es etwas war, was man in der Klippschule lernt. Also weiter. Der Kreislauf bricht zusammen – und die Wirkung wäre etwa wie bei einer Embolie, nicht wahr?»

«Natürlich nur, wenn das in einer Hauptader passiert. In einer der kleineren Venen würde das Blut seinen Weg drumherum finden. Das ist es ja, warum –» diese Formulierung schien es dem Doktor angetan zu haben – «es so wichtig ist, daß Embolien – sprich Blutgerinnsel – so bald wie möglich aufgelöst werden und man sie nicht im Kreislauf herumwandern lassen darf.»

252

«Ja – schon – aber diese Luftblase, Doktor – in einer der Hauptadern – nehmen wir die Oberschenkelarterie oder die große Vene in der Ellbogenbeuge – die würde doch den Kreislauf zum Erliegen bringen, nicht? In welcher Zeit?»

«Nun ja, sofort. Das Herz würde zu schlagen aufhören.»

«Und dann?»

«Ist man tot.»

«Mit welchen Symptomen?»

«Keinen nennenswerten. Ein paar kleine Seufzer. Die Lungen würden verzweifelt arbeiten, damit die Sache weiterläuft. Und dann wäre es einfach aus. Wie bei einem Herzversagen. Das heißt, es *ist* ein Herzversagen.»

«Wie gut ich das doch weiß . . . dieses Durchpusten des Ventils – ein Seufzer, wie Sie sagen. Und wie würde sich das nach dem Tod äußern?»

«Überhaupt nicht. Es sieht nur nach Herzversagen aus. Den Einstich würde man natürlich finden, wenn man danach sucht.»

«Wissen Sie das alles ganz genau, Doktor?» fragte Parker.

«Es ist schließlich ganz einfach, nicht wahr? Eine simple Frage der Mechanik. Natürlich würde es so kommen. Es muß.»

«Wäre es nachzuweisen?» fragte Parker weiter.

«Das ist schon schwieriger.»

«Wir müssen es versuchen», sagte Parker. «Es ist genial und erklärt so einiges. Doktor, würden Sie noch einmal ins Leichenhaus gehen und nachschauen, ob Sie irgendwelche Einstiche an der Leiche finden können? Ich glaube, du hast wirklich des Rätsels Lösung gefunden, Peter. Meine Güte, wer ist denn da schon wieder am Telefon? . . . Wie? *Was?* – O verdammt! – Damit ist alles kaputt. Jetzt läßt sie sich nie wieder blicken. Warnung an alle Häfen – Fahndungsaufrufe an alle Polizeidienststellen – Eisenbahnen überwachen und ganz Bloomsbury mit dem Staubkamm durchkämmen – in dieser Gegend kennt sie sich am besten aus. Ich komme sofort in die Stadt – ja, unverzüglich. Wie recht Sie haben!» Er legte mit ein paar knappen, unfeinen Bemerkungen den Hörer auf.

«Pillington, dieser Obertrottel, hat alles ausgequatscht. Die ganze Geschichte steht in der Frühausgabe des *Banner*. Wir haben hier nichts mehr verloren. Mary Whittaker weiß jetzt, daß die Jagd auf ist und wird Hals über Kopf außer Landes verschwinden, wenn sie nicht schon weg ist. Kommst du mit zurück nach London, Peter?»

«Natürlich. Ich nehme dich im Wagen mit. Nur keine Zeit mehr verlieren. Läute mal bitte nach Bunter. Ah, Bunter, wir fahren in die Stadt. Wann können wir aufbrechen?»

«Sofort, Mylord. Ich habe Eurer Lordschaft und Mr. Parkers Sachen schon vorsorglich gepackt, falls wir eiligst verreisen müßten.»

«Gut gemacht.»

«Und hier ist ein Brief für Mr. Parker, Sir.»

«O ja, danke. Ach, die Fingerabdrücke von dem Scheck. Hm. Nur zwei verschiedene Arten – außer denen des Kassierers in der Bank natürlich. Die einen von Vetter Hallelujah und die anderen von einer Frau, vermutlich Mary Whittaker. Ja, ganz offensichtlich – hier sind die vier Finger der linken Hand, wie man sie auf den Scheck legen würde, um ihn beim Unterschreiben festzuhalten.»

«Verzeihung, Sir – dürfte ich mir das Bild wohl einmal ansehen?»

«Natürlich. Nehmen Sie sich einen Abzug. Ich weiß ja, daß Sie sich als Fotograf für so etwas interessieren. Also, leben Sie wohl, Doktor. Wir sehen uns irgendwann in London. Komm, Peter.»

Lord Peter kam. Und das, wie Dr. Faulkner sagen würde, war es ja, warum Miss Climpsons zweiter Brief zu spät von der Polizeistation herübergebracht wurde und ihn nicht mehr erreichte.

Sie kamen – dank Wimseys forscher Fahrweise – um zwölf in London an und begaben sich sofort zu Scotland Yard, nachdem sie Bunter, der so schnell wie möglich nach Hause wollte, unterwegs abgesetzt hatten. Sie trafen Parkers Chef in ziemlich gereizter Stimmung an – wütend auf den *Banner* und böse auf Parker, weil er Pillington den Mund nicht hatte stopfen können.

«Weiß der Himmel, wo sie als nächstes wieder auftaucht. Wahrscheinlich hatte sie sich schon früher eine Verkleidung beschafft und ihre Flucht vorbereitet.»

«Sie dürfte schon weg sein», sagte Wimsey. «Sie könnte mit Leichtigkeit schon am Montag oder Dienstag England verlassen haben, und wir wären kein bißchen klüger. Sobald dann die Luft rein gewesen wäre, hätte sie die Rückreise angetreten und ihr Vermögen an sich gebracht. Jetzt bleibt sie eben, wo sie ist.»

«Es ist sehr zu befürchten, daß du recht hast», stimmte Parker düster zu.

«Was macht inzwischen Mrs. Forrest?»

«Benimmt sich völlig normal. Sie wird natürlich pausenlos beschattet, aber in keiner Weise belästigt. Wir haben jetzt drei Mann draußen bei ihr – einen als Obsthändler, einen als guten Freund des Portiers, der ihm immerzu Renntips bringt, und einen, der sich im Hinterhof mit allerlei Arbeiten nützlich macht. Die drei melden, daß sie immer wieder mal kurz zum Einkaufen und dergleichen ausgeht, ihre Mahlzeiten aber meist zu Hause einnimmt. Die Leute, die sie unterwegs beschatten sollen, geben gut acht, ob sie mit Leuten spricht oder jemandem Geld zusteckt. Wir sind ziemlich sicher, daß die beiden noch keine Verbindung aufgenommen haben.»

«Verzeihung, Sir.» Ein Beamter steckte den Kopf zur Tür herein. «Hier ist der Diener von Lord Peter Wimsey, Sir, mit einer wichtigen Nachricht.»

Bunter trat ein, tadellos korrekt im Auftreten, aber mit einem Glitzern in den Augen. Er legte zwei Fotos auf den Tisch.

«Verzeihung, Mylord, meine Herren, aber würden Sie so freundlich sein und einen Blick auf diese beiden Fotos werfen?»

«Fingerabdrücke?» fragte der Chef.

«Das eine ist unser amtliches Foto von den Fingerabdrücken auf dem Zehntausend-Pfund-Scheck», erklärte Parker. «Das andere – wo haben Sie denn das her, Bunter? Die Fingerabdrücke sehen genau gleich aus, aber das Bild stammt nicht von uns.»

«Sie kamen meinem geübten Auge auch sehr ähnlich vor, Sir. Deshalb hielt ich es für angezeigt, Sie davon in Kenntnis zu setzen.»

«Rufen Sie Dewsby», sagte der Chef.

Dewsby war der Leiter des Erkennungsdienstes. Er hatte nicht den leisesten Zweifel. «Die Abdrücke stammen zweifellos von ein und derselben Person», sagte er.

Jetzt ging Wimsey allmählich ein Licht auf.

«Bunter – stammen diese Abdrücke hier von dem Glas?»

«Jawohl, Mylord.»

«Aber die sind doch von Mrs. Forrest!»

«So hatte ich Sie auch verstanden, Mylord, und unter diesem Namen habe ich sie abgelegt.»

«Das heißt also, wenn die Unterschrift auf diesem Scheck echt ist –»

«– brauchen wir unser Vögelchen nicht weit zu suchen!» rief Parker ingrimmig. «Ein Doppelleben! Dieses Weibsstück hat

255

uns ja ganz schön lange an der Nase herumgeführt. Aber jetzt haben wir sie, zumindest wegen des Mordes an der Findlater, vielleicht auch wegen der Gotobed-Geschichte.»

«Aber ich denke, dafür hat sie ein Alibi?» sagte der Chef.

«Hatte sie», sagte Parker bitter, «aber ihre Zeugin war das Mädchen, das jetzt ermordet worden ist. Sieht ganz so aus, als ob es sich durchgerungen hätte, die Wahrheit zu sagen, und da hat man es eben beseitigt.»

«Es scheint, als ob so einige Leute gerade noch einmal mit dem Leben davongekommen wären», sagte Wimsey.

«Dich eingeschlossen. Die gelben Haare waren demnach eine Perücke.»

«Wahrscheinlich. So richtig echt sind sie mir ja nie vorgekommen. Als ich an dem einen Abend da war, hatte sie so einen enggewickelten Turban auf – darunter hätte sie auch kahl sein können, wie es aussah.»

«Hast du die Narbe an den Fingern ihrer rechten Hand nicht gesehen?»

«Nein – aus dem ganz einfachen Grund nicht, weil ihre Finger bis zu den Knöcheln mit Ringen vollgesteckt waren. Hinter dem abscheulichen Geschmack steckte also eine sehr vernünftige Überlegung. Ich nehme an, daß sie mich betäuben oder – falls das nicht geklappt hätte – mit Liebkosungen in Schlaf wiegen wollte, um mir dann mit Hilfe einer Nadel das Lebenslicht auszublasen. Furchtbar peinliche Geschichte. Liebesbedürftiger Clubmensch stirbt in Privatwohnung. Angehörige sehr besorgt, die Sache zu vertuschen. Wahrscheinlich war die Wahl auf mich gefallen, weil man mich in Liverpool mit Evelyn Cropper gesehen hatte. Bertha Gotobed dürfte eine ähnliche Behandlung widerfahren sein. Zufällig auf dem Weg zur Arbeit alter Herrschaft begegnet – Fünf-Pfund-Note in die Hand gedrückt und nobles Abendessen spendiert – jede Menge Champagner – das arme Ding war voll wie eine Strandhaubitze – in den Wagen gepackt, dort abserviert und in Begleitung eines Schinkensandwichs nebst einer Flasche Bier in den Eppingforst kutschiert. Ganz leicht, nicht wahr – wenn man weiß, wie's geht.»

«Wenn das so ist», sagte der Yard-Chef, «sollten wir uns die Dame greifen, je eher, desto besser. Sie brechen am besten sofort auf, Inspektor; lassen Sie sich einen Haftbefehl auf Namen Whittaker oder Forrest ausstellen – und nehmen Sie an Hilfe mit, was Sie brauchen.»

«Darf ich mit?» fragte Wimsey, als sie aus dem Gebäude kamen.

«Warum nicht? Du kannst dich vielleicht nützlich machen. Mit den Leuten, die wir schon dort haben, werden wir keine weitere Hilfe brauchen.»

Der Wagen sauste durch Pall Mall dahin, die St. James Street hinauf und am Piccadilly vorbei. Etwa in der Mitte der South Audley Street passierten sie den Obstverkäufer, dem Parker ein fast unmerkliches Zeichen gab. Ein paar Eingänge vor der gesuchten Tür stiegen sie aus und bekamen fast augenblicklich Gesellschaft von dem wettbegeisterten Freund des Portiers.

«Ich wollte Sie eben anrufen», sagte dieser. «Sie ist da.»

«Wer, die Whittaker?»

«Ja. Vor zwei Minuten ist sie hinaufgegangen.»

«Ist die Forrest auch da?»

«Ja. Sie war kurz vor der anderen nach Hause gekommen.»

«Komisch», sagte Parker. «Schon wieder eine schöne Theorie baden gegangen. Sind Sie ganz sicher, daß es die Whittaker ist?»

«Nun ja, sie war verkleidet, mit alten Sachen, grauen Haaren und so. Aber sie hat die richtige Größe und das ungefähre Aussehen. Sie versucht außerdem wieder den Trick mit der blaugetönten Brille. Ich glaube schon, sie ist die richtige – aber ich habe mich natürlich an Ihre Anweisung gehalten und mich nicht zu nah an sie herangemacht.»

«Nun gut, wir müssen uns das sowieso mal ansehen. Kommen Sie mit.»

Auch der Obsthändler hatte sich ihnen inzwischen angeschlossen, und alle zusammen traten sie ins Haus.

«Und die Tante ist direkt zur Wohnung der Forrest gegangen?» fragte der dritte Detektiv den Portier.

«Genau. Hingegangen ist sie und hat was von Spendensammeln oder so gesagt. Dann hat Mrs. Forrest sie schnell hineingezogen und die Tür zugeschlagen. Herausgekommen ist seitdem niemand mehr.»

«Gut. Wir gehen jetzt nach oben – und Sie passen auf, daß uns niemand über die Treppe entwischt. Also, Wimsey, dich kennt sie als Templeton, aber sie weiß vielleicht noch nicht sicher, daß du mit uns zusammenarbeitest. Du klingelst, und wenn die Tür aufgeht, stellst du den Fuß dazwischen. Wir stehen gleich hier um die Ecke bereit, um loszustürmen.»

257

Das Manöver wurde ausgeführt. Sie hörten laut die Glocke schrillen. Es kam aber niemand öffnen. Wimsey klingelte noch einmal und hielt das Ohr an die Tür.

«Charles», rief er auf einmal, «da ist was los da drinnen.» Sein Gesicht war weiß. «Mach schnell! Ich könnte nicht *noch* einen...»

Parker kam herbeigeeilt und horchte. Dann ergriff er Peters Stock und hämmerte gegen die Tür, daß es laut im leeren Lichthof widerhallte.

«Hallo, öffnen Sie – hier ist die Polizei!»

Und die ganze Zeit hörten sie von drinnen ein dumpfes Klopfen und Röcheln – ein Schleifen, als ob etwas Schweres geschleppt würde. Dann ein lautes Krachen, wie wenn ein Möbelstück umgefallen wäre – und dann ein lauter, heiserer Schrei, der mittendrin brutal erstickt wurde.

«Brecht die Tür auf!» sagte Wimsey. Der Schweiß lief ihm vom Gesicht.

Parker gab dem kräftigeren der beiden Polizisten ein Zeichen. Dieser kam mit der Schulter voran angestürmt und warf sich gegen die Tür, die krachte und zitterte. Parker kam ihm mit seinem Körpergewicht zu Hilfe, wobei er den leichten Wimsey einfach in die Ecke schleuderte. Stampfend und keuchend mühten sie sich auf dem engen Raum.

Die Tür gab nach, und sie taumelten in die Diele. Es war bedrohlich still.

«Schnell! Schnell!» schluchzte Peter.

Eine Tür zur Rechten stand offen. Ein Blick belehrte sie, daß dort niemand war. Sie rannten zur Wohnzimmertür und stießen sie auf. Sie öffnete sich nur einen Fußbreit. Etwas Schweres lag im Weg. Sie stießen kräftig nach, und das Hindernis wich. Wimsey sprang darüber – es war ein großer Schrank, der umgekippt war. Porzellanscherben übersäten den Fußboden. Das Zimmer zeigte Spuren eines heftigen Kampfes – umgeworfene Tische, ein zerbrochener Stuhl, eine zerschmetterte Lampe. Wimsey sprang zur Schlafzimmertür, Parker ihm dicht auf den Fersen.

Auf dem Bett lag der reglose Körper einer Frau. Ihre grauen Haare bedeckten in feuchten Strähnen das Kissen, und an ihrem Kopf und Hals klebte Blut. Aber noch mehr Blut strömte nach, und Wimsey hätte vor Freude laut aufschreien mögen, denn Tote pflegen nicht zu bluten.

Parker warf nur einen kurzen Blick auf die verletzte Frau. Mit einem Satz war er im angrenzenden Ankleideraum. Ein Schuß pfiff dicht an seinem Kopf vorbei – dann ein Fauchen und Kreischen – und der Spuk war vorüber. Der Polizist stand da und schüttelte seine gebissene Hand, während Parker die Frau in den Polizeigriff nahm. Er erkannte sie sogleich, obwohl ihre wasserstoffblonde Perücke verrutscht war und Schreck und Wut ihre blauen Augen verfinsterten.

«So, das wär's», sagte Parker ruhig. «Das Spiel ist aus. Jetzt kann Ihnen nichts mehr helfen. Kommen Sie, seien Sie vernünftig. Sie wollen doch nicht, daß wir Ihnen Handschellen anlegen, oder? Mary Whittaker alias Forrest, ich verhafte Sie wegen –» Er zögerte eine Sekunde, und sie bemerkte es.

«Weswegen? Was können Sie mir denn vorwerfen?»

«Für den Anfang genügt der Mordversuch an dieser Dame dort», sagte Parker.

«Diese Idiotin!» sagte sie verächtlich. «Drängt sich hier herein und greift mich an. Ist das alles?»

«Höchstwahrscheinlich nicht», sagte Parker. «Ich muß Sie darüber belehren, daß alles, was Sie sagen, protokolliert wird und vor Gericht gegen Sie verwendet werden kann.»

Tatsächlich hatte der dritte Beamte bereits sein Notizbuch gezückt und schrieb gleichmütig: «Nach Mitteilung des Verhaftungsgrundes fragte die Gefangene: ‹Ist das alles?›» Die Bemerkung mußte ihm höchst unüberlegt vorkommen, denn er leckte mit zufriedener Miene seinen Bleistift an.

«Ist mit dieser Frau alles in Ordnung – wer ist sie überhaupt?» fragte Parker, um sich wieder einen Überblick über die Situation zu verschaffen.

«Es ist Miss Climpson – weiß der Himmel, wie sie hierhergekommen ist. Ich glaube nicht, daß ihr etwas fehlt, aber sie muß Schreckliches durchgemacht haben.»

Während er sprach, wusch er ihr behutsam mit einem Schwamm den Kopf ab, und in diesem Augenblick schlug sie die Augen auf.

«Hilfe!» sagte Miss Climpson verwirrt. «Die Spritze – Sie dürfen das nicht – oh!» Sie versuchte sich schwach zu wehren, dann erkannte sie Wimseys besorgtes Gesicht. «Ach du meine Güte!» rief sie. «Lord Peter! So ein Theater. Haben Sie meinen Brief bekommen? Ist alles in Ordnung? ... O mein Gott! Wie sehe ich aus! Ich – diese Frau –»

«Nur nicht aufregen, Miss Climpson», sagte Wimsey voller

Erleichterung, «alles ist wieder gut, aber Sie dürfen jetzt nicht reden. Sie müssen uns später alles erzählen.»

«Was habe ich da gehört, von wegen Spritze?» fragte Parker, der sich nicht von seinem Fall abbringen ließ.

«Sie hatte eine Spritze in der Hand», keuchte Miss Climpson, indem sie sich aufzusetzen versuchte und mit den Händen übers Bett tastete. «Ich bin in Ohnmacht gefallen, glaube ich – dieser Kampf! –, und mich hat etwas am Kopf getroffen. Dann ist sie mit dem Ding auf mich zugekommen – ich hab's ihr aus der Hand geschlagen, und was dann passiert ist, weiß ich nicht mehr. Aber ich bin doch *erstaunlich* zäh, nicht?» meinte sie fröhlich. «Wie mein lieber Vater immer gesagt hat, die Climpsons sind so leicht nicht umzubringen!»

Parker suchte auf dem Fußboden herum. «Da haben wir sie ja», sagte er. In der Hand hielt er eine Injektionsspritze.

«Die Frau ist verrückt, das ist alles», sagte die Gefangene. «Das ist nur die Spritze, die ich immer benutze, wenn ich meine Neuralgie bekomme. Da ist doch überhaupt nichts darin.»

«Völlig richtig», sagte Parker, wobei er Wimsey bedeutungsvoll zunickte. «Es ist – überhaupt nichts darin.»

Am Dienstagabend, nachdem gegen die Gefangene Anzeige wegen Mordes an Bertha Gotobed und Vera Findlater und wegen versuchten Mordes an Alexandra Climpson erstattet war, saßen Wimsey und Parker zusammen beim Abendessen. Ersterer war bedrückt und unruhig.

«Die ganze Geschichte war widerlich», knurrte er. Sie hatten noch bis in die frühen Morgenstunden dagesessen und den Fall besprochen.

«Interessant», sagte Parker, «interessant. Ich schulde dir übrigens siebeneinhalb Shilling. Wir hätten die Forrest-Geschichte eigentlich früher durchschauen müssen, aber aus welchem Grund hätten wir das Alibi aus dem Mund der Findlater anzweifeln sollen? Diese falsch verstandenen Loyalitäten schaffen immer eine Menge Ärger.

Ich glaube, wir sind vor allem dadurch irregeführt worden, daß alles so früh anfing. Es gab scheinbar keinen Grund dafür, aber wenn man an die Sache mit Trigg zurückdenkt, ist es sonnenklar. Sie hat mit diesem leeren Haus ein enormes Risiko auf sich genommen, und sie konnte nicht immer damit rechnen, ein leeres Haus zur Verfügung zu haben, in dem sie die Leute beseitigen konnte. Ich nehme an, die Doppelidentität hat sie sich zugelegt, um sich im Falle, daß Mary Whittaker je in Verdacht geraten sollte, in aller Ruhe zurückziehen und zur schwachen, sonst aber völlig unschuldigen Mrs. Forrest werden zu können. Ihr eigentlicher Fehler war, daß sie vergessen hat, Bertha Gotobed diese Fünf-Pfund-Note wieder abzunehmen. Wenn die nicht gewesen wäre, hätten wir von einer Mrs. Forrest vielleicht nie etwas gehört. Es muß sie schwer erschüttert haben, als wir dort aufkreuzten. Danach war sie der Polizei in beiden Gestalten bekannt. Der Mord an der Findlater war ein verzweifelter Versuch, ihre Spuren zu verwischen – er mußte schiefgehen, weil alles viel zu kompliziert war.»

«Schon. Aber der Mord an der Dawson war in seiner Schlichtheit und Eleganz einfach schön.»

«Wenn sie dabei geblieben wäre und die Finger davon gelassen hätte, wir hätten ihr nie etwas nachweisen können. Diesen Mord können wir ihr auch jetzt noch nicht nachweisen, deshalb habe ich ihn gar nicht erst in die Anzeige aufgenommen. Ich glaube, einer habgierigeren und herzloseren Mörderin bin ich noch nie begegnet. Sie schien wirklich der Meinung zu sein, wer ihr im Wege sei, habe keine Existenzberechtigung mehr.»

«Habgierig und bösartig. Wenn man bedenkt, daß sie dann auch noch die ganze Geschichte dem armen Hallelujah in die Schuhe schieben wollte! Ich vermute, er hat die unverzeihliche Sünde begangen, sie um Geld zu bitten.»

«Nun, das bekommt er jetzt, das ist die eine gute Seite der Geschichte. Die Grube, die sie Vetter Hallelujah gegraben hatte, ist für ihn zur Goldmine geworden. Der Zehntausend-Pfund-Scheck ist ausgezahlt worden. Dafür habe ich gleich als erstes gesorgt, bevor die Whittaker sich wieder daran erinnerte und versuchen konnte, ihn zu sperren. Wahrscheinlich hätte sie ihn sowieso nicht mehr sperren können, weil er ja schon am Samstag zuvor präsentiert worden war.»

«Gehört das Geld eigentlich rechtlich ihr?»

«Natürlich. Wir wissen zwar, daß sie durch ein Verbrechen darangekommen ist, aber dieses Verbrechen haben wir nie zur Anzeige gebracht, so daß es juristisch gesehen nie begangen wurde. Ich habe Vetter Hallelujah natürlich nichts davon gesagt, sonst hätte er es womöglich nicht angenommen. Er glaubt, es sei ihm in einem Anfall von Reue geschickt worden – der arme alte Knabe.»

«Dann sind also Vetter Hallelujah und alle kleinen Hallelujahs jetzt reich. Wie schön. Wie steht's mit dem restlichen Geld? Geht das nun doch noch an die Krone?»

«Nein. Sofern sie nicht testamentarisch anders darüber verfügt, bekommt es der nächstverwandte Whittaker – ein Vetter ersten Grades, soviel ich weiß, mit Namen Allcock. Sehr anständiger Bursche. Das heißt», fügte er, von plötzlichen Zweifeln geplagt, hinzu, «falls nach diesem verflixten neuen Erbrecht Vettern ersten Grades erbberechtigt sind.»

«Oh, ich glaube nicht, daß Vettern ersten Grades etwas zu fürchten haben», sagte Wimsey, «obwohl, sicher scheint ja heutzutage gar nichts mehr zu sein. Aber zum Kuckuck, *einige* Verwandte müssen doch noch eine Chance haben, was würde sonst aus dem geheiligten Familienleben? Jedenfalls ist das dann wohl das Erfreulichste an der ganzen scheußlichen Geschichte. Weißt du, als ich diesen Carr noch einmal besucht und ihm alles erzählt habe, hat er sich kein bißchen dafür interessiert, geschweige sich bedankt. Er habe die ganze Zeit so etwas vermutet, meint er, und wir würden doch hoffentlich die alte Geschichte nicht wieder aufwärmen, denn er sei inzwischen an das Geld gekommen, von dem er uns erzählt habe, und wolle sich in der Harley Street eine Praxis einrichten. Da könne er keinen Skandal brauchen.»

«Ich habe den Kerl ja nie gemocht. Tut mir leid für Schwester Philliter.»

«Nicht nötig. Da bin ich auch wieder mal ins Fettnäpfchen getreten. Carr ist jetzt zu fein heraus, um eine kleine Krankenschwester zu heiraten – das dürfte meiner Ansicht nach jedenfalls der Grund sein. Die Verlobung ist nämlich gelöst. Und ich hatte mich so an dem Gedanken gefreut, für zwei junge Menschen, die es verdienten, ein bißchen Vorsehung spielen zu dürfen», fügte Wimsey pathetisch hinzu.

«Ach ja! Das Mädchen ist jedenfalls noch einmal davongekommen. Hoppla, das Telefon! Wer in aller Welt . . .? Da muß etwas im Yard los sein. Um drei Uhr in der Frühe! Polizist müßte man sein! – Ja? Ach! – Gut, ich komme. Der Fall ist im Eimer, Peter.»

«Wie denn das?»

«Selbstmord. Sie hat sich an einem Bettlaken erhängt. Ich glaube, ich sollte mal hingehen.»

«Ich komme mit.»

«Wenn es je ein böses Weib gab, dann war sie es», sagte Parker leise, als sie vor dem starren Körper standen und das geschwollene Gesicht und den tiefroten Ring um den Hals ansahen.

Wimsey sagte nichts. Er fror, und ihm war elend zumute. Während Parker und der Gefängnisdirektor die notwendigen Formalitäten erledigten und noch über den Fall sprachen, saß er zusammengesunken wie ein Häuflein Unglück auf seinem Stuhl. Endlos tönten ihre Stimmen an ihm vorbei. Es hatte längst sechs geschlagen, als sie endlich gingen. Es erinnerte ihn an die acht Schläge der Uhr, die das Hissen der unseligen schwarzen Flagge ankündigten.

Das Tor öffnete sich geräuschvoll, um sie hinauszulassen, und sie traten in eine trübe, beängstigende Dunkelheit. Der Junitag war schon lange angebrochen, doch nur ein bleicher, gelblicher Schimmer drang in die halbverlassenen Straßen. Es war bitterkalt, und es regnete.

«Was ist das nur für ein Tag?» meinte Wimsey. «Weltuntergang?»

«Nein», sagte Parker. «Nur eine Sonnenfinsternis.»

Über Dorothy L. Sayers (1893–1957)

Ich bin in Oxford geboren, im vierten Jahr vor Queen Victorias diamantenem Jubiläum. Mein Vater war damals Headmaster der Schule des Domchors, wo es zu seinen Pflichten gehörte, kleine Teufel mit Engelsstimmen in den Grundlagen des Lateinischen zu unterrichten. Als ich viereinhalb Jahre alt war, erhielt er die Pfarre von Bluntishamcum-Earith, in Huntingdonshire – eine einsame Landgemeinde, die einer der alten Häfen oder Brücken der Isle of Ely war und zu der bis heute die Wälle eines römischen Lagers gehören. Ich erinnere mich sehr gut an die Ankunft im Pfarrhaus, ich hatte einen langen braunen Mantel und eine mit Federn besetzte Mütze an und war vom Kindermädchen und einer unverheirateten Tante begleitet, die einen Papagei im Käfig trug. Das Kind, dessen gelehrter Vater der Sechsjährigen den ersten Lateinunterricht erteilte, hieß Dorothy L. Sayers. Das L. steht für Leigh, den Mädchennamen der Mutter, und war ihr ein wichtiger Teil des Namens, der millionenfach auf Buchtiteln verbreitet werden sollte. Sie war nicht die erste berühmte Schriftstellerin, die in einem englischen Pfarrhaus heranwuchs, dessen Fortwirken in den Eigenheiten ihrer Person ebenso wahrnehmbar ist wie in ihrer Bildung, ihren Interessen und ihren Büchern.

Vielleicht ist der milde Pfarrer Venables in *The Nine Tailors* (1934) ein Abbild des Vaters, gewiß aber ist die weite Landschaft, die das Buch schildert, die Landschaft ihrer Kindheit, so wie das Frauencollege in *Gaudy Night* (1935) die Züge des Somerville College zu Oxford trägt, in das Dorothy L. Sayers 1912 eintrat. Sie war wohlgerüstet, vortrefflich im Lateinischen und Französischen, gut im Deutschen, musikalisch und mit poetischem Sinn begabt, von dem frühe, jetzt rar gewordene Gedichte zeugen; sie haben eine theologische Substanz, die lebenslang wirksam bleibt. Die Aneignung des damals noch geforderten Griechischen machte ihr keine Schwierigkeiten, das durch ein Stipendium ermöglichte Studium galt der Romanistik; sie schloß es als eine der ersten Frauen mit einem akademischen Grad ab. Damit war die Grundlage einer beständig bewahrten Neigung zur Literatur und zu den philologischen und historischen Wissenschaften gelegt, von denen nicht nur Essay-Bände wie *Unpopular Opinions* (1946) und *The Poetry of Search and the Poetry of*

Statement (postum 1963) Zeugnis geben, sondern auch ihre Untersuchungen über Dante (1954 und 1957), Seitenflügel des Riesenbauwerkes ihrer Dante-Übersetzung (1949–1963). Die schönsten Zeugnisse ihres literarischen Sinnes aber finden sich als Anspielung und Zitat versteckt in ihren Erzählungen.

Eine gelehrte Frau also, deren Ruhm sich allerdings auf ganz anderen Hervorbringungen gründen sollte. Nach einem kurzen Zwischenspiel als Lehrerin an einer Mädchenschule (1915) und einer Gastrolle in der berühmten Oxforder Buchhandlung Blackwell's verließ Dorothy L. Sayers den akademischen Bereich und arbeitete für zehn Jahre in einer Londoner Werbeagentur, deren Atmosphäre und Tätigkeiten in *Murder Must Advertise* (1933) aufgehoben sind. Es war eine Detektivgeschichte mit Lord Peter Wimsey, der mit seinem Diener Bunter zum erstenmal in *Whose Body?* (1923) aufgetreten war. Mit ihr hatte eine der großen Detektiv-Figuren das Licht der Welt erblickt, aber nichts wäre falscher als die Reduktion der Romane auf ein solches Muster. Wimsey ist der Held in *Clouds of Witness* (1926), *Unnatural Death* (1927), *The Unpleasantness at the Bellona Club* (1928), *Strong Poison* (1930), *Five Red Herrings* (1930), *Hangman's Holiday* (1932), bis zu den drei letzten, *The Nine Tailors* (1934), *Gaudy Night* (1935) und *Busman's Honeymoon* (1938). Die Aufzählung der Titel verbirgt die Vielfalt der Lebensbereiche und Handlungen, die sich zu einer Art Wimsey-Saga verflechten. Eine solche Folge von Erzählungen, verknüpft durch die Gestalt des (bei Miss Sayers keineswegs heldischen) Helden war seit Conan Doyle nichts Ungewöhnliches. Ungewöhnlich ist die meisterliche Vereinigung der besten Traditionen des angelsächsischen Romans mit den Bedingungen der Detektivgeschichte. Das Rätsel, mit dem sich Detektiv und Leser gleichermaßen konfrontiert sehen und das der Detektiv stellvertretend für den Leser löst, geht hervor aus den Umständen täglichen Lebens, die mit so viel Scharfsinn wie Menschenfreundlichkeit lebendig vorgestellt werden. Derjenige wird am meisten Freude an der Sayers-Lektüre haben, für den sich Unterhaltung und Ernst so wenig ausschließen wie Ironie und Problematik.

Das gewichtigste aller Probleme bleibt dabei das allen Menschen gemeinsame: der Tod. *Jeder Tod ist unwiderruflich, deshalb empfinden wir seine Gewalt als kränkend* – dieser Satz der Autorin steht unausgesprochen auch hinter ihren Romanen, unter deren Gestalten man manchen Freund gewinnen kann. Er steht nicht minder hinter ihren um Glaubensdinge bemühten, immer weltoffenen Werken. Die Verbindung zwischen Schöpfung und schöpferischer Tätigkeit, über die sie in *The Mind of the Maker* (1942) nachgedacht hat, liegt auch ihren religiösen Dramen zugrunde; die Folge von Hörspielen, die das Leben Jesu darstellen, *The Man Born to be King* (1941), hat keine geringere Verbreitung gefunden als ihre Erzählungen. Von ihren vorzüglichsten Werken gilt, was sie in einem Vortrag bemerkt hat: *Ein Werk der Erzählkunst besitzt poetische Wahrheit, vorausgesetzt, der Autor habe recht erkannt, welche Dinge so miteinander in Beziehung gesetzt werden können, daß sie sich zu einer überzeugenden Einheit verbinden – vorausgesetzt weiter, das Werk sei ein Akt folgerechter Phantasie.* Diese konsequente, aber durchaus menschliche Phantasie war Dorothy L. Sayers eigen. Der Tod, über den sie soviel nachgedacht hat und ohne den es ihre Bücher, auch die unterhaltendsten und lebendigsten, nicht gäbe, überraschte die berühmte Autorin, Ehrendoktor der Universität Durham, in ihrem Haus, im Alter von 64 Jahren, kurz vor Weihnachten 1957. *Ich bin ein Autor und kann mein Handwerk* hat sie mit Stolz gesagt und sagen dürfen.

Walther Killy

ROGER DAWSON
Geb. 1710, Schmied. Familie unbe-
kannt. 1749 Heirat m. Susan Pethik
für £ 500 nach deren Verführung durch
Lord Hatherford; aus dieser Ehe:

BARNABAS DAWSON
Kaufmann. Geb. 1760. Gest. 1840

BARNABAS DAWSON
Geb. 1786. Bei Wa-
terloo gef. 1815.
Keine Nachkommen

ROGER DAWSON
Geb. 1789, an Blat-
tern gest. 1801.
Keine Nachkommen

JOHN WHITTAKER
Geb. 1824, Heir.
1848. Nachk.:

Anmerkung: Nach-
kommen d. Tante
Sophie Desmoulins
noch am Leben. Ver-
wandte 6. Grades

HENRY DAWSON
Geb. 1830. Heir. 18
mit Sophie Desmou-
lins (deren 2 Schwe-
stern ins Kloster
gingen und unverh.
starben). Gest. 1884

2 TÖCHTER
im Kleinkindalter
gestorben

CLARA WHITTAKER
Geb. 1850, gest.
1922, unverh.,
keine Nachkommen

JAMES WHITTAKER —
Geb. 1852. Heir.
1873, gest. 1913

HARRIET DAWSON
Geb. 1854, Heir.
1873, gest. 1910

Anmerkung: Alberta
A. hinterließ als ein-
zigen Verw. einen
verwaisten Neffen,
Vetter 1. Grades von
Mary Whittaker und
deren einziger Erbe

REV. CHARLES WHITTAKER
Geb. 1875, Heir. 1896
mit Alberta Allcock;
1924 mit Frau bei
Autounfall umge-
kommen

MARY WHITTAKER
Geb. 1898, einzige
überlebende Ver-
wandte im 4. Grad

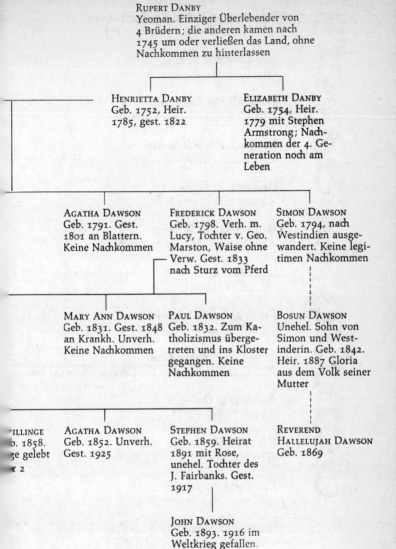

Dorothy L. Sayers

Der Mann mit den Kupferfingern
«Lord Peter Views the Body» (5647)

Der Glocken Schlag
«The Nine Tailors» (4547)

Fünf falsche Fährten
«The Five Red Herrings» (4614)

Keines natürlichen Todes
«Unnatural Death» (4703)

Diskrete Zeugen
«Clouds of Witness» (4783)

Mord braucht Reklame
«Murder must Advertise» (4895)

Starkes Gift
«Strong Poison» (4962)

Zur fraglichen Stunde
«Have His Carcase» (5077)

Ärger im Bellona-Club
«The Unpleasantness at the Bellona Club» (5179)

Aufruhr in Oxford
«Goudy Night» (5271)

Die Akte Harrison
«The Documents in the Case» (5418)

Ein Toter zu wenig
«Whose Body?» (5496)

Hochzeit kommt vor dem Fall
«Busman's Honeymoon» (5599)

Das Bild im Spiegel
und andere überraschende Geschichten (5783)

Figaros Eingebung (5840)

rororo

C 1070/7